Tess Sharpe

Mein wildes Herz

Foto: © Rowan Price

DIE AUTORIN

Tess Sharpe wuchs in Nordkalifornien als Tochter zweier Punkrocker auf. Sie studierte Theaterwissenschaft an der Southern Oregon University, bevor sie die Bühne für eine Laufbahn als professionelle Köchin aufgab. Heute wohnt, schreibt und backt sie nahe der Grenze zu Oregon. *Mein wildes Herz* ist ihr erster Roman.

TESS SHARPE

MEIN WILDES HERZ

Aus dem Amerikanischen
von Antoinette Gittinger

cbt

cbt ist der Jugendbuchverlag
in der Verlagsgruppe Random House

Verlagsgruppe Random House FSC® N001967
Das für dieses Buch verwendete FSC®-zertifizierte
Papier *Super Snowbright* liefert
Hellefoss AS, Hokksund, Norwegen.

1. Auflage
Erstmals als cbt Taschenbuch April 2014
Gesetzt nach den Regeln der Rechtschreibreform
© 2014 by Tess Sharpe
Die amerikanische Originalausgabe erschien 2014 unter dem Titel
»Far from You« bei Hyperion, an imprint
of Disney Book Group, New York.
© 2014 für die deutschsprachige Ausgabe cbt Verlag
in der Verlagsgruppe Random House GmbH, München
Alle deutschsprachigen Rechte vorbehalten
Übersetzung: Antoinette Gittinger
Lektorat: Ulrike Hauswaldt
Umschlaggestaltung: Kathrin Schüler, Berlin
unter Verwendung mehrerer Motive von
Istockphoto (elkor, Photogal [3x], esolla, Dar07, Lezh [2x], dlerick)
he · Herstellung: kw
Satz: KompetenzCenter, Mönchengladbach
Druck und Bindung: GGP Media GmbH, Pößneck
ISBN: 978-3-570-30909-4
Printed in Germany

www.cbt-jugendbuch.de

Für Gramz,
der ich all meine großen Lieben verdanke.

Und für Mom,
die glaubte, dass dies geschehen würde,
selbst als ich es nicht tat.

Dies ist nicht der Anfang …

Auch wenn man es meinen könnte: Zwei verängstigte Mädchen mitten im Nirgendwo, zusammengekauert, die Augen entsetzt auf die Waffe in seiner Hand gerichtet.

Aber dies ist nicht der Anfang.

Es fängt da an, als ich das erste Mal fast gestorben wäre.

Beim ersten Mal bin ich vierzehn und Trev fährt uns vom Schwimmen heim. Mina hat die Fenster heruntergelassen, ihre Finger bewegen sich im Rhythmus der Musik, und ihre Ringe funkeln in der Spätnachmittagssonne, als wir an Stacheldrahtzäunen und vereinzelten Farmen vorbeikommen, hinter denen sich die Berge erstrecken. Auf dem Rücksitz trällern wir die Melodien aus dem Radio mit, und Trev amüsiert sich darüber, dass ich völlig danebensinge.

Es geschieht in Sekundenschnelle: das Knirschen von Metall auf Metall, überall Glas. Ich bin nicht angegurtet und werde nach vorn geschleudert, als Minas Schrei die Musik übertönt.

Dann wird alles schwarz um mich herum.

Beim zweiten Mal bin ich siebzehn und sauer auf Mina. Wir sind sowieso schon zu spät dran und jetzt biegt sie auch noch vom Highway ab, auf die Burnt Oak Road.

»Nur ein kleiner Umweg. Es dauert nicht lange, versprochen.«

»Okay«, erwidere ich und gebe nach, wie immer.

Das ist ein Fehler.

Beim ersten Mal wache ich in einem Krankenhauszimmer auf, angeschlossen an ein Infusionsgerät und piepsende Maschinen.

Überall sind Schläuche. Ich greife nach dem, den man mir in den Hals gesteckt hat. Panik steigt in mir auf und jemand zieht meine Hand weg. Es dauert einen Moment, bis ich erkenne, dass es Mina ist. Als ich in ihre grauen Augen blicke, verstehe ich, was sie sagt.

»Du wirst wieder gesund«, versichert sie mir.

Ich wehre mich nicht länger und vertraue ihr.

Erst viel später erkenne ich, dass sie gelogen hat.

Das zweite Mal habe ich noch deutlich vor Augen. Den Strahl des Fernlichts, die Augen des Schützen, die uns durch die Maske anstarren. Wie ruhig sein Finger am Abzug liegt! Minas Hand umklammert meine, unsere Nägel graben sich in das Fleisch der anderen.

Später streiche ich mit dem Finger über diese blutigen halbmondförmigen Spuren und erkenne, dass sie alles sind, was mir von ihr geblieben ist.

Das erste Mal verbringe ich einige Wochen im Krankenhaus. Die Ärzte setzen mich Stück für Stück wieder zusammen. Operationsnarben schlängeln sich mein Bein hoch, um mein Knie und über meine Brust.

Kampfspuren, nennt Mina sie. »Sie sind heftig.«

Ihre Hände zittern, wenn sie mir hilft, meine Jacke zuzuknöpfen.

Beim zweiten Mal gibt es kein Krankenhaus, keine Narben.

Nur Blut.

Überall Blut. Ich lege die Hände auf Minas Brust, übe Druck aus, aber meine Jacke ist bereits völlig mit Blut durchtränkt.

»Alles okay«, sage ich immer wieder. Sie blickt zu mir hoch. Ihre Augen sind feucht, blicken mich entsetzt an. Sie ringt nach Atem. Ihr Körper zittert unter meinen Händen.

»Sophie …«, presst sie mühsam hervor. Sie hebt die Hand, will nach meiner greifen. »Soph…«

Das waren ihre letzten Worte.

Kapitel 1

Jetzt (Juni)

»Heute ist also der große Tag«, sagt Dr. Charles.

Ich blicke sie über ihren Schreibtisch hinweg an. Alles an ihr ist perfekt, angefangen bei ihren glänzenden Pumps bis hin zu ihrem geschmackvollen »natürlichen« Make-up. Als ich Dr. Charles kennenlernte, hatte ich nur den einen Wunsch: alles in Unordnung zu bringen. Ihr die Brille von der Nase zu nehmen, eine ihrer sorgfältig gebügelten Manschetten zusammenzuknüllen, mich über die hübsche, ordentliche Maske herzumachen, zu dem durchzudringen, was sich darunter verbirgt, dem Chaos.

Das Chaos hat bei der Genesung nichts zu suchen, würde Dr. Charles sagen.

Aber ich sehne mich danach, manchmal noch mehr als nach Sauerstoff.

Genau das geschieht, wenn man drei Monate lang innerhalb makellos weißer Wände gefangen ist, endlose Therapiesitzungen über sich ergehen lassen muss und von New-Age-Musik umsäuselt wird. Die Ordnung und die Regeln bringen einen auf die Palme, erwecken den Wunsch, Mist zu bauen, nur um alles durcheinanderzubringen.

Doch das kann ich mir nicht leisten. Nicht jetzt, denn ich kann die Freiheit fast fühlen.

»Ich denke, ja«, sage ich, als ich merke, dass Dr. Charles auf eine Antwort wartet. Sie mag es, Antworten auf ihre Nicht-Fragen zu erhalten.

»Bist du nervös?«, möchte sie wissen.

»Nein.« Das ist die Wahrheit. Ich kann an einer Hand abzählen, wie oft ich ihr gegenüber ehrlich war, diese Frage mit eingerechnet.

Drei Monate lang zu lügen, ist anstrengend, auch wenn es nötig ist.

»Man braucht sich nicht zu schämen, nervös zu sein«, sagt Dr. Charles. »Es ist ein ganz natürliches Gefühl.«

Natürlich glaubt sie mir nicht, als ich ihr dieses Mal die Wahrheit sage.

Die Geschichte meines Lebens.

»Es ist ein bisschen unheimlich …«, sage ich etwas zögerlich, und Dr. Charles' neutrale Therapeutenmiene belebt sich bei der Aussicht auf ein Bekenntnis. Mich so weit zu bringen, dass ich mich öffne, ist wie Zähneziehen. Ich sehe, dass es sie nervt. Einmal bat sie mich, ihr von der Nacht zu erzählen, in der Mina ermordet wurde. In dem Versuch, ihr zu entkommen, warf ich den Couchtisch um, und überall splitterte Glas – noch etwas, was ich in Minas Namen zerstört habe.

Dr. Charles starrt mich an, als versuche sie, durch mich hindurchzusehen. Ich starre zurück. Sie mag zwar ihre Therapeuten-Maske aufgesetzt haben, aber ich habe mein »Ich bin eine Drogensüchtige«-Gesicht. Sie kann das nicht übersehen, denn tief in meinem Inneren, verborgen unter all den anderen

Dingen (angeschlagen, gebrochen, gezeichnet und betrübt), bin ich eine Drogenabhängige – werde es immer sein. Dr. Charles weiß, dass ich das weiß und es akzeptiert habe.

Sie glaubt, sie sei dafür verantwortlich, dass ich meine Wut bezwungen habe und genesen bin, aber das stimmt nicht. Es ist nicht ihr Verdienst.

Also starre ich sie so lange an, bis sie schließlich den Blick senkt, auf ihre Ledermappe schaut und sich ein paar Notizen macht. »Sophie, bei deinem Aufenthalt in Seaside Wellness hast du riesige Fortschritte gemacht. Während du dich an ein drogenfreies Leben gewöhnst, werden dich ein paar Herausforderungen erwarten, aber ich bin zuversichtlich, dass du mithilfe des Therapeuten, den deine Eltern für dich besorgt haben, und deines Bemühens, die Drogensucht zu überwinden, Erfolg haben wirst.«

»Hört sich nach einem Plan an.«

Sie wühlt in ihren Papieren. Gerade als ich annehme, dass ich jetzt gehen kann, lässt sie die Bombe platzen: »Bevor wir runtergehen, möchte ich mich noch ein bisschen mit dir unterhalten. Über Mina.«

Sie blickt zu mir hoch und beobachtet aufmerksam meine Reaktion, ist gespannt darauf zu sehen, ob ich wohl ihren neuen Couchtisch zertrümmern werde. (Dieses Mal ist er aus Holz – ich vermute, ihr ist klar geworden, dass sie etwas Robusteres benötigt.)

Unwillkürlich presse ich die Lippen zusammen und mein Herzschlag dröhnt mir in den Ohren. Ich zwinge mich zu atmen, ein und aus durch die Nase wie beim Yoga, und entspanne den Mund.

Ich kann mir keinen Ausrutscher leisten, nicht jetzt, da ich so kurz vor der Entlassung stehe.

»Was ist mit Mina?« Meine Stimme klingt so fest, dass ich mir selbst auf die Schulter klopfen möchte.

»Wir haben schon lange nicht mehr über sie gesprochen.« Sie lässt mich nicht aus den Augen, lauert darauf, dass ich ausraste, wie ich es jedes Mal getan habe, wenn sie mir dieses Thema aufzwingen wollte. »Nach Hause zu gehen, bedeutet eine große Herausforderung. Viele Erinnerungen werden dich einholen. Ich muss sicher sein, dass du in der richtigen geistigen Verfassung bist, damit umzugehen, ohne …« Sie nestelt an ihrer linken Manschette.

Dies ist eine weitere ihrer Taktiken. Dr. Charles mag es, wenn ich ihre Sätze zu Ende führe und meine Irrtümer und Fehler eingestehe.

»Ohne Oxy-Rausch?«

Sie nickt. »Mina und ihre Ermordung sind Auslöser. Es ist wichtig, dass du dir dessen bewusst bist. Dass du bereit bist für die Herausforderungen, die die Erinnerungen an sie heraufbeschwören mögen – und die Schuldgefühle.«

Ich muss meine spontane Reaktion unterdrücken, herauszubrüllen: »Ihre Ermordung hatte nichts mit Drogen zu tun!«

Es hat keinen Sinn. Niemand glaubt die Wahrheit. Niemand will mir glauben, nicht in Anbetracht der offensichtlichen Tatsachen. Dieser Dreckskerl mit der Maske hatte alles gründlich vorbereitet – er wusste, ich würde die Drogen, die er mir unterschob, nicht bemerken, nicht nachdem er Mina niedergeschossen und mich k. o. geschlagen hatte.

Meine Mom hat alle Hebel in Bewegung gesetzt, damit ich nach Seaside kam, damit dort mein angeblicher Rückfall behandelt und ich nicht wegen Drogenbesitzes verhaftet wurde.

Dr. Charles lächelt mich an. Es ist ein nichtssagendes und zugleich aufmunterndes Lächeln, dieses Verzerren ihrer rosa geschminkten Lippen.

Da dies mein letzter Test ist, muss ich meine Worte abwägen, denn sie stellen mein Ticket in die Freiheit dar. Aber es ist schwer, ja, fast unmöglich, das Zittern in meiner Stimme zu verbergen, die Erinnerungen im Zaum zu halten. Die Erinnerung an Mina, die an jenem Morgen noch mit mir lachte. Keine von uns konnte ahnen, dass es ihr letzter Tag sein würde.

»Ich habe Mina geliebt«, sage ich. Ich habe es x-mal geprobt, aber es darf nicht eingeübt klingen. »Und ihre Ermordung ist etwas, womit ich mich den Rest meines Lebens befassen muss. Aber Mina würde wollen, dass ich nach vorne schaue. Sie hätte gewollt, dass ich glücklich bin. Und clean bleibe. Also werde ich es bleiben.«

»Und wie steht's mit ihrem Mörder?«, will Dr. Charles wissen. »Bist du bereit, mit der Polizei zu reden, zu sagen, was du weißt?«

»Ich habe Mina geliebt«, erkläre ich erneut, und dieses Mal zittert meine Stimme wirklich. Dieses Mal ist es die Wahrheit, nichts als die Wahrheit. »Und wenn ich wüsste, wer sie ermordet hat, würde ich in voller Lautstärke seinen Namen herausschreien. Aber er trug eine Maske. Ich weiß nicht, wer er war.«

Dr. Charles lehnt sich zurück und mustert mich, als sei ich ein Fisch in einem Aquarium. Ich kaue an meiner Unterlippe, damit sie nicht zittert. Ich halte meinen Atem unter Kontrolle wie bei einer schwierigen Yoga-Stellung, kämpfe mich durch.

»Sie war meine beste Freundin«, sage ich. »Glauben Sie, ich weiß nicht, dass ich es vermasselt habe? Manchmal tue ich kaum ein Auge zu, denke darüber nach, was ich in jener Nacht hätte anders machen können. Wie ich es hätte verhindern können. Dass es meine Schuld ist. Ich weiß das alles, muss lernen, damit fertig zu werden.«

Das ist die Wahrheit.

Die Schuldgefühle – sie sind real. Aber Dr. Charles ordnet ihren Ursprung falsch ein.

Es *ist* meine Schuld. Weil ich Mina nicht aufgehalten habe. Weil ich nicht noch mehr Fragen gestellt habe. Weil ich sie nicht daran gehindert habe, so zu tun, als sei eine Zeitungsstory etwas, das man geheim halten müsse. Weil ich ihr wie immer die Führung überlassen habe. Weil ich nicht schneller war. Weil ich verkrüppelt bin, unfähig zu laufen oder zu kämpfen oder etwas zu unternehmen, um sie zu beschützen.

»Ich würde gern noch einmal mit Detective James reden«, sage ich. »Aber er hält mich nicht gerade für eine sehr zuverlässige Zeugin.«

»Machst du ihm das zum Vorwurf?«, will Dr. Charles wissen.

»Er tut einfach seinen Job.« Die Worte fühlen sich auf meinem Zahnfleisch an wie Glas, zerschneiden meine Haut. Es ist mir zur zweiten Natur geworden, Detective James zu hassen. Wenn er nur auf mich gehört hätte …

Aber ich kann mich jetzt nicht damit befassen, muss mich konzentrieren. Minas Mörder läuft da draußen herum. Und Detective James wird ihn nicht finden.

»Ich weiß, es wird nicht einfach sein, nach Hause zurückzukehren. Aber Sie haben mir ja die Tools gegeben, damit ich mit allem besser fertig werde.«

Dr. Charles lächelt und ich fühle Erleichterung. Endlich schluckt sie es.

»Ich freue mich, diese Worte von dir zu hören. Sophie, ich weiß, wir hatten einen schwierigen Start, aber bei unseren letzten Sitzungen hattest du eine viel positivere Einstellung. Und das ist sehr wichtig im Hinblick auf alles, was dir bevorsteht. Die Genesung ist nicht einfach und du musst immer weiter an dir arbeiten.« Sie wirft einen Blick auf ihre Armbanduhr. »Deine Eltern dürften bald hier sein. Ich begleite dich jetzt in den Wartebereich.«

»Okay.«

Schweigend gehen wir den Flur hinunter, vorbei an der Gruppentherapie, die im Aufenthaltsraum stattfindet. In den letzten drei Monaten war dieser Kreis aus Stühlen meine persönliche Hölle. Es ist eine Qual gewesen, dort sitzen und sich mit Menschen austauschen zu müssen, die ich kaum kenne. In dieser Zeit habe ich gelogen, dass sich die Balken biegen.

»Anscheinend verspäten sie sich«, sagt Dr. Charles, als wir den leeren Warteraum betreten.

Genau. Sie verspäten sich.

Entweder hat sie unsere angespannte Familiensitzung vergessen oder sie glaubt wirklich an das Gute im Menschen.

Ich nicht.

Deshalb frage ich mich, ob meine Eltern sich verspäten oder ob sie überhaupt kommen.

Kapitel 2

DREIEINHALB MONATE FRÜHER (SIEBZEHN JAHRE ALT)

»Bitte, Mom, schick mich nicht dorthin. Ich muss nirgendwohin gehen – ich bin clean. Ich schwöre es!«

»Sophie, ich will das nicht hören.« Mom lässt das Schloss meines Koffers zuschnappen und geht die Treppe hinunter. Ich folge ihr. Ich muss mich wehren, muss es schaffen, dass sie mir glaubt.

Irgendjemand muss es tun.

Mein Dad wartet an der Haustür auf uns, den Mantel über den Arm gelegt, als ob er ins Geschäft ginge. »Fertig?«, fragt er.

»Ja«, erwidert Mom. Ihre Absätze klappern über den spanischen Fliesenboden, als sie auf ihn zugeht.

»Nein.« Ich pflanze mich am Treppenende auf, straffe die Schultern und kreuze die Arme über der Brust. Mein krankes Bein zittert.

»Ich werde nicht gehen. Ihr könnt mich nicht zwingen.«

Mein Dad seufzt und blickt zu Boden.

»Sophie Grace, steig ein«, befiehlt Mom.

Ich sage es leise und langsam. »Ich brauche nirgendwohin zu gehen. Ich hatte keinen Rückfall. Mina und ich waren nicht unterwegs, um uns Stoff zu beschaffen. Ich bin seit über sechs Monaten clean. Ich unterziehe mich jedem Drogentest.«

»Sophie, die Polizei hat die Pillen in deiner Jacke gefunden«, sagt Dad. Seine Stimme klingt heiser und seine Augen sind gerötet. Offensichtlich hat er geweint. Wegen mir. Wegen dem, was ich seiner Meinung nach getan habe.

»Auf der Flasche waren deine Fingerabdrücke. Ihr Mädchen wart statt bei Amber zu Hause am Booker's Point, wo ihr Drogen gekauft habt. Selbst wenn ihr die Pillen nicht genommen habt, ihr habt sie gekauft – sie sind ja nicht durch Zauberhand in deine Tasche gekommen. Seaside ist im Moment genau der richtige Ort für dich. Weißt du überhaupt, wie hart deine Mutter darum kämpfen musste, dass keine Anklage wegen Drogenmissbrauchs in deine Akte aufgenommen wurde?«

Ich blicke verzweifelt von einem zum anderen. Dad meidet meinen Blick, und Mom trägt mal wieder ihre undurchdringliche Maske, lässt niemanden an sich heran.

Ich muss es versuchen.

»Ich habe euch doch schon gesagt, dass es nicht meine waren. Detective James irrt sich auf der ganzen Linie. Wir waren nicht beim Booker's Point, um Drogen zu kaufen – Mina hatte eine Verabredung mit jemandem wegen einer Zeitungsstory. Die Polizei jagt die falschen Leute und sie glauben mir nicht. Aber *ihr* müsst mir glauben.«

Mom geht um mich herum, den Koffer in der Hand. »Weißt du überhaupt, was du mir und deinem Vater angetan hast? Was ist mit Mrs Bishop? Kümmert es dich überhaupt nicht, wie ihr zumute sein muss? Sie hat bereits ihren Ehemann verloren und jetzt verliert sie noch ihre Tochter. Trev wird seine Schwester nie wiedersehen. Und das nur, weil *du* high sein wolltest.«

Sie spuckt die Worte aus und ich fühle mich wie Abschaum. Ein Fleck auf ihrem Schuh. Mit zusammengekniffenen Augen fährt sie fort. »Sophie, wenn du jetzt nicht sofort in dieses Auto steigst, wenn du nicht nach Seaside gehst und lernst, wie man clean bleibt, schwöre ich bei Gott …« Als die Wut sich legt, schimmern Tränen in ihren Augen.

»Ich hätte dich erneut fast verloren«, flüstert sie, und ihre Stimme zittert und bricht unter dem Gewicht der Worte. »Genau das hätte ich das erste Mal tun sollen, habe es aber nicht. Ich werde diesen Fehler nicht noch einmal machen.« Ihre Stimme wird schärfer. »Steig ein.«

Ich rühre mich nicht von der Stelle. Kann es nicht. Denn damit würde ich zugeben, dass sie recht hat.

Sechs Monate. Fünf Tage. Zehn Stunden.

So lange schon bin ich clean und ich sage mir das immer wieder und wieder vor. Solange ich mich darauf konzentriere, solange ich alles dafür tue, diese Zahl anwachsen zu lassen, Minute um Minute, Tag für Tag, ist mit mir alles in Ordnung. Ich muss clean bleiben.

»Nun, Sophie?«

Ich schüttele den Kopf und klammere mich ans Geländer. »Ich kann das nicht zulassen.«

Mir geht Mina nicht aus dem Kopf. Sie liegt unter der Erde, und ihr Mörder läuft frei herum, und die Bullen suchen an den falschen Plätzen.

Dad packt mich um die Taille, sodass ich das Geländer loslassen muss, und wirft mich über die Schulter. Das geschieht durchaus behutsam. Dad geht immer behutsam mit mir um, hat mich nach dem Unfall stets sanft die Treppe hochgetragen. Aber ich habe seine Sanftmut satt, denn sie vermittelt mir keine Sicherheit mehr. Ich bearbeite ihn mit den Fäusten, mit hochrotem Gesicht, brülle, doch er bleibt unbeeindruckt. Er stößt die Haustür auf. Meine Mutter steht unter dem Vordach und beobachtet uns. Sie hat die Arme um sich geschlungen, als suche sie Schutz.

Er geht die Auffahrt hinunter und bugsiert mich ins Auto. Mit steinernem Gesicht lässt er sich auf den Fahrersitz gleiten.

»Dad.« Tränen rollen mir über die Wangen. »Bitte, du musst mir glauben.«

Doch er beachtet mich nicht, lässt den Motor an und fährt los.

Kapitel 3

JETZT (JUNI)

Meine Eltern sind immer noch nicht eingetroffen. Dr. Charles wirft von Zeit zu Zeit einen Blick auf ihre Armbanduhr und spielt mit ihrem Kuli.

»Sie brauchen nicht mit mir zu warten.«

Sie legt ihre glatte Stirn in Falten. So werden die Dinge nicht gehandhabt. Meine Eltern hätten ihre wie umgewandelte, supercleane Tochter vor mindestens zwanzig Minuten unter Tränen in die Arme nehmen müssen.

»Ich werde kurz einen Anruf tätigen«, sagt sie.

Ich lehne den Kopf gegen die Wand und schließe die Augen. Ich sitze da, warte und überlege, ob sie mir wohl erlauben wird, ein Taxi zu rufen, falls sie meine Eltern nicht erreicht.

Ungefähr zehn Minuten sind verstrichen, als jemand mein Knie berührt. Ich öffne die Augen und erwarte, Dr. Charles zu sehen. Doch stattdessen spüre ich nach Monaten zum ersten Mal, wie sich ein echtes Lächeln auf meinem Gesicht ausbreitet.

»Tante Macy!« Ich falle ihr stürmisch um den Hals, sodass sie um ein Haar das Gleichgewicht verliert. Als ich sie umarme, lege ich das Kinn auf ihre Schulter. Macy ist ein paar

Zentimeter kleiner als ich. Aber aufgrund ihrer aufrechten Haltung wirkt sie größer. Sie riecht nach Jasmin und Schießpulver, und sie ist das Beste, was mir seit einer Ewigkeit begegnet ist.

»Hey, Kid.« Sie grinst und umarmt mich herzlich. Ich spüre die Wärme ihrer rauen Handflächen auf meinen Schultern. Sie trägt ihr Haar, das genauso blond ist wie meines, zu einem langen Zopf geflochten. Ihre braune Haut lässt ihre Augen strahlend blau erscheinen. »Deine Mom wurde aufgehalten, hat mich an ihrer Stelle geschickt.«

Während meines Aufenthalts in Seaside habe ich nichts von Macy gehört, obwohl ich nach den ersten zwei Wochen Post empfangen durfte. Aber jetzt ist sie hier bei mir und ich empfinde eine ungeheure Erleichterung.

Sie ist hier, ist immer noch um mich besorgt. Sie hasst mich nicht. Auch wenn sie den anderen Glauben schenken sollte – sie ist gekommen.

»Können wir bitte schnell weg von hier?«, frage ich mit belegter Stimme und kämpfe gegen die Tränen an.

»Aber ja.« Sie umfasst meinen Kopf, spielt mit meinen langen Haaren.

»Wir melden dich jetzt gleich ab.«

Fünf Minuten lang unterschreibe ich einen Stapel Papiere. Dann bin ich frei.

Als ich das Gebäude verlassen habe, ist mir nach Laufen zumute, weil ich befürchte, Dr. Charles könne jeden Augenblick durch die Tür kommen und plötzlich all meine Lügen durchschauen. Ich möchte gern zu Tante Macys altem Volvo rennen und mich darin einschließen.

Aber Rennen ist keine Option, ist es seit fast vier Jahren nicht mehr, als mein rechtes Bein und mein Rücken bei dem Autounfall verkorkst wurden. Doch ich laufe, so schnell es mein Hinken erlaubt.

»Deine Mom lässt dir ausrichten, dass es ihr furchtbar leidtut, dass sie nicht kommen konnte«, erklärt mir Tante Macy, während sie den Motor anlässt.

»Und wie lautet Dads Entschuldigung?«

»Er ist bei einem Zahnarztkongress.«

»Alles klar.«

Macy runzelt die Stirn, schweigt aber, als wir den Parkplatz hinter uns lassen und auf den Highway einbiegen. Ich kurbele das Fenster herunter und lasse meine Finger in der warmen Sommerluft spielen. Um ihrem forschenden Blick auszuweichen, blicke ich interessiert auf die Gebäude, die an uns vorbeigleiten.

Ich scheue mich zu reden. Ich weiß nicht, was man ihr gesagt hat. Die Einzigen, die mich besuchen durften, waren meine Eltern, und die kamen nur, wenn sie mussten.

Also schweige ich.

Neun Monate. Zwei Wochen. Sechs Tage. Dreizehn Stunden.

Mein Mantra. Ich flüstere die Tage, presse die Worte gegen meine Lippen, lasse sie nur mühsam hinaus in die Welt.

Ich muss die Zahl ständig erweitern, muss clean bleiben, konzentriert.

Minas Mörder läuft dort draußen herum, frei und unbehindert. Jedes Mal, wenn ich daran denke, dass er, wer immer er sein mag, damit durchkommt, verspüre ich den Drang, mir Pillen einzuwerfen, aber ich darf nicht, darf nicht, darf nicht.

Neun Monate. Zwei Wochen. Sechs Tage. Dreizehn Stunden.

Tante Macy schaltet einen Sender ein, auf dem Oldies gespielt werden, und wechselt die Spur. Wir lassen die Küste hinter uns. Das Landschaftsbild wechselt zu Rothölzern, dann Kiefern, während wir Trinity County ansteuern. Ich lasse die Luft durch die Finger gleiten, genieße das Gefühl wie ein kleines Kind.

Eine Stunde lang fahren wir mehr oder weniger schweigsam. Ich bin dankbar dafür, für die Chance, die Freiheit in mich aufzunehmen. Keine Gruppensitzungen mehr. Keine Frau Dr. Charles. Keine weißen Wände mehr, kein Neonlicht.

Im Moment kann ich vergessen, was 150 Kilometer hinter diesen Hügeln auf mich wartet. Ich kann mir einreden, dass es leicht sei: der Wind, der meine Haare zerzaust, das Radio und die Weite und Freiheit vor mir.

»Hast du Hunger?« Tante Macy deutet auf eine Reklametafel, die auf einen Imbiss bei der Ausfahrt 34 verweist.

»Ja, gute Idee.«

Im Imbiss unterhalten sich die Gäste lautstark, die Köche brüllen aus der Küche, und Geschirr klappert. Auf dem Resopaltisch entdecke ich auf der Oberfläche Spuren von verblasstem Glitter, als die Kellnerin mit dem üppigen Haar unsere Bestellung aufnimmt.

Sie eilt davon und wir hüllen uns in Schweigen. Ich habe das Gefühl, Macy weiß nicht, wo sie nach all der Zeit anfangen soll, und ich kann es nicht ertragen, als Erste zu sprechen. Also entschuldige ich mich und eile zur Toilette.

Ich sehe aus wie Scheiße: blass und zu knochig. Meine Jeans schlottern mir um die Hüften. Ich spritze mir Wasser ins Gesicht, lasse es übers Kinn tropfen. Dr. Charles würde sagen, ich gehe dem Unvermeidlichen aus dem Weg, zögere es hinaus. Es ist verrückt, aber ich kann nicht anders.

Ich fahre mit den Fingern durch mein strähniges blondes Haar. Seit Monaten habe ich kein Make-up mehr aufgetragen, bin es nicht mehr gewohnt, und die verschmierten Mascaraflecken unter den Augen sind der Beweis dafür. Ich presse die Lippen aufeinander, wünsche mir, ich hätte etwas Lippenbalsam.

Alles an mir ist schlaff, kaputt und *hungrig*. In vielerlei Hinsicht. In jeder Hinsicht.

Neun Monate. Zwei Wochen. Sechs Tage. Vierzehn Stunden.

Ich trockne mein Gesicht und zwinge mich, die Toilette zu verlassen, zum Tisch zurückzukehren.

»Die Pommes sind prima«, bemerkt Macy und taucht eine in Ketchup.

Ich schlinge die Hälfte meines Burgers hinunter, mag ihn schon deshalb, weil es kein Reha-Essen ist und nicht auf einem Tablett serviert wird. »Wie geht's Pete?«

»Er ist halt Pete«, sagt sie, und ich lächele, weil dies eigentlich alles sagt. Ihr Freund hat sich zu einer Art Kunstgattung entwickelt. »Er hat ein paar Yoga-Übungen für dich zusammengestellt.« Sie nimmt sich eine weitere Pommes. »Hast du damit weitergemacht?«

Ich nicke. »Dr. Charles hat es mir erlaubt, meine Matte und meine Blöcke mitzubringen, aber nicht den Riemen. Ich vermute, sie hatte Angst, ich könnte mich erhängen oder so was.« Es ist ein lahmer Versuch zu scherzen, hinterlässt aber ein unangenehmes Schweigen zwischen uns.

Macy nippt an ihrem Eistee, blickt mich über das Glas an. Ich zerbreche eine Pommes und drehe sie zwischen den Fingern hin und her, um etwas zu tun zu haben.

»Darf ich euch Mädels noch etwas bringen?«, fragt die Kellnerin und füllt mein Wasser nach.

»Nein, danke. Bringen Sie uns bitte die Rechnung?«, sagt Macy, ohne die Kellnerin anzusehen. Sie ist voll und ganz auf mich konzentriert. Sie wartet, bis die Frau hinter dem Tresen verschwunden ist. »Okay, Sophie. Keine schlechten Witze mehr, keinen Small Talk. Es wird Zeit, dass du mir die Wahrheit sagst.«

Mir ist übel, und einen Moment lang habe ich so große Angst, dass ich befürchte, dass mir schlecht wird.

Sie ist die Einzige, die meine Wahrheit noch nicht gehört hat. Ich habe eine Heidenangst, dass sie dasselbe tun wird wie alle anderen: mich beschuldigen und sich weigern, mir zu glauben. Ich muss meine letzte Kraft zusammenraffen, um zu stammeln: »Was willst du wissen?«

»Fangen wir damit an, warum du zwei Wochen nach deiner Rückkehr aus Oregon einen Rückfall erlitten hast.«

Als ich schweige, klopft sie mit der Gabel gegen den Tellerrand. »Als deine Mom angerufen und mir erzählt hat, man habe Drogen in deiner Jacke gefunden, war ich überrascht. Ich dachte, wir hätten das alles hinter uns. Ich hätte deinen Rückfall verstehen können, wenn er *nach* Minas Ermordung stattgefunden hätte. Aber das …«

»Die Drogen waren am Schauplatz des Verbrechens in meiner Jacke, also mussten sie mir gehören, oder? Mina stand im Gegensatz zu mir nicht auf Drogen. Als es passiert ist, war ich knapp sechs Monate clean. Ich bin auch der Grund, weshalb wir dort waren. Zumindest sagen das alle.« Es gelingt mir nicht, die Bitterkeit in meiner Stimme zu verbergen.

Macy lehnt sich auf ihrem Stuhl zurück, reckt das Kinn hoch und starrt mich an. Ihr Gesicht spiegelt eine Art trauriges Wissen wider. »Ich interessiere mich viel mehr für das, was *du* zu sagen hast.«

»Ich … Du …« Die Worte bleiben mir im Hals stecken, und dann habe ich das Gefühl, als habe sie eine Schleuse in mir geöffnet. Vor Erleichterung entringt sich ein undefinierbarer, gepresster Laut meiner Kehle. »Du willst mir wirklich zuhören?«

»Das schulde ich dir«, erwidert Macy.

»Aber du hast mich nicht besucht. Hast nie geschrieben. Ich dachte, du …«

»Deine Mom.« Macy presst die Lippen zusammen. Sie hat diesen Blick, den sie immer hat, bevor sie eine Sache anpackt. Eine Anspannung, die unbedingt herauswill. »Es war hart für sie«, fährt sie fort. »Sie hat darauf vertraut, dass ich es schaffe, dich clean zu bekommen, und sie hat das Gefühl, dass ich versagt habe. Außerdem habe ich ihr ein paar Dinge an den Kopf geworfen, als ich herausfand, dass sie dich nach Seaside geschickt hat.«

»Was für Dinge?«

»Ich habe sie zur Schnecke gemacht«, erklärt Macy. »Das hätte ich nicht tun sollen, aber ich war wütend und besorgt. Ich habe sie gefragt, ob ich dich besuchen oder dir zumindest schreiben könne, aber sie wollte nicht, dass ich mich einmische. Ich liebe dich, Baby, aber du bist ihr Kind, nicht meines. Ich musste ihre Wünsche respektieren – sie ist schließlich meine Schwester.«

»Also bist du weggeblieben.«

»Ich bin dir ferngeblieben«, sagt Macy. »Aber nicht dem Fall.«

Ich setze mich aufrecht. »Was soll das heißen?«

Macy öffnet den Mund, schließt ihn aber wieder, als die Kellnerin bei unserem Tisch stehen bleibt und die Rechnung überreicht. »Lasst euch Zeit, Mädels«, sagt sie. »Sagt mir, wenn ihr irgendwelche Tüten braucht.«

Macy nickt und wartet, bis die Kellnerin sich entfernt hat, um weitere Bestellungen aufzunehmen. Dann wendet sie sich mir wieder zu.

»Deine Mom hatte sich ihre eigene Meinung darüber gebildet, was dir zugestoßen war. Aber ich war diejenige, die es geschafft hatte, dich clean zu bekommen. Ich habe letztes Jahr mehr Zeit mit dir verbracht als sie. Während du in Seaside warst, konnte ich nichts für dich tun, aber ich wusste, wie viel Mina dir bedeutet hat. Und ich wusste, wenn du irgendwelche Informationen über ihren Mörder hättest, würdest du damit nicht hinter dem Berg halten, auch wenn es dir Ärger einbrächte. Dieser Gedanke hat mich verfolgt. Also habe ich mit ein paar alten Freunden bei der Polizei telefoniert, hab mich umgehört, Protokolle gelesen und festgestellt, dass die Version des Kommissars, der mit dem Fall beauftragt ist, nicht ganz stimmen konnte. Selbst wenn du und Mina dort gewesen wärt, um Drogen zu kaufen, warum sollte dann ein Dealer die Drogen zurücklassen? Das sind doch Beweisstücke.

Der Mörder hat Mina erschossen. Er hätte auch dich mühelos erschießen können und wäre so beide Zeuginnen los gewesen, aber er hat es vorgezogen, dich niederzuschlagen, was mir beweist, dass es kein Zufall war, sondern Absicht. Und wenn er dir die Drogen untergeschoben hat, war dies auch Absicht.«

In mir macht sich so etwas wie Erleichterung breit. Alles, was sie sagt, entspricht genau dem, was ich denke, was ich mir während meiner Unterbringung in Seaside immer wieder durch den Kopf gehen ließ. Warum hat er mich am Leben gelassen? Warum hat er mir die Drogen untergeschoben? Wie konnte er so viel über mich wissen, dass er die *richtigen* Drogen wählte?

»Ich hatte keine Ahnung, dass die Pillen in meiner Jackentasche waren«, sage ich. »Ich schwöre es. Er muss sie reingetan haben, als ich bewusstlos war – als ich wieder zu mir kam, war er verschwunden. Und Mina war …« Ich schlucke schwer, bevor ich fortfahre. »Ich musste das Blut stillen, habe dazu meine Jacke benutzt, aber sie war nicht … ich ließ sie zurück, nachdem sie … Erst als Detective James zu uns nach Hause kam, war von Drogen die Rede. Damals hat es Mom und Dad nicht interessiert, dass meine Drogentests ergaben, dass ich clean war – sie haben mir nicht zugehört. Niemand tat es.«

»Aber ich tu's«, sagt Macy. »Erzähl mir, was passiert ist. Warum wart ihr Mädchen überhaupt beim Booker's Point?«

»Wir waren auf dem Weg zur Party unserer Freundin Amber«, erkläre ich. »Aber auf halbem Weg meinte Mina, wir müssten einen Umweg zum Point machen. Sie müsse jemanden wegen einer Story, an der sie dran sei, treffen. Sie machte gerade ein Praktikum beim *Harper Beacon.* Als sie mir keine Einzelheiten verraten wollte, nahm ich an, es ginge nur um eine kurze Absprache, eine Gefälligkeit für ihren Chef, vielleicht um ein Interview, das jemand verschieben musste. Ich wollte nicht zum Point, denn der liegt in der Pampa, und Amber wohnt auf der anderen Seite der Stadt. Aber Mina war …« Ich konnte ihr nie etwas abschlagen.

Meine Hände zittern, sodass die Eiswürfel in meinem Glas klirren. Ich stelle das Glas behutsam ab, verknote meine Finger und studiere den Tisch, als ob die Antwort auf alles zwischen dem Geglitzer des Resopals verborgen sei.

Seit die Polizei mich das erste Mal befragte, habe ich nie mehr ehrlich darüber geredet. Dr. Charles tat ihr Möglichstes, trotz zertrümmerter Möbel und Wochen des Schweigens, aber ich verdrehte die Wahrheit, um der Person zu entsprechen, die sie in mir sah.

Bei Macy bin ich endlich in Sicherheit. Sie hat mich schon mal vor dem Abgrund bewahrt und würde es wieder tun. Aber ich befinde mich jetzt nicht mehr am Rand des Abgrunds. Ich habe Fuß gefasst auf diesem heiklen mittleren Platz, in der Grauzone, in der die Drogensucht gegen etwas fast genauso Gefährliches eingetauscht wird: die Besessenheit.

»Ich habe ihn gesehen, bevor Mina ihn sah«, sage ich. »Ich sah die Waffe in seiner Hand, sah, dass er eine Maske trug. Ich wusste … Ich wusste, was er vorhatte. Ich wusste, dass ich keine Möglichkeit hatte, ihn daran zu hindern. Aber Mina hätte es vielleicht gekonnt. Ich hätte ihr zubrüllen sollen, sie solle davonlaufen. Sie hätte weglaufen können, hätte zumindest eine Chance gehabt.«

»Es gibt keine Möglichkeit, einer Kugel auszuweichen«, bemerkt Macy. »Er wollte Mina töten. Deshalb war er dort. Du hättest ihn nicht daran hindern können. Nichts hätte ihn hindern können.«

»Er hat etwas zu ihr gesagt. Nachdem er mich niedergeschlagen hat, bin ich hingefallen, und während ich ohnmächtig wurde, habe ich gehört, wie er sagte: ›Ich habe dich gewarnt.‹ Und dann hörte ich die Schüsse und ich … verlor das Bewusstsein. Als ich aufwachte, waren wir nur noch zu zweit. Er war verschwunden.«

Meine Hände zittern erneut. Ich schiebe sie unter die Schenkel, drücke sie gegen die weinrote Polsterung.

»Das alles habe ich Detective James erzählt. Ich empfahl ihm, mit den Leuten beim *Beacon* zu sprechen. Ihren Chef zu fragen, woran sie gearbeitet hat. Hat er ihren Computer überprüft? Oder ihren Schreibtisch? Sie hat sich überall Notizen gemacht – es müssen doch irgendwo welche sein.«

Macy schüttelt den Kopf. »Sophie, er hat mit allen gesprochen. Minas Chef, den anderen Praktikanten, sogar mit der Reinemachefrau, die die Nachtschicht hatte. Er hat jeden bekannten Dealer aus drei Bezirken zum Verhör vorgeladen und die meisten deiner Klassenkameraden. Aber er fand nichts, was weitere Verhöre gerechtfertigt hätte. Zudem erwies sich eine Zeugenaussage als fragwürdig.« Sie wedelt mit ihrer Gabel herum und blickt mich an. »Ohne irgendwelche neuen Fakten oder ein wundersames Geständnis wird der Fall als ungelöster Drogenmord ad acta gelegt werden und das war's dann.«

Ich spüre, wie Übelkeit in mir aufsteigt, und knirsche mit den Zähnen. »Das kann ich nicht zulassen.«

Macys Blick wird sanft. »Vielleicht musst du es, Baby.«

Ich sage nichts mehr, schweige.

Wir stehen auf, sie bezahlt die Rechnung, gibt der Kellnerin Trinkgeld, und wir gehen hinaus. Ich schweige immer noch. Die Vorstellung, nie zu erfahren, wer mir Mina weggenommen hat, schmerzt mich. Aber irgendwie vernimmt Tante Macy wie immer die Worte, die ich nicht aussprechen kann. Als wir im Auto sitzen, greift sie nach meiner Hand.

Und sie hält sie während der gesamten Heimfahrt fest.

Es fühlt sich an wie ein Sicherheitsnetz, denn ich spüre, dass Macy immer für mich da ist.

Kapitel 4

NEUNEINHALB MONATE FRÜHER (SECHZEHN JAHRE ALT)

»Du bist eine verdammte Sadistin«, fauche ich Macy an.

Vor drei Tagen haben meine Eltern mich nach Oregon gebracht, damit Macy mich »geradebiegen kann«, wie mein Dad es ausdrückte. Seit drei Tagen habe ich keine Drogen mehr genommen. Der Entzug ist schlimm genug – mein Körper fühlt sich an wie eine riesige, pochende Wunde, und Spinnen krabbeln unter meiner schweißnassen Haut –, aber die nicht nachlassenden Schmerzen sind unerträglich. Mit den Pillen kann ich mich ohne allzu große Beschwerden bewegen. Ohne sie bringt mich mein Rücken um und meine Beine versagen mir ständig den Dienst. Bei jeder Bewegung, selbst einer Drehung im Bett, überflutet mich eine Schmerzwoge, die mein ganzes Rückgrat erfasst und mir den Atem nimmt; Tränen des Schmerzes rollen meine Wangen hinab. Verbunden mit dem Entzug ist der Schmerz, der sich das erste Mal seit dem Unfall mit voller Gewalt bemerkbar macht, einfach zu viel. Ich weigere mich aufzustehen. Die Schmerzen sind einfach zu stark.

Es ist alles Macys Schuld. Hätte sie mir einfach meine verdammten Pillen gelassen, wäre alles in Ordnung. Ich könnte mich bewegen, es würde nicht wehtun und ich wäre wieder okay.

Ich will einfach nur wieder okay sein. Aber Macy lässt es nicht zu.

Ich verbringe viel Zeit damit, auf die fröhlichen gelben Wände ihres Gästezimmers zu starren, mit den Spitzengardinen und altmodischen Reisepostern, bei deren Anblick mir speiübel wird. Alles in Macys Haus ist mir zuwider, ich will nach Hause.

Ich will meine Pillen. Der Gedanke daran frisst mich auf, vertreibt alles andere aus meinem Kopf, hält mich so gefangen, wie es nur eine andere Sache in meinem Leben tut. Mina würde mich dafür hassen, dass ich sie damit vergleiche, aber es macht mir nichts aus, weil ich sie im Augenblick ebenfalls hasse.

»Ich helfe dir.« Macy blickt kaum hoch von ihrer Zeitschrift. Sie sitzt in einem türkisfarbenen Sessel auf der anderen Seite des Zimmers und hat die Beine auf einen türkisfarbenen Hocker gelegt.

»Ich … habe … Schmerzen!«

»Ich weiß.« Sie blättert eine Seite um. »Deshalb hast du heute einen Arzttermin. Er ist der beste Schmerztherapeut in Portland. Wir werden etwas anderes als Betäubungsmittel für dich finden. Und Pete hat einen Freund, der Akupunktur macht. Er wird ins Haus kommen.«

Bei dieser Vorstellung dreht sich mir der Magen um. »Ihr wollt mich mit Nadeln spicken? Seid ihr verrückt?«

»Die Akupunktur kann die Heilung fördern.«

»Ich will das auf keinen Fall«, sage ich fest entschlossen.

»Kann ich jetzt bitte nach Hause gehen? Das ist doch wirklich bescheuert. Schließlich haben die Ärzte mir die Pillen *verschrieben*. Glaubst du wirklich, du bist klüger als sie?«

»Vermutlich nicht«, räumt Macy ein. »Ich habe nicht einmal das College abgeschlossen. Aber ich bin jetzt für dich verantwortlich, was bedeutet, dass ich das tun muss, was ich für das Beste halte. Du bist drogenabhängig, warst vollgedröhnt und wirst jetzt clean.«

»Ich habe dir erklärt, dass ich kein Drogenproblem habe. Ich habe *Schmerzen*. Das ist nun mal so, wenn man von einem Geländewagen zerquetscht wird und die Knochen durch Metallschrauben zusammengehalten werden.«

»Blablabla.« Macy macht eine abwehrende Geste und lässt die Zeitschrift sinken. »Das habe ich alles schon mal gehört. Einige Menschen können mit Schmerzmitteln umgehen, andere nicht. Wenn man bedenkt, dass dein Dad eine regelrechte Apotheke in deinem Zimmer gefunden hat, würde ich sagen, dass du nicht weit von einer Überdosis entfernt warst. Meinst du etwa, ich würde das zulassen? Würde es deiner Mutter und mir zumuten? Ganz bestimmt nicht. Nicht noch einmal.

Wenn du dir deine schwachsinnigen Entschuldigungen schenkst und zugibst, dass du ein Problem hast, dann können wir reden. Je schneller du es zugibst, Baby, desto schneller können wir das Problem bei der Wurzel packen. Du fängst also am besten gleich an zu reden – denn du wirst so lange nirgendwohin gehen, bis ich sicher bin, dass du keine Gefahr für dich selbst darstellst.«

»Mir geht's *gut*.« Ich wische mir den Schweiß von der Stirn und kämpfe gegen die ständige Übelkeit an, die mich seit gestern quält. Halt typische *Entzugserscheinungen*.

Macy steht auf und drückt mir einen Eimer in die Hand. »Wenn dir übel wird, benutz ihn.«

Ihr Gesicht entspannt sich, ihre »Böser Bulle«-Miene, die sie meisterhaft beherrscht, wird milder. Sie greift nach meiner freien Hand und hält sie so fest, dass ich sie ihr nicht entziehen kann. »Sophie, ich werde dich nicht aufgeben. Egal was du tust, egal was du sagst: Ich bin für dich da. Ich will dich nicht verlieren. Nicht an die Drogen. Ich werde dafür sorgen, dass du clean wirst! Auch wenn du mich schließlich dafür hassen wirst.«

»Na toll«, sage ich bitter. »Ich Glückspilz.«

Kapitel 5

JETZT (JUNI)

Harper's Bluff, eine winzige, in der Wildnis erbaute Stadt, liegt an der nordkalifornischen Seite der Siskiyou Mountains, wird überragt von mit Kiefern bewachsenen Bergen und umgeben von üppigen Eichenwäldern sowie einem See, der sich in der Endlosigkeit verliert. Hier leben etwa zwanzigtausend Menschen; es gibt mehr Kirchen als Lebensmittelläden, und an den meisten Häusern flattert die amerikanische Flagge. Auf der Stoßstange jedes zweiten Lastwagens prangen Aufkleber, auf denen zu lesen ist: ECHTE MÄNNER LIEBEN JESUS. Es ist hier nicht idyllisch, aber behaglich.

Ich dachte eigentlich, ich sei bereit, nach Hause zurückzukehren, aber als wir beim Schild WILLKOMMEN IN HARPER'S BLUFF vorbeikommen, möchte ich Macy am liebsten bitten, auf die Bremse zu treten und mit mir nach Oregon zurückzufahren.

Wie kann ich hier ohne Mina leben?

Ich beiße mir auf die Zunge. Ich muss dies für sie tun. Es ist das Einzige, was ich tun kann. Als wir an meiner Highschool vorbeifahren, starre ich aus dem Fenster. Ich überlege, ob Minas Spind mit Blumen und Kerzen geschmückt und mit Brieflein versehen wurde, die nie gelesen werden. Ob wohl ihr Grab noch immer mit Teddybären und Bildern von ihr geschmückt ist, die strahlend zu einem Himmel hochschauen, den Mina nie wieder sehen wird. Ich hatte nicht einmal an ihrer Beerdigung teilgenommen, konnte es nicht ertragen, miterleben zu müssen, wie sie in die Erde hinabgelassen wurde.

Als wir in meine Straße einbiegen, klingelt Macys Handy. Sie lenkt das Auto in die Auffahrt und klemmt sich das Handy unters Kinn. »Wo?« Sie lauscht einen Moment lang. »Wie lange ist es her?« Sie schaltet den Motor ab und sieht mich an. »Okay, ich kann in dreißig Minuten da sein.«

»Ist jemand, der auf Kaution frei war, nicht zur Gerichtsverhandlung gekommen?«, frage ich, nachdem sie ihr Telefonat beendet hat. Macy ist nämlich Kautionsjägerin, auch wenn sie es vorzieht, »Resozialisierungsagentin« genannt zu werden.

»Es geht um ein Sexualverbrechen in Corning.« Sie runzelt die Stirn, als sie entdeckt, dass die Auffahrt leer ist. »Ich habe gehofft, deine Mom wäre inzwischen nach Hause gekommen.«

»Es ist okay. Ich kann durchaus allein im Haus bleiben.«

»Nein, gerade jetzt solltest du nicht allein sein.«

»Mach dich auf die Socken und schnapp dir den bösen Jungen.« Ich beuge mich zu ihr und küsse sie auf die Wange. »Ich verspreche dir, ich komme schon klar. Wenn es dich beruhigt, rufe ich dich an, sobald Mom nach Hause gekommen ist.«

Macy klopft mit den Fingern auf das Lenkrad. Sie will

unbedingt dem Übeltäter hinterherjagen und ihn hinter Gitter bringen, wo er hingehört.

Ich kenne dieses Gefühl, diesen Drang nach Gerechtigkeit. Alle Frauen in meiner Familie haben ihn. Macy befriedigt ihren durch die Strafverfolgung, durch harte, schnelle und brutale Urteile, und Mom durch Vorschriften und Gesetze und Schwurgerichtsverfahren – der Gerichtssaal ist ihr Schlachtfeld.

Meiner hat mit Mina zu tun, wird durch sie definiert, existiert durch sie.

»Also ehrlich, Tante Macy. Ich bin siebzehn, ich bin clean, und ich kann eine gewisse Zeit lang allein bleiben.«

Sie wirft mir einen abschätzenden Blick zu. Dann greift sie hinüber und öffnet das Handschuhfach. »Nimm das«, befiehlt sie und drückt mir einen Behälter in der Größe einer Wasserflasche in die Hand. Obendrauf befindet sich ein weißer Sprühkopf mit Deckel, und auf dem Etikett ist zu lesen: BÄRENABWEHRSPRAY.

»Du gibst mir ein Bärenabwehrspray? Im Ernst?«

»Es hat eine viel größere Reichweite und wehrt besser ab als dieses Pfefferspray, das man im Drugstore in hübschen rosa Dosen bekommt, und ist sogar besser als ein Taser«, erklärt Macy. »Zu viel kann damit schieflaufen – die Kleidung kann im Weg sein, die Sprühdüse nicht richtig funktionieren, und ein kräftiger Kerl lässt sich dadurch nicht außer Gefecht setzen. Und wenn man ihm hiermit ins Gesicht sprüht? Dann geht er in die Knie.« Sie nimmt mir die Dose aus der Hand und deutet auf die Oberseite. »Drück oben auf den Knopf, um den Mechanismus auszulösen. Ziele und drück ab. Lass die Dose nicht fallen – denn vielleicht benötigst du sie noch einmal. Sprüh dem Angreifer ins Gesicht und lauf weg. Selbst wenn er geblendet ist, kann er dir, wenn er eine Pistole, ein Messer oder eine andere Waffe besitzt, Schaden zufügen. Sprüh, renn weg und halt deine Waffe fest. Hast du kapiert?«

»Du willst mich tatsächlich ermutigen, dies zu benutzen?«

»Wenn dich jemand angreift? Unbedingt«, sagt Macy. Ihre Stimme klingt so ernst, dass ich Gänsehaut bekomme. »Minas Mörder läuft immer noch frei herum. Du bist die einzige lebende Zeugin. Und ich bin mir ziemlich sicher, dass du im Begriff bist, irgendetwas Heikles aufzuwühlen, also sei vorsichtig.«

»Du willst mich also nicht bremsen?« Als ich es laut ausspreche, wird mir bewusst, dass ich darauf gewartet habe, dass sie es tun würde.

Macy schweigt einen Augenblick lang. Sie mustert mich mit ihren blauen Augen von oben bis unten, wie sie es bei einem Täter tun würde. »Würde das irgendwas bringen?«, fragt sie offen heraus.

Meine Hand umklammert die Dose und ich schüttele den Kopf.

»Habe ich mir doch gedacht.« Macy versucht, das Lächeln zu unterdrücken, aber ich bemerke es, bevor sie wieder ernst wird. »Kannst du dich erinnern, was ich zu dir an dem Abend gesagt habe, an dem wir fanden, dass du so weit seist, nach Hause zurückzukehren?«

»Du hast gesagt, ich sei fähig, meine eigenen Entscheidungen zu treffen.«

»Sophie, du bist kein Kind mehr. Du hast zu viel durchgemacht. Zwar hast du ein paar wirklich schlechte Entscheidungen getroffen, aber auch ein paar gute. Du bist clean geworden – und bist es geblieben. Ich glaube es. Ich glaube dir. Und es wäre wahrscheinlich klug, dir zu sagen, dass du Mina aufgeben solltest. Aber ich sehe doch, Baby, wie es dich auffrisst, wenn du nichts tust. Wenn du es nicht versuchst. Nur ...« Wieder klingelt ihr Handy. »Verdammt«, murmelt sie.

Ich nutze die Ablenkung. »Ich werde vorsichtig sein, ich verspreche es. Fahr nach Corning.« Ich löse meinen Gurt und greife nach meiner Tasche. »Versetz dem perversen Dreckskerl einen Tritt in die Eier.«

Macy grinst. »Das ist ganz mein Mädchen.«

Unser Haus hat sich nicht verändert. Ich weiß auch nicht, warum ich mir eingebildet habe, es würde anders aussehen. Vielleicht, weil sich alles andere verändert hat. Aber die geschmackvollen Ledercouchen und der Kirschholztisch dazwischen stehen nach wie vor im Wohnzimmer. Die Kaffeemaschine in der Küche ist halb voll, der leere Becher meines Vaters befindet sich neben der Spüle. Alles wie immer.

Ich gehe hinauf in mein Zimmer. Mein Bett ist frisch überzogen, und ich berühre die rote Flanellbettwäsche, die an den Ecken Falten wirft, was bedeutet, dass Mom das Bett selbst gemacht hat und nicht die Reinemachefrau, die einmal in der Woche zu uns kommt.

Als ich mir vorstelle, wie sie mit hohen Absätzen und Bleistiftrock damit gekämpft hat, das Bett glatt zu ziehen, um es schön für mich zu machen, werden meine Augen feucht. Ich räuspere mich, blinzele und leere den Inhalt meiner Tasche auf das Bett. Dann gehe ich unter die Dusche.

Ich lasse das Wasser ganz lange über meinen Kopf strömen. Ich muss den Geruch der Reha – Luftreiniger mit Zitronengeschmack und billiges Polyester – abwaschen.

Drei Monate lang war ich festgehalten hinter weißen Wänden, untätig und abwartend, eingebunden in Therapiesitzungen, während Minas Mörder frei herumlief. Es durchfährt mich plötzlich wie ein Blitz, dass ich endlich frei bin, und ich stelle den Wasserhahn ab. Ich kann es keine Sekunde länger ertragen, im Haus zu sein. Ich ziehe mich an, hinterlasse eine Notiz auf dem Küchentisch und schließe die Tür hinter mir. Die Dose mit dem Bärenabwehrspray befindet sich in meiner Tasche.

Macy hatte recht – ich bin im Begriff, irgendetwas Heikles aufzuwühlen. Ich habe nicht die geringste Ahnung, warum Mina umgebracht wurde. Das bedeutet, dass ich auf alles gefasst sein muss. Auf alle möglichen Menschen.

Es dämmert, aber er wird immer noch im Park sein.

Das Gute daran, in einer Kleinstadt aufzuwachsen, ist, dass jeder jeden kennt. Und wenn man eine Routine einhält, wird man gewöhnlich leicht gefunden.

Ich schlage den Weg zum Park ein und komme dort an, als die Jungs, die Fußball spielen, gerade ihr Spiel beenden. Das Shirt klebt ihnen am Leib. Die Sonne sinkt. Es ist die Dämmerstunde, in der hell und dunkel fast künstlich ausgeglichen werden, wie in einem alten Film, angefüllt mit verschwommenen Farben. Ich beobachte von der anderen Straßenseite aus, wie sich ein kräftiger blonder Typ mit Zottelhaaren und einem schmuddeligen weißen Fußballtrikot und Schlabbershorts aus der Gruppe löst, auf den Duschraum zusteuert und die Tür hinter sich ins Schloss fallen lässt.

Eine ideale Situation: Er ist isoliert, kann nirgendwohin entkommen. Ich ergreife die Gelegenheit.

Ich will in den Duschraum stürmen, ihn zu Tode erschrecken, mit dem Fuß seine Wange gegen den Fußboden drücken, bis er die Wahrheit gesteht.

Stattdessen schlüpfe ich lautlos hinein und schließe die Tür hinter mir, als ich mich vergewissert habe, dass er allein ist. Ich höre die Toilette rauschen und mein Magen rebelliert, teils aus Wut, teils aus Angst.

Zuerst sieht er mich nicht, aber auf halbem Weg zum Waschbecken entdeckt er mich im Spiegel.

»Scheiße.« Er dreht sich blitzschnell herum.

»Hi, Kyle.«

»Ich habe gedacht, du seist in der Reha.«

»Ich bin entlassen worden.« Ich mache einen Schritt nach vorn, und als er zurückweicht, durchflutet mich ein süßes Gefühl. Kyle ist sehr groß, mit breitem Nacken, und recht massiv – eignet sich mehr für Football als für Fußball –, und es gefällt mir, dass er ein bisschen Angst vor mir hat, auch wenn er nur befürchtet, dass der Junkie etwas Verrücktes tun könnte.

Ich gehe noch einen weiteren Schritt auf ihn zu. Dieses Mal schafft er es nicht, zurückzuweichen.

Aber er möchte es gern. Ich erkenne die Angst in seinem jungenhaften Gesicht.

Angst bedeutet Schuldgefühle.

Ich hole den Bärenabwehrspray aus meiner Tasche, löse den Deckel und halte ihn in seine Augenhöhe, während ich weiter auf ihn zugehe. »Erinnerst du dich noch daran, dass Adams Bruder ihm versehentlich Bärenabwehrspray ins Gesicht gesprüht hat? Ich glaube, wir waren damals in der achten Klasse … Es ist auf jeden Fall eine der Storys, die er immer wieder gern erzählt, wenn er was getrunken hat. Adam meinte: ›Dieser Scheiß brennt wie verrückt.‹«

Ich berühre mit dem Finger den Auslöser. Kyle wirkt angespannt.

»Als ich in der Reha war, hatte ich viel Zeit zum Nachdenken«, sage ich. »Das ist mehr oder weniger alles, was man zu tun hat: über die eigenen Fehler und Probleme und deren Lösung nachzudenken. Aber die ganze Zeit über fand ich nie die richtigen Antworten auf meine Fragen.

Vielleicht kannst du mir helfen, Kyle. Fangen wir doch damit an: Warum hast du die Polizei angelogen über die Nacht, in der Mina gestorben ist?«

Kapitel 6

Vier Monate früher (siebzehn Jahre alt)

Einen Tag nach Minas Ermordung fährt mein Dad mich vom Krankenhaus nach Hause. Unsere Fahrt verläuft schweigsam. Ich möchte die Stirn gegen die Scheibe pressen, damit sie mir Halt gibt. Aber als ich die Schläfe gegen das Glas lehne, spüre ich schmerzhaft die Stiche meiner vernähten Wunden, stöhne und ziehe den Kopf zurück.

Draußen scheint die Sonne. Es ist ein klarer Februartag, auf den Berggipfeln liegt noch Schnee. Als wir am Park vorbeifahren, sehen wir spielende Kinder. Es ist seltsam, dass nach allem, was passiert ist, das Leben normal weitergeht.

Nachdem wir vor unserem Haus angelangt sind, steigt Dad aus und öffnet mir die Tür, doch als wir das Haus betreten haben, zögere ich am Treppenabsatz. Dad wirft mir einen besorgten Blick zu.

»Liebes, brauchst du Hilfe?«

Ich schüttele den Kopf. »Ich geh schnell unter die Dusche.«

»Vergiss nicht, der Detective kommt in etwa einer Stunde. Glaubst du, du kannst dann mit ihm reden?«

Im Krankenhaus hatte man mir ein Beruhigungsmittel gegeben. Als die Polizei aufgetaucht war, war ich zu sehr neben der Spur, um Fragen beantworten zu können.

Bei der Vorstellung, darüber reden zu müssen, würde ich am liebsten schreien, doch ich sage nur: »Ich bin bereit.« Dann quäle ich mich die Treppe hinauf. Ich wünsche mir fast, ich hätte nicht meinen Stock mit fünfzehn verbrannt, denn jetzt könnte ich ihn brauchen.

Ich drehe das Wasser auf und ziehe mich langsam im Badezimmer aus, schlüpfe aus meiner Jogginghose, streife meinen Slip ab. Dann entdecke ich sie: eine rotbraune Schmierspur an meinem Knie.

Minas Blut.

Ich drücke die Finger auf die Stelle, meine Nägel graben sich in meine Haut, bis sich frische, leuchtend rote Blutstropfen zeigen. Meine Finger sind voller Blut und es schnürt mir immer mehr die Brust zu.

Fünf Monate. Drei Wochen. Einen Tag. Zehn Stunden.

Ich atme ein. Die Dusche hat alles in Dampf gehüllt, sodass ich kaum noch Luft kriege.

Ich schüttele die Sneakers ab, die Dad mir für zu Hause mitgebracht hatte. Meine Füße sind immer noch schmutzig, denn ich hatte gestern Abend Sandalen an. Zusammen mit meinen anderen Kleidungsstücken sind sie vermutlich irgendwo in einer Tasche verstaut, um nach Spuren untersucht zu werden.

Doch sie werden lediglich ihr Blut finden. Mein Blut. Unser Blut.

Meine Nägel bohren sich tiefer in mein Knie. Ich hole tief Luft, dann noch einmal.

Beim dritten Atemholen gehe ich unter die Dusche.
Das Wasser soll die letzten Spuren von ihr abwaschen.

Als ich aus der Dusche komme, ertappe ich meine Mutter dabei, wie sie mein Zimmer durchwühlt.

»Gibt es noch mehr davon?«, fragt sie. Ich entdecke verschmierte Mascara auf ihrem Gesicht, und ihre Augen sind gerötet, als sie die Laken von meinem Bett reißt und die Matratze hochhievt.

Ich stehe verblüfft da, eingehüllt in ein Badetuch, mit tropfnassem Haar.

»Was tust du denn da?«

»Drogen, Sophie. Gibt es noch mehr davon?« Sie macht sich über die Kissen her, öffnet den Reißverschluss, fährt mit der Hand hinein und durchwühlt das Innere.

»Da sind keine Drogen drin.« Ich bin erschüttert über die Wut, die wie Hitze von ihr ausstrahlt.

Mom greift nach meinem Schmuckkästchen und leert es aus. Armbänder und Ketten fallen auf den Boden, bilden einen kleinen Haufen. Sie reißt die Schubladen an meiner Kommode heraus und kippt ihren Inhalt auf das Bett.

Als sie T-Shirts und Unterwäsche durchwühlt, entdecke ich Tränen in ihren Augenwinkeln, und auf ihren Wangen bilden sich noch weitere schwarze Flecken.

Mom ist kein emotionaler Mensch. Sie ist durch und durch Juristin. Sie mag Kontrolle und Vorschriften. Das Chaos, das sie in meinem Zimmer angerichtet hat, ist so ungewöhnlich für sie, dass ich nur staunen kann.

»Mom, ich nehme keine Drogen mehr.« Meine einzige Verteidigung ist die Wahrheit. Ich habe sonst nichts.

»Du lügst doch. Warum lügst du mich immer noch an?« Als sie die Schranktüren aufreißt, rollen noch mehr Tränen ihre Wangen hinab. »Detective James war gerade unten. Er hat mir berichtet, dass man in deiner Jackentasche Oxycodon gefunden hat.«

»Wie? Nein. *Nein!*« Der Schock reißt mich aus der Benommenheit, die mich umhüllt hat. Als ich erkenne, dass sie ihm glaubt, erstarre ich, zumal mir klar wird, was das bedeutet.

»Die Polizei hat sich heute Morgen mit Kyle Miller unterhalten. Kyle behauptet, Mina habe ihm erzählt, ihr zwei wärt zum Booker's Point gefahren, um Drogen zu besorgen.«

»Nein!« Ich wiederhole mich, kriege nur dieses eine Wort heraus. »Kyle lügt. Mina hat überhaupt nicht mit Kyle gesprochen. Sie ist nicht einmal ans Telefon gegangen, wenn er angerufen hat.«

Mom steht vor dem Schrank und blickt mich an. Scham vermischt sich mit den Tränen in ihren Augen und der Mascara auf ihren Wangen.

»Sophie, sie haben die Pillen gefunden«, sagt sie. »Du hast sie am Tatort in deiner Jacke gelassen. Und wir wissen alle, dass sie nicht Mina gehörten. Ich kann es einfach nicht glauben. Du bist noch nicht einmal einen Monat zurück und hast bereits einen Rückfall. Was bedeutet, dass alles, was Macy unternommen hat ...« Sie vollführt wilde Gesten mit einem meiner Schuhe und schüttelt den Kopf. »Ich hätte dich in die Reha schicken sollen und nicht zu Macy. Du brauchst professionelle Hilfe. Es ist meine Schuld und ich werde damit leben müssen.«

»Nein, Mom. Wir wollten dort keine Drogen kaufen, ich schwöre es. Mina war mit jemandem verabredet, um mit ihm über eine Story zu reden, für die Zeitung. Ich bin nicht auf Drogen! Ich habe nichts gekauft oder genommen. Ich bin clean! Meine Tests in der Klinik haben ergeben, dass ich clean bin. Seit fünfeinhalb Monaten!«

»Hör auf mit deinen Spielchen, Sophie. Deine beste Freundin ist tot! Sie ist tot! Und es hätte genauso gut dich treffen können.« Sie wirft den Schuh durchs Zimmer. Er prallt gegen die Wand auf der anderen Seite des Raums, und das erschreckt mich so sehr, dass meine Knie unter mir nachgeben. Ich falle zu Boden, umfasse mit den Händen meinen Kopf. Angst raubt mir den Atem.

»Oh mein Gott, Liebling. Nein, nein, tut mir leid.« Die Reue steht ihr ins Gesicht geschrieben. Sie kniet neben mir nieder und umfasst mein Kinn. »Tut mir leid«, sagt sie. Sie entschuldigt sich sicherlich nicht dafür, den Schuh durchs Zimmer geschleudert zu haben, oder?

Ich kämpfe gegen ihre Nähe an. Ich kann es nicht ertragen, stoße sie weg, rutsche mühsam zur Wand, wo ich mich mit dem Rücken abstütze. Sie verharrt in ihrer Haltung, kauert neben meiner Kommode und starrt mich entsetzt an.

»Sophie, bitte«, bettelt sie. »Sag mir die Wahrheit. Es ist alles okay, solange du mit mir redest. Ich muss es wissen, damit ich überlegen kann, wie ich dir Probleme erspare. Du wirst dich besser fühlen, mein Schatz.«

»Ich lüge nicht.«

»Doch, das tust du«, erwidert sie, und ihre Stimme klingt wieder eiskalt. Sie zieht sich hoch und thront direkt über mir. »Ich lasse nicht zu, dass du dich umbringst. Du wirst clean werden, auch wenn ich dich einsperren muss.«

Damit zerstört sie den letzten Hauch von Naivität, den ich noch besitze. Er liegt zerschmettert am Boden, zusammen mit meinem restlichen Leben. Meine Mutter reißt alles, was ihr zwischen die Finger kommt, auseinander, entschlossen, die Lügen zu finden, die Pillen – etwas, das beweist, dass Kyle und der Detective recht haben.

Aber sie findet nichts, denn es gibt nichts zu finden.

Aber das spielt keine Rolle. Kyles Worte, die Pillen in meiner Jackentasche genügen, um jeden zu überzeugen. Selbst sie. Vor allem sie.

Zwei Wochen später schickt sie mich nach Seaside.

Kapitel 7

Jetzt (Juni)

»Was soll das, Sophie?« Kyle faltet die Arme über seiner breiten Brust, blickt vom Bärenabwehrspray zur Tür und wieder zurück. »Nimm das Ding runter, du wirst dir selbst wehtun, denn die Lüftung hier ist sehr stark.«

Vermutlich hat er recht. Aber ich halte die Dose immer noch auf ihn gerichtet. »Du hast den Bullen Lügen aufgetischt. Wenn jemand unschuldig ist und möchte, dass der Mörder seiner Freundin festgenommen wird, dann tut er das nicht.«

Er starrt mich an. »Glaubst du etwa, ich hätte etwas damit zu tun? Willst du mich auf den Arm nehmen? Ich habe sie geliebt.« Seine Stimme zittert. »Mina ist tot und es ist *deine* Schuld. Wenn du nicht so ein gottverdammter Junkie wärst, würde sie noch leben.«

Meine Finger schließen sich fest um die Dose. »Wenn sie dir so viel bedeutet hat, warum hast du dann über Minas und meine Fahrt zum Point gelogen?«

Jemand klopft an die Tür des Duschraums. Ich zucke zusammen, lasse die Dose fallen. Sie rollt über den Fliesenboden, und Kyle nutzt die Gelegenheit, um zur Tür zu eilen.

»Ich werde nicht aufhören«, warne ich ihn, als er sich am Türschloss zu schaffen macht.

»Geh zum Teufel, Soph. Ich hab nichts zu verbergen.«

Er wirft die Tür hinter sich zu. Ich höre leises Geflüster von draußen, Gesprächsfetzen wie »Geh ja nicht da rein«. Dann verstummt Kyles Stimme.

Ich drücke die Hand auf die Brust, um mich zu beruhigen, spüre die Narbenspuren dort, wo die Chirurgen nach dem Unfall meine Brust geöffnet hatten.

Ich hebe den Bärenabwehrspray vom Boden auf, verstaue ihn in meiner Tasche und eile zur Tür. Kyle ist inzwischen über alle Berge. Vermutlich verbreitet er die Neuigkeit, dass Sophie Winters wieder zu Hause ist und mehr spinnt denn je.

Als ich die Tür öffne, steht jemand davor. Fast wäre ich mit ihm zusammengeprallt. Ich trete einen Schritt zurück, mein wehes Bein verdreht sich, und ich gerate ins Schwanken. Als eine Hand versucht, mich zu stützen, weiß ich, ohne aufzublicken, wer es ist.

Angst durchflutet mich, heiß und schwer. Ich bin nicht darauf vorbereitet. Seit Monaten vermeide ich es, mir diesen Augenblick vorzustellen.

Ich kann ihm nicht gegenübertreten.

Aber ich kann mich auch nicht aus dem Staub machen.

Nicht wieder.

»Trev«, sage ich stattdessen.

Minas Bruder, hochgewachsen, breitschultrig und so vertraut, starrt mich an. Ich zwinge mich, ihm in die Augen zu schauen.

Es ist, als würde ich in Minas Augen sehen.

Kapitel 8

VIER MONATE FRÜHER (SIEBZEHN JAHRE ALT)

Es war vor vier Tagen. Es erscheint mir jedoch länger. Oder vielleicht kürzer.

Meine Eltern huschen tagsüber um mich herum, ruhig, beherrscht. Sie machen Pläne. Sind bereit, für mich in den Krieg zu ziehen. Als meine Mom erkannt hat, dass ich der Polizei nicht das erzählen werde, was sie hören will, nimmt sie ihre Anwaltspose ein. Sie verbringt die Zeit am Telefon, und Dad geht hin und her, die Treppe hinauf und wieder hinunter in die Diele, bis ich davon überzeugt bin, dass er dort Spuren hinterlassen hat.

Mom versucht, mir das Jugendgefängnis zu ersparen. Die Oxy-Flasche, die man in meiner Jacke fand, hätte ausgereicht, um mich in echte Schwierigkeiten zu bringen – wenn Mom nicht so viele Freunde auf den richtigen Posten gehabt hätte.

Sie wird mich retten, wie sie es immer tut.

Sie glaubt nicht, dass sie mich beim ersten Mal rettete, aber das tat sie. Denn sie schickte mich zu Macy.

Die Tage sind gar nicht so übel, mit dem Klicken von Moms Absätzen und dem Klang von Dads Schritten. Wie

Dad jedes Mal meine Tür öffnet, wenn sie verschlossen ist, für alle Fälle.

Am schlimmsten sind die Nächte.

Jedes Mal wenn ich die Augen schließe, befinde ich mich wieder am Booker's Point.

Also halte ich die Augen offen, starre ins Dunkel. Ich trinke Kaffee und bleibe wach.

Ich werde es nicht mehr lange durchhalten.

Ich habe unbändiges Verlangen danach. Das ständige quälende Gefühl in mir, die Stimme in meinem Kopf, die flüstert: »Ich werde dafür sorgen, dass es weggeht«, zerrt an mir. An manchen Stellen fängt es an zu kribbeln, so als würde sich ein blutleerer Fuß mit Blut füllen.

Ich ignoriere es.

Ich atme durch.

Fünf Monate. Drei Wochen. Fünf Tage.

Es ist zwei Uhr morgens, und ich bin die Einzige, die wach ist. Ich lege mich auf die Fensterbank im Wohnzimmer, eingehüllt in eine Decke, und blicke nach draußen, als würde ich darauf warten, dass der Mann in der Maske durchs Gartentor stürmt, um zu beenden, was er begonnen hat.

Ich schwanke zwischen Hoffnung und Angst, dass es passieren könnte. Es ist ein Drahtseilakt, bei dem ich nicht ganz sicher bin, ob ich gerettet werden oder fallen will.

Ich muss dafür sorgen, dass das aufhört.

Ein Licht lenkt mich ab; es kommt von dem wackeligen Baumhaus, eingebettet in die alte Eiche am unteren Ende des Gartens. Ich greife nach meinem Morgenmantel und gehe nach draußen, tappe barfüßig durch den Garten. Die Strickleiter ist ausgefranst, und es fällt mir schwer, mich mit meinem kaputten Bein hochzuziehen, aber ich schaffe es.

Trev sitzt da, gegen die Wand gelehnt, die Knie angezogen. Seine dunklen lockigen Haare stehen wirr vom Kopf ab. Er hat Augenringe, hat offensichtlich ebenfalls nicht geschlafen.

Natürlich nicht.

Seine Finger umkreisen eine Stelle am Boden, immer und immer wieder. Als ich ins Baumhaus klettere, erkenne ich, dass es das Brett ist, in das Mina ihren Namen eingraviert hatte, verschlungen mit meinem.

»Die Beerdigung ist am Freitag«, sagt er.

»Ich weiß.«

»Meine Mom …« Er hält inne und schluckt. In seinen grauen Augen – die so sehr an ihre erinnern, dass es schmerzt, ihn anzuschauen – schimmern ungeweinte Tränen. »Ich musste allein ins Beerdigungsinstitut gehen, Mom war nicht fähig dazu. Ich saß also dort und hörte mir an, was der Kerl mir über die Musik, die Blumen und den mit Samt oder Seide ausgestatteten Sarg erzählte. Ich musste daran denken, welch große Angst Mina vor der Dunkelheit hatte, und wie verrückt es ist, dass ich es zulasse, dass man sie in der Erde begräbt.« Er gibt ein gepresstes Lachen von sich, das mir in den Ohren wehtut. »Ist das nicht das Verrückteste, was du je gehört hast?«

»Nein.« Ich fasse nach seiner Hand und halte sie fest, als er sie mir entziehen will. »Nein, es ist nicht verrückt. Erinnerst du dich an ihr Snoopy-Nachtlicht?«

»Du hast es mit einem Fußball kaputt geschlagen.« Bei der Erinnerung daran muss er unwillkürlich lächeln.

»Und du hast die Schuld auf dich genommen. Sie hat eine Woche lang nicht mit dir gesprochen, aber du hast mich nicht verraten.«

»Nun, jemand musste sich ja um dich kümmern.« Er starrt aus dem notdürftig gerahmten Fenster, meidet meinen Blick. »Ich versuche immer wieder, mir vorzustellen, wie es passiert ist. Wie es war. Ob es schnell ging. Ob sie Schmerzen hatte.« Er wendet mir jetzt das Gesicht zu, ein offenes Buch reiner Emotionen, und nun will er, dass ich alle blutigen Seiten noch mal mit ihm anschaue.

»Hatte sie?«

»Trev, nicht. Bitte.« Mir versagt die Stimme. Ich will hier raus. Ich kann nicht darüber nachdenken. Ich versuche, den Rückzug anzutreten, aber dieses Mal hält er mich fest.

»Ich hasse dich.« So wie er es sagt, klingt es fast beiläufig. Aber der Blick seiner Augen – er verwandelt seine Worte in ein Gemisch aus Lüge und Wahrheit, das mich auf bekannte Weise niederdrückt. »Ich hasse es, dass du überlebt hast. Ich hasse es, dass ich erleichtert war, als ich gehört habe, dass es dir gut geht. Ich … *hasse* dich.«

Meine Fingerknochen knacken unter dem Druck seiner Hand.

»Ich hasse alles«, ist das Einzige, was ich darauf erwidern kann.

Er küsst mich, reißt mich mit einer ruckhaften Bewegung an sich, auf die ich nicht gefasst bin. Es ist grotesk: Unsere Zähne stoßen zusammen, unsere Nasen, der Winkel stimmt überhaupt nicht. So hätte es nicht sein sollen, aber es ist der einzige Weg, wie es je geschehen konnte.

Ohne Mühe befreie ich ihn von seinem T-Shirt, aber meines bereitet größere Probleme, baumelt um meinen Hals, als ihn meine nackte Haut verwirrt. Seine Hände sind sanft, ehrerbietig, gleiten über Haut, Knochen und Narben, umreißen Konturen.

Ich lasse mich anfassen, küssen. Nackt lasse ich mich auf den Holzboden drücken, der noch die Spuren unserer Kindheit trägt.

Ich lasse Gefühle zu. Lasse zu, dass seine Haut mit meiner verschmilzt.

Ich lasse es zu, da es genau das ist, was ich brauche; diese schreckliche Vorstellung, diese wunderbare, chaotische Ablenkung.

Und dass unsere Gesichter irgendwann tränenüberströmt sind, spielt keine Rolle. Wir tun dies sowieso aus allen möglichen falschen Gründen.

Später starre ich im Mondlicht in sein Gesicht und frage mich, ob er gemerkt hat, dass ich ihn küsste, als würde ich die Form seiner Lippen bereits kennen. So als hätte ich sie in Gedanken oft nachgezeichnet, in einem anderen Leben. All meine Kenntnisse habe ich von einer anderen Person, die seine Augen, seine Nase und seinen Mund hatte, aber nie mehr wiederkommen wird.

Kapitel 9

Jetzt (Juni)

Einen langen frostigen Moment lang starren Trev und ich einander an. Ich kann den Blick nicht von ihm wenden, giere danach, einen Blick von ihr zu erhaschen, auch wenn es nur ähnliche Züge in einem vertrauten Gesicht sind.

Sie hatten sich immer sehr stark geähnelt. Es waren nicht nur ihre hohen Wangenknochen und geraden Nasen, der Blick ihrer grauen Augen. Es lag vielmehr an ihrem schiefen Grinsen, wenn sie versuchten, nicht zu lächeln. An der Art, wie sie beide mit ihren braunen Locken spielten, wenn sie nervös waren, daran, dass sie ewig an den Nägeln knabberten.

Trev ist alles, was mir von ihr geblieben ist, eine Handvoll nachhallender Charakteristika, verborgen unter dem, was ihn ausmacht: die Ehrlichkeit und Güte und die Art, wie er die Dinge offen beim Namen nennt (im Gegensatz zu ihr, zu mir).

Mina hatte ihn so sehr geliebt. Seit dem Tod ihres Vaters waren sie unzertrennlich. Als ich aufgetaucht war, war Trev beiseitegetreten, um Platz zu machen, auch wenn ich das als siebenjähriges Einzelkind nicht verstanden hatte. Genauso wenig verstand ich, dass Daddys starben oder Mina von Zeit zu Zeit unvermittelt in Tränen ausbrach.

Als wir noch klein waren, gab ich ihr jedes Mal, wenn sie weinte, den lila Buntstift aus meinem Federmäppchen, sodass sie zwei besaß. Da sie dann unter Tränen lächelte, behielt ich diese Gewohnheit bei. Ich klaute lila Stifte aus den Federmäppchen der anderen aus der Klasse, bis sie eine regelrechte Sammlung davon hatte.

Und jetzt starrt Trev mich mit ihren Augen an, als wolle er mich verschlingen. Sein langes Haar wirkt ganz verfilzt und seine Wangen sind übersät von Bartstoppeln. Noch nie habe ich ihn so ungepflegt erlebt. An der Stelle, an der er meinen Arm umklammert hält, spüre ich die Schwielen auf seiner Handinnenfläche. Sie stammen von den Seilen seines Boots. Ich überlege, ob er wohl die ganze Zeit auf seinem Boot verbringt und versucht, von allem davonzusegeln.

Er lässt mich los und in mir kämpfen Erleichterung und Enttäuschung miteinander.

Ich trete aus der Tür in das Sonnenlicht, und er weicht zurück, als sei ich giftig.

Er schiebt die Hände in die Taschen seiner Shorts und wippt auf den Absätzen hin und her. Trev ist hochgewachsen und stark, was man erst richtig bemerkt, wenn er es zeigen muss. Man fühlt sich sicher in dem Gefühl, dass nichts Schlimmes passieren kann, wenn er bei einem ist.

»Ich habe nicht gewusst, dass du wieder zu Hause bist«, sagt Trev.

»Ich bin gerade erst zurückgekommen.«

»Du bist nicht bei ihrer Beerdigung gewesen.« Er versucht,

es behutsam vorzubringen, nicht anklagend, doch es steht zwischen uns.

»Tut mir leid.«

»Du brauchst dich nicht bei mir zu entschuldigen«, meint Trev und schweigt einen Augenblick lang. »Bist du … schon bei ihr gewesen?«

Ich schüttele den Kopf.

Ich kann nicht zu Minas Grab gehen. Die Vorstellung, sie unter der Erde zu wissen, für immer in die Dunkelheit verbannt, obwohl sie die Personifizierung von Licht, Klang und Schwung war, versetzt mich in Panik. Wenn ich mich dazu zwinge, darüber nachzudenken, komme ich zu dem Schluss, dass sie lieber in Flammen aufgegangen wäre, umhüllt von Wärme und Glanz.

Aber sie liegt unter der Erde. Es ist nicht richtig, aber ich kann es nicht ändern.

»Du solltest zu ihr gehen«, sagt Trev. »Schließ deinen Frieden, das hat sie verdient.«

Er glaubt wohl, dass es einen Unterschied macht, zu einem Grabstein zu sprechen. Dass es etwas ändern wird. Trev glaubt an solche Dinge, genau wie es Mina tat.

Ich aber nicht.

Der Glaube, der sich in seinem Gesicht spiegelt, erweckt in mir den Wunsch, ihm zu sagen, ja, natürlich werde ich gehen. Ich will es schaffen. Früher einmal liebte ich ihn fast genauso wie Mina.

Aber Trev stand nie an erster Stelle. Er spielte immer die zweite Geige, und ich kann das nicht ändern, nicht jetzt und auch nicht später.

»Du findest, es ist auch meine Schuld.«

Trev konzentriert sich auf die Kinder, die ein paar Meter weiter am Klettergerüst spielen, weicht meinem Blick aus. »Ich finde, du hast einige große Fehler gemacht.« Er schleicht um die Worte herum, als seien sie Landminen. »Und Mina hat dafür gezahlt.«

Seine Worte schmerzen mehr, als ich erwartet hätte, mehr als die oberflächlichen Schnitte, die meine Eltern mir zugefügt haben. Dies ist ein Stoß in ein Herz, das ihm nie ganz gehört hat, und ich breche unter seiner Enttäuschung fast zusammen.

»Ich hoffe, du bist clean.« Er weicht vor mir zurück, als wolle er nicht einmal die Luft mit mir teilen. »Ich hoffe, du bleibst clean. Das hätte sie sich für dich gewünscht.«

Er ist fast am Ende des Wegs, als ich ihn unwillkürlich frage: »Hasst du mich immer noch?«

Er wendet sich um. Sogar aus dieser Entfernung kann ich die Traurigkeit in seinem Gesicht erkennen. »Das ist das Problem, Soph, ich konnte dich nie hassen.«

Kapitel 10

DREIEINHALB JAHRE FRÜHER (VIERZEHN JAHRE ALT)

Das Morphium hat seine Wirkung verloren. Der Schmerz ist überall, ein scharfer stechender Schmerz, der unerbittlich meinen ganzen Körper durchläuft.

»Drück«, sage ich mit rissigen Lippen. Ich bewege die Hand, die nicht gebrochen ist, und versuche, den Knopf für den Morphiumtropf zu finden.

»Hier.« Warme Finger schließen sich um meine, drücken mir die Pumpe in die Hand. Ich drücke auf den Knopf und warte.

Langsam lässt der Schmerz nach, vorübergehend.

»Dein Dad holt gerade Kaffee«, erklärt Trev. Er sitzt auf einem Stuhl neben meinem Bett, seine Hand liegt immer noch auf meiner. »Soll ich ihn suchen?«

Ich schüttele den Kopf. »Du bist ja da.« Das Morphium macht meinen Kopf wirr. Manchmal rede ich Unsinn, vergesse Dinge, aber ich bin mir fast sicher, dass dies sein erster Besuch ist.

»Ich bin hier«, sagt er.

»Mina?«, hauche ich.

»Sie ist in der Schule. Ich bin schon früher weg, wollte dich besuchen.«

»Alles in Ordnung mit dir?«, frage ich. An seiner Schläfe entdecke ich einen verblassten Bluterguss. Seine Sitzhaltung ist bizarr, er hält das Bein ausgestreckt, als sei es in Gips. Aber ich kann mich nicht hoch genug aufrichten, um zu erkennen, wie stark er verletzt ist. Plötzlich erinnere ich mich, dass Mina den Arm in Gips trägt. Die Schwestern und meine Mom mussten sie gestern Abend buchstäblich zwingen zu gehen, sie wollte unbedingt bleiben.

»Mir geht's gut.« Er streichelt meine Finger. Sie sind das Einzige an mir, was nicht verletzt, gebrochen oder zusammengenäht ist.

»Tut mir leid«, bemerkt er. »Sophie, es tut mir so leid.«

Er vergräbt das Gesicht in meiner Bettdecke, und ich bin zu schwach, um die Hand zu heben und ihn zu berühren.

»Ist schon okay«, erkläre ich ihm. Meine Augen werden müde, als das Morphium zu wirken beginnt. »Ist nicht deine Schuld.«

Später berichtet man mir, es *sei* seine Schuld gewesen. Er habe ein Stoppschild überfahren, sodass wir von einem Geländewagen, der die zulässige Geschwindigkeit um 30 Stundenkilometer überschritten hatte, überrollt wurden. Die Ärzte erklären mir, auf dem OP-Tisch habe mein Herz zwei Minuten lang ausgesetzt, bis sie es wieder zum Schlagen gebracht hätten. Mein rechtes Bein sei zertrümmert, und was noch an Knochen da sei, wäre mit Titanplatten verschraubt. Ich würde mindestens ein Jahr lang am Stock gehen müssen, würde mich einer monatelangen Physiotherapie unterziehen und jede Menge Pillen schlucken müssen. Ich würde für immer hinken und mein Rücken würde mir bis zum Lebensende Probleme bereiten.

Später habe ich schließlich genug und überschreite die Linie. Ich zerdrücke vier Pillen, nehme sie mit einem Strohhalm zu mir und gleite dann vorübergehend in die Benommenheit ab.

Aber im Augenblick weiß ich nicht, was uns bevorsteht, ihm, mir und Mina. Also versuche ich, ihn zu trösten. Ich kämpfe gegen die Benommenheit an, statt mich fallen zu lassen. Und er murmelt meinen Namen, immer wieder, und bittet um die Vergebung, die ich ihm bereits erteilt habe.

Kapitel 11

JETZT (JUNI)

Als ich nach Hause komme, steht das Auto meiner Mom in der Auffahrt. Sobald ich die Tür öffne, höre ich das scharfe Klappern von Absätzen auf dem Boden.

Sie sieht wie immer makellos aus, das blonde glatte Haar zu einem eleganten Knoten hochgesteckt. Vermutlich kommt sie direkt vom Gericht; sie hat noch nicht einmal ihren Blazer aufgeknöpft. »Ist alles in Ordnung mit dir? Wo bist du gewesen?«, fragt sie, wartet aber meine Antwort nicht ab. »Ich habe mir Sorgen gemacht. Macy meinte, sie habe dich vor zwei Stunden abgeliefert.«

Ich stelle meine Tasche auf den Tisch in der Diele. »Ich habe dir in der Küche eine Nachricht hinterlassen.«

Mom blickt über die Schulter, wird nachgiebiger, als sie das Blatt Papier entdeckt, das ich vom Block abgerissen hatte. »Du hättest anrufen sollen, ich wusste ja nicht, wo du warst.«

»Tut mir leid.« Ich steuere auf die Treppe zu.

»Sophie Grace, einen Moment, bitte.«

Ich erstarre, denn jedes Mal, wenn Mom förmlich wird, gibt es Ärger. Ich drehe mich um, bemühe mich, eine neutrale Miene aufzusetzen. »Ja?«

»Wo bist du denn gewesen?«

»Ich habe einen Spaziergang gemacht.«

»Du kannst nicht einfach losgehen, wenn dir danach zumute ist.«

»Willst du mich unter Hausarrest stellen?«, frage ich.

Mom reckt das Kinn hoch, sie ist kampfbereit. »Es ist meine Aufgabe, dafür zu sorgen, dass du nicht wieder in deine schlechten Gewohnheiten zurückfällst. Sollte ich dich dafür unter Hausarrest stellen müssen, tu ich's. Ich lasse nicht zu, dass du wieder einen Rückfall erleidest.«

Ich schließe die Augen und atme tief durch. Es fällt mir schwer, die Wut, die in mir brodelt, im Zaum zu halten. Ich will ihre Eiskönigin-Fassade durchbrechen, sie zerschlagen, wie sie mich zerschlagen hat.

»Ich bin kein Kind mehr. Du kannst mich nicht aufhalten, sofern du nicht vorhast, zu Hause zu bleiben. Wenn es dich beruhigt, kann ich dich ja alle paar Stunden anrufen – zur Kontrolle.«

Moms Mund verengt sich zu einem schmalen Strich schimmernden rosafarbenen Lippenstifts. »Sophie, nicht du stellst hier die Regeln auf. Dein vorheriges Verhalten wird nicht länger geduldet. Solltest du auch nur einen Schritt vom Weg abweichen, schicke ich dich zurück nach Seaside, das schwöre ich.«

Ich habe mich auf diese Drohungen vorbereitet, habe versucht, alle Möglichkeiten abzuschätzen, die Mom erwägen könnte, denn das ist meine einzige Chance, ihr einen Schritt voraus zu sein.

»In wenigen Monaten kannst du das nicht mehr mit mir

machen«, sage ich. »Sobald ich achtzehn bin, kannst du keine medizinischen Entscheidungen mehr für mich treffen. Egal, was du mir unterstellst.«

»Solange du unter meinem Dach wohnst, hältst du dich an meine Regeln, ob achtzehn oder nicht«, erklärt Mom.

»Solltest du versuchen, mich nach Seaside zurückzuschicken, werde ich gehen«, sage ich. »Ich gehe zu dieser Tür hinaus und kehre nie mehr zurück.«

»Versuch nicht, mir zu drohen.«

»Das ist keine Drohung, sondern eine Tatsache.« Ich blicke sie nicht an, will nicht sehen, wie ihre Hände zittern, als ob sie nicht wüsste, ob sie mich festhalten oder verletzen soll. »Ich bin müde, ich geh jetzt nach oben in mein Zimmer.«

Dieses Mal versucht sie nicht, mich aufzuhalten.

Seit Ewigkeiten ist mir ein Schloss an meiner Tür verboten, also stelle ich meinen Bürostuhl vor die Tür. Ich kann hören, wie Mom die Treppe heraufkommt und ein Bad einlässt.

Ich schubse meine gesamten Kleidungsstücke vom Bett, ebenso die Decken und Kissen. Drei Anläufe brauche ich, um die Matratze wegzuschieben, wobei mir die Knie zittern. Keuchend gelingt es mir schließlich, auch wenn mein Rücken rebelliert. Ich steige über den Stapel von Decken und Kissen und hole ein Notizbuch aus meiner Tasche. Zwischen den gebundenen Seiten stecken lose Blätter und ich schüttele sie auf die Matratze und nehme ein Klebeband und einen Marker vom Schreibtisch.

Ich brauche nur ein paar Minuten. Ich habe ja noch nicht viel – noch nicht. Als ich fertig bin, hat sich die Unterseite meiner Matratze in ein vorläufiges Schaubild über die Beteiligten verwandelt. Minas Foto aus dem Juniorjahr ist unter einem Papierfetzen befestigt, auf dem OPFER steht, und das einzige Foto, das ich von Kyle habe, auf einem mit dem Vermerk VERDÄCHTIG. Es ist ein altes Foto aus der Neunten, auf dem wir mit all unseren Freunden zu sehen sind. Mina, Amber und ich stehen eng beieinander. Wir sehen jung und glücklich aus. *Ich* sehe glücklich aus. Dieses Mädchen auf dem Foto hat keine Ahnung, dass sein gesamtes Leben in wenigen Monaten zerstört sein wird. Ich kennzeichne Kyle mit meinem Marker. Neben das Foto klebe ich meine Liste und die Frage: *AN WELCHER STORY ARBEITETE MINA*?

In Kleinbuchstaben füge ich hinzu: *Der Mörder sagte: »Ich habe dich gewarnt.« Gab es schon vorher Drohungen? Hat sie mit jemandem darüber gesprochen?*

Ich starre eine Weile darauf, präge es mir ein, bevor ich die Matratze wieder umdrehe und das Bett mache.

Ich werfe einen Blick in den Flur, um mich zu vergewissern, dass Mom noch im Bad ist. Dann greife ich nach dem schnurlosen Telefon – morgen werde ich sie bitten, mir ein Handy zu bewilligen – und nehme es mit in mein Zimmer.

Ich gebe eine Nummer ein; es klingelt dreimal, bevor jemand abnimmt.

»Hallo?«, höre ich eine muntere Stimme.

»Ich bin's«, sage ich. »Ich bin gerade entlassen worden. Wir sollten uns treffen.«

Kapitel 12

Drei Monate früher (siebzehn Jahre alt)

Ich brauche nur wenige Tage in Seaside, um vollends zu begreifen: Mina ist tot. Ihr Mörder läuft frei herum und niemand will mir zuhören.

Nichts hat je weniger Sinn ergeben.

So sitze ich also in meinem Zimmer, auf meinem engen kleinen Bett mit den Polyesterlaken. Ich gehe in die Gruppentherapie und schweige. Ich sitze auf der Couch in Dr. Charles' Sprechzimmer, die Arme vor der Brust gefaltet, und starre vor mich hin, während sie wartet.

Ich rede nicht.

Ich kann kaum denken.

Am Ende meiner ersten Woche schreibe ich Trev einen Brief. Einen flehenden, verkrampften Monolog der Wahrheit. Ich schreibe mir alles von der Seele, was mich schon lange belastet hat.

Aber er kommt ungeöffnet zurück. In diesem Augenblick erkenne ich, dass ich damit ganz allein bin.

Niemand glaubt mir.

Also zwinge ich mich, darüber nachzudenken, jede Sekunde jenes Abends zu rekonstruieren. Ich erwäge mögliche Verdächtige und Motive, logische und unlogische.

Ein Satz geht mir nicht aus dem Sinn, und ständig wiederhole ich die Worte, die er sagte, kurz bevor er sie erschoss: *Ich habe dich gewarnt. Ich habe dich gewarnt. Ich habe dich gewarnt.*

Ich lasse mich davon antreiben, Stunde um Stunde.

Ich rede immer noch nicht mit Dr. Charles.

Ich bin viel zu beschäftigt, Pläne zu schmieden.

An meinem fünfzehnten Tag in Seaside werden meine Eltern zum ersten Familientherapietag geladen.

Mein Vater umarmt mich, schließt mich in seine kräftigen Arme. Er riecht nach Old Spice und Zahnpasta. Einen Augenblick lang lasse ich mich von diesen vertrauten Gerüchen trösten.

Dann erinnere ich mich daran, wie er mich ins Auto schubste, an seine Miene, als ich ihn anflehte, er solle mir doch um Gottes willen glauben.

Ich erstarre und entziehe mich ihm.

Meine Mutter unternimmt danach nicht einmal den Versuch, mich in die Arme zu nehmen.

Meine Eltern sitzen auf der Couch, sodass ich mit dem glatten Ledersessel in der Ecke vorliebnehmen muss. Ich bin Dr. Charles aber dankbar, dass ich nicht zwischen ihnen sitzen muss.

»Ich habe Sie beide schon zu einem frühen Zeitpunkt hierher bestellt«, beginnt Dr. Charles. »Ich glaube nämlich, Sophie tut sich schwer, sich mir gegenüber zu äußern.«

Meine Mutter nagelt mich mit ihrem Blick auf meinem Sessel fest. »Machst du Schwierigkeiten?«, fragt sie mich.

Ich schüttele den Kopf.

»Sophie Grace, gib mir eine ordentliche Antwort.«

Dr. Charles zieht überrascht eine Augenbraue hoch, als ich leise und deutlich sage: »Mir ist nicht nach Reden zumute.«

Meine Eltern verabschieden sich enttäuscht. Wir haben nur wenige Worte gewechselt.

Nach neunzehn Tagen bekomme ich eine Karte. Ganz harmlos, mit einem blauen Gänseblümchen. Darauf steht in Großbuchstaben: GUTE BESSERUNG!

Ich reiße sie auf.

Ich glaube dir. Ruf mich an, wenn du wieder daheim bist. Rachel.

Ich starre eine Ewigkeit darauf.

Es ist unheimlich, was drei Worte in einem entfachen können.

Ich glaube dir.

Jetzt bin ich bereit zu reden. Ich muss es.

Es ist der einzige Weg, hier rauszukommen.

Kapitel 13

Jetzt (Juni)

Als ich am nächsten Morgen aufwache, ist Mom bereits aus dem Haus. Sie hat eine Notiz und ein neues Handy auf dem Küchentisch hinterlassen.

Ruf mich an, wenn du aus dem Haus gehst.

Nachdem ich mir einen Toast gemacht und einen Apfel geschnappt habe, rufe ich sie in der Kanzlei an.

»Ich geh jetzt in die Buchhandlung, dann trinke ich vielleicht irgendwo einen Kaffee, wenn's recht ist«, sage ich, nachdem mich ihre Assistentin mit ihr verbunden hat.

Ich höre einen Drucker und Stimmen im Hintergrund. »In Ordnung«, erwidert sie. »Nimmst du den Wagen?«

»Wenn ich darf.« Es ist ein tödlicher kleiner Tanz, den wir da aufführen. Wir umkreisen uns mit schmallippigem Lächeln, sorgfältig darauf bedacht, die Zähne nicht zu entblößen.

»Ja, du darfst. Die Schlüssel liegen auf der Ablage. Sei bis vier zu Hause, wir essen um sieben.«

»Ich werde zu Hause sein.«

Sie verabschiedet sich flüchtig, ich höre die Anspannung in ihrer Stimme.

Ich verdränge es und hole mir die Schlüssel.

In der Buchhandlung kaufe ich ein Taschenbuch, damit ich Mom keine glatte Lüge aufgetischt habe. Zehn Minuten später biege ich auf den alten Highway ein, fahre nach Norden, aus der Stadt hinaus in die Pampa.

Hier draußen herrscht wenig Verkehr. Nur hie und da ein Lastwagen auf der engen zweispurigen Straße, die zwischen verdorrten Feldern und mit Eichen bewachsenen Vorbergen hindurchführt. Ich kurbele die Fenster herunter und drehe meine Musik auf volle Lautstärke, um mich vor den Erinnerungen abzuschirmen.

Das Haus befindet sich am Ende einer langen unbefestigten, mit Schlaglöchern gespickten Straße. Ich umfahre sie, komme nur langsam voran, als plötzlich zwei schokoladenbraune Labradore auf dem hinteren Feld auftauchen und mit dem Schwanz wedeln.

Ich parke vor dem Haus. Als ich aussteige, öffnet sich die Fliegengittertür.

Ein Mädchen in meinem Alter in getupften Gummistiefeln und Hotpants kommt die Treppe heruntergerannt. Ihre roten Zöpfe wippen auf und ab. »Da bist du ja.«

Sie rennt auf mich zu und schlingt ihre knochigen Arme um mich. Ich erwidere die Umarmung, lächele, als die Hunde uns umkreisen und um Aufmerksamkeit heischen. Zum ersten Mal seit Macy mich nach Hause brachte, habe ich das Gefühl, wieder frei atmen zu können.

»Ich freue mich echt, dich zu sehen«, sagt Rachel. »Bart,

nein, aus.« Sie schüttelt die schmutzigen Pfoten des Hundes von ihren Hotpants. »Du siehst gut aus.«

»Du auch.«

»Komm rein. Mom ist bei der Arbeit und ich habe gerade Kekse gebacken.«

Rachels Haus ist gemütlich. Überall sind bunte Flickenteppiche auf dem Kirschholzboden ausgebreitet. Sie schenkt Kaffee ein, und wir sitzen uns am Küchentisch gegenüber, die warmen Becher in der Hand.

Schweigen breitet sich aus, unterbrochen durch die Kaffeeschluckgeräusche und das Klirren der Löffel gegen die Keramikbecher.

»Also …«, beginnt Rachel.

»Also.«

Sie lächelt breit, sodass all ihre Zähne zu sehen sind. Das ist so unverfälscht, dass es fast schmerzt. Ich kann mich nicht erinnern, wann ich je so gelächelt habe. »Ist schon okay, dass es im Moment ein bisschen seltsam ist. Du warst lange weg.«

»Deine Briefe«, sage ich. »Sie waren … Du kannst dir nicht vorstellen, was sie mir bedeutet haben. Der Aufenthalt dort …«

Rachels Briefe hatten mich gerettet. Voller wahlloser Fakten, ein kunterbuntes Durcheinander, waren sie Rachel, die konfus und klug zugleich ist, sehr ähnlich. Ihre Mom hatte sie von Kindheit an zu Hause unterrichtet, was vermutlich der einzige Grund war, weshalb wir uns bis zu diesem Abend nie gesehen hatten, denn Rachel ist eine Person, die man nicht übersieht.

Ich vertraute ihr spontan. Vielleicht, weil sie mich an

jenem Abend gefunden hatte. Weil sie da war, als niemand sonst zur Stelle war. Und ich brauchte sie, da mir alles andere genommen worden war. Aber das ist nur ein Teil davon.

Noch nie habe ich so viel Entschlossenheit gesehen wie bei Rachel. Sie besitzt Selbstvertrauen, ist überzeugt von dem, was sie will, was sie glaubt. Ich will genauso sein. Selbstsicher, voller Selbstvertrauen und Selbstliebe.

Rachel war dageblieben, auch wenn sie es nicht musste. Als mir alle anderen, alle, die mich von jeher kannten, den Rücken gekehrt hatten. Das bedeutet mir mehr, als ich sagen kann.

»War es schlimm in Seaside?«, erkundigt sie sich.

»Nein, nicht wirklich. Nur eine Menge Therapiesitzungen und Gespräche. Es war hart, dort zu sein und alles andere aufschieben zu müssen.« Ich schweige und rühre völlig unnötig meinen Kaffee um. »Wie geht's mit dem Teleskop voran?«, frage ich und erinnere mich an einen Brief, in dem sie einige Experimente erwähnte.

»Der Refraktor? Langsam, aber sicher. Ich habe ihn bei meinem Dad gelassen, sodass ich nur damit arbeiten kann, wenn ich ihn besuche. Aber ich habe noch ein paar Projekte, richte noch ein paar Sachen her. Da gibt es einen Traktor aus den Zwanzigern im Hinterhof, den mein Nachbar mir vertickt hat. Es war eine Heidenarbeit, ihn wieder in Gang zu bringen.« Sie beißt kräftig in ein handtellergroßes Zimtplätzchen, sodass der Zimtzucker nur so aufstiebt. »Ich glaube, wir sollten darüber reden, was du beschlossen hast«, sagt sie.

»Gestern habe ich Kyle gesehen.«

»Du bist ihm zufällig über den Weg gelaufen?«, fragt Rachel sarkastisch.

Ich starre in meinen Kaffee. »Ich habe ihn in den Duschraum eingeschlossen und mit Bärenabwehrspray bedroht«, murmele ich.

»Sophie!« Rachel bekommt einen Lachanfall. »Ich glaub's ja nicht. Du kannst doch nicht durch die Gegend laufen und Menschen bedrohen, die du verdächtigst. Du musst sehr behutsam vorgehen.«

»Ich weiß. Aber er hat Lügen über mich verbreitet. Es muss einen Grund dafür geben.«

»Glaubst du wirklich, dass er etwas mit Minas Tod zu tun hat?«

Ich zucke die Schultern. Ich kenne Kyle genauso lange wie die meisten meiner Freunde. Er war in der ersten Klasse mein Begleiter beim Schulausflug. Ich kann mir nur schwer vorstellen, dass der Junge, der beim Schulausflug während dem unappetitlichen Fisch-Ausnehmen am Laichplatz meine Hand hielt, ein Mörder sein könnte. »Alles ist möglich. Der Kerl, der sie getötet hat, hat es geplant. Der Mörder hatte einen Grund, Minas Tod zu wollen. Ich weiß nur nicht, welchen.«

»Und Kyle hat gelogen.«

»Und Kyle hat gelogen«, wiederhole ich. »Es muss einen Grund dafür geben. Entweder deckt er sich selbst – oder jemand anderen.«

»Haben er und Mina sich oft gestritten?«, will Rachel wissen.

»Nein«, erwidere ich. »Deshalb verstehe ich es nicht. Sie kamen miteinander klar. Kyle ist eine Art Neandertaler, aber er ist süß. Er hat sie wie ein rohes Ei behandelt. Aber auch wenn er nichts mit ihrer Ermordung zu tun hat, behindert er eine gründliche polizeiliche Ermittlung. Man lügt die Polizei nicht einfach an. Schon gar nicht Kyle. Sein Dad legt größten Wert auf die Einhaltung von Vorschriften. Wenn Mr Miller herausgefunden hätte, dass Kyle die Bullen angelogen hat, hätte er jede Menge Probleme gehabt. Mr Millers Restaurant bereitet immer das alljährliche Fischessen für die Polizei zu. Er ist mit vielen Polizisten befreundet.«

Rachel seufzt. »Ich glaube nicht, dass du jemanden, der keine Skrupel hat, die Polizei anzulügen, dazu bringen kannst, dir die Wahrheit zu sagen. Wie also sieht der Alternativplan aus?«

Ich blicke in meine Kaffeetasse. »Vielleicht erscheint dir das seltsam, aber ich hatte eine Idee.«

»Und?«

»Ich will zurück«, sage ich. »Zu der Stelle, an der du mich in jener Nacht gefunden hast.«

Rachel macht große Augen. »Bist du sicher, dass das eine gute Idee ist?«

»Es ist vermutlich eine grauenhafte Idee«, räume ich ein. »Aber ich brauche jemanden, der das Ganze noch einmal mit mir durchspielt. Vielleicht kommt dadurch irgendeine Erinnerung hoch. Und du bist der einzige Mensch, der dazu fähig ist.«

Rachel kneift die Lippen zusammen, sodass ihre Sommersprossen noch deutlicher auffallen. »Sophie …«

»Bitte.« Ich blicke ihr direkt in die Augen und versuche, zuversichtlich zu wirken. Aber ich habe Angst, dorthin zu gehen. Schon allein bei dem Gedanken daran zittern mir die Knie.

Sie seufzt. »Okay.« Sie steht auf und schnappt sich ihre Schlüssel vom Haken an der Wand. »Gehen wir!«

Als Rachel ihren alten Chevy auf die Straße lenkt, sagt sie kein Wort. Ihr Widerwille ist förmlich zu spüren.

»Ich werde nicht ausrasten«, erkläre ich ihr.

»Darüber mache ich mir keine Sorgen«, sagt Rachel. Eine Zeit lang schweigen wir. Nach zwanzig Minuten biegt sie vom Highway auf die Burnt Oak Road ein, und ich habe das Gefühl, die Nerven zu verlieren, auch wenn ich ihr gerade versprochen habe, dass dies nicht passieren würde.

Wir haben noch ein Stück Weg vor uns, sind noch mindestens zweieinhalb Kilometer vom Point entfernt, aber plötzlich erscheint mir alles außerhalb des Autos – die Bäume, die Hügel, ja, sogar die Kühe auf den Wiesen – beängstigend. Unheilvoll. Mein Herz pocht wie wild, und ich drücke die Finger auf die Narbe über meiner Brust, streiche durch das Shirt über die Verdickungen und versuche, mich zu beruhigen.

Neun Monate. Drei Wochen. Acht Stunden.

Ich merke erst, dass ich die Augen geschlossen habe, als das Auto plötzlich stehen bleibt. Langsam öffne ich die Augen.

Wir sind da. Ich vermeide es, auf die Straße zu blicken. Ich will nicht dorthin gehen, aber ich muss.

»Ich frage dich noch einmal«, sagt Rachel. »Bist du sicher, dass du das tun willst?«

Ich bin mir sicher, dass es das Letzte ist, was ich tun will.

Trotzdem nicke ich.

Rachels Seitenblick spricht Bände, aber sie stellt den Motor ab.

Langsam steige ich aus dem Chevy aus. Sie folgt mir und schützt die Augen vor der Sonne. Zu dieser Tageszeit sind die Straßen, so weit entfernt von der Stadt, leer; meilenweit ist kein Auto in Sicht, nur lange Abschnitte von ausgedörrtem Gestrüpp, Stacheldrahtzäunen und Gruppen von Buscheichen und Weißkiefern.

»Bist du bereit?«

Ich nicke abermals.

Rachel schließt den Wagen ab und stellt sich auf die leere Straße, schaut nach links und nach rechts. Ihre Zöpfe wippen jedes Mal auf und ab, wenn sie sich auf den Absätzen hin- und herwiegt. Ich konzentriere mich darauf, und nicht auf die Stelle, an der sie steht – wo sie mich in jener Nacht gefunden hat.

»Es war kurz nach neun«, sagt sie. »Ich hatte gerade meine Mom angerufen, um ihr zu sagen, dass ich bald zu Hause sein würde; ich hatte nämlich meinen Dad besucht. Ich verstaute mein Handy in der Tasche. Als ich mich wieder der Straße zuwandte, sah ich dich mitten auf der Fahrbahn stehen, ungefähr … hier.«

Sie macht ein paar Schritte und berührt mit dem Sneaker den rissigen Asphalt, die gelbe Linie. Ich starre darauf … kann den Blick nicht abwenden. War es genau hier? Ich erinnere mich an das eisige Gefühl. Ich erinnere mich, dass ich mir wünschte, der Geländewagen würde mich überfahren.

»Ich dachte, ich würde dich anfahren. Noch nie bin ich so heftig auf die Bremse getreten. Und du hast einfach reglos dagestanden, wie erstarrt. Es war, als ob du …« Sie zögert. »… unter Schock stehen würdest«, beendet sie den Satz.

Ich setze mich in Bewegung, erfasst von nervöser Energie. Ich muss mich bewegen, wegkommen.

Mein Körper weiß genau, wohin ich gerade gehe, denn er versucht ständig, Spuren von ihr zu finden.

Rachel folgt mir. Die Straße wird jetzt steiler. Wegwarte und kniehohe Gräser schlagen gegen meine Jeans. Der rote Lehm klebt an meinen Schuhsohlen. Am Tag danach hatte ich ihn abgewaschen und beobachtet, wie er zusammen mit Blut und Tränen den Abfluss hinuntergespült wurde.

»Als ich aus dem Wagen stieg, entdeckte ich, dass du blutverschmiert warst. Also rief ich die 911 an und sagte, sie sollten ganz schnell einen Krankenwagen schicken. Du hattest eine heftig blutende Wunde an der Stirn. Ich versuchte, darauf zu drücken, aber du hast immer wieder meine Hände abgeschüttelt. Ich wollte, dass du in den Wagen steigst oder etwas sagst, wenigstens deinen Namen, aber …« Sie zögert erneut. »Kannst du dich überhaupt an irgendetwas erinnern?«

»Ich erinnere mich an den Krankenwagen. Erinnere mich, wie ich nach deiner Hand gefasst habe.« Ich gehe weiter, weiß, wohin meine Schritte mich führen – Kopf, Körper und Herz sind endlich in Harmonie. Es ist nur noch ein oder zwei Kilometer entfernt. Die Buscheichen werden jetzt spärlicher und die Weißkiefern immer häufiger. In wenigen Minuten werden wir um die Kurve biegen – und da sein.

»Als die Sanitäter kamen, wolltest du mich nicht loslassen. Also ließ man mich mit dir fahren.«

»Ich kann mich an das Krankenhaus erinnern«, sage ich. Und belasse es dabei.

Ich konzentriere mich auf meine Füße.

Wir befinden uns auf der falschen Straßenseite. Als wir die Stelle erreichen, wo es nach Booker's Point abgeht, bleibe ich stehen und sehe mich um.

Die andere Straßenseite ist baumreich, Gruppen von Kiefern stehen eng beieinander. Hat der Mörder bewusst eine baumreiche Stelle gewählt? Wie lange hat er sich wohl hinter den Kiefern versteckt und auf uns gewartet?

»Bist du sicher, dass dies eine gute Idee ist?«, will Rachel wissen.

Ich atme tief durch. Hier oben ist es kühler, geschützt vor dem grellen Licht der Sonne. In jener Nacht war es kalt gewesen. Ich konnte meinen Atem in der Luft sehen.

»Schlechte Ideen sind manchmal notwendig.« Es hört sich allzu sehr nach einer Junkie-Ausflucht an, klingt so irre, dass ich Gänsehaut bekomme.

Ich versuche, dieses Gefühl zu unterdrücken, gehe über die Straße, bis der Straßenbelag in lehmigen Boden übergeht, der durch jahrelanges Befahren von LKW-Reifen eingeebnet wurde. Ich folge der notdürftigen Straße, die aus der Ebene heraus zu einem Hügel ansteigt und sich im Dickicht hoher Kiefern verliert.

Hier herrscht Stille, genau wie in jener Nacht. Unter den Bäumen ist es angenehm kühl. Ich fange plötzlich an zu frösteln.

Ich kann nur an eines denken: wie kalt ihre Haut gewesen war.

Das vernarbte Gewebe an meinem Knie schmerzt, als der Weg steiler wird.

Dann biege ich um die letzte Kurve und bin oben beim Point angelangt.

Nur noch wenige Schritte entfernt.

Booker's Point ist nicht weitläufig, nur ein kleines Stück Land, auf dem ein paar Autos Platz haben. Als ich noch jünger war, hörte ich Geschichten von Mädchen, die hier oben ihre Jungfräulichkeit verloren, von Drogenhandel und wilden Partys, die sich nach Einbruch der Dunkelheit hier abspielten. Doch bis zu jener Nacht war ich noch nie hier gewesen.

Rachel fällt zurück, aber ich gehe weiter über das flache Stück Straße, vorbei an wucherndem Mohn, der am Wegesrand gedeiht. Dann bin ich dort angelangt, wo es geschah.

Ich dachte, es raube mir den Atem. Ich nahm an, dass sich etwas in mir verändern würde, wenn ich wieder dort wäre, wo sie starb, wo ich ihr geschworen hatte, sie würde wieder gesund werden.

Aber ich vermute, ich habe mich bereits genug verändert.

Ich gehe an der Stelle vorbei, bis ich mich auf der obersten Spitze des Point befinde, wo das Gelände steil nach unten abfällt. Meine Schuhspitzen streifen den Rand. Unter dem Druck meines Fußes lösen sich Erdklumpen und Steine, die nach unten fallen.

»Sophie«, warnt Rachel.

Ich kann sie kaum hören.

Ich bin gebannt von der Luft zwischen mir und dem Boden tief dort unten, von den kleinen Grünstellen, die Büsche und Bäume sind, den winzigen Steinen, bei denen es sich in Wahrheit um flache graue Felsstücke handelt, die dort unten verstreut und größer sind als ich.

»Sophie!« Eine Hand packt mich hinten am Shirt, bringt mich aus dem Gleichgewicht, weg vom Rand. Ich falle nach hinten und pralle gegen Rachel. »Hey.« Sie betrachtet mich stirnrunzelnd, jegliche Heiterkeit ist aus ihrem Gesicht verschwunden. »Das ist nicht cool.«

Ich blinzele heftig. Plötzlich möchte ich nur noch weinen. »Das war eine schlechte Idee.«

»Ja, ich weiß. Los, weiter.«

Auf dem Rückweg schweigen wir. Erst als wir im Auto sitzen, fängt Rachel an zu sprechen.

»Du solltest nicht mehr hierherkommen, auf jeden Fall nicht allein.«

Ich kann sie nicht ansehen, blicke stattdessen aus dem Fenster.

»Du brauchst einen Plan«, fährt Rachel fort. »Wenn man einen Plan hat, wird alles leichter. Wenn du darüber nachdenkst, was nötig ist, um Minas Mord aufzuklären, ist der nächste Schritt vorgezeichnet. Offensichtlich funktioniert es nicht, mit Kyle zu reden. Was also wird dein nächster Schritt sein?«

Ich muss meine Gedanken von der Vergangenheit lösen und an die Gegenwart denken – genau das muss ich. Ich werde Minas Mörder nie finden, wenn ich mich weiterhin zerfleische. Rachel hat recht. Ich brauche einen Plan, der sich nicht nur darauf beschränkt, Kyle mit Bärenabwehrspray in Schach zu halten.

»Ich muss wieder ganz von vorne anfangen«, sage ich, dankbar für Rachels Neustart. »Beim Ursprung. Mina hat an einer Story gearbeitet. Ich muss in die Redaktion vom *Harper*

Beacon gehen und mit ihrem Chef reden. Wenn irgendjemand wissen sollte, hinter was sie her war, dürfte er es sein.«

»Okay. Was noch?«

»Ich muss ihre Notizen über die Geschichte finden. Die Polizei hat ihren Computer überprüft und nichts gefunden, also müssen sie irgendwo anders sein. Vielleicht in einem Notizheft. Da ihre Mom ständig ihr Zimmer durchschnüffelt und ihr Tagebuch gelesen hat, hat Mina gewisse Dinge versteckt. Ich wette, dass die Polizei einige ihrer Verstecke übersah.«

»Wie kannst du in ihr Zimmer kommen, um nachzuschauen?«

Ich seufze. Genau diesen Teil wollte ich umgehen. »Ich muss Trev dafür benutzen.«

Rachel gibt einen mitfühlenden Zischton von sich. »Aua.«

»Es gibt keine andere Möglichkcit, ins Haus zu gelangen. Wenn ich ihn bitten würde, ob ich ihr Zimmer durchsuchen darf, würde er mir die Tür vor der Nase zuschlagen. Er will mich nicht sehen. Aber ich habe noch einige Dinge von ihr, kann sie in eine Schachtel packen und als Vorwand benutzen, um in ihr Zimmer zu gelangen.«

»Hat er seit deiner Rückkehr überhaupt schon mit dir geredet?«, fragt Rachel. »Du hast mir aus Seaside geschrieben, dass er dir nicht zurückgeschrieben hat.«

Ich zucke die Achseln. »Er glaubt mir nicht.«

»Nun, das sollte er aber«, bemerkt Rachel hitzig.

»Rachel, warum glaubst *du* mir?«, stoße ich hervor.

Sie lehnt sich auf ihrem Sitz zurück. »Warum sollte ich nicht?«

Ich zucke die Schultern. »Manchmal überlege ich, ob du, wenn du mich vorher gekannt hättest … auch annehmen würdest, dass ich lüge, so wie alle anderen.«

»Jeder, der dich mitten auf dieser Straße stehen sah …« Rachel hält kurz inne. Dann fährt sie fort: »Jeder, der dich so gesehen hat, wie ich dich in jener Nacht erlebt habe, würde begreifen, dass du unfähig warst zu lügen – du konntest kaum reden. Und dann im Krankenhaus …« Sie hält wieder inne. Ich weiß, wir denken beide dasselbe. Wie ich geschrien und mit Gegenständen um mich geworfen hatte, als die Schwester versuchte, mich zu bewegen, meine blutgetränkten Kleider auszuziehen. Ich spüre immer noch den Stich der Nadel auf meiner Haut, das Beruhigungsmittel, das auf mich einwirkte, als ich bettelte: »Keine Drogen, keine Drogen, keine Drogen«, obwohl ich in Wirklichkeit sagen wollte: »Sie ist tot, sie ist tot, sie ist tot.«

»Aber du hättest nicht bei mir bleiben müssen. Weder im Krankenhaus noch danach. Ich meine, du hast mich ja kaum gekannt.«

»Du hast etwas Grauenhaftes durchgemacht«, sagt Rachel leise. »Und es ist nicht fair, dass die ganze Welt dir die Schuld zuschiebt. Selbst wenn du in jener Nacht Drogen gekauft hättest, würde das keine Rolle spielen. Die einzige Person, die schuldig ist, ist der Kerl, der geschossen hat. Und wir werden ihn finden, ich wette zehn Dollar darauf.«

Sie lächelt mich entschlossen an und fordert mich heraus, ihr Lächeln zu erwidern.

Ich tue es.

Kapitel 14

Elf Monate früher (sechzehn Jahre alt)

Ich habe nicht vor, den Rezeptblock zu klauen.

Wirklich nicht. Es kommt mir nicht einmal in den Sinn, bis zu dem Samstag, an dem ich Dad im Büro aufsuche, um mit ihm zu Mittag zu essen. Es ist ein heißer Sommer, an manchen Tagen über 40 Grad, und ich sollte eigentlich irgendwo am See sein oder dergleichen, aber ich verbringe gern Zeit mit Dad. Jeden vierten Samstag bietet er Kindern eine kostenlose Zahnreinigung an. Gewöhnlich bringe ich für seine Mittagspause etwas zum Essen mit.

»Ich bin gleich fertig, Süße«, sagt er, nachdem mich eine seiner Zahnhygienikerinnen in sein Büro geführt hat. »Ich muss nur noch ein paar Dinge überprüfen. Dann können wir essen.«

Ich stelle die Tüte mit den Pastrami-Sandwiches auf seinen Schreibtisch, neben die gemaserte Holzuhr, die Mom ihm zu irgendeinem Hochzeitstag geschenkt hat.

Er schließt die Tür seines Büros hinter sich, und ich nehme Platz auf seinem Drehstuhl, der ächzt, wenn ich mich zu sehr nach hinten lehne.

Dads Schreibtisch ist ordentlich aufgeräumt. Es gibt auch

ein silbergerahmtes Foto von Mom und mir. Wir stehen eng nebeneinander, sodass sich unsere Schultern fast berühren. Ein weiteres Foto stammt aus der Zeit vor dem Unfall; als er Minas und meine Fußballmannschaft coachte. Es zeigt ihn am Spielfeldrand. Dann gibt es eine Aufnahme in Schwarz-Weiß von mir, als ich elf oder zwölf war. Ich trug damals die Haare lang und hatte sie hinter meine zu großen Ohren geschoben. Mein Blick ist gesenkt, und ich lächele etwas an, das nicht von der Kamera erfasst wurde. Ich strecke hoffnungsvoll die Hand aus. Nach Mina. Immer nach Mina. Als Dad das Foto von mir machte, zog sie ständig Grimassen. Ich erinnere mich, wie schwer es mir fiel, ein unbewegtes Gesicht zu zeigen.

Ich streiche mit den Fingern über Dads Stapel von Stiften, die nach Farben geordnet sind. Ich ziehe seine obere Schublade auf und finde einen Stapel von Haftzetteln, wiederum nach Farben geordnet, und darunter …

Rezeptblöcke. Einen Stapel davon.

Und plötzlich fällt es mir wie Schuppen von den Augen.

Ich würde immer genug Pillen zur Verfügung haben, müsste mir nie Sorgen darum machen. Müsste mir nie die Mühe geben, mitzuzählen, für den Fall, dass die Ärzte es bemerkten. Es wäre so gut. So richtig.

Als ich einen der Blöcke durchblättere, als wäre es ein Daumenkino, kitzelt mich das Papier auf der Haut. Mir ist schwindelig, ich bin fast high, wenn ich nur daran denke.

Ich habe nicht vor, sie zu klauen.

Aber ich tue es.

Ich denke nicht einmal darüber nach, welche Probleme

dies nach sich ziehen könnte, als ich sie in meine Tasche stecke.

Mir gefällt auch die Vorstellung von *mehr* und *benommen* und *weg sein*.

Kapitel 15

Jetzt (Juni)

Als ich höre, wie die Haustür geöffnet wird, nehme ich an, es ist Mom, die mich kontrollieren möchte. Gestern kam sie während der Mittagszeit heim und wir saßen uns am Küchentisch gegenüber. Ich stocherte schweigend in meinem Essen und sie trank eine Tasse Kaffee und ging juristische Schriftstücke durch.

Ich bleibe oben an der Treppe stehen, sehe ihn, bevor er mich sieht. Einen flüchtigen Augenblick lang kann ich hoffen.

Aber dann fixiert mich sein Blick, und Unbehaglichkeit liegt in der Luft, wie jedes Mal, seit er mein Versteck gefunden hat und die Rezeptblöcke, die ich von ihm geklaut hatte.

Dad ist nicht so enttäuscht von mir wie Mom. Er ist nicht wie sie erfüllt von dieser Mischung aus Wut und Angst. Stattdessen weiß er nicht, was er tun soll oder wie er mir gegenüber empfindet. Manchmal denke ich, dass es schlimmer ist, dass er sich nicht entscheiden kann zwischen Vergebung und Schuldzuweisung.

»Hi, Dad.«

»Hallo, Sophie.«

Ich bleibe oben stehen, hoffe, die Entfernung dient mir als Schutz. »Hattest du eine gute Fahrt?«

»Ja. Wie war's bei dir? Hast du dich eingelebt?«

Ich will ihm alles sagen. Wie Trev mich anschaut, als sei er ein Masochist und ich die Verkörperung von Schmerz. Wie Mom und ich in diesem üblen Spiel feststecken, wer zuerst nachgibt. Dass ich zu Minas Grab gehen sollte, es aber nicht kann, weil ich Angst habe, dass ihr Tod dann so real sein wird, dass ich aus dem Gleichgewicht gerate. Dass ich stürzen und nie mehr aufstehen werde.

Irgendwann einmal war ich Daddys Mädchen gewesen. Ich liebte ihn inbrünstig, zog ihn bis zur Grausamkeit Mom vor. Aber dieses Mädchen gibt es nicht mehr. Die Pillen und Verluste haben ausgerottet, was von ihr übrig geblieben war.

Ich bin nicht die Tochter, die er aufzog. Ich bin nicht die Tochter, die meine Mutter sich wünschte.

Ich habe mich zu etwas ganz anderem entwickelt, zum Albtraum aller Eltern: Drogen, die im Schlafzimmer versteckt waren, Lügen, der Anruf mitten in der Nacht, die Polizei, die an die Tür klopfte.

Genau daran erinnert er sich jetzt. Nicht daran, wie er mich zum *Nussknacker* mitnahm, nur er und ich. Ich hatte mich so sehr vor dem Mäusekönig gefürchtet, dass ich auf seinen Schoß kroch und er mir versprach, mich zu behüten. Oder wie er versucht hatte, Trev zu helfen, im Hinterhof Hochbeete für Blumen für mich anzulegen, auch wenn er sich immer wieder mit dem Hammer auf die Finger klopfte. Ein Zahnarzt ist es nicht gewohnt, mit dem Hammer umzugehen, doch er hatte es trotzdem getan.

»Sophie?«, fragt Dad. Seine Stimme unterbricht meine Gedanken.

»Tut mir leid«, sage ich automatisch. »Alles in Ordnung.«

Er starrt mich lange und intensiv an, und auf seiner Stirn zeigen sich Sorgenfalten, die ich vorher noch nie bemerkt habe. Mein Blick wandert zu seinen grauen Schläfen. Sind sie, seit wir uns zuletzt gesehen haben, noch grauer geworden? Ich weiß, was er denkt: *Ist sie mit ihren Gedanken woanders oder hat sie was genommen?*

Ich kann es nicht ertragen.

Neun Monate. Drei Wochen. Drei Tage.

»Ich wollte gerade in meinen Garten gehen.« Ich deute auf den Hintergarten und fühle mich wie eine Idiotin.

»Ich hab noch zu tun.« Er zögert. »Könnte ich auf der Veranda arbeiten? Sofern dir meine Gesellschaft angenehm ist?«

Fast rutscht mir ein Nein über die Lippen, aber dann denke ich an seine Sorgenfalten und das Grau in seinen Haaren, an das, was ich ihm angetan habe. Ich zucke die Schultern. »Klar.«

In der Stunde, in der wir uns im Garten aufhalten, schweigen wir. Er sitzt an dem Teakholztisch auf der Veranda und geht seine Unterlagen durch, während ich die Erde umgrabe und Steine entferne.

Die Situation vermittelt das Gefühl von Sicherheit, wie ich sie mir einst vorgestellt habe.

Inzwischen weiß ich es besser.

Kapitel 16

Neun Monate früher (sechzehn Jahre alt)

Drei Wochen lang kämpft Macy mit harten Bandagen: Sie erlaubt mir kein Telefon, keinen Computer, nichts, solange ich nicht mit dem Seelenklempner rede, zu dem sie mich schickt, und mich nicht an den Plan halte, den sie für mich aufgestellt hat. Bis ich endlich zugebe, dass etwas mit mir nicht stimmt.

Die einzige Anweisung, die ich befolge, ist Yoga mit Pete. Er ist nett, ich mag ihn. Er ist sehr ruhig, bombardiert mich nicht mit Fragen, hilft mir einfach bei den Stellungen, die er mir gezeigt hat und die meinen Problemen angepasst sind. In dieser ersten Woche belauschte ich ihn am Telefon, als er sich intensiv mit meinem ehemaligen Physiotherapeuten unterhielt. Am nächsten Morgen legte er eine Matte auf mein Bett und erklärte mir, ich solle ins Backsteinstudio im Hinterhof kommen, das aus zwei Räumen besteht. Unter meinen nackten Füßen fühlt sich der Bambusboden kalt an. Pete hat einen Diffusor mit Zimtöl aufgestellt, sodass es hier immer wie an Weihnachten duftet.

Auch wenn ich es Macy gegenüber nicht zugebe; ich mag diese morgendliche Stunde. Nachdem ich jahrelang meine

Sinne mit allem, was ich in die Hände bekam, abgestumpft hatte, ist es seltsam, dass ich mich wieder positiv auf meinen Körper konzentriere. Auf meine Atmung und die Dehnung meiner Muskeln achte. Ich lasse meine Gedanken fließen, schiebe sie beiseite, sodass ich wieder *spüren* kann – die Luft, die Bewegung und die Art und Weise, wie ich mein krankes Bein beugen und dazu bringen kann, das zu tun, was ich will.

Manchmal schwächele ich. Manchmal schmerzt mein Bein oder mein Rücken.

Aber manchmal stehe ich einen ganzen Sonnengruß ohne einen Fehler oder ein Flattern durch. Es fühlt sich erstaunlich an, die Kontrolle zu haben, ja, es ist ein so gewaltiges Gefühl, dass mir die Tränen über die Wangen rollen und mich eine Art Erleichterung durchläuft.

Pete tut so, als sehe er die Tränen nicht. Wenn ich fertig bin, rollen wir die Matten zusammen und gehen ins Haus, wo Macy uns ein Frühstück bereitet. Die Tränen auf meinen Wangen sind getrocknet, und ich tue so, als wäre es nie geschehen.

Aber das Gefühl, die Erinnerung daran klingt in mir nach. Ein Funke, der darauf wartet, entzündet zu werden.

Eines Abends, als Macy mal wieder einem Idioten hinterherjagt, der nicht zur Gerichtsverhandlung erscheint, obwohl er auf Kaution frei ist, klopft Pete an meine Tür. Ich darf sie geschlossen halten, aber es gibt kein Schloss, etwas, was ich von Anfang an gehasst habe.

Macy klopft nie an. Sie behauptet, ich verdiene es nicht.

»Komm rein.«

Pete hält einen Umschlag hoch. »Der ist für dich.«

»Ich dachte, ich darf keinen Kontakt mit der Außenwelt pflegen.«

»Stimmt. Also verpetz mich nicht.«

»Ehrlich?« Ich kann es nicht glauben, dass er mir den Umschlag überlässt. Aber er legt ihn ans Fußende meines Betts und schlendert pfeifend wieder zur Tür hinaus.

»Pete«, rufe ich. Er dreht sich um und grinst. Seine Schneidezähne sind etwas schief und seine Wangen übersät von Aknenarben, aber seine Augen sind groß, grün und hübsch, und plötzlich verstehe ich, warum Macy ihn als das Beste betrachtet, was ihr je passiert ist. »Danke.«

»Ich hab keine Ahnung, wovon du redest«, sagt er mit einem unschuldigen Lächeln.

Ich betrachte den Brief. Mein Name über Macys Adresse ist in lila Buchstaben geschrieben, in einer eigenwilligen Schrift.

Minas Handschrift.

Ich reiße den Umschlag auf, zerreiße den Brief fast vor Hast. Ich entfalte den Bogen, der von einem Notizblock stammt. Mein Herz schlägt zum Zerspringen. Die Worte wurden mit Bleistift geschrieben, was seltsam ist, da Mina, solange ich mich erinnern kann, lila Stifte gesammelt hat.

Sophie …
ich weiß, dass du immer noch wütend bist. Ich weiß nicht einmal genau, ob du das hier lesen wirst. Aber wenn …
Bitte, werd wieder gesund. Wenn du es nicht für dich selbst tun kannst, dann tu es für mich.
Mina.

Ich drücke die Finger unter den Klecks, auf dem sich das Wort *mich* befindet, und versuche, das Wort zu entziffern, das sie ausradiert hat. Ich erkenne drei Buchstaben, ihre leichten Bögen, die noch zu sehen sind: *uns – tu es für uns.*

Als Tante Macy nach Hause kommt und ohne anzuklopfen bei mir reinschaut, sitze ich noch immer mit dem Brief im Schoß da.

»Sophie?«

Ich schweige und sie kommt herein und setzt sich neben mich. Ich starre auf den Brief, fühle mich nicht stark genug, Macy anzublicken.

»Du hast recht. Ich bin drogenabhängig, habe ein Problem.«

Macy atmet tief durch, ein fast lautloser Seufzer der Erleichterung. »Okay«, erwidert sie. »Schau mir in die Augen und sag es.«

Als ich ihrer Aufforderung keine Folge leiste, greift sie nach meiner Hand und drückt sie fest. »Du wirst es schaffen.«

Ich glaubte ihr. Ich machte mich an die Arbeit. Von da an befolgte ich die Regeln, redete mit dem Therapeuten, legte meinen gedanklichen Kalender an, verwandelte Tage in Wochen und Monate. Ich kämpfte, strampelte mich ab und gewann.

Ich wollte meine Sucht überwinden. Für Mina. Für mich. Für das, was mich vielleicht erwartete, wenn ich nach Hause kam.

Aber es ist nicht einfach, sich aus dem Loch herauszukämpfen, in das man sich selbst hineinmanövriert hat: Je höher man klettert, desto tiefer kann man fallen.

Kapitel 17

Jetzt (Juni)

Im Lauf der Woche darauf rufe ich Trev dreimal an, aber er geht nicht ans Telefon. Nach dem dritten vergeblichen Anruf gebe ich es auf und begebe mich zum *Harper-Beacon*-Büro, wo man mir lakonisch erklärt, dass Tom Wells, der Leiter des Praktikum-Programms, verreist sei.

Da mich meine Eltern immer noch nicht aus den Augen lassen, verbringe ich meine Tage hauptsächlich im Garten zwischen den Hochbeeten, die Trev für mich angelegt hat.

Nach dem Unfall hatte Mina darauf bestanden, dass ich ein Hobby brauche, und legte mir eine im Voraus genehmigte Liste vor. Ich hatte mich für Gartenarbeit entschieden, um sie loszuwerden, aber dann hatte sie wie üblich den Bogen mal wieder überspannt. Am nächsten Tag war sie aufgekreuzt, Trev im Schlepptau, mit Holz, Hammer, Nägeln, Säcken mit Erde, einer Kiste Setzlinge und Knieschonern mit Schaumpolsterung, damit ich mir nicht wehtat.

Ich liebe es, Erde zwischen den Fingern zu spüren, zu beobachten, wie zarte Pflänzchen gedeihen und stark werden. Ich beobachte gern, wie etwas erblüht, wie sich leuchtend und lebhaft die Farbpalette entfaltet, die ich hervorbringen kann. Das Knien und Wiederaufstehen ist schmerzhaft, aber der Schmerz lohnt sich. Zumindest habe ich als Ausgleich etwas Hübsches vorzuweisen.

Nachdem ich einen Tag lang Unkraut gejätet und Steine und Lehm aus den verwahrlosten Beeten entfernt habe, verbringe ich einen weiteren Tag damit, diese mit frischem Kompost aufzufüllen. Mitte der Woche sind zwei Beete so weit, dass sie bepflanzt werden können. Ich streiche mit den Fingern über das abgenutzte Holz und stelle in Gedanken Listen über die Blumen auf, die zu dieser späten Jahreszeit noch blühen werden.

Mina hatte die Außenseite der Beeteinfassungen mit Herzen und Unendlichkeitssymbolen bemalt, sie jedes Mal ergänzt, wenn sie hier bei mir war. Sie schmückte ihre Lieblingszitate mit Sternen, krummen Strichmännchen, in diesem Fall als Mädchen erkennbar, die sich an den Händen halten, sowie roten Luftballons aus. Ich streiche mit meinen erdverkrusteten Fingern über das Holz, das sie berührt hatte.

»Sophie.«

Ich blicke vom Boden hoch. Dad steht auf der Veranda. Er trägt wie immer ein blaues Hemd mit Krawatte, die verrutscht ist. Gern würde ich sie zurechtrücken, aber ich schaffe es nicht.

»In einer Stunde findet deine erste Therapiesitzung bei Dr. Hughes statt«, sagt er. »Ich habe ein paar Termine verschoben, kann dich also hinfahren. Du solltest dich jetzt zurechtmachen.«

Ich lasse alles stehen und liegen und folge ihm ins Haus.

Dr. Hughes' Praxis befindet sich in einem der älteren Viertel, in einem Wohnblock, in dem die meisten Wohnungen in Büros umgewandelt wurden. Dad parkt den Wagen direkt neben dem blauen Schild, auf dem in weißer Schrift Dr. Hughes' Name steht. Das kleine eingeschossige Gebäude hat dieselbe Farbe wie das Schild. Es hebt sich fröhlich gegen den helleren blauen Himmel ab.

Ich bin überrascht, als mein Dad nach mir aussteigt.

»Kommst du mit?«

»Ich setz mich ins Wartezimmer.«

»Ich habe nicht vor, die Therapie sausen zu lassen.«

Er kneift den Mund zusammen und schlägt die Autotür zu.

»Dann hole ich dich in einer Stunde wieder ab.«

Ich bin fast schon an der Tür, als er mir hinterherruft.

»Wir wollten einfach, dass es dir besser geht, und haben dich deshalb weggeschickt. Das weißt du doch, oder?«

Ich meide seinen Blick, weil ich ihm die gewünschte Antwort nicht geben kann. Nicht, ohne lügen zu müssen.

Ich habe mich schon besser gefühlt.

Das Mobiliar in der Praxis sieht gemütlich aus und die Wände sind mit Norman-Rockwell-Drucken geschmückt. Am Empfang begrüßt mich eine freundlich lächelnde Dame, die von ihren Papieren hochschaut: »Guten Morgen.«

»Hi. Ich bin Sophie Winters und habe um 12.30 Uhr einen Termin.«

»Bitte folgen Sie mir.«

Sie führt mich zu einem großen Raum mit einem Schreibtisch, einer dick gepolsterten Couch und ein paar Lederstühlen. Nachdem sie das Zimmer verlassen hat, nehme ich auf der Couch Platz. Meine Schultern versinken in den Kissen und mein Körper verschwindet zur Hälfte in braunem Veloursleder.

Dr. Hughes betritt den Raum, ohne anzuklopfen. Er ist ein älterer Mann mit dunklem Teint, einem gepflegten Spitzbart und viereckiger Brille mit dunklen Gläsern. Er ist nicht groß, bestimmt bin ich größer, wenn ich neben ihm stehe. Sein Pullunder spannt sich über seinem rundlichen Bauch.

»Hi, Sophie.« Er nimmt hinter seinem Schreibtisch Platz und dreht sich auf seinem Stuhl herum, um mich lächelnd anzuschauen. Hinter seiner Brille wirken seine Augen freundlich. Er strahlt Bedächtigkeit aus, wie es sich für einen guten Therapeuten gehört.

Am liebsten würde ich wegrennen.

»Hi.« Ich vergrabe mich tiefer in der Couch, wünsche mir, sie würde mich verschlingen.

»Ich bin Dr. Hughes, aber nenn mich ruhig David. Wie geht es dir heute?«

»Gut.«

»Ich habe mich am Telefon mit Frau Dr. Charles über dich unterhalten, habe ihre Aufzeichnungen und deinen Krankenbericht studiert. Außerdem hatte ich mehrere Sitzungen mit deinen Eltern.«

»Okay.«

»Wie kommst du zurecht?«

»Gut, mir geht's gut. Alles ist – gut.«

Er trommelt mit seinem Stift gegen sein Notizbuch und

beobachtet mich. »Dr. Charles meinte, du seist eine harte Nuss.«

Ich setze mich aufrechter hin, bin auf der Hut. »Das ist nicht meine Absicht.«

David lehnt sich auf seinem Stuhl zurück. Um seine Augen bilden sich kleine Falten und um seine Mundwinkel zuckt es. »Ich denke, doch«, erwidert er. »Ich glaube, du bist eine intelligente junge Frau, die sehr gut Geheimnisse für sich behalten kann.«

»Kommen Sie zu diesem Schluss aufgrund einiger Notizen und einem vielleicht einstündigen Gespräch mit Dr. Charles?«

Er grinst. »Da kommen wir der Sache schon näher. Dr. Charles erledigt ihren Job ausgezeichnet. Doch als du dich nicht mehr gegen die Therapie in Seaside gewehrt hast, hast du ihr genau das gesagt, was sie hören wollte – was sie von einer Drogensüchtigen erwartete, die Gefahr lief, rückfällig zu werden.«

»Ich bin eine Drogensüchtige.«

»Es ist gut, dass du das zugibst«, sagt David. »Das ist wichtig. Aber im Augenblick beschäftigt mich mehr das Trauma, das du erlitten hast. Aus Dr. Charles' Aufzeichnungen war ersichtlich, dass du jedes Mal, wenn sie es zur Sprache brachte, dem Thema Mina aus dem Weg gegangen bist.«

»Nein, das stimmt nicht.«

»Stimmt es etwa nicht, dass du einen Couchtisch zertrümmert hast, als Dr. Charles dich über die Nacht befragt hat, in der Mina getötet wurde?«

»Mein Bein macht mich tollpatschig; es war ein Unfall.«

David runzelt die Stirn. Ich habe etwas getan, was seine

Aufmerksamkeit erregte, und ich weiß nicht, was es ist. Mir wird heiß und kalt. Es wird mir nicht gelingen, ihn wie Dr. Charles auszutricksen.

»Willst du mir von Mina erzählen?«, fragt er.

»Was wollen Sie denn wissen?«

»Wie habt ihr beide euch kennengelernt?«

»Mina ist nach dem Tod ihres Vaters hierher gezogen. In der zweiten Klasse hat uns der Lehrer nebeneinander gesetzt.«

»Habt ihr viel Zeit miteinander verbracht?«

Ich antworte nicht sofort.

»Sophie?«, drängt er behutsam.

»Wir haben immer zusammengesteckt«, erwidere ich, kann jedoch meine Emotionen nicht verbergen. Auch wenn ich versuche, sie zu unterdrücken, dringen sie durch, lassen meine Stimme zittrig klingen. Ich meide seinen Blick, bohre die Nägel in die Jeans. »Ich will nicht über Mina reden.«

»Wir müssen aber über Mina reden«, meint David ganz ruhig. »Sophie, man hat dich, kurz nachdem du ein großes Trauma und einen herben Verlust erlitten hast, nach Seaside gebracht, um clean zu werden. Obwohl ich die Motive deiner Eltern verstehe, war es vielleicht nicht das Beste für dich, um deine Trauer zu verarbeiten.

Der Großteil deiner Therapie in Seaside konzentrierte sich auf dein Drogenproblem. Ich glaube nicht, dass man dir den Raum oder die notwendigen Tools gegeben hat, um mit dem fertig zu werden, was dir und Mina in jener Nacht, in der sie getötet wurde, zugestoßen ist. Aber ich kann dir dabei helfen – wenn du es zulässt.«

Seine Worte machen mich so wütend, dass ich ihn am

liebsten schlagen würde, ihm liebend gern die Sofakissen an den Kopf werfen würde.

»Sie glauben, ich habe mich nicht damit auseinandergesetzt?«, frage ich. Meine Stimme klingt schrecklich leise. Ich bin den Tränen nahe, kann sie kaum zurückhalten. »Sie ist voller Angst und voller Schmerzen gestorben, und ich habe es gespürt – als sie starb, habe ich es *gefühlt*. Wagen Sie ja nicht, mir zu sagen, ich hätte mich nicht damit auseinandergesetzt. Ich setze mich jeden Tag damit auseinander.«

»Okay«, meint David. »Erzähl mir, wie du das machst.«

»Ich tu's halt einfach«, erwidere ich. Ich atme immer noch schwer, zwinge mich aber dazu, nicht vor ihm loszuheulen. »Ich muss es.«

»Warum musst du es? Was ist deine Motivation?«

»Ich muss clean bleiben.«

Diese Antwort hätte bei Dr. Charles funktioniert, aber nicht bei diesem Kerl. Meine flüchtige Recherche, bevor Dad mich hierher gefahren hat, hat ergeben, dass Dr. Hughes bei vier Artikeln über PTBS (posttraumatische Belastungsstörung) und ihre Auswirkung auf Teenager als Koautor mitgewirkt hatte. Mom und Dad haben ihre Hausaufgaben gemacht. Nachdem nun meine Drogensucht behoben ist, wollen sie mich von Kopf bis Fuß wieder gesund machen, um eine neue, verbesserte Sophie zu bekommen, bei der alles verheilt ist, ohne gezackte Kanten und scharfe Spitzen. Eine Sophie, die nicht den Anschein erweckt, als wisse sie, wie sich der Tod anfühlt.

»Ich glaube nicht, dass du mir die volle Wahrheit sagst«, bemerkt David.

»Sind Sie ein menschlicher Lügendetektor?«

»Sophie, du kannst mir vertrauen.« David beugt sich vor und blickt mich durchdringend an. »Alles, was du mir sagst, alle Geheimnisse, die du mir anvertraust, bleiben unter uns. Und von meiner Seite erfolgt keine Beurteilung. Ich bin für dich da. Bin hier, um dir zu helfen.«

Ich starre ihn an. »Sie haben mich bereits dazu gebracht, gegen meinen Willen darüber zu reden«, sage ich. »Das schafft nicht unbedingt Vertrauen.«

»Wenn ich dich dazu bringe, dich zu öffnen, ziehe ich dich nicht über den Tisch, sondern verschaffe dir eine gute Ausgangsbasis zum Reden. Du musst dich jemandem anvertrauen oder du brichst zusammen.«

»Ist das Ihre Meinung als Psychiater?«

Er lächelt unbewegt, unvoreingenommen, mitleidslos, vorurteilslos. Welch ein Unterschied zu den anderen.

»Absolut«, erwidert er trocken und schiebt mir die Schachtel mit den Kleenextüchern über den Couchtisch zu. Ich nehme mir ein paar. Aber statt meine Augen damit abzutupfen oder mir die Nase zu putzen, drehe ich sie in den Händen.

»Wird nicht wieder geschehen«, versichere ich ihm. »Rechnen Sie nicht damit.«

»Wenn du meinst.« Er nickt und lächelt. Ich weiche seinem Blick aus.

Kapitel 18

Anderthalb Jahre früher (sechzehn Jahre alt)

Am Morgen meines sechzehnten Geburtstags wache ich mit einem lila Klebezettel auf meiner Stirn auf. Ich reiße ihn ab und überlege, wie sie es geschafft hat, ihn anzubringen, ohne dass ich aufgewacht bin.

Glückwunsch! Es ist 5.15 Uhr morgens und du bist jetzt offiziell sechzehn. Schau in deinen Schrank als Teil eins deiner Überraschungen.

Mina

PS: Ja, du musst tragen, was ich ausgesucht habe. Keine Widerrede. Ich weiß, du würdest dich am liebsten für Jeans entscheiden. Bitte folge mir dieses eine Mal. Die Farbe ist perfekt.

Ich schlurfe zu meinem Wandschrank und öffne die Tür. Sie hat mir ein völlig neues Outfit gekauft. Das ist im Hinblick auf ihre Klagen über meinen Modegeschmack keine Überraschung. Ich befühle den weichen Jerseystoff des Kleides. Die dunkelrote Farbe ist hübsch, aber das Kleid ist zu kurz.

Ich hole es trotzdem aus dem Schrank und entdecke den Zettel, den sie angeheftet hat.

Keine Widerrede!!!

Ich rolle die Augen, ziehe zwei Mieder unter das Kleid, um die Narbe auf meiner Brust zu kaschieren, schlüpfe in Leggings und kniehohe Stiefel. Als ich gerade letzte Hand an mein Make-up lege, klopft es an die Tür.

»Geburtstagskind, bist du wach?«, ruft mein Dad.

»Guten Morgen, Dad, komm rein.«

Er stößt die Tür auf und lächelt übers ganze Gesicht. »Das ist aber ein hübsches Kleid«, bemerkt er. »Ist es neu?«

»Mina«, erkläre ich.

Dad grinst. »Wo wir gerade von ihr sprechen …« Er reicht mir einen Umschlag. »Sie ist heute Morgen vorbeigekommen, um mir das zu geben. Plant ihr heute etwas zusammen?«

Ich nicke. »Und heute Abend feiere ich mit dir und Mom, versprochen.«

»In Ordnung«, erwidert Dad. »Ich muss jetzt in die Praxis. Deine Mom musste schon früh weg, aber unten erwartet dich eine Überraschung.« Er zerzaust mir das Haar. »Sechzehn«, murmelt er. »Ich kann es nicht glauben.«

Ich warte, bis sein Auto weggefahren ist, bevor ich mir meine morgendliche Dosis Oxy einwerfe.

Ich bin mir sicher, dass er auch das nicht glauben würde.

Geh zur Old Mill Bridge und dort bis zur Mitte.

M.

Mina liebt Geburtstage. Trev und ich versuchen seit Jahren, sie zu toppen, aber ohne Erfolg. Zu meinem dreizehnten Geburtstag hatte sie meinen Dad dazu gebracht, ihr bei einem aufwendigen Geschenk zu helfen, das einen platten Reifen, einen Clown und eine Eislaufbahn voller Ballontiere mit einschloss. Ein ganzes Jahr lang hatte sie Trevs achtzehnten Geburtstag geplant und darauf gespart. Ich hatte ihr geholfen, sein Segelboot so umzugestalten, dass es den Eindruck erweckte, als habe es Schiffbruch erlitten. Wir verteilten überall Geschenke und segelten mit dem Boot zu einer der kleinen Inseln im See. Sie hatte arrangiert, dass Trev sich das Boot eines Freundes lieh, und simste ihm die Koordinaten, schickte ihn auf Schatzsuche, wobei ihm kleine, in Alu verpackte Schokoladenmünzen den Weg wiesen.

Nun sieht es ganz so aus, als erwarte mich eine weitere Überraschung.

Die Old Mill Bridge ist schon längst für den Verkehr gesperrt. Dafür gibt es eine neuere bessere Version unten am Fluss. Ich streiche mit den Fingern über die moosbewachsenen Ziegel und halte Ausschau nach etwas, das nicht hierher gehört.

Plötzlich fällt mir etwas Buntes ins Auge – ein roter Luftballon, der an einem Pfeiler befestigt ist. Ich binde ihn los, entdecke aber keine Nachricht. Ich sehe mich um, erwarte, sie irgendwo aus dem Nichts auftauchen und auf mich zustürmen zu sehen, von einem Ohr zum anderen grinsend.

»Mina?«, rufe ich und suche den Boden ab. Vielleicht ist die Notiz heruntergefallen.

Aber ich finde nichts.

Dann klingelt mein Handy.

»Na, was vergessen?«, frage ich, nachdem ich den Anruf entgegengenommen habe.

»Lass den Ballon platzen«, sagt sie, und ich sehe regelrecht vor mir, wie sie grinst.

»Beobachtest du mich etwa?«, frage ich und blicke mich um. Ich begebe mich zum Brückengeländer und schaue hinunter, versuche, sie ausfindig zu machen. Es ist ein gutes Gefühl, sich über das massive Holzgeländer zu beugen, mein krankes Bein etwas zu entlasten.

»Ich habe ein Fernglas und alles Nötige dabei«, sagt Mina. Dabei senkt sie die Stimme, versucht, sie gefährlich klingen zu lassen. Aber sie hält es nicht durch und prustet los.

»Stalkerin. Wo bist du?« Ich drehe mich um, versuche, sie zu erspähen.

»Ich musste aufpassen, dass niemand den Ballon klaut. Ich hatte mit deinem Dad ausgemacht, dass er mir eine SMS schickt, wenn du aufgewacht bist.«

»Du könntest dich ruhig zeigen«, schlage ich vor. Ich beuge mich erneut über das Geländer und entdecke sie endlich an der Nordseite, auf einem Weg in Ufernähe. Sie wirkt wie eine Dotterblume in ihrer langen gelben Jacke, die sich deutlich von dem grauen Geländer abhebt. Sie winkt mir zu.

»Lass erst den Ballon platzen, dann komme ich hoch«, sagt sie.

Ich krame meine Schlüssel hervor und drücke den längsten in den Ballon. Er platzt und etwas Kleines, Silbernes fällt zu Boden, schlittert über das Pflaster. Ich jage hinterher, beuge mein gesundes Knie, um es aufzuheben, nachdem es endlich nicht mehr weiterrollt.

Es verschlägt mir regelrecht die Sprache. Ich stehe da mit dem Ring in der Hand und das Handy gegen das Ohr gedrückt.

»Soph? Hast du's aufgehoben?«, fragt Mina.

»Ja«, stammele ich. »Ja, ich …« Mein Daumen streicht über den Ring, über die Worte, die darin eingraviert sind. »Er ist wunderschön«, sage ich. »Er gefällt mir sehr.«

»Er ist wie meiner«, erwidert Mina. »Wir passen zusammen.«

»Ja«, sage ich. »Wir passen zusammen.«

Ich drücke mit dem Daumen auf die Worte, sodass sie sich in meine Haut eingraben.

Für immer und ewig.

Kapitel 19

Jetzt (Juni)

Dad bringt mich nach Hause. Er hält am Straßenrand und lässt den Motor laufen, bis ich im Haus bin. Ich warte, bis er weggefahren ist, steige dann in mein Auto und fahre zur Sweet Thyme Gärtnerei.

Ich suche Entspannung zwischen den Pflanzenreihen und stütze mich schwer auf den Wagen, den ich vor mir herschiebe. Ich atme tief durch, nehme den Geruch nach Erde und Grünpflanzen in mich auf. Dies löst etwas in meinem Inneren, das sich dort festgesetzt hat, als ich Davids Büro betrat.

Später bezahle ich meine Strauchmargeriten und meine Bioerde und schüttele lächelnd den Kopf, als mich das Mädchen an der Kasse fragt, ob ich Hilfe benötige. Der Wagen ist schwer, aber ich verlagere mein Gewicht darauf und beiße die Zähne zusammen, als meine Muskeln zucken.

Als ich bei meinem Auto angelangt bin, tut mein Bein so weh, dass ich mir vornehme, jemanden zu bitten, mir die Säcke mit Erde in den Kofferraum zu hieven. Hinter mir hupt jemand und ich schiebe den Wagen zur Seite.

»Hey, Sophie, bist du's?«, ruft mir Adam Clarke von seinem Pick-up zu. Ich kenne ihn wie fast alle in meiner Schule seit einer Ewigkeit. Er war fast ein Jahr lang mit unserer Freundin Amber gegangen, und sie schwärmte pausenlos davon, dass er aussehe wie eine Country-Music-Videoversion eines Disney-Prinzen. Trotz der abgenutzten Baseballkappe, die er immer trug, den plumpen Cowboystiefeln und seiner Vorliebe für Wranglers und John-Deere-T-Shirts war er mit den grünen Augen, der geraden Nase und dem unwiderstehlichen Lächeln durchaus eine Augenweide, und man konnte Amber verstehen.

»Hi, Adam.«

Er lässt den Blick zwischen meinem mit Erde beladenen Wagen und meinem Bein hin- und herwandern und in seinem Gesicht zeichnet sich Verständnis ab. »Brauchst du Hilfe?«

Als ich nach dem Unfall schließlich wieder in die Schule gehen durfte, hatte Mina all unseren Freunden kleine Aufgaben zugewiesen, damit sich meine Rückkehr reibungslos gestaltete. Es gab einen mit verschiedenen Farben markierten Kalender und Codenamen und dergleichen. Amber war meine Toiletten-Betreuerin, da Mina zu einer anderen Zeit Mittagspause hatte als wir. Cody musste mich daran erinnern, wann ich meine Medikamente nehmen musste, da er der Ordentlichste von uns war. Adam und Kyle, die Größten unserer Klasse, hatten meine Sachen getragen und darauf geachtet, dass ich nicht fiel.

Anfangs hatte ich Minas kleine Armee von Helfern gehasst, aber nachdem ich das vierte Mal mit der verdammten Gehhilfe, die ich damals benutzte, in der Behindertentoilette stecken geblieben war, nahm ich die Hilfe gern an. Ich war dankbar dafür, wie Amber die Toilettentür zuschlug, wenn jemand versuchte, hereinzukommen.

»Das wäre super. Danke, Adam.«

Adam lenkt seinen Pick-up neben mein Auto und springt heraus. »Willst du einen Garten anlegen?«

»Ja, dann habe ich etwas zu tun.« Ich öffne meinen Kofferraum und er greift nach dem ersten Sack Erde und verstaut ihn darin. »Was tust du denn hier?«

»Mrs Jaspers kauft Wildbret bei mir und Matt und macht daraus Rauchfleisch.«

»War die Saison gut?«

Adam grinst und schiebt seine Baseballkappe nach hinten, sodass ihm schwarze Locken in die Stirn fallen. »Ja. Sie lief besonders gut für Matt, er ist wieder gesund.« Er packt sich mühelos einen weiteren Sack auf die Schulter und lässt ihn in den Kofferraum plumpsen.

»Und wie sieht's bei dir aus?«, frage ich, da ich verhindern möchte, dass das Gespräch auf mich gelenkt wird. »Bist du immer noch scharf auf das Fußball-Stipendium?«

»Ich versuch's zumindest.« Er grinst. »Ist wohl die einzige Möglichkeit, hier rauszukommen. Aber Onkel Rob meint, ich hätte gute Chancen. Er sitzt mir ständig damit im Nacken, jagt mich durch die Gegend, bis mir die Luft wegbleibt.«

Ich stöhne voller Mitgefühl. »Ich kann mich erinnern, dass er uns auch dazu anspornte, aber mein Dad fand, dass wir zu jung dafür wären. Sie lagen sich deswegen in den Haaren.«

»Ich hatte ganz vergessen, dass du ja auch Fußball gespielt hast.«

»Aber nur eine Saison. Dann interessierte ich mich mehr fürs Schwimmen. Und danach … Nun, du weißt ja …« Ich zucke die Achseln.

Adam greift nach meinem Arm und drückt ihn, und ich muss mich beherrschen, um nicht zusammenzuzucken. Wenn mich heute jemand spontan berührt, neige ich dazu, zurückzuweichen. Ich bin davon überzeugt, dass David eine Menge dazu zu sagen hätte.

»Ich weiß, es war hart für dich, aber es wird besser werden«, meint er ernst. »Du musst aber clean bleiben. Wie du weißt, hat mein Bruder dasselbe durchgemacht. Er ist auch rückfällig geworden. Er war richtig vollgedröhnt, hat unsere Mom beklaut – sie hat wegen ihm fast das Haus verloren. Aber mein Onkel brachte ihn wieder auf den rechten Weg. Matt besserte sich und er macht sich jetzt richtig gut. Ist gesund, wie ich schon erwähnt habe. Er und meine Mom reden auch wieder miteinander. Wenn du es ernst nimmst, dich eng an deine Familie hältst, wirst du auch wieder clean werden. Du bist stark, Soph. Überleg mal, was du alles durchgestanden hast.«

»Das ist sehr nett von dir«, erkläre ich ihm. »Danke.«

Adam lächelt. »Ich bin froh, dass ich dich getroffen habe. Kyle hat berichtet, dass ihr beide letzte Woche aneinandergeraten seid.«

»Hat er das gesagt?«, hake ich nach und versuche, beiläufig zu klingen.

»Hör zu, ich weiß, dass ihr eure Probleme miteinander gehabt habt. Aber weißt du, Soph, dieser Streit, den er mit Mina gehabt hat …«

»Was für ein Streit?«

»Ich dachte, du wüsstest Bescheid ...« Er schweigt unvermittelt und seine Wangen färben sich rot. »Hm, ich glaube, ich hätte nicht ...«

»Du kannst es mir ruhig sagen«, beruhige ich ihn, vielleicht etwas zu hastig, denn plötzlich zieht er die Stirn kraus.

»Weißt du, Kyle ist mein bester Freund«, stammelt er.

»Und Mina war meine beste Freundin.«

Adam seufzt. »Es ist keine große Sache. Sie hatten einfach ... einen Streit am Tag vor ihrem Tod. Kyle kam anschließend sturzbesoffen zu mir. Er wollte mir nicht sagen, worum es ging, aber er war regelrecht aufgelöst und weinte.«

»Kyle hat geweint?« Ich kann mir den riesigen, schwerfälligen Kyle nicht in Tränen aufgelöst vorstellen.

»Es war seltsam«, bemerkt Adam und schüttelt den Kopf.

»Hat er etwas gesagt? Hat er dir erzählt, weshalb sie gestritten haben?« Sie hatte an jenem Tag seine Anrufe ignoriert. Worüber hatten sie gestritten, dass er sich an der Schulter seines besten Freundes ausweinte? Reichte es aus, um in ihm den Wunsch zu erwecken, sie zu töten?

»Er war so betrunken, dass ich nur die Hälfte von seinem Gestammel verstanden habe. Er hat nur ständig wiederholt, dass sie nicht auf ihn hören wolle und dass sein Leben vorbei sei. Weißt du, es ist bestimmt sehr hart für ihn, dass sie gestritten hatten und er keine Gelegenheit mehr hatte, sich bei ihr zu entschuldigen.«

»Hm«, brumme ich. Jetzt bin ich diejenige, die die Stirn runzelt.

»Ich hätte es nicht erwähnen sollen«, meint Adam, als das

Schweigen zwischen uns unangenehm wird. Er packt die restlichen beiden Säcke Erde aus dem Wagen, wirft sie in den Kofferraum und streift sich die Hände an den Jeans ab. »Tut mir leid.«

»Nein, es ist in Ordnung«, sage ich. »Danke, dass du's mir erzählt hast und mir mit den Säcken geholfen hast.«

»Hast du jemanden zu Hause, der dir beim Entladen hilft?«

»Mein Dad wird es erledigen.«

»Schick mir mal 'ne SMS«, ruft Adam, als er sich in seinen Pick-up hochschwingt. »Dann ziehen wir durch die Gegend.«

Ich winke ihm zu, als er losfährt. Dann steige ich in mein Auto und drücke aufs Gaspedal, als ob ich alle Fragen hinter mir lassen könnte, wenn ich nur schnell genug fahre.

Als ich zu Hause angelangt bin, lasse ich die Säcke mit Erde im Kofferraum und gehe ins Haus. Nach einer Dusche tue ich das, wovor ich mich gescheut habe. Ich habe es schon viel zu lange aufgeschoben, Minas Zimmer zu durchsuchen. Wenn Trev meine Anrufe ignoriert, muss ich ihn austricksen. Das bedeutet aber, dass ich warten muss, bis Dad zu Hause ist, damit ich sein Handy benutzen kann. Ich zwinge mich, eine große Schachtel zu nehmen, damit hinauf in mein Zimmer zu gehen und ihre Sachen darin zu verstauen. Sie sind mein Ticket in ihr Haus.

Im Lauf der Jahre haben sich ihre Kleider mit meinen vermischt, ebenso ihr Schmuck. Ich habe Ordner voller Zeitungsausschnitte und Artikel aus dem Internet, die sie durchblätterte, während wir auf meinem Bett lagen und Musik hörten. Bücher, Filme, Ohrringe, Make-up und Parfüm, nichts davon war mehr zuzuordnen, war einfach unser gemeinsamer Besitz.

Wohin mein Blick auch fällt, überall sehe ich sie. Auch wenn ich es versuche, ich kann ihr nicht entkommen.

Ich lasse mir Zeit, um auszuwählen, was ich in die Schachtel lege, denn ich weiß genau, Trev wird jedes Buch, jeden Artikel durchsehen, als ob sie eine tiefere Bedeutung hätten und eine Botschaft enthielten, um ihn zu trösten. Er wird ihren Schmuck in die große rote Samtschatulle auf ihrem Schminktisch zurücklegen und die Kleider in ihrem Schrank verstauen, obwohl sie nie wieder getragen werden.

Ich lege gerade das letzte Buch in die Schachtel, als ich höre, wie Dad die Haustür öffnet.

Ich gehe die Treppe hinunter. »Hast du einen angenehmen Tag gehabt?«, frage ich.

Er lächelt mich an. »Ja, Liebes, er war okay. Bist du den ganzen Tag hier gewesen?«

»Ich bin zur Gärtnerei gefahren und habe noch etwas Erde besorgt. Und ein paar Margeriten.«

»Ich bin froh, dass du immer noch Spaß an der Gartenarbeit hast«, bemerkt Dad. »Es tut dir gut, wenn du draußen in der Sonne bist.«

»Ich wollte Mom anrufen, um mit ihr wegen des Abendessens zu sprechen, aber mein Handy wird gerade oben aufgeladen. Kann ich mir deines leihen?«

»Aber ja.« Er greift in die Tasche seiner kohlschwarzen Hose und fördert es zutage.

»Danke.«

Ich warte, bis er in der Küche verschwunden ist. Dann gehe ich hinaus auf die Veranda. Erst rufe ich meine Mom an, um Dad nicht belügen zu müssen, lande aber nur bei der Mailbox. Vermutlich ist sie in einer Besprechung.

Ich gebe Trevs Nummer ein.

»Hier Sophie«, sage ich schnell, als er sich meldet. »Bitte leg nicht auf.«

Es herrscht kurzes Schweigen, dann höre ich einen Seufzer. »Worum geht's?«

»Ich habe ein paar Sachen von ihr und dachte, du willst sie vielleicht haben. Ich kann sie vorbeibringen.«

Wieder herrscht langes Schweigen. »Lass mir etwas Zeit. So gegen sechs?«

»Ich werde da sein.«

»Bis dann.«

Nachdem ich aufgelegt habe, werde ich nervös. Ich kann nicht mehr ins Haus zurückkehren, kann nicht oben in meinem Zimmer sitzen bei der Schachtel mit ihren Sachen. Also gehe ich in meinen Garten, denn er ist die einzige Zerstreuung, die mir geblieben ist.

Dad hat die Säcke mit Erde bereits aus dem Auto geholt und sie neben die Beete gestellt. Ich winke ihm zu, und er winkt aus der Küche zurück, wo er Kartoffeln fürs Abendessen schält.

Ich lasse mich ungeschickt auf den Boden fallen, strecke die Hand aus und wühle in der Erde des letzten vernachlässigten Beets, hole Steine heraus und werfe sie über meine Schulter. Die Sommersonne brennt auf mich herunter, und Schweiß bedeckt meinen Rücken, während ich arbeite.

Mein angewinkeltes Bein bringt mich fast um den Verstand, aber ich ignoriere den Schmerz.

Ich reiße einen Sack auf und verteile die Erde auf dem Beet. Immer wieder tauche ich meine Hände in den feuchten Boden, lasse die Erde durch die Finger rieseln. Der starke Geruch vermittelt mir ein wenig das Gefühl, nach Hause zu kommen. Ich vermische die neue Erde immer mehr mit der alten. Plötzlich berührt meine Fingerspitze Glattes, Metallisches, das tief vergraben ist. Ich greife danach und fördere einen trüben, erdverkrusteten Silberring zutage.

Erstaunt lege ich den Ring auf meine Handinnenfläche und streife die Erde ab.

Es ist ihrer. Ich erinnere mich, dass sie geglaubt hatte, sie habe ihn letzten Sommer am See verloren. Meiner liegt in der Schmuckkassette, denn ohne sein Pendant hat er keinerlei Bedeutung.

Ich schließe die Finger so fest um den Ring, dass ich überrascht bin, dass sich die in den Silberring eingravierten Worte nicht in mir einmeißeln, wie sie es getan hat.

Kapitel 20

DREIEINHALB JAHRE FRÜHER (VIERZEHN JAHRE ALT)

»Steh auf!«

Ich ziehe mir die Bettdecke über den Kopf. »Lass mich in Ruhe«, stöhne ich.

Vor einer Woche wurde ich aus dem Krankenhaus entlassen und habe seither mein Zimmer nicht mehr verlassen. Selbst aus dem Bett bin ich kaum rausgekommen, und die Gehhilfe ist nur eine weitere Erinnerung daran, wie sehr alles im Argen ist. Ich sehe fern und nehme den Cocktail aus Schmerztabletten, der mich so benommen macht, dass ich zu nichts Lust habe.

»Steh *auf!*« Mina zerrt an meiner Bettdecke, und da meine eine Hand immer noch in einem Gipsverband steckt, kann ich mich kaum gegen sie wehren.

»Du bist gemein«, zische ich, rolle mich langsam auf die andere Seite und stülpe mir mein Extrakissen über den Kopf. Allein die Mühe, mich auf die andere Seite zu drehen, bringt mich zum Stöhnen. Selbst mit den Pillen tut mir alles weh, egal ob ich mich still verhalte oder bewege.

Mina lässt sich neben mir aufs Bett plumpsen, gibt sich keine Mühe, behutsam zu sein. Ihr Gewicht bringt die Matratze in Bewegung, sodass ich hin und her schaukle und vor Schmerz zusammenzucke. »Hör auf.«

»Dann steh endlich auf«, erwidert sie.

»Ich will nicht.«

»Schade. Deine Mom sagt, dass du dein Zimmer nicht verlässt. Und wenn deine Mom *mich* um Hilfe bittet, weiß ich, dass es ein Problem gibt. Also, raus mit dir! Du stinkst, musst unter die Dusche.«

»Nein«, ächze ich und presse mir das Kissen aufs Gesicht. Ich muss diesen blöden Duschstuhl für alte Leute mit kaputten Hüften benutzen. Jedes Mal lauert Mom dann vor der Tür und ängstigt sich zu Tode, weil sie befürchtet, ich könnte fallen. »Lass mich einfach in Ruhe.«

»Ja, klar, damit kommst du bei mir *echt* durch«, murrt sie und rollt die Augen.

Ich habe immer noch das Kissen auf dem Gesicht, spüre also mehr, als dass ich es sehe, wie sie von meinem Bett aufsteht. Ich höre, wie der Wasserhahn aufgedreht wird. Einen Moment lang nehme ich an, dass sie die Dusche im Bad aufgedreht hat. Aber dann wird mir das Kissen, das ich umklammere, aus den Händen gerissen, und als ich den Mund öffne, um zu protestieren, schüttet Mina mir ein Glas kaltes Wasser über den Kopf. Ich zucke zusammen, was verdammt wehtut. Ich weiß immer noch nicht, wie ich mein Rückgrat bewegen und drehen kann. Aber ich bin so wütend auf sie, dass es mir gleichgültig ist. Ich stütze mich mit meinem gesunden Arm auf, greife nach dem Kissen und werfe es nach ihr.

Mina kichert fröhlich, tänzelt hin und her und schwenkt das leere Glas spielerisch vor meiner Nase.

»Miststück«, brumme ich und streiche mir das feuchte Haar aus dem Gesicht.

»Du kannst mich nennen, wie du willst, du Stinktier, solange du bereit bist zu duschen. Los, steh endlich auf.«

Sie streckt die Hand aus, und damit unterscheidet sie sich von den anderen, die sich mir als Hilfe anbieten. Von Dad, der mich überallhin tragen möchte. Von Mom, die mich in Watte packen möchte und mich keine Sekunde aus den Augen lässt. Von Trev, der mich am liebsten festbinden würde.

Sie hält mir immer noch die Hand hin. Als ich sie nicht sofort ergreife, grapscht sie mit den Fingern nach mir, drängend und ungeduldig.

Wie immer.

Ich lege meine Hand in ihre. Ihr Lächeln ist sanft und weich, zeigt all die Erleichterung, die nur möglich ist nach großen Sorgen.

Kapitel 21

JETZT (JUNI)

Das Haus der Bishops hat rosa Fensterläden und einen weißen Anstrich. Im Vorgarten befindet sich seit eh und je ein hoher Apfelbaum. Vorsichtig gehe ich die Stufen zur Veranda hinauf. Das Geländer fängt den größten Teil meines Gewichts auf, während ich die Schachtel auf der Hüfte balanciere.

Noch bevor ich klopfen kann, reißt Trev die Tür auf. Einen Moment lang befürchte ich, dass mein Plan scheitern und er mich nicht hereinbitten wird.

Aber dann tritt er zur Seite und ich gehe ins Haus.

Es ist seltsam, dass ich mich hier nicht willkommen fühle, denn ich habe mein halbes Leben in diesem Haus verbracht, kenne jeden Winkel, jede Ritze, weiß, wo sich die Trödelschublade befindet, die Kekse aufbewahrt werden und die extra Handtücher.

Und ich kenne sämtliche Verstecke von Mina.

»Alles okay mit dir?« Trev beobachtet, wie ich mein gesundes Bein strapaziere. Er nimmt mir die Schachtel ab, gibt einen Moment lang seine Zurückhaltung auf und greift nach meinem Arm.

Doch im letzten Augenblick besinnt er sich und nimmt die

Hand weg. Er reibt sich damit den Mund und blickt dann über die Schulter ins Wohnzimmer. »Willst du dich setzen?«, fragt er, wobei das Widerstreben in seinen Worten durch den Raum hallt.

»Kann ich bitte zuerst auf die Toilette?«

»Klar, du weißt ja, wo sie ist.«

Wie erwartet hat er die Aufmerksamkeit bereits auf die Schachtel mit Minas Sachen gerichtet. Er verschwindet im Wohnzimmer und ich gehe den Flur entlang. Vor der Toilette bleibe ich stehen, öffne und schließe die Tür lautstark und gehe auf Zehenspitzen durch die Küche zum einzigen Schlafzimmer im Erdgeschoss. Mina hatte es gemocht. Nachts war sie immer ruhelos gewesen, hatte bis zum Morgengrauen geschrieben, bis tief in die Nacht hinein ihre Recherchen betrieben, um Mitternacht Kekse gebacken, um drei Uhr morgens Kieselsteine gegen mein Fenster geworfen und mich zu kleinen Ausflügen an den See überredet.

Ihre Zimmertür ist geschlossen und ich zögere, habe Angst wegen des Geräusches. Aber es ist meine einzige Chance. Also greife ich nach der Klinke und drücke sie langsam herunter. Die Tür öffnet sich und ich schlüpfe ins Zimmer.

Als ich mir diesen Plan ausdachte, hatte ich befürchtet, dass ich den Weg hierher vielleicht umsonst machen würde, weil ihre Sachen bereits verstaut oder weg waren.

Aber es ist noch schlimmer: Alles ist unverändert. Von den lavendelfarbenen Wänden bis zu dem mädchenhaften Himmelbett, das sie sich mit zwölf gewünscht hatte. Ihre Stollenschuhe stehen neben ihrem Schreibtisch, willkürlich übereinandergestellt, als ob sie sie gerade abgestreift hätte.

Der Raum ist unberührt, Minas Bett immer noch nicht gemacht, wie ich mit Bauchkrümmen feststelle. Ich starre auf die zerwühlten Laken, die Vertiefung im Kissen und muss mich bremsen, nicht die Hand auf die Stelle zu drücken, wo ihr Kopf gelegen hatte. Ich lasse die Finger über die Bettwäsche gleiten, in der sie ihre letzte friedliche Nacht verbracht hat.

Ich muss mich beeilen. Ich gehe in die Knie, krieche unters Bett und suche mit den Fingern das lockere Bodenbrett. Meine Nägel kratzen an dem Holz. Ich hebe es hoch, lege es zur Seite und krieche noch tiefer unter das Stahlgestell.

Meine Finger tasten in dem Hohlraum herum, finden dort außer Spinnweben jedoch nichts. Ich hole mein Handy aus der Tasche und leuchte damit unter die Bodenbretter.

Ganz hinten in einer Ecke sehe ich einen Umschlag. Ich taste mich zu der Stelle vor und greife danach. In der Eile zerknülle ich das Papier. Als ich gerade das Brett wieder anbringe, höre ich, wie Trev mich vom Gang aus ruft.

Mist. Ich ruckele das Brett zurecht und krabbele unter dem Bett hervor. Ich muss mir auf die Lippe beißen, als mein Bein sich beim Aufstehen verdreht und ich einen stechenden Schmerz im Knie spüre. Ich möchte mich einen kurzen Augenblick lang gegen das Bett stützen, mit dem Schmerz fertig werden, aber ich habe nicht die Zeit dazu. Mein Atem geht schnell, als ich den Umschlag ungeöffnet in meine Tasche stecke.

»Soph? Alles okay bei dir?« Trev klopft an die Toilettentür.

Ich schleiche aus Minas Zimmer und schließe leise die Tür hinter mir, bevor ich in die Küche humpele und mir ein Glas aus dem Schrank hole.

Schritte. Als ich den Wasserhahn aufdrehe und Wasser in das Glas laufen lasse, blicke ich zu ihm hoch. Ich kippe das Wasser in einem Zug hinunter, versuche, nicht verdächtig auszusehen. »Wasser soll bei Muskelkrämpfen helfen«, erkläre ich, spüle das Glas und stelle es zum Abtropfen hin.

»Bist du immer noch auf dem Naturrein-Trip?«, will er wissen, als wir den Weg zum Wohnzimmer einschlagen. Ich seufze erleichtert auf; er bemerkt nicht, dass ich außer Atem bin. Eines ihrer Bücher aus der Schachtel liegt offen auf dem Couchtisch.

»Ich versuch's mit Yoga und Kräutern, aber ich kriege auch Kortison für meinen Rücken.«

Wir setzen uns auf die Couch im Stil der Siebzigerjahre, mit genug Platz zwischen uns. Im Gegensatz zu uns hat sich in diesem Zimmer nur der Kaminsims verändert. Unsere gesamte Kindheit hindurch hatten Kerzen und Kreuze ein großes Schwarz-Weiß-Foto von Minas Dad umgeben, der den Betrachter anstrahlte. Als ich noch klein war und manchmal hier übernachtete, beobachtete ich, wie Mrs Bishop die Kerzen anzündete. Einmal sah ich, wie sie einen Kuss auf ihre Finger hauchte und diese auf die Bildecke presste. Mich erfasste ein Gefühl der Übelkeit, als ich erkannte, dass wir letztlich alle diese Welt verlassen.

Minas Bild steht jetzt neben dem ihres Vaters. Sie starrt mich unter ihren dunklen Locken an, und ihre Mundwinkel umspielt dieses listige, geheimnisvolle Lächeln, das so typisch für sie war. Ihre überschäumende Energie spiegelt sich nur in ihren Augen.

Manche Dinge können nicht eingefangen werden.

Ich blicke zur Seite.

»Deine Mom ...«, fange ich an.

»Sie ist in Santa Barbara bei meiner Tante«, erklärt Trev. »Sie brauchte ... Nun, es ist im Moment besser für sie.«

»Natürlich. Gehst du im Herbst zur Chico State zurück?«

Er nickt. »Ich muss das letzte Semester wiederholen. Aber ich werde pendeln. Wenn Mom zurückkommt ... ich muss in ihrer Nähe sein.«

Ich nicke.

Wieder breitet sich quälende Stille aus. »Ich sollte jetzt gehen«, sage ich. »Ich wollte dir nur schnell die Schachtel vorbeibringen.«

»Sophie«, sagt er unvermittelt.

Er sagt es so, wie sie es zu tun pflegte. Ich *kenne* ihn. Jeden Teil von ihm, vermutlich sogar mehr, als ich Mina kannte, weil Trev sich nie bemühte, sich vor mir zu verstecken. Er war nie der Meinung, dies tun zu müssen. Ich weiß, was er jetzt fragen wird, was er von mir will.

»Nicht«, wehre ich ab.

Aber er ist fest entschlossen. »Ich muss es wissen«, bricht es aus ihm heraus. Er blickt mich an, als verweigere ich ihm etwas Lebensnotwendiges. Sauerstoff. Nahrung. Liebe. »Ich habe mich monatelang mit Polizeiprotokollen, Zeitungsartikeln und Gerüchten beschäftigt. Ich halte es nicht aus. Ich muss es wissen. Du bist die Einzige, die es mir sagen kann.«

»Trev ...«

»Das bist du mir schuldig.«

Ich komme hier nicht raus, wenn ich nicht seine Fragen beantworte. Nicht ohne zu rennen.

Früher war es leicht, vor Trev davonzurennen. Jetzt ist es unmöglich.

Er ist alles, was mir von ihr geblieben ist.

Ich reibe mein Knie, grabe meine Finger in den schmerzenden Muskel. Wenn ich genug Druck ausübe, kann ich die Schrauben spüren. Das tut weh, aber es ist ein guter Schmerz, wie eine heilende Wunde. »Los, frag mich.«

»Der Arzt, der sie untersucht hat … sagte, es sei schnell geschehen. Dass sie vermutlich keine Schmerzen hatte. Aber ich glaube, er hat gelogen, damit ich mich besser fühle.«

Während er mir dies antut – uns beiden –, möchte ich Abstand zu ihm halten. Ich rutsche zum Ende der Couch, wende mich von ihm ab, schütze mich vor dem Angriff.

»Es war nicht so, stimmt's?«, will Trev wissen.

Ich schüttele den Kopf. Es war genau das Gegenteil, und er hat es die ganze Zeit gewusst, doch als ich es bestätige, bringt es ihn beinahe um.

»Hat sie etwas gesagt?«

Ich wünschte, ich könnte ihn anlügen. Wünschte, ich könnte sagen, sie habe sich richtig verabschiedet, mir das Versprechen abgenommen, dass ich auf ihn aufpasse, sie habe gesagt, sie liebe ihn und ihre Mom, dass ihr Dad sie auf der anderen Seite mit offenen Armen erwarte.

Ich wünschte mir, so wäre es gewesen. Fast so sehr wie ich mir wünschte, dass es schnell vorbei gewesen wäre, damit sie nicht so große Angst gehabt hätte. Ich wünschte mir, dass jeder Teil davon friedlich, ruhig und tapfer verlaufen wäre. Alles, nur nicht das schmerzliche, hektische Chaos im Straßendreck, voller Blut und Angst.

»Sie sagte immer wieder, es täte ihr leid. Sie … sagte, es tue weh.« Meine Stimme versagt, ich kann nicht weitersprechen.

Trev legt die Hände auf den Mund. Er zittert, und ich hasse es, dass ich mich auf dieses Gespräch eingelassen habe. Er kann nicht damit umgehen, sollte es auch nicht.

Diese Last ist meine.

Es würde so einfach sein, all dies mit Pillen herunterzuspülen. Das Verlangen danach quält mich, sitzt direkt unter meiner Haut, wartet darauf, um sich zu schlagen und mich herunterzuziehen. Ich könnte dafür sorgen, dass ich vergäße, könnte so viele Pillen einwerfen, dass nichts mehr wichtig wäre.

Aber ich darf diesem Verlangen nicht nachgeben, denn derjenige, der das getan hat, muss dafür bezahlen.

Neun Monate. Drei Wochen. Fünf Tage.

»Trev, ich habe es versucht, habe mich bemüht, sie wieder zum Atmen zu bringen. Aber egal was ich getan habe …«

»Bitte geh jetzt«, sagt er gepresst. »Bitte geh.« Er starrt blicklos vor sich hin.

Auf dem Weg zur Haustür lässt mich ein Krachen stehen bleiben und umdrehen. Er hat den Couchtisch umgeworfen, sodass sich der Inhalt der Schachtel auf dem Boden verteilt. Er begegnet meinem Blick, und ich schleudere ihm die Worte entgegen, um ihn fertigzumachen, weil ich es mir in diesem Augenblick wünsche. Weil er mich dazu gebracht hat, darüber zu reden. Weil er ihr so sehr ähnelt. Weil er hier ist so wie ich, sie aber nicht – und das ist so unfair, dass ich es kaum ertragen kann.

»Trev, kannst du mich immer noch nicht hassen?«

Kapitel 22

Anderthalb Jahre früher (sechzehn Jahre alt)

»Was hältst du von Kyle Miller?«, will Mina wissen. Wir sind gerade unterwegs nach Chico, eine Fahrt von anderthalb Stunden, um Trev zu besuchen, der dort an seinem Bachelor in Betriebswirtschaft arbeitet. Mina schleppt mich gern zu diesen monatlichen Fahrten mit. Gewöhnlich wehre ich mich nicht dagegen, denn es macht Spaß, Trev zu treffen. Mina wollte früh aufbrechen, sodass ich keine Chance hatte, eine Extradosis zu nehmen, und das macht mich nervös. Ich wünschte mir, ich hätte nicht angeboten, selbst zu fahren, aber ich hasse es, Beifahrer zu sein, besonders bei langen Strecken.

Wir fahren an einem der vielen Obststände am Straßenrand vorbei. Ein verbogenes Schild mit der Aufschrift *Über den Winter geschlossen* schwankt im Wind. Kilometerweit fahren wir an Mandel- und Olivenbäumen vorbei, deren Äste sich schwarz und deutlich gegen den blassgrauen Himmel abheben. Traktoren verrosten auf den verlassenen Feldern, ebenso die verblassten Tafeln mit der Aufschrift ZU VERKAUFEN, die dort seit einer Ewigkeit an den Stacheldrahtzäunen hängen.

»Soph?«

»Ja?«

»Ich hab dich was gefragt. Kyle Miller? Was hältst du von ihm?«

»Ich muss mich auf die Straße konzentrieren. Und warum sollen wir über Kyle Miller reden?« Ich weiß nicht, weshalb ich mich dumm stelle. Wenn Mina sich langweilt, spielt sie mit Jungs.

»Keine Ahnung. Er ist süß. Als du im Krankenhaus warst, hat er uns immer Brownies mitgebracht.«

»Ich habe gedacht, seine Mutter hätte sie gebacken.«

»Nein, es war Kyle. Adam hat mir erzählt, dass Kyle bäckt, aber er tönt nicht überall damit herum.«

»Okay, die Brownies waren gut. Aber er ist nicht gerade klug oder so.« Ich überlege, ob das der Punkt ist. Dass er nicht klug genug ist, um es zu bemerken. Ich mache mir immer Sorgen, dass Trev es bemerken wird.

»Kyle ist nicht dumm«, protestiert sie. »Und er hat große braune Augen. Sie sehen aus wie Schokolade.«

»Ach, hör auf«, zische ich, zu genervt, um meine Verärgerung verbergen zu können. »Erzähl mir ja nicht, dass du ihn daten willst, nur weil er dich anschaut, als wolle er dein Liebessklave sein.«

Sie zuckt die Schultern. »Ich langweile mich. Ich brauche ein bisschen Aufregung. Dieses Jahr war fad. Trev ist ausgezogen, Mom hat ihre Wohltätigkeitsevents. Und das größte Ereignis an der Schule war das Homecoming.«

»Chrissys Gesichtsausdruck, als Amber ihr mit dem Zepter auf den Kopf geschlagen hat, war die Woche Nachsitzen wert.«

Mina kichert. »Du warst diejenige, die ihre Krone zerbrochen hat.«

Ich grinse ungeniert. »Ich wollte ja nicht auf sie treten. Dieser Festzugswagen war so wackelig und ich war sowieso schon im Nachteil.«

»Aber sicher, Soph, das glaube ich dir!«, sagt Mina ironisch. »Na ja, das Homecoming war schon lustig, das Nachsitzen allerdings weniger. Aber ich will keinen Spaß, auch kein Nachsitzen. Ich will, dass etwas Interessantes passiert. Wie damals, als Jackie Dennings verschwand.«

»Wünsch dir so was nicht! Das ist pervers!«

»Das sind Entführungen und ungelöste Fälle für gewöhnlich«, erklärt Mina.

»Bitte versprich mir, dass du nicht wieder in so was hineinschlitterst. Das erste Mal war gruselig genug.«

»Das hat mit gruselig nichts zu tun. Ihr ist etwas *Schlimmes* zugestoßen.«

»Sei nicht so schwarzseherisch«, knurre ich. »Vielleicht ist sie einfach weggelaufen.«

»Vielleicht ist sie aber auch tot.«

Mein Handy klingelt. Mina greift danach, stellt den Alarm ab. »Zeit für die Pillen?«

»Ja, gib mir bitte meine Dose.«

Sie holt sie aus meiner Tasche, gibt sie mir aber nicht. Sie mustert mich aus dem Augenwinkel und dreht die Dose hin und her, wobei die Pillen klappern.

»Was ist?«, frage ich.

»Sophie«, ist alles, was sie erwidert. Sie versteht es, dieses eine Wort mit Enttäuschung und Sorge zu füllen.

Wir kennen einander durch und durch. Das ist einer der Gründe, weshalb ich der unvermeidlichen Konfrontation ausgewichen bin. Wenn sie mich nämlich direkt fragt, wird sie durchschauen, dass meine Antwort eine Lüge ist.

»Es ist alles okay«, erkläre ich und versuche, so glaubwürdig wie möglich zu klingen. »Ich brauche nur meine Pillen.« Unter ihrem prüfenden Blick bekomme ich eine Gänsehaut. Ich habe das Gefühl, dass sie direkt durch mich hindurchschauen kann und all die Drogen sieht, die durch meinen Blutkreislauf geschleust werden.

Ich konzentriere mich auf die Straße.

Sie hält noch immer die Dose in der Hand, dreht sie nach allen Seiten. »Ich wusste nicht, dass du noch so viele nehmen musst.«

»Nun, so ist es halt.« Ich habe das Gefühl, am Rand einer Klippe zu stehen, die abbröckelt, und immer mehr den Boden unter den Füßen zu verlieren. Ich blicke immer wieder zu der Dose in ihrer Hand hin. Sie gibt sie mir nicht.

Was soll ich tun, wenn sie sie mir verweigert?

»Vielleicht solltest du darüber nachdenken, davon wegzukommen. Lass sie langsam auslaufen. Du nimmst sie schon ewig und das Zeug tut dir nicht gut.«

»Damit wären meine Ärzte wohl kaum einverstanden.« Ich schaffe es nicht, die Schärfe in meiner Stimme zu unterdrücken, die Warnung. Wird sie jetzt nachgeben?

Aber sie tut es nicht. Sie erkennt die Warnung, übergeht sie aber. Typisch Mina!

»Mal im Ernst, Soph. Du benimmst dich in letzter Zeit wie …« Sie atmet tief durch, will es nicht laut aussprechen, denn sie hat Angst davor. »Ich mache mir Sorgen um dich. Und du weigerst dich, mit mir zu reden.«

»Du würdest es doch nicht verstehen.« Sie kann es nicht, denn sie trug bei dem Unfall nur einen gebrochenen Arm und ein paar Verletzungen davon, ich hingegen Metallplatten im Körper und die Abhängigkeit von Schmerztabletten, die einen Hunger in mir erweckten, den ich nicht ignorieren konnte und wollte.

»Warum versuchst du nicht einfach, es mir zu erklären?«

»Nein«, lehne ich ab. »Mina, lass es, okay? Gib mir einfach meine Pillen.«

Sie kaut an ihrer Unterlippe. »Okay.« Sie wirft mir die Dose in den Schoß, verschränkt die Arme und blickt aus dem Fenster auf die kahlen Bäume, die jetzt schneller an uns vorbeiflitzen, weil ich hart aufs Gas trete.

Während der restlichen Fahrt verlieren wir kein Wort mehr.

Bei der Party, zu der uns Trev abends mitschleppt, sind Unmengen von Leuten, sodass es in der Wohnung unerträglich warm ist. Biergeruch hängt in der Luft. Nach etwa zwanzig Minuten verliere ich Mina in der Menge. Doch da wir seit unserem Streit im Auto kaum miteinander gesprochen haben, ist das keine Tragödie.

Zumindest rede ich mir das ein.

Die Musik ist nervig, irgendein Top-40-Hit wird so laut aufgedreht, dass ich Kopfweh bekomme. Ich wünsche mir sehnlichst, hier verschwinden und zu Trevs Wohnung gehen zu können, mich auf sein Sofa zu legen, die Augen zu schließen und ein paar Stunden zu dösen.

Ich bahne mir den Weg durch die Menge, kann es gerade noch vermeiden, dass mir irgendein Typ, der seine Baseballkappe seitwärts trägt, an den Hintern fasst. Ich gehe ihm aus dem Weg und flüchte mich auf den leeren Balkon. Ich hole ein paar Pillen aus meiner Tasche und schlucke sie mit meinem restlichen Wodka hinunter.

Draußen ist es kalt, aber ruhiger, das Stimmengewirr und das Dröhnen der Musik klingen hier gedämpft. Benommen vom Wodka, stütze ich die Ellbogen auf das Geländer und warte auf das benebelnde High-Gefühl, das alles milder erscheinen lässt.

Die Balkontür geht auf und wird wieder geschlossen. »Da bist du ja«, sagt Trev. »Mina sucht dich.«

»Es ist schön hier draußen.«

Trev stellt sich neben mich und stützt sich ebenfalls auf das Geländer. »Es ist eiskalt.« Er zieht seinen Mantel aus und legt ihn mir über die Schultern. Der Geruch von Kiefern und Holzleim lullt mich ein.

»Danke«, sage ich, ohne mich richtig in den Mantel zu hüllen. Ich kann mich bei ihm nicht so fallen lassen wie bei ihr.

»Habt ihr euch gestritten?«, will Trev wissen.

»Ein bisschen.«

»Weißt du, das Einfachste ist, du vergibst ihr, was auch immer sie getan hat. Sie wird dich sowieso so lange nerven, bis du's tust.«

»Warum nimmst du an, dass es ihre Schuld ist?«

Trev lächelt. »Aber Soph, du tust doch nichts Falsches.«

Es fröstelt mich, wenn ich an die Pillen denke, die ich in meinem Zimmer gebunkert habe. An den Koks, den ich mir heute Morgen reingezogen habe, bevor wir hierher gefahren sind. An die Pillen, die ich gerade genommen habe. An all die Pillen, die ich mir zusätzlich einwerfe wie heimliche Naschereien. »Es ist nicht ihre Schuld. Es ist nichts, es wird alles gut.«

Ich schlinge die Arme um mich selbst. Die Pillen fangen an zu wirken. Ich verspüre ein dumpfes, fließendes Gefühl, vermischt mit der Wirkung des Alkohols. Um ein Haar wäre mir die Tasse aus der Hand gefallen.

Trev runzelt die Stirn, nimmt sie mir aus der Hand und stellt sie auf den Boden. »Vielleicht war es keine gute Idee, euch beide hierher zu schleppen. Ich will deiner Mom nicht noch mehr Gründe liefern, mich zu hassen.«

»Sie hasst dich nicht«, murmele ich, obwohl wir beide genau wissen, dass ich lüge. »Und ich komme schon klar. Mina ist diejenige, die gern zu viel trinkt.«

»Oh, glaub mir, ich weiß.« Trevs offenes Lächeln löst die Enge in meiner Brust, die sich eingenistet hat, seit Mina mich im Auto zur Rede stellen wollte. Er versucht nur zu helfen, er weiß gar nichts.

Er sieht mich auch nicht so, wie Mina es tut.

Ich drehe mich um und lehne mich mit dem Rücken gegen das Geländer. Dabei gleitet sein Mantel von meinen Schultern und das Licht aus der Wohnung beleuchtet meine Haut. Ich trage ein so tief ausgeschnittenes T-Shirt, dass man den Rand meiner Narbe sehen kann, sofern man in einem günstigen Winkel steht. Unwillkürlich zupfe ich an meinem Ausschnitt, jedoch ohne Erfolg. Trevs Blick wandert nach unten, wird ernst und starr.

Sein Lächeln verschwindet und er macht einen Schritt auf

mich zu. Seine Hand umfasst meine Schulter und er zieht mich zu sich. Ich spüre, wie sein Mantel zu Boden gleitet. Der Stoff streift meine Wade, und ich wünsche mir, ich könnte mich darin einhüllen.

»Trev?«, frage ich mit zitternder Stimme. Ich habe zu viele Pillen mit Wodka zu mir genommen und das hier ist keine gute Idee. Er ist mir viel zu nah.

»Soph.« Sein Daumen streicht über die Umrisse der Narbe, die meine Brust in zwei ungleichmäßige Hälften teilt, berührt mich auf eine Weise, wie er es nie zuvor getan hat. Er hat wohl zu viel getrunken, denn in nüchternem Zustand würde er sich nie so verhalten; er ist immer so behutsam, wenn er mich berührt.

»Mein Gott, Sophie.« Er zieht seine Wangen ein und kaut darauf. »Hier also ...«

Er legt die Hand auf die Stelle zwischen meinen Brüsten, bedeckt sie. Seine schwieligen Fingerspitzen ruhen leicht auf meiner Narbe, heben und senken sich mit jedem Atemzug von mir.

Mein Herz hämmert, sehnt sich nach seiner Berührung.

»Ich weiß nicht, warum du mir verziehen hast«, sagt er mit bewegter Stimme.

»Ich war die Schwachsinnige, die ihren Gurt nicht angelegt hat«, bemerke ich wie jedes Mal, wenn er darauf zu sprechen kommt.

»Ich war in Panik, als du nicht aufgewacht bist«, fährt Trev fort. »Ich hätte es besser wissen müssen. Mina wusste es besser. Sie hat immer wieder gesagt, du seist zu stur, um uns zu verlassen.«

Er blickt hoch, sein Gesicht verrät unverhüllt seinen Schmerz. Als ich seinem Blick begegne, zucken seine Finger, als wolle er sie über meine Haut ziehen, um aus dem Narbengeflecht etwas Schönes zu machen.

Plötzlich weiß ich, dass er mich küssen wird, wenn ich den Blick nicht abwende. Ich erkenne es an seiner Haltung, an der Art, wie er von einem Bein aufs andere tritt und den Saum meines Tops zwischen die Finger seiner freien Hand nimmt, so als versuche er, sich einzuprägen, wie er sich anfühlt. Es ist bezeichnend für Trevs Wesen: konzentriert, ehrlich, sicher. Es spaltet mich in zwei Teile: Ein Teil möchte ihn küssen – der andere möchte wegrennen.

Fast wünsche ich mir, er würde es tun. Es ist ja nicht so, als sei ich nicht neugierig oder hätte ihn nicht dabei ertappt, wie er mich angesehen hat.

Es ist nicht so, als wüsste ich nicht, wie er zu mir steht.

Aber dieser Gedanke lässt mich den Blick senken. Ich trete einen Schritt zurück. Einen Moment lang befürchte ich, er würde mich nicht loslassen, aber dann tut er es, natürlich tut er es.

»Ich brauche etwas Wasser«, stammele ich und eile hinein, und ein Teil von mir, der ehrliche, atmet erleichtert auf.

Kapitel 23

JETZT (JUNI)

Sobald ich zu Hause bin, reiße ich den Umschlag auf, den ich in Minas Zimmer gefunden habe. Er ist an einer Seite uneben, und als ich den Umschlag schüttele, fällt ein USB-Stick heraus. Plötzlich höre ich Moms Schritte in der Diele. Mit einer Hand greife ich nach dem Stick – er hat die Form einer winzigen lila Hello-Kitty-Figur –, mit der anderen verstaue ich den Umschlag in der Gesäßtasche meiner Jeans.

Mom runzelt die Stirn. »Was tust du denn hier unten in der Diele?«

»Ich wollte nur meine Schlüssel wieder an den Haken hängen.« Ich greife in meine Tasche, lasse schnell den Stick hineinfallen und fördere meine Schlüssel zutage. Ich lächele sie an und hänge die Schlüssel an den Haken. »Was riecht denn hier so köstlich?«

»Ich habe ein Hähnchen gebraten. Komm zum Essen.«

Ich folge ihr ins Esszimmer, wo Dad bereits wartet. Mom hat heute das gute Service aufgetragen.

Der Umschlag in meiner Tasche raschelt, als ich mich zu Tisch begebe. Dabei würde ich am liebsten in mein Zimmer hochrennen, die Tür verbarrikadieren und den Stick in meinen Laptop stecken.

Ich muss einen Seufzer unterdrücken, als meine Mutter Platz nimmt. Warum wollen sie ausgerechnet heute Abend ein Familienessen veranstalten?

Meine Mutter sitzt an einem Ende des Tisches, mein Vater am anderen und ich dazwischen.

»Wie war die Sitzung?«, fragt Mom.

»Gut«, erwidere ich.

»Magst du Dr. Hughes?«, erkundigt sich Dad. Ich überlege, ob sie sich irgendwie abgesprochen haben, mir abwechselnd Fragen zu stellen.

»Er ist in Ordnung.«

»Du hast bis jetzt noch nie einen männlichen Therapeuten gehabt«, bemerkt Mom. »Wenn das ein Problem für dich ist …«

»Nein«, erwidere ich. »Dr. Hughes ist nett. Ich mag ihn, wirklich.« Ich nehme einen Bissen vom Brathähnchen und kaue unnötig lange daran.

»Demnächst sollten wir übers College reden«, schlägt Dad vor. »Stell eine Liste der Universitäten auf, die dich interessieren würden.«

Ich lege die Gabel beiseite, der Appetit ist mir vergangen. Ich hatte gehofft, es wären mir noch ein paar Wochen vergönnt, bevor wir darüber diskutieren. Schließlich fängt die Schule erst in zwei Monaten wieder an.

»Im August kommst du in die Abschlussklasse«, versichert mir Mom, die meinen Gesichtsausdruck missdeutet.

Ich schiebe meine Erbsen an den Tellerrand, habe Angst zu

schlucken, spüre einen Riesenkloß im Hals. Ich habe keine Zeit, darüber nachzudenken. Muss mich darauf konzentrieren, Minas Mörder zu finden.

Was finde ich auf diesem Stick?

»Und dein Selbststudium in Seaside war gute Arbeit; deine Lehrer waren beeindruckt«, fährt Mom fort, ein seltenes Lächeln im Gesicht.

»Darüber mache ich mir keine Sorgen«, sage ich.

»Geht es um die Bewerbungen? Wir finden eine Möglichkeit, diese Fehlmonate in der Schule zu erklären. Und wenn du bei deinem Bewerbungsschreiben den Unfall beschreibst, all das, was du bewältigen musstest, um wieder gehen zu können, bin ich davon überzeugt ...«

»Du willst also, dass ich die Krüppelkarte ausspiele?«, unterbreche ich sie, und sie zuckt zusammen, als habe ich sie geschlagen.

»Nenn dich nicht so«, faucht sie.

Ich muss mich beherrschen, nicht die Augen zu rollen. Mom ist diejenige, die der Unfall am meisten belastet hat. Dabei hat Dad mich zur Physiotherapie gefahren und alle Recherchen über meine Operationen gemacht. In jenem ersten Monat hat er mich die Treppe rauf- und runtergetragen. Als ich noch im Krankenhaus lag, hat er mir jeden Abend eine Geschichte vorgelesen, so als sei ich noch in der zweiten Klasse. Er hat sich wieder vollkommen um mich gekümmert, als ich in einem Alter war, in dem man sonst selber zurechtkommt. Dad ist wirklich gut darin, sich um Leute zu kümmern.

Moms Talent besteht darin, Dinge zu regeln, aber es gelingt ihr nicht, mich unter Kontrolle zu halten, und damit wird sie nicht fertig.

»Es ist die Wahrheit.« Die Worte klingen barsch, zielen darauf ab, ihren Eisköniginnen-Panzer zu zerschmettern, zu bewirken, dass sie endgültig damit aufhört, sich nach dem Mädchen zu sehnen, das ich einmal war. »Ich bin ein Krüppel. Und ein Junkie. Und du denkst, dass ich zum Teil schuld daran bin, dass Mina erschossen wurde. Also sollten wir diese Liste um *Zufallsmörder* erweitern. Hey, vielleicht kann ich bei meiner Bewerbung *darüber* schreiben.«

Sie wird rot, dann weiß und schließlich fast lilafarben. Ich bin fasziniert, gebannt von ihrer Wut, von dem Wechsel im Ausdruck ihrer Augen von besorgt zu wütend. Sogar mein Vater lässt die Gabel sinken und legt ihr die Hand auf den Arm, so als überlege er, ob er sie wohl davon abhalten muss, sich über den Tisch hinweg auf mich zu stürzen.

»Sophie Grace, in diesem Haus benimmst du dich respektvoll«, spuckt sie schließlich aus. »Mir und deinem Vater gegenüber und vor allem dir selbst gegenüber.«

Ich werfe die Serviette auf den Teller. »Ich bin fertig.« Ich erhebe mich, aber mein Bein zittert, und ich muss mich länger, als mir lieb ist, am Tisch festhalten. Hinkend gehe ich hinaus. Ich spüre, wie sie mir hinterherschaut, wie sie jeden meiner schwerfälligen Schritte beobachtet, jede Unbeholfenheit.

Als ich oben bin, lasse ich fast meine Tasche fallen, weil ich es kaum abwarten kann, den Stick herauszuholen. Ich nehme ihn, öffne meinen Laptop, stecke ihn in den Schlitz und trommele mit den Fingern auf den Schreibtisch.

Der Ordner erscheint auf meinem Desktop und ich klicke zweimal. Mein Herz schlägt zum Zerbersten.

Dann werde ich aufgefordert, das Passwort einzugeben. Ich tippe ihr Geburtsdatum ein, versuche es dann mit Trevs, mit meinem, mit dem ihres Dads, aber ohne Erfolg. Ich versuche es mit den Namen ehemaliger Haustiere, sogar mit der Schildkröte, die sie geschenkt bekam, als wir in der dritten Klasse waren, und die eine Woche später gestorben ist – wieder ohne Erfolg. Über eine Stunde lang versuche ich es mit allen möglichen Namen, aber keiner ist der richtige.

Enttäuscht stehe ich auf, trete an meine Kommode, wo Minas Ring neben meinem liegt. Ich nehme ihn in die Hand, drehe ihn hin und her. Im Lampenlicht leuchten mir die eingravierten Worte entgegen.

Ich wende mich wieder dem Laptop zu, tippe »für immer und ewig« ein und drücke die Enter-Taste.

Falsches Passwort.

Angestaute Wut sowie die unterschwellige Kränkung durch die Worte meiner Mutter wallen in mir hoch. »Verdammt noch mal, Mina«, murmele ich und werfe den Ring durchs Zimmer. Er prallt an der Wand ab und landet auf dem Teppich neben meinem Bett.

Kaum liegt er auf dem Boden, gehe ich in die Knie, stöhne vor Schmerz, krieche aber dennoch auf ihn zu, um ihn aufzuheben. Als ich ihn überstreife, zittern meine Hände.

Das Zittern hält an, als ich zu meiner Kommode gehe und mir auch den zweiten Ring, meinen, über den Daumen streife.

Kapitel 24

Anderthalb Jahre früher (sechzehn Jahre alt)

Nach der Party bin ich betrunken und immer noch high. Ich liege neben Mina auf dem Boden in Trevs Wohnzimmer. Wir stecken beide in einem Schlafsack. Aus dem Flur dringt das Schnarchen seiner Zimmergenossen zu uns herein.

Der Boden ist hart, der Teppich dünn und versehen mit geheimnisvollen Flecken, über die ich in dieser Wohnung voller Jungs nicht nachdenken möchte. Ich komme nicht zur Ruhe, werfe mich hin und her, starre zur Decke, die mit Bierdeckeln gepflastert ist. Meine Lider sind schwer, aber ich lasse nicht zu, dass sie zufallen.

Mina ist wach, tut aber so, als schlafe sie. Doch sie kann mich nicht täuschen. Jahre der Übernachtungsbesuche haben mich gelehrt zu erkennen, wann sie etwas vortäuscht.

»Ich weiß, dass du wach bist.«

»Schlaf endlich«, ist alles, was sie von sich gibt. Sie lässt die Augen zu, gibt nicht einmal ihre nervige, übertrieben langsame Atmung auf.

»Bist du immer noch sauer?«

»Halt die Klappe, Soph, ich bin müde.«

Ich spiele mit dem Reißverschluss an meinem Schlafsack,

ziehe ihn rauf und runter, warte darauf, dass sie mir antwortet, weiß aber, dass sie es eventuell nicht tut.

»Ist dein Rücken okay?« Als sie ihr selbst auferlegtes Schweigen bricht, reißt sie besorgt die Augen auf.

»Ja.«

Das stimmt aber nicht, denn ich werde stocksteif aufwachen. Mein gesundes Bein wird taub sein, aber das kranke wird an der Stelle am Knie, wo das Narbengewebe spannt, höllisch wehtun.

Ich sollte noch eine Pille nehmen, verdiene sie.

»Da, nimm mein Kissen.« Sie beugt sich zu mir und schiebt es unter meinen Kopf. »Besser?«

»Du hast meine Frage nicht beantwortet«, erinnere ich sie.

Mina seufzt. »Ich bin nicht sauer auf dich«, sagt sie. »Ich habe es dir ja bereits erklärt, ich bin *besorgt*.«

»Das brauchst du nicht«, beharre ich.

Das hätte ich nicht sagen sollen. Ich entdecke echte Angst in ihrem Blick. Es berührt mich mehr, als ich zugeben mag, erweckt in mir den Wunsch, mich zu verstecken, mich noch mehr gegen all das, gegen sie, abzuschirmen.

»Tu ich aber«, zischt sie und richtet sich auf. Sie greift nach meinem Arm und zerrt an mir, bis ich dasselbe tue. Dann beugt sie sich blitzschnell zu mir, dass ich völlig überrumpelt bin.

»Du nimmst zu viele Pillen, tust dir selbst nichts Gutes damit.« Sie schluckt und scheint dann plötzlich zu bemerken, wie nah wir einander sind. Ihre Finger umklammern meinen Arm, drücken fest zu, lassen dann wieder los und wiederholen das Ganze.

»Sophie, bitte«, sagt sie, und ich kann mir nicht vorstellen, was sie will. Sie ist zu nah; ich kann die Vanillelotion riechen, mit der sie sich vor dem Schlafengehen die Hände eingerieben hat. *»Bitte«*, wiederholt sie, und mir stockt der Atem, weil mir jetzt klar wird, was sie will.

Ihre Augen verweilen bei meinem Mund, sie zieht mich an sich, und ich bin atemlos vor Erwartung, denke, *oh mein Gott, es passiert tatsächlich*, bin so abgelenkt, dass ich die Schritte überhöre, bis es fast zu spät ist.

Aber Mina hört sie, und sie wendet sich brüsk ab, bevor Trev den Flur entlangkommt. »Seid ihr zwei immer noch wach?« Er gähnt, spaziert in die Küche und holt eine Flasche Wasser aus dem Kühlschrank.

»Wir wollten gerade schlafen«, stößt Mina hastig hervor und legt sich zurück.

Sie blickt mich nicht an, und ich spüre, wie meine Wangen sich röten. Mein gesamter Körper ist heiß und schwer und ich will tiefer in meinen Schlafsack kriechen und presse meine Beine eng zusammen.

»Nacht«, sagt Trev. Er lässt das Küchenlicht brennen, damit Mina nicht im Dunkeln liegt.

Mina schweigt. Sie macht es sich in ihrem Schlafsack bequem und legt eine Hand unter den Kopf. Eine Ewigkeit lang starren wir uns an.

Ich wage es nicht, mich zu rühren, zu sprechen.

Dann lächelt Mina. Das Lächeln ist allein für mich bestimmt, sparsam und real, etwas wehmutsvoll. Mit der anderen Hand umfasst sie meine und schließt die Augen. Ihre Silberringe, aufgewärmt durch ihre Haut, fühlen sich an meinen Fingern glatt an. Der Duft von Vanille steigt mir in die Nase, bringt mein Blut in Wallung, und ich genieße die Berührung.

Als ich am nächsten Morgen aufwache, sind unsere Finger immer noch ineinander verschlungen.

Kapitel 25

JETZT (JUNI)

»Danke, dass du gekommen bist.« Ich trete zur Seite, um Rachel ins Haus zu lassen.

»Sophie, war das die …« Meine Mutter erblickt Rachel mit ihrem flammend roten Haar, dem senfgelben Pullover, den sie falsch zugeknöpft hat, und dem klobigen Totenkopfanhänger, den sie an einer Fahrradkette um den Hals trägt. »Oh«, stößt sie hervor.

»Mom, du erinnerst dich doch an Rachel?«

»Aber ja.« Mom lächelt, und es sieht fast echt aus, obwohl ihr Blick etwas zu lange auf Rachel ruht. Ich überlege, ob es an Rachels Aussehen liegt oder ob Mom sich an jenen Abend erinnert. Rachel war so lange bei mir geblieben, bis meine Eltern auftauchten. Im Grunde hatte ich ihr keine Wahl gelassen, weil ich ihre Hand nicht loslassen wollte.

»Wie geht es Ihnen, Mrs Winters?«, erkundigt sich Rachel.

»Gut. Und Ihnen?«

»Bestens.« Rachel grinst.

»Irgendwas stimmt mit meinem Computer nicht und Rachel will mir dabei helfen.«

»Bye, bye«, sagt Rachel fröhlich und geht hinter mir die

Treppe hoch. Als wir die Tür hinter uns geschlossen haben, wirft sie ihre Tasche auf mein Bett und lässt sich danebenplumpsen. »Ich habe leider nur vierzig Minuten, weil ich nach Mount Shasta fahren muss, zu meinem Dad. Er hat heute Geburtstag.«

»Kannst du einen Stick in vierzig Minuten knacken?«

Ein Lächeln umspielt ihre rot bemalten Lippen. »Nein. Ich bin gut darin, Computer auseinanderzunehmen und wieder zusammenzusetzen. Passwörter sind eine Herausforderung für sich. Ich werd 'ne Zeit lang brauchen.«

Ich gebe ihr den Stick. »Ich weiß es zu schätzen, dass du's versuchst. Meine Methode bestand darin, so viele Passwörter, wie mir einfielen, einzugeben.«

»Vermutlich nicht die erfolgreichste Methode.«

»Da hast du recht.«

»Wie war dein Gespräch mit Minas Chef beim *Beacon*?«, will Rachel wissen und grapscht nach einem Kissen, um das Kinn darauf zu stützen. Sie zieht ein Bein an und lässt das andere vom Bett herunterbaumeln.

»Er ist weggefahren, kommt aber nächste Woche zurück. Ich werde dann noch mal zu ihm gehen, um mit ihm zu reden.«

»Offensichtlich bist du aber ohne Schwierigkeiten ins Haus gekommen«, bemerkt Rachel, hält den Stick hoch und fuchtelt damit herum.

Ich zucke die Schultern. »Trev hasst mich.«

»Das bezweifle ich«, erwidert Rachel.

»Er will es«, sage ich. »Und er sollte es, würde es, wenn er die Wahrheit kennen würde.«

Rachel dreht sich auf dem Bett und lässt den Stick von

einer Hand in die andere wandern. Dann blickt sie zu mir auf und sagt: »Die Wahrheit?«

Ich sage nichts mehr, denn wenn man etwas verheimlichen will, geschieht dies instinktiv. Es ist etwas, was man sich abtrainieren muss, und ich habe es mir nie abtrainiert, selbst als ich es wollte.

»Soph, kann ich dich etwas fragen?« Sie blickt mir in die Augen und ich erkenne darin eine Frage.

Die Frage.

Ich kann den Blick abwenden und weiterhin den Mund halten. Ich kann Nein sagen. Ich kann das Mädchen sein, das die Augen vor der Wahrheit verschließt, sein Herz verleugnet.

Aber es wird an mir zehren, mich auffressen, bis nichts mehr übrig geblieben ist.

Ich drehe unsere Ringe am Finger. Sie reiben aneinander, weisen Kerben und Kratzer auf, die im Lauf der Zeit entstanden sind.

»Aber ja, frag nur.«

»Du und Mina, ihr beide wart …« Sie ändert ihre Taktik, ist plötzlich unverblümt wie in ihren Briefen. Sie schlägt eine Richtung ein und schwenkt mittendrin in die andere ab. »Du magst Mädchen, nicht wahr?«

Meine Wangen glühen, und ich nestele an meiner Bettdecke und überlege, wie ich es in Worte fassen soll.

Manchmal überlege ich, was meine Mutter denken würde. Ob sie versuchen würde, es unter den Teppich zu kehren und es der immer größer werdenden Liste der Dinge hinzuzufügen, die geregelt werden müssen.

Manchmal überlege ich, ob es meinem Dad etwas ausmachen würde, mich eines Tages zum Altar zu führen und einer Frau statt einem Mann zu übergeben und damit eine Tochter dazuzugewinnen statt eines Sohnes.

Manchmal grübele ich, wie es gewesen wäre, wenn ich von Anfang an offen gewesen wäre. Dann hätte ich mich nie verstecken müssen. Wie sehr hätte es die Dinge verändert, wenn wir ehrlich gewesen wären?

Ich werde es nie wissen. Aber ich kann jetzt Rachel gegenüber ehrlich sein. Vielleicht deshalb, weil sie mir im schlimmsten Augenblick meines Lebens begegnet ist. Vielleicht liegt es auch daran, dass sie dageblieben ist, auch nachher noch.

Vielleicht liegt es auch daran, dass ich keine Angst mehr haben möchte. Nicht davor. Denn verglichen mit allem anderen – der Drogenabhängigkeit, der Lücke, die Minas Tod in mir hinterlassen hat, dem Schuldgefühl gegenüber Trev – macht es keinen Sinn mehr, gerade dies zu verheimlichen. Nicht mehr.

Deshalb antworte ich: »Manchmal.«

»Du magst also auch Jungs?«

»Das hängt von der Person ab.« Ich zupfe immer noch an der Decke herum, spiele mit losen Fäden.

Sie lächelt offen und aufmunternd. »Das Beste aus beiden Welten, nehme ich an.«

Ich muss unwillkürlich lachen, und es entringt sich mir ein Laut, der sich nach Wahrheit anhört. Am liebsten hätte ich losgeheult und mich bei ihr bedankt und ihr gesagt, dass ich es noch nie jemandem gesagt habe. Gerne würde ich ihr sagen, dass es für mich wie ein Geschenk ist, mit ihr darüber gesprochen zu haben, und wie sie es aufgenommen hat, als wäre es keine große Sache.

Kapitel 26

Drei Jahre früher (vierzehn Jahre alt)

»Los, mach die Tür auf.« Mina klopft zum dritten Mal.

Ich habe mich im Bad eingeschlossen und versuche, genug Foundation aufzutragen, um die Narbe am Hals zu verdecken. Aber vergeblich. Wie sehr ich mich auch bemühe, sie scheint immer durch.

Seit dem Unfall sind fast sechs Monate vergangen, und die Vorstellung, tanzen zu gehen, die Ironie, tanzen zu gehen, obwohl es immer noch wehtut, wenn ich mich zu schnell bewege, erweckt in mir den Wunsch, wie ein Kleinkind *nein, nein, nein* zu schreien und zu brüllen. Aber meine Mom war so begeistert, als Cody mich einlud, und Mina redete ständig über Kleider, sodass ich es nicht fertigbrachte, ihnen einen Korb zu geben.

Aber jetzt habe ich keine Lust, aus dem Bad rauszukommen. Ich hasse es, wie verdreht und schief sich mein Körper anfühlt, wie ich mich bei jedem Schritt schwer auf meinen Stock stützen muss.

»Soph, wenn du nicht in den nächsten fünf Sekunden die Tür aufmachst, trete ich sie ein. Ich schwöre es.« Mina hämmert jetzt gegen die Tür.

»Das schaffst du nicht«, erwidere ich, lächele aber, als ich mir diese kleine, nur 50 Kilo schwere Person schweißgebadet bei dem Versuch vorstelle.

»Ich schaffe es, oder ich hole Trev zu Hilfe – und ich wette, dass er es kann.«

»Lass Trev aus dem Spiel.« Jedes Mal, wenn ich mit ihm allein bin, will er sich entschuldigen.

Sogar durch die Tür kann ich mir ihren triumphierenden Gesichtsausdruck vorstellen. »Ich werde es tun, ich hole ihn jetzt.« Sie tut so, als würde sie losrennen – stapft vor der Tür auf der Stelle. Ich kann die Schatten ihrer Füße sehen.

Ich verstaue die Foundation in meiner Kosmetiktasche und wasche mir die Hände. Die kunstvollen Locken, die Mina in mein Haar gezaubert hat, fallen auf meine nackten Schultern. »Ich komme gleich.« Ich ziehe den Ausschnitt meines Kleides höher. Die rote Seide ist wunderbar. Sie lässt meine Haut milchig weiß statt leichenblass aussehen. Doch meine Mom musste das Kleid zum Schneider bringen, damit der tiefe Ausschnitt mit Spitze verbrämt wurde, um den größten Teil meiner Narbe zu verbergen.

Ich brauchte eine Ewigkeit, bis ich ein Kleid mit Ärmeln fand. Wir hatten wohl ungefähr 50 Kleider anprobiert, in derselben Umkleidekabine. Mom wartete draußen. Mina half mir, in die unzähligen Kleider aus Tüll und Seide zu steigen. Sie hatte nach meiner Hand gefasst, um mir Halt zu geben. Als sie meine Hand wieder losließ (sich damit einen Moment zu lange Zeit ließ, meine Haut an ihrer, halb nackt in dem winzigen Raum), war sie auf meine Frage hin, ob bei ihr alles okay sei, rot geworden und hatte gestottert.

Mein Bein bringt mich um. Heute Morgen habe ich meinen Stock in Minas Zimmer vergessen, und jetzt brauche ich ihn, auch wenn ich keine Lust auf den Anblick habe.

Ich nehme die Pillendose aus dem perlenbesetzten Beutel, den ich auf Minas Drängen zusammen mit dem Kleid gekauft habe, und schüttele zwei Pillen heraus.

Sie klopft erneut. »Beeil dich, Sophie!«

Ich nehme drei und spüle sie mit Wasser hinunter. Dann stecke ich die Pillendose in meine Tasche zurück.

Ich öffne die Tür und rote Seide schmiegt sich an meine Beine. Ein ungewohnt angenehmes Gefühl breitet sich über die vielen Narben aus.

Mina strahlt. »Schau dich nur an.« Sie ist bereits angekleidet, glänzt in einem Kleid aus Silberstoff, gegen den sich ihre gebräunte Haut vorteilhaft abhebt. Mrs Bishop wird ausflippen, wenn sie den tiefen Ausschnitt des Kleids in griechischem Stil sieht. »Ich hatte recht – das Rot ist perfekt.«

Sie wirbelt herum. Sie hat ihr lockiges Haar mit einem mit Silberblättern verzierten Band hochgesteckt; ein paar Ringellocken fallen auf ihre nackten Schultern. Sie sucht etwas zwischen den Laken ihres Betts, greift danach, versteckt es hinter dem Rücken. »Ich habe eine Überraschung!« Sie glüht regelrecht vor lauter Eifer.

»Was ist es denn?«, frage ich, spiele das Spiel mit, weil sie so glücklich ist. Ich will immer, dass sie glücklich ist.

Sie hält es triumphierend hoch.

Der Stock, den sie umklammert hält, ist scharlachrot bemalt, passend zu meinem Kleid. Mina hat ihn mit roten und weißen Strasssteinen beklebt, die das Licht einfangen. Vom

Griff gehen Samtbänder aus, wirbelnde Spiralen aus Silber und Rot.

»Du hast mir meinen Stock abgeluchst.« Ich greife danach und lächele so breit, dass ich das Gefühl habe, mein Gesicht teilt sich in zwei Hälften. Ich presse die Hand auf den Mund, als ob ich das Lächeln verbergen, es zurückhalten müsse, und ich tu's, weil mir die Tränen über die Wangen strömen und vermutlich mein Make-up verschmieren. Doch es ist mir egal, denn sie tut etwas, was niemand sonst kann: Sie verschönert mein Leben, erfüllt es mit Glanz und Samt. In diesem Augenblick liebe ich sie so sehr, dass ich mich nicht beherrschen kann.

Ich sage es, weil ich es so meine. Weil ich es muss, ich habe keine andere Wahl, als ihr zu sagen: »Ich liebe dich.«

Einen flüchtigen Moment lang sehe ich es. Ich sehe das Flackern in ihren Augen. Auch wenn sie es hervorragend verbergen kann, sehe ich es. Dann nimmt sie mich in die Arme und flüstert mir ins Ohr: »Ich dich noch mehr.«

Kapitel 27

Jetzt (Juni)

Rachel macht sich auf den Weg zu ihrem Dad, verspricht mir, mich anzurufen, sobald sie den Stick geknackt hat. Ich widme mich meinen morgendlichen Yogaübungen, habe mich aber gestern zu sehr verausgabt. Nachdem mein Knie in Kriegerpose zum vierten Mal nachgibt, rolle ich meine Matte zusammen und verstaue sie.

Man muss wissen, wann man sich geschlagen geben muss.

Meine Jeans liegen immer noch auf dem Boden, wohin ich sie gestern Nacht geworfen hatte. Als ich sie aufhebe, fällt der Umschlag, der den Stick enthalten hatte, heraus.

Im Innern befindet sich ein Blatt von einem Notizblock, das ich gestern Abend nicht bemerkt hatte. Ich entfalte es und sehe eine unbekannte Handschrift:

Bitte, Baby, geh ans Telefon. Wir müssen darüber reden. Ich will nur reden, das verspreche ich. Aber geh ans Telefon. Wenn du mich weiter ignorierst, wird dir das, was geschehen wird, nicht gefallen.

Ich drehe den Zettel um, aber er trägt keine Unterschrift.

Egal. Sicherlich stammt er von Kyle.

Wenn du mich weiter ignorierst, wird dir das, was geschehen wird, nicht gefallen. Ich lese diesen Satz immer wieder, verweile dabei, so als hafte er wie eine Endlosschleife in meinem Kopf.

»Sophie?«

Ich blicke von dem Zettel hoch. Dad steht in der Tür und furcht die Stirn.

»Ja?«

»Ich wollte dir nur sagen, dass ich jetzt gehe. Ich bin zu einem frühen Lunch mit Rob verabredet. Deine Mom ist bereits draußen. Süße, ist bei dir alles in Ordnung? Du siehst blass aus, ich könnte das Essen ab…«

»Mir geht's gut«, beruhige ich ihn, aber ich habe Ohrensausen. In Gedanken gehe ich alle Orte durch, an denen sich Kyle im Augenblick aufhalten könnte. »Ich habe mir nur zu viel zugemutet. Mein Knie tut weh.«

»Willst du etwas Eis?«

»Ich hole es mir«, erwidere ich. »Dad, du brauchst deinen Lunch nicht abzusagen. Grüße Rob von mir.« Ich muss jetzt dafür sorgen, dass Dad das Haus verlässt, denn ich muss Kyle finden. Wo könnte er wohl sein? Zu Hause?

»Okay«, meint Dad. »Du rufst mich an, wenn du mich brauchst?«

Ich lächele, was er als Ja deutet.

Ich warte, Kyles Zettel zerknittert in meiner Faust, bis Dad und Mom weggefahren sind, mit getrennten Autos. Dann greife ich nach meinem Handy und tippe Adams Nummer ein. Während es klingelt, gehe ich in meinem Zimmer auf und ab.

Als er endlich ans Telefon kommt, höre ich Gelächter und bellende Hunde im Hintergrund.

»Hallo?«

»Adam, hi, hier ist Sophie.«

»Hey, was ist los?«

»Ich habe mich gefragt, ob du weißt, wo Kyle sich gerade aufhält«, sage ich. »Ich habe eine Kette von Mina gefunden, und ich glaube, er hat sie ihr geschenkt. Ich wollte sie ihm geben, dafür, dass ich letzte Woche so biestig war. Ich war mir nicht sicher, wo oder wann er diesen Sommer arbeiten würde.«

»Ja, er ist vermutlich bei der Arbeit«, erwidert Adam, und jemand sagt seinen Namen, und ich höre Männerlachen. »Einen Augenblick, Jungs«, ruft er. »Entschuldigung, Soph. Er ist im Restaurant seines Vaters, nicht im Bistro, sondern draußen beim Leuchtturm.«

»Danke.«

»Kein Problem«, erwidert er. »Rufst du mich nächste Woche an? Das Team veranstaltet draußen am See ein Lagerfeuer.«

»Gern«, sage ich, ohne es ernst zu meinen. »Ich muss jetzt gehen. Nochmals vielen Dank.«

Ich fahre zu schnell, beschleunige, wenn die Ampel von Gelb auf Rot springt, halte kaum bei Stoppschildern an, rase um die Kurven. Unsere Innenstadt gibt nicht viel her, weil unsere Stadt nicht viel hergibt. Die guten und schlechten Teile befinden sich dicht beieinander, das Gerichtsgebäude und das Gefängnis sind nur einen Wohnblock voneinander entfernt, der Spirituosenladen und die Methodistenkirche liegen einander schräg gegenüber. Außerdem gibt es eine Handvoll

Restaurants, ein Bistro auf der anderen Seite der Eisenbahnschienen und ein paar Motels mit wöchentlicher Zahlweise, die häufig Anlass zu Problemen gaben. Ich drossele die Geschwindigkeit erst, als ich das Capri M-tel entdecke, das blau-rosa Neonschild mit dem fehlenden O.

Der Leuchtturm befindet sich direkt daneben. Ich stelle schnell den Wagen ab und stürme durch die Türen, ohne darauf zu achten, ob ich Aufmerksamkeit errege. Kyle lehnt auf dem Tresen und sieht sich im Fernseher an der hinteren Wand ein Basketballspiel an.

Das Restaurant ist fast leer, nur wenige Tische sind besetzt. Ich steuere direkt auf Kyle zu, der die Lippen zusammenkneift.

»Ich muss mit dir reden.«

»Ich bin bei der Arbeit.« Er blickt mich durch die blonden Strähnen an, die ihm ins Gesicht fallen. »Wenn du hier verrückt spielen willst ...«

»Mach 'ne Pause, um mit mir zu reden, oder du wirst sehen, wie verrückt ich mich aufführen kann.«

Er blickt sich um, lässt den Blick auf den Gästen an den Tischen verweilen. »Komm mit«, fordert er mich auf. Ich folge ihm durch die Küche, hinaus in den Bereich hinter dem Restaurant, wo sich in einer eingezäunten Zone die Müllcontainer befinden. Es stinkt hier grauenhaft nach Fett, Fisch und Müll. Ich atme durch den Mund, um den Geruch auszublenden.

»Ich fass es nicht«, blafft Kyle mich an, sobald sich die Tür hinter uns geschlossen hat und wir allein sind. »Was ist dein Problem?«

Ich schleudere ihm den Zettel entgegen und schlage ihn

mit der Handfläche auf die Brust. »Willst du mir das erklären?«

Er nimmt ihn in die Hand und studiert ihn. »Und?«

Ich kreuze die Arme über der Brust und stemme die Füße in den Boden. »Erzähl mir, worüber du in der Nacht vor Minas Tod mit ihr gestritten hast.«

Kyle ist wie ein offenes Buch. Er kann seine Gefühle nur schlecht verbergen und einen Augenblick lang steht er mit offenem Mund da. Dann besinnt er sich darauf, ihn zu schließen. »Das geht dich nichts an.«

»Es geht mich sehr wohl etwas an, wenn du Mina vor ihrer Ermordung mit Drohbriefen bombardierst!«

»Unsinn«, brummt Kyle. »Das war keine Drohung. Ich wollte nur, dass sie mich zurückruft.«

»Du hast ihr gedroht. ›*Wenn du mich weiter ignorierst, wird dir das, was geschehen wird, nicht gefallen.*‹ Wer sagt so etwas zu seiner Freundin?«

Kyle wird rot, der Blick seiner Welpenaugen verhärtet sich. »Halt den Mund. Du weißt ja nicht, wovon du redest.«

»Dann erklär es mir. Erzähl mir, worüber ihr gestritten habt.«

»Du musst damit aufhören«, warnt er.

»Werde ich nicht.«

»Hol dich der Teufel.« Er steuert auf die Tür zu. Ich stelle mich vor ihn und setze ihm hart zu. Er ist über 1,80 Meter, muskelbepackt, aber es fühlt sich gut an, ihn zu schubsen. Als er das Gleichgewicht verliert, setze ich ihm erneut zu, aber er fängt sich wieder und umfasst meine Handgelenke. »Hör auf damit, Sophie.« Dann lässt er mich los, geht einen Schritt zurück und hält seine tellergroßen Hände ausgestreckt. »Du wirst dir selbst wehtun.«

Ich trete erneut nach ihm, aber er weicht mir aus. Ich komme so hart mit meinem Bein auf, dass ich fast in die Knie gehe.

»Du bist eine solche Nervensäge«, murmelt er, als er nach meinem Arm greift, um mich zu stützen.

»Erzähl's mir«, beharre ich. Ich keuche, mein Adrenalinspiegel steigt. »Warum habt ihr euch gestritten?«

»Hör auf«, sagt er, »hör endlich auf.«

»Was hat sie zu dir gesagt, dass du so wütend geworden bist? Womit hast du ihr gedroht?« Bei jeder Frage schubse ich ihn und er nimmt es einfach hin. Ich blicke ihm direkt ins Gesicht, bin nur wenige Zentimeter entfernt, stehe auf den Zehenspitzen. Ich muss mich an dem Maschendrahtzaun festhalten, um nicht das Gleichgewicht zu verlieren. Mein Bein verkrampft sich, aber ich versuche, es zu ignorieren. Ich werde vor ihm nicht in die Knie gehen. »Du warst ihr wichtig. Du durftest sogar mit ihr schlafen. Warum also …«

»Halt den Mund«, brüllt er, und ich ringe nach Luft, zucke unter seinem harschen Ton zusammen. Seine braunen Augen schimmern, als sei er den Tränen nahe. »*Halt den Mund.* Nur einer von uns beiden hat mit ihr geschlafen und das war todsicher nicht ich.«

Kapitel 28

Drei Jahre früher (vierzehn Jahre alt)

»Wir sind viel zu spät dran«, bemerkt Amber und holt ihre Sporttasche aus dem Auto ihrer Mutter.

Mina blickt sie an, holt die Gehhilfe vom Rücksitz und klappt sie für mich auseinander. »Entspann dich«, sagt sie energisch.

»Rob wird uns den Marsch blasen, wir müssen uns aufwärmen.«

Ich stupse Mina an. »Geht ruhig, ich schaffe es schon allein zur Tribüne.«

»Nein«, protestiert sie.

»Amber, geh«, fordere ich sie auf. Ich will nicht, dass sie sauer auf mich ist, weil sie zu spät kommt. Sie hatte auch nicht gewollt, dass ich mitkomme, aber Mina hatte darauf bestanden.

Amber nickt und nimmt Minas Tasche mit.

»Ich habe alles im Griff«, behaupte ich, als Mina sie nicht begleitet.

Mina blickt über die Schulter. Die Mädchen sind bereits auf dem Spielfeld; sie wird Ärger bekommen, wenn sie sich nicht beeilt. »Hey«, ruft sie über den Parkplatz hinweg. »Adam! Kyle!«

»Mina …«

»Wenn du willst, dass ich gehe, dann lässt du bitte zu, dass Kyle und Adam dir helfen«, sagt sie.

Ich verdrehe die Augen und greife nach den Handgriffen der Gehhilfe, hieve mich hoch und stütze mich darauf. Die Ärzte wollen, dass ich sie noch einen Monat lang benutze, bevor ich zum Stock überwechseln kann. Es ist kaum zu glauben, dass ich mich tatsächlich auf den Stock freue, aber das tue ich.

Die Jungs kommen auf mich zu. Als Mina darauf vertraut, dass sie mich nicht von der Tribüne fallen lassen werden, eilt sie zum Spielfeld. Ihr Haar flattert im Wind.

Kyle überragt mich. Seine Jeans sind ein Stück zu kurz – er ist bereits der Klassengrößte und scheint ständig weiterzuwachsen. Während der qualvollen Minuten bis zur Tribüne stützt er mich im Rücken mit der Hand, als habe er Angst, ich könnte jeden Augenblick stürzen.

»Wo ist dein Dad heute?«, will Adam wissen, als ich auf der unteren Tribüne Platz nehme. »Onkel Rob fehlt ein Coach.«

»Ein eitriger Wurzelkanal«, erkläre ich.

»Ist das so schlimm?«

»Ich glaube schon. Ihr Jungs könnt oben sitzen, wenn ihr wollt. Ich komme hier gut zurecht.«

»Die Aussicht ist hier besser«, bemerkt Kyle grinsend.

Ich erwidere sein Grinsen und hole eine Tüte M&Ms heraus, die zwischen ihm und mir hin- und hergeht, während wir unsere Aufmerksamkeit dem Spielfeld widmen.

Die Mädchen machen am Spielfeldrand ihr Warm-up.

Mina beugt ihren dunklen Lockenkopf vor, berührt mit der Stirn die Knie und dehnt die Beine.

»Wirst du dem Coach helfen?«, fragte Kyle Adam.

»Gleich«, erwidert Adam. »Er braucht mich erst, wenn sie loslegen.«

Kyle hält die Augen auf Mina gerichtet und beobachtet, wie sie die Arme über den Kopf streckt, nach oben greift, als könne sie den Himmel berühren. Sie ist die Kleinste im Team – aber wenn sie auf dem Spielfeld ist, erweckt sie den Eindruck, als sei sie ein Brecher, voller Kraft und Schnelligkeit.

»Du bewegst dich schon viel besser.« Adam nimmt seine Baseballkappe ab und schiebt sie in seine Gesäßtasche.

»Bin fast bereit für den Stock«, sage ich.

»Hey.« Kyle legt die Stirn in Falten. »Du solltest stolz sein. Mina sagt, du reißt dir bei der Physiotherapie den Arsch auf.«

»Sagt Mina das wirklich?«, fragt Adam nach, und er grinst mich verschwörerisch an, als Kyle rot anläuft.

»Setzen dich deine Eltern bereits von wegen College unter Druck?«, fragt Kyle, krampfhaft bemüht, das Thema zu wechseln.

»Ja, sie machen einen Wirbel darum, aber es ist noch viel zu früh.«

»Vielleicht für dich«, meint Adam. »Ich muss anfangen, mich um Stipendien zu bemühen. Ohne finanzielle Hilfe kann ich keine Schule besuchen. Und für meine Noten heimse ich nicht gerade Preise ein.«

Kyle lacht. »Bei Gott nicht«, sagt er. »Aber du bekommst

eines, weil du der beste Torhüter bist, den NorCal je gesehen hat.«

Adam grinst und erhebt sich. Die Mädchen versammeln sich jetzt auf dem Spielfeld. Unser Team trägt Blau, die Anderson Cougars Rot. »Na hoffentlich. Ich will hier nicht festwachsen. Ich sollte runtergehen, bevor Onkel Rob noch sauer wird. Bis später, Soph.«

Nachdem Adam sich verzogen hat, wenden Kyle und ich uns wieder dem Spielfeld zu, wobei uns Mina wie ein Magnet anzieht.

Das Team stellt sich zum Anstoß auf. Amber sagt etwas, worauf Mina den Kopf in den Nacken wirft und lacht. Ihre Locken heben sich gegen den grauen Himmel ab. Sie schubst spielerisch Amber, die sich revanchiert und ebenfalls lacht.

Ich beobachte, wie Kyle sie aus den Augenwinkeln beobachtet. »Du magst sie wirklich, stimmt's?«

Er zuckt zusammen und die Spitzen seiner Ohren werden knallrot. Er weicht meinem Blick aus, schaut auf seine Hände herunter und vergräbt sie dann in seiner Jeans. »Ist das so deutlich zu sehen?«

»Irgendwie schon.«

Er lacht. »Typisch Sophie, du verstehst es doch immer wieder, einen in Verlegenheit zu bringen.«

Ich zucke mit den Schultern.

Ich verrate nicht, was ich gerade denke. Ich erkläre ihm nicht, welches Glück er hat, dass er einfach dasitzen und es zugeben kann, verlegen, aber ganz offen. Als ob es sein Recht wäre. Als ob es okay wäre – weil sie natürlich zu jemandem wie ihm gehören soll und nicht zu jemandem wie mir.

Kapitel 29

Jetzt (Juni)

»Ich weiß nicht, wovon du redest«, sage ich, aber meine Stimme klingt unsicher. Ich spüre, wie Panik in mir aufsteigt: Kyle *weiß Bescheid.*

»Verdammt, Sophie, glaub mir«, sagt Kyle. »Sie hat es mir gesagt.«

Mir dreht sich der Magen um. Speichel füllt meinen Mund, ein heißer, glatter Strom, den ich nicht zurückhalten kann. Ich würge, gehe an den Müllcontainern vorbei und schaffe es bis zu einem leeren Abfalleimer, bevor ich mich unter Husten und Spucken übergebe.

Große Hände fassen unbeholfen in mein Haar, halten es nach hinten, als ich den Rest meines Frühstücks erbreche. Ich weiche vor ihm zurück, mir wird heiß und kalt, mein ganzer Körper ist mit Gänsehaut überzogen. Schließlich richte ich mich wieder auf, wische mir mit der Hand über den Mund. Meine Augen sind tränenfeucht, meine Kehle ist rau. Er zieht sich wieder zurück von mir, lehnt sich gegen den Maschendrahtzaun, die Hände in den Taschen vergraben.

»Kyle …«, stammele ich, verstumme aber dann, weil ich nicht weiß, was ich sagen soll. Der Gedanke, dass er es weiß, ist mir zuwider. Bei Rachel verhält es sich anders, denn sie hat Mina nicht gekannt, flößt mir keine Angst ein.

Der Geruch von Erbrochenem bewirkt, dass die Übelkeit erneut in mir aufsteigt. Ich drücke die Finger auf den Mund, schlucke krampfhaft und atme durch zusammengepresste Lippen, bis es vorbei ist. Ich weiche vor dem Abfalleimer zurück, bis meine Schultern gegen den Maschendrahtzaun gedrückt werden, der den Platz hinter dem Restaurant vom M-tel Capri trennt. Ich kann sehen, wie im zweiten Stock Menschen zur Eismaschine eilen und wieder zurück.

»Ich war so wütend, hab sie angebrüllt, was ich nicht hätte tun sollen, aber ich hab's getan. Ich brachte sie zum Weinen, ich … Ich habe einige wirklich gemeine Dinge zu ihr gesagt. Am nächsten Tag ist sie nicht ans Telefon gegangen, wollte nicht hören, was ich ihr zu sagen hatte, also hab ich ihr diesen Zettel geschrieben. Ich wollte ihr nur sagen, dass es mir leidtut. Aber sie ging nicht ran. Das Nächste, woran ich mich erinnere, ist, dass Trev mir am Telefon mitteilte, dass sie ermordet worden ist.« Er tritt noch einen Schritt zurück, als brauche er den Abstand genauso sehr wie ich. »Ich hasse dich manchmal, verdammt noch mal«, sagt Kyle. »Jedes Mal, wenn ich dich sehe, bin ich so verdammt sauer auf dich. Jedes Mal, wenn ich dich sehe, denke ich daran, wie sie es mir gesagt hat, an ihren Gesichtsausdruck …« Er stößt einen angewiderten Laut aus. Unter dem Kragen seines Poloshirts bewegt sich sein Adamsapfel auf und ab. »Sie war so erleichtert, dass sie es endlich ausgesprochen hatte. Und ich war einfach – ätzend. Mir fiel nichts anderes ein, als sie zum Heulen zu bringen.«

»Deshalb hast du die Polizei angelogen.« Es ist verrückt, und ich bin wütend, dass all die Monate, die ich in Seaside eingesperrt war, darauf zurückzuführen sind. Weil sie ausgerechnet ihm unser größtes Geheimnis anvertraut hatte. Weil er außer sich war, dass er wegen eines anderen Mädchens abgeschmettert wurde.

Ich schlage ihn. Es ist ein harter Schlag auf die Brust, der sich besser anfühlt, als er es sollte. »Du hast alles versaut!«, bricht es aus mir heraus. »Ich habe drei Monate im Drogenentzug verbracht, obwohl ich längst clean war. Meine Eltern halten mich für einen hoffnungslosen Junkie und eine Lügnerin. Jeder in der Stadt glaubt, ich sei der Grund, weshalb Mina an jenem Abend nach Booker's Point gefahren ist. Trev würdigt mich keines Blickes mehr. Und natürlich ist der Mörder aufgrund deiner Falschaussage längst über alle Berge.«

»Da *waren* Drogen«, beharrt er. »Ich habe es nicht erfunden. Ich hatte gehört, dass die Polizei Drogen fand. Wem sonst sollten sie gehören? Ich hatte keine Lust, dem Detective zu verklickern, weshalb ich Mina an jenem Tag so oft angerufen habe. Also hab ich ihm erzählt, Mina habe mir gesagt, ihr zwei würdet zum Point fahren, um Drogen zu besorgen, und ich hätte versucht, sie aufzuhalten, weil ich Angst hatte, ihr würdet Schwierigkeiten bekommen.«

Am liebsten würde ich ihn erneut schlagen, aber dieses Mal beherrsche ich mich. »Nun, du hast richtig gedacht. Das einzige Problem ist, dass es nicht meine Drogen waren. Wer auch immer sie getötet hat, hat mir die Drogen untergeschoben.«

Er kneift die Augen zusammen. »Bist du wirklich schon die ganze Zeit clean?«

»Soll ich es bei ihrem Grab schwören?«, frage ich. »Denn das würde ich, auf der Stelle.«

»Nein«, erwidert er hastig, und ich merke, dass ich nicht die Einzige bin, die ein Problem damit hat, Minas Grab zu besuchen. »Ich ... ich glaube dir.«

»Das ist ja prima«, schnarre ich. »Das gibt mir ein viel besseres Gefühl, vielen Dank.«

Wie er so dasteht, erinnert er mehr denn je an einen kräftigen, vollgesabberten jungen Hund. Er hat seine riesigen Pfoten in den Taschen seiner riesigen Shorts vergraben. Er knabbert an seiner Unterlippe und starrt auf seine Füße. »Es tut mir leid, dass ich gelogen habe ... obwohl nach meiner Meinung nicht alles eine Lüge war«, erklärt er. »Aber du hast mit meiner Freundin geschlafen.«

»Ich habe nicht mit ihr geschlafen, solange sie mit dir befreundet war.«

»Wie auch immer.«

»Im Ernst«, sage ich. »Schau mich an.« Er scharrt mit dem Fuß auf dem Pflaster. Ich schnipse mit den Fingern vor seinem Gesicht, bis er mich anschaut. »Du brauchst deswegen nicht wütend auf mich zu sein«, erkläre ich ihm. »Was immer sie dir erzählt hat ...« Ich atme tief durch. Ich kann mir nicht vorstellen, was sie ihm erzählt hat, über sich, über uns beide. Jedes Mal, wenn ich es versuche, habe ich das Gefühl, dass mir die Kontrolle entgleitet, ich den Halt verliere.

Neun Monate. Drei Wochen. Sechs Tage.

Ich tippe die Zahlen auf mein Handgelenk.

»Sie mochte Mädchen«, fahre ich fort, als ich mich wieder gefangen habe. »Sie hat ausschließlich Mädchen gemocht. Jungs dienten nur als Tarnung. Tut mir leid, aber so war es einfach.«

»Ich weiß«, sagt er gefasst. »Ich weiß«, wiederholt er mit zerfurchtem Gesicht.

Die Hintertür des Restaurants wird aufgerissen. »Kyle«, ruft ein Mann mit einer bespritzten Schürze. »Wir brauchen dich.«

Kyle zieht den Kopf ein, sodass der Mann nicht sehen kann, wie durcheinander er ist. »Nur noch einen Augenblick, bitte«, murmelt er. Der Mann nickt und zieht sich wieder zurück.

Kyle blickt hoch zum Himmel, und ich lasse ihm einen Moment Zeit, sich zu fangen.

»Ich muss jetzt rein«, sagt er schließlich. Er fährt sich über die Wangen, räuspert sich und schiebt sich dann an mir vorbei.

»Kyle, bitte, Mrs Bishop sollte nichts davon erfahren.« Ich hasse den Bettelton in meiner Stimme.

Seine Miene verrät so etwas wie Mitgefühl. »Von mir wird sie es nicht erfahren, versprochen.«

Er tut es Mina und sich selbst zuliebe, nicht für mich, aber es macht mir nichts aus, solange es ein Geheimnis bleibt.

Mina hatte sich bereits vor langer Zeit ihren Käfig gebaut, aus Scham wegen der Wertvorstellungen, mit denen sie aufgewachsen war. Sie mochte es Kyle gesagt haben, aber sie wollte nicht, dass es jemand anders erfährt.

Und das will ich respektieren.

Kapitel 30

Zweieinhalb Jahre früher (fünfzehn Jahre alt)

Mein Handy klingelt. Es ist zwei Uhr nachts, und ich bin im Halbschlaf, aber sobald ich entdecke, dass es Mina ist, werde ich hellwach.

»Was ist?«

»Schau mal aus dem Fenster.«

Ich rolle mich aus dem Bett. Mina hat auf der anderen Straßenseite einen mir vertrauten blauen F-150 geparkt.

»Hast du Trevs Pick-up geklaut? Du hast doch gar keinen Führerschein dafür.«

»Ich habe ihn mir *geliehen*. Und niemand wird uns erwischen. Komm, lass uns fahren.«

Ich schlüpfe in meine Schuhe und schleiche mich die Treppe hinunter. Ich trage meine Pyjamahose und ein Trägerhemd, aber es ist eine warme Nacht, und ich schere mich den Teufel um mein Outfit. Mina strahlt, als ich aus dem Haus komme.

»Wo ist der Stock?«, erkundigt sie sich, während ich mich auf den Beifahrersitz schwinge. »Du hast noch drei Wochen vor dir …«

»Ich komme schon ganz gut ohne ihn zurecht«, falle ich ihr ins Wort. »Es ist in Ordnung, ich muss mich wieder ans

Gehen gewöhnen. Sogar die Leute bei der Physiotherapie sind dieser Meinung.«

»Okay«, sagt Mina, aber sie klingt nicht überzeugt.

Wir kurbeln alle Fenster herunter, schlagen die Richtung zum See ein und trällern die Melodien aus dem Radio mit. Auf einem Nebenweg fahren wir zu einer Stelle, die nur die Einheimischen kennen. Hier haben wir Hunderte von Stunden mit Schwimmen und Sonnenbaden verbracht.

Vor uns breitet sich der See aus und Mina stellt den Wagen in einer Abzweigung am Straßenrand ab. Als wir aussteigen, höre ich, wie das Wasser sanft gegen die Felsen unter uns plätschert. Der Mond steht hoch am Himmel, spiegelt sich im Wasser. Von klein an sind wir hierhergekommen, aber damals war es einfacher, den Pfad zum Ufer hinabzugehen.

Mina hilft mir, den beschwerlichen Weg zu dem kleinen Strand zu bewältigen. Wir ziehen uns bis auf die Unterwäsche aus. Als Mina ihr Hemd abstreift und auf die Felsen wirft, wirkt sie völlig unbefangen. Ich mache es ihr nach, wenn auch langsamer, vorsichtiger. Dann watet Mina in den See, bis ihr das Wasser bis zu den Hüften reicht, lässt sich dann hineingleiten und taucht wieder prustend auf. Ihr dunkles Haar steht nach allen Seiten ab. Sie lächelt mich im Mondlicht an.

Das Wasser fühlt sich kalt auf meiner Haut an – fast zu kalt, und auf meinen Armen bildet sich eine Gänsehaut, als ich nach ihr ins Wasser wate. Meine Füße suchen in dem schlammigen Boden Halt, aber als ich tief genug bin, kann ich die Füße vom Grund lösen und mich vom Wasser tragen lassen, gewichtlos und schmerzlos.

Mina schwimmt auf dem Rücken, blickt zum Himmel hoch. »Ich habe heute etwas läuten gehört«, berichtet sie.

»Hmm?« Ich schwimme neben ihr, lasse mich vom Wasser tragen.

»Amber hat erzählt, sie habe gesehen, wie Cody letzte Woche im Drugstore Kondome gekauft hat.«

Mit ein paar Kraulbewegungen schwimme ich weg von ihr.

Aber ich bin nicht schnell genug. Zügig prescht sie voran, sodass das Wasser nach allen Seiten spritzt, bis sie mich eingeholt hat. »Du hast es nicht getan, oder?« Als ich schweige und ihrem Blick ausweiche, ruft sie: »Oh mein Gott, du *hast es getan*.«

»Und wenn?«, frage ich, und es klingt abweisender als beabsichtigt.

Cody und ich hatten uns monatelang getroffen; es schien das Richtige zu sein. Ich hatte nur einfach keine Lust, es irgendjemandem zu sagen.

Sie sollte wissen, wie gut ich etwas vortäuschen kann. Genau das tun wir doch alle, tue ich. Ich gebe vor, dass ich nicht verletzlich bin, dass ich Cody will und nicht sie, dass ich nicht zu viele Pillen zu mir nehme, dass mir meine Jungfräulichkeit sehr wichtig gewesen ist.

Was sie aber nicht war. Es bedeutet nur etwas mit der richtigen Person. Und Mina habe ich ja nicht haben können.

»Ich kann nicht g-glauben …«, stottert Mina. »Oh mein Gott!«

»Es ist keine große Sache«, murmele ich.

»Doch, das ist es!«, protestiert sie hastig.

Ihre Stimme klingt, als ob sie jeden Augenblick in Tränen ausbrechen würde.

»Mina.« Ich schwimme auf sie zu, aber sie wendet sich ab, taucht unter, gleitet unter dem Wasser dahin. Als sie wieder auftaucht, kann ich nicht eindeutig feststellen, ob ihr Tränen über die Wangen rollen oder es ob einfach das Wasser aus dem See ist.

Nie wieder kommen wir darauf zurück.

Eine Woche später bin ich mit Mina bei Amber zu einer Party eingeladen. Irgendwann lauert Amber mir auf, schlendert mit einem selbstgefälligen Lächeln über die Veranda, auf der sich die Gäste drängen.

»Warum hast du es mir denn nicht erzählt?«, fragt Amber und spielt mit ihren von der Sonne ausgebleichten Haaren. Wir sind im Freien. Ambers Haus liegt direkt neben dem Fluss, und ich bin tief in Gedanken und beobachte die Enten, die flussabwärts schwimmen.

»Was?«

»Willst du damit sagen, Mina hat es dir nicht gesagt?«, fragt Amber erstaunt. »Vielleicht sollte ich nichts sagen ...«

»Amber, nun spuck's schon aus«, fordere ich sie ziemlich barsch auf. Wenn es sein muss, kann ich recht biestig sein. Auch wenn Amber noch so gern Minas beste Freundin wäre, bin ich es und nicht sie.

»Mina schläft mit Jason Kemp.«

»Wie bitte?« Ich spüre, wie mir das Blut in den Adern gefriert. Ich muss mein Glas mit beiden Händen festhalten, um es nicht fallen zu lassen.

Instinktiv halte ich Ausschau nach Mina. Als sich unsere Blicke treffen, begreife ich: Sie hat es geplant, sie wollte es so, hat darauf gewartet, dass ich es herausfinde – und ich hasse sie dafür.

Es ist das Gemeinste, was sie mir je angetan hat, aber kann ich es ihr wirklich vorwerfen?

Zwei Wochen später, zwei Wochen, in denen sie nicht von Jasons Seite wich, die beiden *überall* zusammen zu sehen waren, sie diesen gewissen Glanz in den Augen hatte, sie mich gequält und bestraft hat, kann ich es schließlich nicht mehr ertragen. Ich werfe mir die Pillen ein und heule mir die Seele aus dem Leib.

Monatelang habe ich dies ertragen, habe zu viel geschluckt, mich gegen den Schmerz immunisiert, mich gegen sie immunisiert. Das ist der unvermeidliche nächste Schritt, die Entwicklung meines Falls.

Es ist vergleichbar mit einer Achterbahn, auf der ich nach allen Seiten durchgerüttelt werde, sodass mir alles zu Kopf steigt. Der Rausch – flüchtig, aber so angenehm – erfasst mich, und ich sorge dafür, dass er anhält, sich nicht auflöst. Ich tue alles, um sie aus meinem Herzen zu reißen.

Aber einige Spuren verblassen nie, sind nicht auszulöschen.

Kapitel 31

Jetzt (Juni)

Als ich nach Hause komme, starre ich auf das Schaubild auf meiner Matratze, da ich an nichts anderes denken kann. Ich nehme Kyles Foto, zerreiße es und schleudere es auf den Boden, kann kaum der Versuchung widerstehen, darauf herumzutrampeln.

»Sophie?« Meine Mom klopft an die Tür. »Dein Dad hat mir berichtet, dein Knie schmerzt wieder sehr. Ich bin nach Hause gekommen, um nach dir zu sehen.«

»Einen Moment bitte.« Ich zerre an meiner Matratze, um sie wieder auf den Lattenrost zu legen. Meine Bettlaken liegen aufgehäuft am Boden. Mir bleibt nichts anderes übrig, als sie aufs Bett zu schaffen, Kyles zerrissenes Foto unters Kissen zu schieben und mich auf die Laken zu legen. »Komm rein.«

Sie runzelt die Stirn, als sie mich sieht, blickt schuldbewusst. So wie ich Mom kenne, hat sie bestimmt eine ganze Liste von Dingen, die sie bei ihrer Junkie-Tochter im Auge behalten muss.

»Was versteckst du?«, will sie wissen.

»Nichts«, erwidere ich.

»Sophie.«

Ich seufze, greife neben mein Bett und schnappe mir die Schuhschachtel unter meinem Nachttisch. Ich öffne sie und verteile den Inhalt auf dem Bett. Jede Menge Fotos. »Ich habe mir Fotos angeschaut.«

Die Miene meiner Mom wird weicher, und sie greift nach einem Foto von Mina und mir, wie wir uns umschlungen halten. Unsere neongrünen Badekappen bilden einen krassen Kontrast zu unseren rosa gebatikten Schwimmanzügen. »Das war vor deinem Wachstumsschub«, bemerkt sie.

Ich nehme ihr das Foto aus der Hand und versuche, mich zu erinnern, wann es aufgenommen wurde. Es war an einem sonnigen Tag während des Schwimmtrainings. Mina fehlt ein Schneidezahn, somit waren wir zu der Zeit etwa zehn Jahre alt. Sie war in jenem Sommer kopfüber vom Rad gestürzt, als sie ein Rennen mit mir austrug. Trev hatte sie hochgehoben und war mit ihr den ganzen Weg nach Hause gerannt. Später entdeckte ich, wie er ihr Rad untersuchte, um sicherzugehen, dass es in Ordnung war.

»Danach ereignete sich einiges«, erkläre ich und stecke das Foto in die Schachtel zurück, greife nach anderen und schiebe sie zusammen.

»Ich will mit dir reden.« Mom setzt sich auf meine Bettkante, und ich hantiere weiterhin mit den Fotos, um etwas zu tun zu haben. Dann verweile ich bei einem Foto von Trev und mir. Wir stehen auf seinem Boot und strecken die Zunge heraus. An der Seite erkennt man einen rosa Flecken. Es ist Minas Fingerspitze, die das Objektiv verdunkelt.

»Ich hätte das über deinen College-Aufsatz nicht sagen

dürfen«, fährt Mom fort. »Tut mir leid. Du solltest schreiben können, worüber du willst.«

»Es ist okay«, sage ich. »Tut mir leid, dass ich dich angebrüllt habe.«

Sie nimmt ein Foto von mir in die Hand, auf dem ich dick und glücklich auf Tante Macys Schoß sitze. »Weißt du«, sagt sie gefasst, »meine Mutter starb an einer Überdosis.«

Ich blicke hoch, bin so erstaunt, dass sie es erwähnt hat, dass ich den Stapel Fotos fallen lasse. »Ich weiß«, erwidere ich und beuge mich hastig hinunter, um die Fotos aufzuheben, dankbar, dass ich sie nicht direkt anschauen muss.

Mom erwähnt meine Großmutter nur selten. Mein Großvater lebt auf zwanzig Hektar Wildnis in einem selbst gebauten Haus. Nach meinem Unfall schlug er mir mit der Hand auf die Schulter (etwas zu heftig) und sagte: »Du wirst es schon schaffen.«

Es hatte sich fast wie ein Befehl angehört, aber ich fühlte mich dadurch getröstet, als ob es ein Versprechen wäre.

»Ich habe sie gefunden«, fährt Mom fort. »Ich war damals fünfzehn. Es war einer der schlimmsten Augenblicke meines Lebens. Als dein Vater dein Zimmer durchsucht hat … als mir bewusst wurde, dass du denselben Weg hättest einschlagen können … ich mir vorstellte, dass ich eines Tages dein Zimmer betreten würde und dich leblos vorfinde … Ich wusste, ich hatte bei dir versagt.«

Es ist unvorstellbar, dass sie diese Worte ausgesprochen hat. Sie hatte bei mir versagt, aber erst nachdem ich mich erholt hatte. Sie hatte sich geweigert, die Veränderungen an mir zu sehen, die Dinge, die ich überwunden und an mir akzeptiert hatte – was ihr nie gelungen war. Sie stand da, unempfindlich gegenüber meinem Flehen und meinen Tränen. Mein Herz war wie eine frische Wunde, voller Kummer und Schock, und sie hatte das alles als Schuldgefühle und Lügen interpretiert.

Ich hasse es, aber ein Teil von mir, der Splitter, der nicht von Mina aufgezehrt wurde, kann sogar verstehen, weshalb sie und Dad mir nicht glaubten. Warum sie mich nach Seaside brachten und gewissermaßen den Schlüssel wegwarfen. Sie wollten alles tun, um mich in Sicherheit zu wissen.

Ich verstehe es.

Doch ich kann es ihnen nicht verzeihen.

Kapitel 32

EIN JAHR FRÜHER (SECHZEHN JAHRE ALT)

Auf der Fläche hinter Adams Haus drängen sich Menschen. Die Schule ist vorbei, und seine Mom ist verreist, sodass er und sein Bruder eine Party schmeißen können, bei der offenbar sämtliche Jugendlichen von zwei Bezirken angetanzt sind.

Nachdem ich eine Ewigkeit darauf gewartet habe, ins Bad zu können, um meine Pillen einzuwerfen, gehe ich hinaus und stoße auf Mina und Amber. Ich stolpere die Verandastufen hinunter und rede mir ein, es liege an meinem Bein.

Stimmt aber nicht.

»Hey, Sophie, pass auf.« Adam löst sich von den Fässchen und Kühlboxen am Ende der Veranda, eilt auf mich zu und fasst nach meinem Arm. Er führt mich zu dem Picknicktisch, wo Amber neben einem Tablett mit Götterspeise Platz genommen hat.

»Amüsierst du dich?«, fragt sie mich, als Adam den Arm um ihre Taille legt.

»Ja«, lüge ich. Ich vergehe vor Hitze und wäre viel lieber zu Hause als hier, wo mich die Moskitos plagen. Ich habe bereits ein paar Drinks intus, nehme aber den kleinen Plastikbecher, den Amber mir reicht, entgegen, und wir stoßen damit an, bevor wir den Becher auf den Tisch zurückstellen. Nachgemachter Kirschlikör und Wodka gleiten über meine Zunge und ich schlucke mühsam.

»Wo ist Mina?«, will Amber wissen.

»Weiß nicht«, antworte ich.

»Ich habe sie vorhin mit Jason im Haus gesehen«, bemerkt Adam. Er kneift Amber in die Taille und zieht sie näher an sich, als plötzlich Musik durch den Hof dröhnt. »Oh, du musst unbedingt mit mir tanzen, Baby.« Amber grinst mich an, als ich eine wedelnde Handbewegung in ihre Richtung mache.

Ich verlasse den Götterspeisetisch und kehre ins Haus zurück, bahne mir einen Weg vorbei an den älteren Leuten, unter denen Adams Bruder Hof hält. Es sind eindeutig Freunde von Matt, sofern man den Geruch nach Gras, den sie ausströmen, als Indiz nehmen kann.

Ich durchquere die Küche und betrete das Wohnzimmer, als ich es höre.

»Scher dich zum Teufel, Jason.«

Ich erlebe gerade noch das Ende der Konfrontation. Mina ist umgeben von Menschen und versucht, auf ihren Highheels, die sie in den braunen Teppichboden gepflanzt hat, Halt zu finden. Sie steht ihrem Freund direkt gegenüber und Jason umklammert seinen roten Plastikbecher und sieht zum Erbarmen aus. Die beiden werden von allen Seiten angestarrt, und ich stelle mit Kyle, der auf der anderen Seite des Zimmers steht, Blickkontakt her. »Wie lange schon?«, frage ich in der Lippensprache.

Er zuckt die Schultern und hebt die Augenbrauen, als wolle er fragen: *Brauchst du Hilfe*?

Ich schüttele den Kopf. Sie liegen sich jetzt schon seit einer Woche immer wieder in den Haaren, sodass ich daran gewöhnt bin. Ich gehe auf Mina zu und packe ihren Arm. Sie zittert wie ein Wackelpudding und torkelt gegen mich.

»Du bist ein solcher Arsch!« Sie will sich auf ihn stürzen, und ich umfasse ihre Taille, bemühe mich, das Gleichgewicht nicht zu verlieren und sie gleichzeitig zurückzuhalten. Da ich ganz schön einen getankt und im Bad zwei Pillen eingeworfen habe, fällt es mir nicht leicht.

»Ich bin fertig, aus, vorbei!«, faucht Mina. Das soll eher mich beruhigen, damit ich schließlich nicht doch noch falle, denn das wird passieren, wenn sie so weitermacht. Sie verdreht die Augen, als sie bemerkt, dass es im Zimmer still geworden ist, weil alle sie anstarren.

»Komm, wir gehen«, schnaubt sie und stakst zur Tür hinaus, mich wie üblich im Schlepptau.

»Jason hat dein Auto gefahren«, bemerke ich und versuche, mit ihr Schritt zu halten. Sie hat bereits den halben Hof durchquert, steuert die kurvenreiche Schotterstraße an, die zum Highway führt.

»Ich hab mich drum gekümmert«, sagt sie. Sie bleibt stehen, dreht sich um und wartet auf mich. Als ich sie eingeholt habe, hakt sie sich bei mir unter.

Hier draußen, fernab von Lichtern und Wolkendecken, scheinen die Sterne strahlend hell. Mina hebt den Kopf, blickt zu ihnen hoch und lächelt.

»Ich bin so was von fertig mit ihm«, verkündet sie. »Und ich mag nicht mehr darüber reden.«

Ich stolpere, wühle mit den Stiefeln den Morast auf, umgehe Büschel von stacheligen Flockenblumen und blauen Kornblumen. »Ganz wie du willst«, sage ich, aber innerlich glühe ich triumphierend.

»Weißt du, Soph, ich habe ihm erklärt, dass wir am Ende des Wegs angekommen sind.« Sie hüpft vorwärts, wiegt die Hüften im Rhythmus der Musik, die aus dem Haus dringt. Ich grinse und gehe hinter ihr her.

»Wen hast du angerufen?«

»Trev.«

Ich bleibe stehen. »Hast du nicht.«

»Natürlich habe ich es getan.« Sie zieht mich weiter, berührt mich mit den Hüften. Der Mond scheint hell. Ich bin so aufgewühlt, dass ich meine Augen auf ihrem lockigen Haar ruhen lasse, das sich dunkel gegen ihre fahle Haut abhebt. Regen liegt in der Luft und außer den Kiefern rieche ich auch Vanille.

»Er wird ausrasten, wenn er sieht, dass wir betrunken sind.«

»Ist mir egal. Er würde noch mehr ausrasten, wenn wir Jason hätten stehen lassen und betrunken fahren würden. Du weißt ja, wie er zu dir und Autos steht.«

Das stimmt. Trev hat panische Angst, dass mir erneut etwas passieren könnte. Sogar Jahre später beobachtet er mich auf die ihm eigene Art und Weise, an die ich mich gewöhnt habe, ein Teil Angst, ein Teil Sehnsucht, hundert Prozent Fürsorge. Gelegentlich drehe ich mich um, begegne seinem Blick. Manchmal wendet er den Blick nicht ab, und ich ahne, was all die anderen Mädchen in ihm sehen, was sie von ihm wollen.

»Vermutlich ist Becky bei ihm«, sage ich. »Sie hasst mich.«

Mina lacht, etwas zu lang.

»Das tut sie wirklich; du solltest hören, wie sie über dich spricht. Das Mädel hat echt eine große Klappe.«

»Trevs Freundin spricht mit dir über mich?«, wundere ich mich, benebelt durch meinen Pillen-Wodka-Mix.

»Nun, nicht mit mir. Eines Tages, nachdem du gegangen warst, habe ich sie am Telefon gehört. Ich hab mich darum gekümmert.«

»Was hat sie denn gesagt?« Ich bleibe stehen und sehe ihr ins Gesicht. »Was meinst du damit, du hast dich darum gekümmert?«

Mina seufzt, lässt meinen Arm los und lehnt sich gegen einen Zaunpfosten. Sie bückt sich, pflückt eine Kornblume und dreht sie zwischen den Fingern. »Spielt keine Rolle.« Ich beobachte, wie sie die blauen Blütenblätter abreißt, eines nach dem anderen – *sie liebt mich, sie liebt mich nicht* – und dann den Stiel auf den Boden wirft. Sie wirbelt herum, wobei ihr kurzer Rock hochfliegt.

»Nun, alle Welt weiß, dass du und Trev irgendwann heiraten werdet, mit Babys und so weiter«, erklärt Mina lächelnd. Aber ich höre die unterschwellige Bitterkeit in ihren Worten. »Und Becky will ihn unbedingt. Sie kann nicht zugeben, dass du die Einzige bist, die er haben will.«

»Aber ich will Trev nicht«, protestiere ich.

Manchmal wünsche ich mir, Trev wüsste, dass er zwischen zwei Stühlen sitzt. Dann würde ich mich nicht so schuldig fühlen. Aber er kann es sich nicht vorstellen, weil Mina sich hinter ihren Geheimnissen versteckt und ich mich mit den

Pillen zugrunde richte. Aber es geht uns gut, danke! Unbekümmerte Mächen, die Schotterstraßen entlangtanzen und darauf warten, von sich selbst erlöst zu werden.

»Wenn du Trev heiraten würdest, wären wir Schwestern«, sagt Mina, und ihre Unterlippe steht hervor, als schmolle sie bei dem Gedanken daran. Als ob Trev ihr ein Spielzeug wegnehmen würde.

Die Vorstellung versetzt mich in Panik, erweckt Brechreiz in mir. »Du bist nicht meine Schwester.«

Mina blinzelt und ihre Augen glitzern im Mondschein. Ich möchte mich am liebsten vorbeugen und meine Lippen auf ihre pressen. Ich muss wissen, wie ihr Mund schmeckt – süß, vielleicht wie Erdbeeren.

Ich bin so durch den Wind, dass ich es beinahe tue, ermutigt durch ihren Streit mit Jason und mein Benebeltsein. Ich mache einen Schritt auf sie zu, aber mein Knie gibt nach. Der Schmerz kommt plötzlich und durchdringend und bringt mich ins Schwanken. Ich stolpere nach vorn und Mina will mich auffangen. Aber ich bin zehn Zentimeter größer und zwölf Kilo schwerer als sie und so landen wir lachend auf dem Boden. Unser Gekicher erfüllt die Luft, als die Scheinwerfer eines Pick-ups von der Straße auf uns zusteuern.

»Da seid ihr ja«, sagt Trev, der sich aus dem Fenster lehnt und den Motor abstellt. »Ich habe euer Gekreische schon aus der Ferne gehört.«

»Trev!« Mina strahlt ihn an, und ihre Hände kneifen mich auf eine Art und Weise in die Taille, dass mein Magen einen Satz macht. »Du bist gekommen. Ich habe mit Jason Schluss gemacht. Er ist ein Arsch.«

»Und du bist betrunken.« Er steigt aus, zieht sie behutsam hoch, bis sie auf beiden Beinen steht. Er klopft Straßendreck von ihren Schultern und kniet dann neben mir nieder. »Soph, bist du gefallen?«

»Alles okay.« Ich lächele und er erwidert mein Lächeln, die Sorge in seinen Augen löst sich auf. Er wartet, bis ich die Hand nach ihm ausstrecke, damit er mich hochziehen kann.

»Langsam«, sagt er, als mein Bein zittert und ich mich an ihn lehne. Trev fühlt sich vertrauenerweckend, warm an. Mina kichert und drängt sich an seine andere Seite, sodass er jetzt von uns beiden eingerahmt ist. Wir halten uns an ihm fest. Er steht zwischen uns wie eine Schranke gegen die Wahrheit.

Aber hinter seinem Rücken sucht ihre Hand meine, und unsere Finger verflechten sich, wobei das Klirren unserer Ringe einen geheimen Klang erzeugt, den nur wir hören.

Einige Schranken sind dazu da, um niedergerissen zu werden.

Kapitel 33

JETZT (JUNI)

»Du bist heute ungewöhnlich ruhig«, sagt David während unserer Therapiesitzung am Montag. »Worüber denkst du nach?«

Ich blicke von meinem Platz auf der Couch hoch. Ich war gerade damit beschäftigt, mit den Ringen an meinem Daumen zu spielen, den Kerben der Buchstaben nachzuspüren, als wären sie der Schlüssel zu einem Schloss, das ich noch nicht gefunden habe. »Über Versprechen«, antworte ich.

»Hältst du deine Versprechen?«, will David wissen.

»Manchmal geht das nicht.«

»Versuchst du es denn?«

»Versucht es nicht jeder?«

David lächelt. »In einer vollkommenen Welt. Aber ich glaube, du weißt genau, wie unfair es im wirklichen Leben zugeht.«

»Ich versuche, meine zu halten. Das ist mir wichtig.«

»Hat Mina ihre Versprechen gehalten?«

»Mina hatte es nicht nötig, denn egal was sie getan hat, man hat ihr letztlich immer verziehen.«

»Sie bedeutet dir sehr viel.«

»Was ja wohl offensichtlich ist.«

David furcht die Stirn. Sein Lächeln gefriert bei meiner feindseligen Bemerkung. Dann wird seine Miene wieder neutral. »Du hast ihr auch viel verziehen.«

»Sprechen Sie nicht über sie, als hätten Sie sie gekannt«, entgegne ich. »Sie haben sie nicht gekannt und werden sie nicht kennenlernen.«

»Es sei denn, du erzählst mir von ihr.«

Lange Zeit schweige ich, sitze einfach da, und er drängt mich nicht, fortzufahren. Er faltet die Hände, lehnt sich auf seinem Stuhl zurück und wartet ab.

»Sie war herrisch«, sage ich schließlich. »Und verwöhnt. Aber auch sehr rücksichtsvoll und klug. Klüger als alle anderen. Mit ihrem Lächeln konnte sie sich aus jeder Situation retten. Sie war ein Biest, wenn es nötig war, und sie entschuldigte sich nie dafür. Wenn ich morgens aufwache, denke ich als Erstes an sie, und wenn ich abends schlafen gehe, gilt mein letzter Gedanke ihr. Und auch dazwischen denke ich nur an sie.«

Ich starre die eingerahmten Diplome an der Wand an, die Auszeichnung, die David von einer Organisation für obdachlose Jugendliche erhalten hat, und die von einer Frauengruppe von Vergewaltigungsopfern. Bis er schließlich etwas sagt, habe ich mir praktisch die gesamte Wand eingeprägt.

»Sophie, das hört sich an wie eine Sucht.«

Ich starre weiterhin die Wand an, kann ihn nicht anschauen, nicht jetzt.

»Ich will heute nichts mehr sagen.«

»Okay«, willigt David ein. »Wir bleiben einfach noch ein

paar Minuten sitzen, für den Fall, dass du deine Meinung noch änderst.«

Als ich ins Auto klettere, klingelt mein Handy. Während meiner Sitzung habe ich es ausgeschaltet, aber jetzt entdecke ich eine Nachricht von Rachel.

Ich wähle meine Mailbox an und will dabei gerade meinen Schlüssel ins Zündschloss stecken, als ich erstarre: »Ich bin's«, höre ich Rachel sagen. »Ich habe den Stick geknackt. Ruf mich an. Ich glaube, ich weiß, weshalb Mina getötet wurde.«

Kapitel 34

Zehn Monate früher (sechzehn Jahre alt)

»Wir haben uns verfahren«, beharre ich.

»Nein, haben wir nicht.« Seit dreißig Minuten lenkt Mina den Pick-up die Schotterstraße entlang. Es ist dunkel, und die Scheinwerfer von Trevs Pick-up schlagen Schneisen in den dichten Wald, während wir auf der holperigen Straße hin und her gerüttelt werden. »Amber hat mir erklärt, wir sollen von der Route 3 abbiegen und dann in die zweite Straße rechts einbiegen.«

»Wir haben uns völlig verfahren«, sage ich. »Hier ist weit und breit kein Campingplatz, nichts als Bäume und Wild.«

Mina stöhnt. »Okay«, meint sie. »Ich fahre zurück. Vielleicht haben wir eine Abzweigung übersehen.«

Hier draußen bekommt man kein Signal, also kann ich Amber nicht anrufen, um ihr zu erklären, warum Mina und ich zu spät zu ihr und Adam auf den Campingplatz kommen. Mina setzt den Wagen langsam zurück – die Straße, auf der wir fahren, wurde in den Berg hineingebaut und führt um einen Felsen herum, der so steil ist, dass ich in der Dunkelheit nicht erkennen kann, wo er endet. Die Räder knirschen eng am Abhang entlang und Mina kaut konzentriert an ihrer

Lippe; ihre Fingerknöchel heben sich hell vom Lenkrad ab. Nach ein paar Fehlstarts schafft sie es schließlich, das Auto zu wenden, und wir können weiterfahren, wenn auch nur einen Kilometer, bevor die Fahrt plötzlich noch holpriger wird und wir richtig durchgerüttelt werden.

»Scheiße.« Mina hält an. »Ich glaube, wir haben einen Platten.«

Ich hole die Taschenlampe aus dem Handschuhfach, steige aus und richte den Strahl auf den Reifen.

Mina runzelt die Stirn. »Kannst du einen Reifen wechseln?«

Ich schüttele den Kopf und werfe einen Blick auf die Straße. Bis zum Highway sind es mindestens fünf Kilometer. Unwillkürlich reibe ich mein Bein und überlege, wie sehr es bei einem solch weiten Marsch wehtun wird.

Mina greift nach ihrem Handy, rennt hektisch hin und her und versucht, ein Signal zu bekommen. Ich erkläre ihr nicht, dass es nutzlos ist, denn sie hat diesen typisch entschlossenen Blick und sieht immer wieder zu meinem Bein hin, als ahne sie die Schmerzen, mit denen ich bei einem Fußmarsch rechnen muss. Ich lehne mich an eine große Schieferplatte, die in den Berg eingebettet ist, der wie ein grauer Riese über uns thront, und warte darauf, dass sie sich geschlagen gibt. Es ist August, aber trotzdem kühl bei Nacht, doch ich mag den leichten Schauder, der mir über den Rücken läuft, die Gänsehaut, die sich auf meinem Körper ausbreitet. Ich mag die Atmosphäre im Wald, das Rascheln und Knacken im Unterholz – hoffentlich ist es ein Reh und nicht ein Bär –, das Ächzen der Äste im Wind. All das wird noch untermalt durch das stete Knirschen von Minas Stiefeln auf der Straße. Ich schließe die Augen und lasse die Geräusche auf mich wirken.

»Bekommst *du* vielleicht ein Signal?«, fragt Mina hoffnungsvoll, nachdem sie etwa fünf Minuten hin und her gelaufen ist und mit ihrem Handy herumgefuchtelt hat.

»Nein. Wir sollten uns auf den Weg machen«, sage ich. »Wir blockieren ja keine Hauptstraße. Und wir bitten Trev einfach, morgen früh zu kommen und den Reifen zu wechseln.«

»Sei nicht albern. Ich kann dich unmöglich so weit laufen lassen. Ich werde Hilfe holen und zu dir zurückkommen.«

»Ich und albern? Du bist diejenige, die bei den Pfadfinderinnen nicht mitbekommen hat, wie man sich in der Wildnis verhält. Du wirst vermutlich von einem Bären gefressen werden. Also: Wenn du gehst, gehe ich auch.«

»Es ist ja schließlich eine Straße, auf der ich mich nicht verirren kann. Und du kannst auf keinen Fall einen so weiten Weg zu Fuß gehen«, sagt sie.

»Aber sicher kann ich das.«

»Ganz bestimmt nicht«, bekräftigt sie störrisch.

»Du kannst mir nicht vorschreiben, was ich tue. Ich komme mit.«

»Nein!«, widerspricht Mina.

»Doch«, kontere ich und fange an, ärgerlich zu werden. »Was hat denn dich gestochen? Hör auf, mich zu behandeln, als sei ich …«

»Schwach?«, beendet sie den Satz für mich. »Behindert? Verletzt?« Mit jedem Wort hebt sich ihre Stimme, die zittert und schrill klingt. Es ist, als hätten diese Worte schon ewig in ihr geschlummert und seien jetzt endlich freigesetzt worden.

Ich weiche vor ihr zurück, als habe sie mich geschlagen und nicht einfach nur die Wahrheit gesagt. Auch wenn sie nur wenige Meter von mir entfernt ist, brauche ich mehr Abstand zu ihr. Ich stolpere nach hinten, bin mir schmerzhaft meiner Tollpatschigkeit bewusst. »Mina, was zum Teufel soll das?«

Aber ungewollt habe ich etwas in ihr ausgelöst. Sie kann nicht aufhören zu reden, die Worte sprudeln nur so aus ihr heraus. »Wenn du einen so langen Weg zurücklegst, nimmst du ihn als Vorwand, noch mehr von den blöden Pillen einzuwerfen. Und dann wirst du total benebelt und abgedreht sein, wie du es in letzter Zeit *immer* bist. Soph, ich weiß, dass du Schmerzen hast, ich weiß es. Aber ich kenne dich. Du tust dir selbst weh. Entweder hat es außer mir noch niemand bemerkt oder sie sagen nichts. Also werde ich es wohl tun müssen. Du musst damit aufhören, bevor es zu einem Problem wird.«

Panik und Erleichterung kämpfen in mir. Panik, weil sie Bescheid weiß, und Erleichterung, weil sie nicht erkennt, wie schlimm es ist. Sie glaubt, ich befinde mich immer noch am Rande des Abgrunds, bereit, umzukehren, statt so tief hinuntergestürzt zu sein, dass ich sie kaum noch sehen kann.

Es ist immer noch Zeit, die Sache in Ordnung zu bringen.

Mich mit Lügen herauszuwinden.

Ich erwäge nicht einmal, sie ernst zu nehmen, weil es mir gut geht. Ich habe alles unter Kontrolle und es geht sie nichts an.

Zum Teil ist es ihre Schuld.

»Bitte, Sophie, du musst mir zuhören«, sagt sie. Im Licht der Scheinwerfer wirken ihre weit aufgerissenen Augen besorgt. Ich unterdrücke das wilde Verlangen, ihr zu erzählen, wie weit ich gegangen bin, was ich getan habe, was aus mir geworden ist.

Aber dann wird die Liebe, die sie für mich empfindet – welcher Art sie auch sein mag –, vorbei sein. Ich weiß es. Wie könnte sie mich lieben, wenn ich so bin?

»Du hast recht«, sage ich. »Ich werde mit meinen Ärzten darüber reden, okay?«

»Ja?«, fragt sie und wirkt unglaublich klein. Natürlich ist sie winzig, aber gerade jetzt klingt sie auch so. »Wirklich?«

»Wirklich«, wiederhole ich. Mein Magen rebelliert bei der Lüge. Ich rede mir ein, dass ich mit den Ärzten reden werde, es für sie tun werde.

Aber tief in meinem Inneren weiß ich, dass ich es nicht tun werde.

Dass ich es nicht kann.

Sie rennt auf mich zu und umarmt mich. Der Duft von Vanille umgibt mich, vermischt mit dem Geruch von Feuchtigkeit und würziger Waldluft, was das beste Parfum der Welt ergibt. Ihre Hände sind warm. Sie hat sie mir um die Taille gelegt, und sie drückt ihr Gesicht an meinen Hals, als sie vor Erleichterung tief durchatmet.

Mit der Taschenlampe und einer Flasche Wasser taucht sie in die Nacht ein und ich bleibe wie ein braves Mädchen im Pick-up.

Ich warte, bis sie außer Sichtweite ist, bevor ich meine Pillendose aus der Tasche hole.

Ich schüttele vier Pillen heraus und schlucke sie ohne Wasser.

Kapitel 35

Jetzt (Juni)

Ich kann Rachel nicht erreichen. Nachdem ich eine halbe Stunde in meinem Schlafzimmer auf- und abgegangen bin, stecke ich das Handy (sechs vergebliche Anrufe, fünf SMS, drei Nachrichten) in meine Tasche und gehe hinunter. Bestimmt ist sie zu Hause. Ich werde jetzt zu ihr fahren.

Aber als ich die Haustüre öffne, steht Kyle davor.

»Was tust du denn hier?« Ich möchte mich an ihm vorbeischieben, ihn aus dem Weg haben, aus dem Blickfeld.

Was hat Rachel gefunden? Warum ruft sie mich nicht zurück?

»Ich möchte mit dir reden«, sagt Kyle.

»Das ist gerade kein günstiger Zeitpunkt.« Ich trete vor die Tür, schließe sie hinter mir ab und gehe die Stufen hinunter.

»Du lauerst mir zweimal auf und jetzt hast du nicht einmal fünf Minuten Zeit für mich?« Er geht die Auffahrt hinter mir her, so nah, dass sich meine Nackenhaare sträuben.

»Du hast die Polizei angelogen, eine Mordermittlung sabotiert und dafür gesorgt, dass ich nach Seaside geschickt wurde – und das alles nur, weil du eifersüchtig warst. Nimm's mir nicht übel, aber ich bin immer noch stinksauer auf dich.«

Ich öffne die Wagentür, doch er schlägt sie so brüsk zu, dass ich zusammenzucke. Ich blicke hoch und zum ersten Mal bemerke ich die dunklen Ringe unter seinen blutunterlaufenen Augen.

Ich erinnere mich, dass mir Adam erzählt hat, Kyle habe in der Nacht vor Minas Tod geweint. Und wie belegt Kyles Stimme gewesen war, als er mir gestand, dass sie ihm die Wahrheit gesagt hatte.

Er hat sie geliebt. Mir wird übel bei dem Gedanken, aber ich zweifele nicht daran. Und ich verstehe seine Enttäuschung und das niederschmetternde Gefühl, sie geliebt und verloren zu haben.

»Ich muss jetzt gehen. Wenn du reden willst, steig ein«, fordere ich ihn unwillkürlich auf. »Wenn nicht, dann geh mir aus dem Weg.«

Er wirft einen Blick auf meine Tasche. »Aber du sprühst mir nicht wieder den Bärenabwehrspray ins Gesicht?«

»Kyle, steig ein oder bleib draußen, mir ist es egal.« Ich klettere in den Wagen und lasse den Motor an. Er rennt zur Beifahrerseite, reißt die Tür auf und steigt ein. »Schnall dich an«, fordere ich ihn auf, was ich automatisch bei jedem mache, der mit mir fährt. Auch Trev tut es, das ist ein Tick von uns, den wir uns nicht abgewöhnen können.

Nach ein paar Minuten des Schweigens, in denen Kyle mit dem Bein auf- und abwippt, verdrehe ich die Augen und schalte das Radio ein. »Wähl was aus«, fordere ich ihn auf.

Er wechselt von Sender zu Sender, und ich fahre rasant die Straße hinunter, die zur Old 99 im Osten der Stadt führt.

»Wohin fahren wir denn?«, erkundigt er sich, stellt den neuen Country-Sender ein und blickt zum Fenster hinaus.

»Ich muss unbedingt mit jemandem sprechen. Du bleibst im Wagen sitzen.«

Kyle verdreht die Augen.

»Sagst du mir jetzt, was du willst?« Ich überhole eine alte Lady in einem Cadillac, die dreißig km/h unter der Geschwindigkeitsbegrenzung dahinkriecht, und trete stärker aufs Gas, als wir auf die Auffahrt zum Highway zusteuern. Wir kommen an dem alten Ziegelbau vorbei, in dem seit der Stadtgründung zur Zeit des Goldfiebers das Rathaus untergebracht ist. Über dem Eingang kündigt ein Transparent das bevorstehende Erdbeerfest an. Mina zwang mich immer mitzugehen, diese idiotischen Volksfestspiele mitzuspielen und viel zu viel Erdbeerkuchen zu essen.

»Ich wollte dich wirklich nicht in Schwierigkeiten bringen«, sagt Kyle.

»Wenn du mich schon anlügen willst, dann vielleicht etwas weniger offensichtlich?«

»Okay, ich wollte dich in Schwierigkeiten bringen«, gibt Kyle zu. »Aber das war eigentlich nur, weil ich dachte, du steckst sowieso im Schlamassel. Ich hätte es nicht getan, wenn ich gewusst hätte, dass man dir eine Falle stellen wollte. Ich glaube, ich habe es verkackt. Weil … wenn es nicht um Drogen ging, dann ging's ja wohl um etwas anderes, oder?«

»Hm.«

Ich biege auf den Highway ein. Zu dieser Jahreszeit bildet die Old 99 ein graues Band, das ein Meer aus verdorrtem Gras und Stacheldrahtzäunen, vermischt mit dem Dunkelgrün der Buscheichen, durchschneidet. Kühe stehen auf der Weide, Schotterstraßen gehen vom Highway ab, baufällige Scheunen und Ranches stehen außerhalb der Reichweite der Suchscheinwerfer des Wagens. Es ist friedlich hier; die Zeit scheint langsamer zu verstreichen.

Ich weiß, wie trügerisch das sein kann.

»Und es war kein Raubüberfall«, fährt Kyle fort. »Ich weiß, er hat euch eure Taschen und Wertsachen abgenommen, aber wenn es darum gegangen wäre, warum hätte er dann nur eine von euch erschießen sollen? Warum hat er überhaupt jemanden erschossen, wenn er doch bekommen hat, was er wollte. Warum hat er euch nicht das Auto weggenommen? Warum hat er dich am Leben gelassen? Warum hat er dir Drogen untergeschoben?«

Er hat sich wirklich Gedanken darüber gemacht. Ich frage mich, ob seine dunklen Augenringe daher rühren, dass er die Nächte damit verbracht hat, Artikel über Minas Tod zu suchen. Ob er wohl einen Polizeibericht hat wie ich und ob er diesen wohl schon auswendig kennt.

Ich muss mich beherrschen, nicht die Augen zu verdrehen. »Das sage ich seit Monaten, aber seltsamerweise hört mir niemand zu.«

»Ich habe dir gesagt, ich habe es vermasselt«, wiederholt Kyle seelenruhig. »Ich habe mich entschuldigt und erklärt, weshalb.«

»So einfach ist das nicht«, bemerke ich. »Du hast dazu beigetragen, die gesamte Polizeiermittlung zum Scheitern zu bringen, dabei mitgeholfen, mich nach Seaside zu schicken, wo ich rumsaß und darüber nachgedacht habe, dass Minas

Mörder frei herumlief und kein Mensch nach ihm suchte. Eine Entschuldigung kann nichts daran ändern. Wir sind nicht mehr in der ersten Klasse. Auch wenn du zugibst, es vermasselt zu haben, ist dadurch nicht automatisch alles wieder in Ordnung. Und es trägt auch nicht dazu bei, den Mörder zu erwischen. Ich kann jetzt nur die Puzzleteile suchen und versuchen, sie selbst zusammenzusetzen.«

»Ich möchte dir gern dabei helfen.«

Ein Eichhörnchen flitzt über die Straße, und ich reiße das Lenkrad herum, um ihm auszuweichen, und lande auf der Gegenfahrbahn. Eine grauenhafte Sekunde lang habe ich Angst, die Kontrolle über den Wagen zu verlieren und einen Unfall zu bauen.

»Scheiße, Sophie.« Kyles Hand greift ins Lenkrad, und er ist halb über mich gebeugt, als er den Wagen auf den Seitenstreifen lenkt, wo ich ihn recht unsanft zum Halten bringe.

Ich wimmere, kaue an der Innenseite meiner Wange und versuche, das Zittern meiner Lippen unter Kontrolle zu bekommen. Ich stelle den Motor ab und atme tief durch.

»Hey.« Kyle runzelt die Stirn und tätschelt unbeholfen meine Schulter, was mich seltsamerweise beruhigt. »Es ist alles in Ordnung. Uns ist ja nichts passiert.«

Ich umklammere das Lenkrad so fest, dass meine Fingerknöchel weiß hervortreten. Mein Herz hämmert zum Zerspringen, meine Lungen sind angespannt, ich bekomme nicht genug Luft. Am liebsten würde ich mich auf das Lenkrad fallen lassen und mein Gesicht an die kühle Scheibe pressen, aber in seiner Gegenwart kann ich das nicht. Ich tu's nicht. Also konzentriere ich mich aufs Atmen. Ein und aus. Ein und aus.

Als ich mich wieder gefangen habe, fragt mich Kyle: »Soll ich fahren?«

Ein und aus. Ein und aus. Noch zwei tiefe Atemzüge und ich löse meine Finger vom Lenkrad. »Es geht schon wieder«, sage ich.

Dann lasse ich erneut den Motor an, trete aufs Gas und wirbele, als ich wieder auf die Straße einbiege, staubige Erde auf.

Ein und aus.

Ein und aus.

Kapitel 36

Sechs Monate früher (sechzehn Jahre alt)

Die ganze Woche über freue ich mich auf meine Telefonate mit Mina. Mir sind nämlich nur zwei Anrufe mit Freunden pro Woche gestattet. Das stinkt mir, aber ich halte mich an Tante Macys Regeln. Als dann auf meinem Display Trevs Nummer statt der von Mina erscheint, spüre ich einen Schwall von Enttäuschung.

»Hey«, melde ich mich und versuche, fröhlich zu klingen. »Hast du nichts in der Schule zu tun?«

»Ich brauchte eine Pause. Und ich wollte hören, wie's dir geht, ist ja schon 'ne Weile her.«

Ja, sogar Monate. »Hier läuft alles gut«, sage ich und zupfe an dem Patchworkquilt, der über mein Bett gebreitet ist. Er besteht aus von Hand zusammengenähten Quadraten, und ich liebe es, über die weiche Seidenstickerei zu streichen.

»Ja?«

»Ja, du weißt ja, die Therapie, bei der ich meine Fehler und mein Versagen eingestehen muss. Im Grunde werden alle schlechten Seiten von mir beleuchtet. Ist ganz schön nervig.«

»Hört sich ganz so an. Und wie steht's mit deinen Schmerzen? Kommst du damit klar?«

»Es tut wirklich weh«, erwidere ich, »immer.«

Ich höre, wie er Luft holt, abgehackt und zu schnell, und ich frage mich, ob ich ihm gegenüber zu ehrlich war. Falls er sich immer noch die Schuld an alldem gibt.

Natürlich tut er das. Trev wüsste nicht, was er tun sollte, wenn die Liebe zu mir nicht mit einer Art Schuldgefühl verbunden wäre.

Er und Mina haben das gemeinsam.

»Ich habe mir Sorgen um dich gemacht«, fährt er fort.

»Ich weiß.« Ich lege mich auf meinem Bett zurück, versinke in der Sicherheit meiner Kissen und drücke das Handy ans Ohr. »Es wird schon alles wieder gut.«

»Mina vermisst dich.«

»Ich sie auch.« Kann er sie hören? Die Wahrheit in diesen drei kleinen Worten?

»Weißt du schon, wann du wieder heimkommst?«

»Vermutlich erst in ein paar Monaten. Es ist nicht einfach, sich daran zu gewöhnen, keine Schmerzmittel zu nehmen. Ich will nicht …«, sage ich und lasse den Satz unbeendet.

»Was?«, bohrt Trev nach.

»Ich … ich kann nicht. Nicht jetzt.« Ich weiß, er versteht nicht, was ich meine. Wie sehr es schmerzt. Wie hart es gewesen ist. Wie ich gezwungen war, meine dunklen Seiten zu beleuchten. Die hässliche Oberfläche ist nichts im Vergleich zu dem, was darunter verborgen ist.

Ich bin nicht mehr dieselbe wie vorher. Ich bin leer, habe mein Inneres nach außen gekehrt. Die ständige Angst, dass es zu spät ist, dass ich es verpeilen werde, in das berühmte Loch zurückschlüpfen könnte, aus dem es keinen Ausweg gibt, nagt an mir. Ich begreife jetzt, wie schwach ich bin.

»Es wird besser werden. Ich bekomme Kortisonspritzen in den Rücken, die helfen. Und du wirst es nicht glauben: Ich mache Yoga und mag es wirklich.«

»Yoga?«, fragt er nach. Etwas in mir löst sich, als ich das Lachen in seiner Stimme höre. »Ich hätte vermutet, dass es für dich etwas zu langsam ist.«

»Nun, die Dinge ändern sich.«

»Vermutlich.«

Wieder herrscht Stille. Ich starre zur Decke hoch, auf die in der Dunkelheit leuchtenden Sterne, die Macy hier angebracht hat. »Ist Mina da?«, frage ich. »Sie wollte mich eigentlich anrufen.«

»Ich weiß«, erwidert Trev. »Sie hat mich gebeten, dich anzurufen, und lässt ausrichten, dass sie sich am Dienstag meldet. Sie ist ganz durcheinander. Mom und ich werden jetzt ganz offiziell ihren neuen Freund kennenlernen.«

Ein kalter Schauer durchläuft mich. Ich setze mich aufrecht hin, und zwar so schnell, dass mein Rücken mit heftigem Schmerz reagiert. »Freund?«

»Hat sie's dir denn nicht erzählt? Nein, bestimmt nicht. Mina und ihre Geheimnisse.« Trevs Worte verraten seine Zuneigung. »Es ist der Blonde, der ihr wie ein Hündchen überallhin folgt. Kyle.«

»Kyle Miller«, bringe ich krächzend hervor. Ich glaube, mir wird schlecht. Mir fällt fast das Telefon aus der Hand, aber ich zwinge mich, weiter zuzuhören.

Sie hat kein Wort darüber verloren, die ganze Zeit nicht, monatelang nicht. Ich hatte gedacht, dass …

Oh Gott. Jetzt geht das Ganze von vorne los. Wie mit Jason Kemp. Aber dieses Mal ist es viel schlimmer.

»Ja, genau der. Sag, ist er immer noch ein braver Junge? Oder muss ich ihn vergraulen?«

»Hm …« Was soll ich sagen? Er ist ein Stricher, der größte Arsch weit und breit, ein chronischer Schwindler … jede Lüge wäre recht, um ihn von ihr zu trennen.

»Soph?«

»Er … ist in Ordnung, nehme ich zumindest an«, stottere ich. »Eine Art Sportskanone. Er war schon immer in sie verschossen. Ich denke, sie hat beschlossen, ihm eine Chance zu geben.«

Macy klopft an die offene Tür und wirft einen Blick herein. Sie deutet auf ihre Armbanduhr, und ich nicke, um sie wissen zu lassen, dass ich das Gespräch gleich beenden werde. »Ich muss jetzt gehen«, platze ich heraus. Mir brennen die Augen. Jeden Augenblick werde ich zu heulen anfangen, und ich will ihn unbedingt abwimmeln, bevor er es merkt. »Trev … ist sie glücklich?«

»Ja«, erwidert er, ohne sich bewusst zu sein, was dieses kleine Wort bei mir anrichtet.

»Gut, das ist gut … Aber ich muss jetzt gehen. Danke für deinen Anruf.«

»Ich melde mich wieder«, sagt er. »Und wir sehen uns, wenn du heimkommst.«

»Natürlich.«

Ich habe jetzt keine Lust mehr, nach Hause zu kommen,

möchte für immer hierbleiben, mich vor dem verstecken, was mich zu Hause erwartet. Ich bin so wütend und verletzt. Selbst nach der langen Zeit fühle ich noch deutlich ihre Berührung auf meiner Haut. Ich weiß nicht einmal, was ich tun soll. Ich lege das Handy zur Seite und setze mich aufs Bett.

Ich will etwas nehmen.

Der Gedanke erfüllt mich, fasziniert mich, geht mir durch und durch. Er lockt mich. *Nur noch einmal. Es würde sich so gut anfühlen, würde mich vergessen lassen, würde es besser machen*. Und ich wünsche es mir so inbrünstig.

Drei Monate. Eine Woche. Einen Tag.

Ich kann nicht.

Ich will nicht.

Aber ich will es so sehr.

Kapitel 37

JETZT (JUNI)

»Willst du wirklich, dass ich im Wagen bleibe?«, fragt Kyle, als wir die Schotterstraße, die zu Rachels Haus führt, entlangfahren. Ich parke hinter ihrem schmutzbespritzten Chevy, steige aus und versuche zu ignorieren, dass meine Beine immer noch zittern.

»Nein«, erwidere ich zögernd. »Komm mit.«

Er geht hinter mir die Stufen hinauf und ich klopfe energisch an die Tür. Die Ungeduld, die ich bisher in Schach gehalten habe, flammt erneut auf.

Was hat sie herausgefunden?

Rachel kommt nicht an die Tür, aber aus der Ferne höre ich Motorenlärm, also gehen Kyle und ich um das Haus herum. Die Hunde liegen auf der Veranda, hecheln in der Hitze. Rachel sitzt auf einem alten Rasenmäher, mit dem sie das hochgewachsene verdorrte Gras im Hof abmäht. Als sie uns erblickt, winkt sie uns zu, stellt den Motor ab, springt vom Mäher und kommt auf uns zu.

»Wer ist das?«, fragt sie, als sie vor uns steht.

»Kyle.«

Rachel hebt eine Braue. »Im Ernst?«

»Ich glaube, er ist jetzt auf unserer Seite«, erkläre ich.

»Das stimmt«, bestätigt Kyle meine Worte. »Hi.« Er streckt ihr die Hand hin; sie ergreift sie stirnrunzelnd.

»Sophie, du musst mich nachher ins Bild setzen«, sagt sie.

»Tu ich«, verspreche ich und versuche, meine Ungeduld zu verbergen. »Sag, was hast du herausgefunden?«

Rachel streicht sich über die Stirn, Schweiß rinnt ihr über die Schläfen. »Kommt rein. Ich habe schon alles vorbereitet. Es ist besser, ihr seht es selbst.«

Sie führt uns ins Wohnzimmer, zu einem Laptop auf einem Tisch, der aus einem Wagenrad gebaut wurde. Sie schaltet ihn ein und betätigt dann den Schalter des Projektors, den sie damit verkabelt hat. Auf der gegenüberliegenden Wand erscheint ihr Desktop.

»Ich muss schon sagen, dein Mädchen war gründlich.« Rachel öffnet eine Datei, und ich bekomme große Augen, als ich lese: *28. September: Jackie Dennings verschwindet beim Joggen auf der Clear Creek Road (gegen 18 Uhr). Als sie nicht zum Abendessen nach Hause kommt, ruft die Mutter die Polizei an (gegen 20 Uhr). Die Polizei findet einen rosa Pullover am Straßenrand der Clear Creek Road (gegen 21 Uhr).*

Ich überfliege den Rest der Seite.

Es ist eine Zeitleiste.

Mein Triumphgefühl schnürt mir die Brust zu. Ich hatte also recht. Mina war hinter einer Geschichte her, die ihr den Tod einbrachte.

»Was ist das?«, will Kyle wissen.

»Das sind Minas Notizen«, erkläre ich, als Rachel auf einen Pfeil drückt, der ein weiteres Datum in Minas Zeitleiste aufzeigt: *30. September: Matthew Clarke (Jackies Freund) wird zum Verhör vorgeladen.* »Das ist der wahre Grund, weshalb wir am Booker's Point waren. Rachel, beziehen sich alle Dateien auf dem Stick auf Jackie Dennings?«

»Ja.« Rachel verkleinert die Zeitleiste und öffnet noch weitere Dateien. Dieses Mal handelt es sich um Zeitungsartikel mit den Schlagzeilen: *Gemeinde sucht nach vermisstem Mädchen*; *Sechs Wochen und immer noch kein Zeichen von dem vermissten Mädchen* und *Zwei Jahre später ist Dennings' Verschwinden immer noch unaufgeklärt.*

»Verdammt«, stößt Kyle plötzlich hervor.

»Was?«, frage ich.

»Letztes Jahr hat Mina mich gebeten, meinen Bruder dazu zu bringen, ihr Amy Dennings' Telefonnummer zu geben. Tanner und Amy sind befreundet.«

»Jackies kleine Schwester«, frage ich.

Kyle nickt. »Erinnerst du dich noch an Jackies Verschwinden? Wir waren gerade im ersten Highschooljahr und es gab diese vielen Nachtwachen.«

»Trev war außer sich«, bemerke ich. »Er und Jackie waren in derselben Klasse.«

Ich sehe mir den Artikel an, den Rachels Projektor an die Wand wirft. Jackie Dennings lächelt mich an. Ihr glattes blondes Haar reicht ihr bis zu den Schultern, ihre blauen Augen strahlen Wärme aus.

Was hatte Mina herausgefunden, was sie bewog, diese Spur so leichtsinnig zu verfolgen?

»Was steht noch in den Notizen?«, frage ich Rachel.

»Jackie Dennings gilt seit fast drei Jahren als vermisst«, erklärt Rachel. »Man hat nie die geringste Spur von ihr gefunden, nichts. Sie ist einfach … *verschwunden*. Ich will nicht schwarzmalen, aber es ist fast mit Sicherheit anzunehmen, dass sie tot ist. Und Mina war derselben Ansicht.« Rachel betätigt ein paar Augenblicke lang die Tastatur, und die Zeitungsartikel verschwinden, werden durch eine Karte des Bezirks ersetzt. Um die Ecke im Nordwesten ist ein großer Kreis gezogen. Als ich mir das Ganze näher anschaue, sehe ich, dass sich rechts in der Mitte des Kreises die Clear Creek Road befindet, wo Jackie verschwunden ist.

»Hat sie nach Orten gesucht, an denen sich Jackies Leiche befinden könnte?«, frage ich und spüre Übelkeit.

»Schon, ja«, erwidert Rachel. »Natürlich weiß ich nicht, ob sie sich mit einer Schaufel in die Wälder aufgemacht hat, aber sie hat die Stelle auf der Karte markiert, Vermutungen angestellt, wie weit der Entführer von Jackie kommen könnte, bevor die Polizei Straßensperren errichtet hätte. Minas Theorie lautete, dass Jackie auf der Clear Creek Road entführt und an einen anderen Ort gebracht, getötet und entsorgt wurde.«

»Westlich der Stadt hatte er die Hälfte der Trinities zur Auswahl.« Ich schüttele den Kopf.

»Und der See ist nur gut 15 Kilometer entfernt«, meint Rachel. »Der ideale Ort, um eine Leiche verschwinden zu lassen. Niemand wird sie je finden.«

»Willst du damit sagen, dass derjenige, der Jackie Dennings vor drei Jahren entführt und vermutlich getötet hat, Mina ebenfalls umgebracht hat?«, fragt Kyle.

»Nun, wenn sie mit jemandem wegen einer Story verabredet war, dann hat es sich höchstwahrscheinlich um *diese* Story gehandelt«, überlegt Rachel. »Und sie interviewte Personen, die mit dem Fall zu tun hatten. Es gibt drei Audiodateien von ihr, die aufzeigen, wie sie Jackies Familie und ihren Freund interviewt. Kyle, vermutlich wollte sie deshalb Amys Nummer von dir. Amys Interview ist auf dem Stick festgehalten.«

Mir stockt der Atem, und etwas arbeitet in mir, eine seltsame Mischung aus Furcht und Verwunderung. »Da ist ... ihre Stimme ... Ist es Minas Stimme?«, frage ich.

Rachel greift nach meiner Hand und drückt sie. »Soll ich sie abspielen?«

Ich spüre eine unerträgliche Hitze, als ich hin- und hergerissen werde zwischen Wunsch und Ablehnung.

Ich bin nicht bereit.

»Nein«, sage ich hastig. »Nein, bitte nicht.«

Hinter mir vernehme ich tiefes Ausatmen. Kyle stößt einen Seufzer der Erleichterung aus.

»Sie besaß jede Menge Material«, sagt Rachel. »Sie hat bestimmt jeden Artikel, der je über Jackie geschrieben wurde, aufbewahrt. Und ihre Verdächtigenliste ist ungewöhnlich detailliert – sie war gut darin.«

»Zu gut«, bemerke ich. »Sie war zu nah dran, war dem Ganzen auf der Spur. Und er hat dafür gesorgt, dass ihr der Mund gestopft wurde.«

»Da ist aber noch etwas«, wirft Rachel ein. »Ich glaube, der Mörder hat versucht, sie zu warnen. Sie dazu zu bringen, aufzugeben.«

»Wie bitte?«, rufen Kyle und ich wie aus einem Mund.

»Ja, ich meine es ernst, schaut.« Rachel klickt erneut Minas Zeitleiste an, blättert weiter. »Die Zeitleiste ist sehr umfangreich, umspannt Jahre. Der jüngste Eintrag stammt vom Dezember, ein paar Monate vor Minas Ermordung. Seht, was da steht.«

5. Dezember: Warnung erhalten. Der Absender hat von jemandem einen Tipp bekommen (zufällig, absichtlich?).

20. Dezember: 2. Warnung erhalten. Werde mich eine Weile bedeckt halten. Zur Sicherheit.

Einen Augenblick lang bin ich wie gelähmt vor Wut.

Warum nur war sie die ganze Zeit so verschlossen? Sie hätte es besser wissen sollen. Hätte wissen sollen, dass sie nicht unverwundbar war. Ich hasse sie wegen ihres Leichtsinns, weil sie nicht an uns gedacht hat, an alle, die sie zurückgelassen hat.

»Das also hat der Mörder gemeint«, flüstere ich. »In jener Nacht hat er gesagt ›Ich habe dich gewarnt‹ und sie dann erschossen.«

»Sie hat Drohbriefe bekommen und es uns nicht gesagt?« Kyle wirkt fassungslos. »Sie hätte es doch der Polizei gesagt«, fügt er hinzu, aber er klingt unsicher, denn in seinem tiefsten Inneren weiß er, dass er unrecht hat. Er versucht zu verbergen, zu vergessen, wie sie wirklich war. Wie sie zwischen den Welten gelebt hatte – in der realen und in ihrer eigenen. Und dass es, wenn sie die Regeln gebrochen hatte, einfach wunderbar war, zu ihrer Welt zu gehören, ihr überallhin zu folgen, sich in ihrem Glanz zu sonnen. »Und was ist mit Trev?«, denkt er laut, als Rachel und ich schweigen. »Vielleicht hat sie es Trev gesagt?«

»Wenn sie Trev erzählt hätte, dass sie bedroht wurde, dann hätten wir nicht einmal diese Diskussion«, bemerke ich. »Sie wäre noch am Leben. Denn Trev hätte sie in ihrem Zimmer eingesperrt und die Bullen gerufen. Deshalb hat sie es ihm verschwiegen, hat es niemandem gesagt.«

Kyle blickt aus dem Fenster, ohne etwas zu sehen, und Rachel kaut an ihrer Lippe und ihr Blick wandert zwischen uns beiden hin und her.

»Doch sie wäre in jener Nacht nicht dorthin gefahren, wenn sie angenommen hätte, sie trifft die Person, die diese Warnungen geschickt hat«, sagt Kyle, der sich jetzt wieder zusammenreißt. Seine Stimme klingt mit einem Mal überzeugt.

»Seid ihr sicher?«, fragt Rachel und hat dabei eher mich im Visier als Kyle.

Ich zucke die Schultern, aber Kyle kommt mir zuvor. »Nein«, sagt er mit Bestimmtheit. »Nicht mit Sophie im Schlepptau. Wenn sie angenommen hätte, dass es gefährlich werden könnte, hätte sie Sophie unter irgendeinem Vorwand zu Hause gelassen.«

»Sie hat mich nicht behandelt wie …«

»Du hast ja keine Ahnung, wie sehr sie besorgt war, du könntest einen Rückfall haben – sie hat ständig mit mir darüber gesprochen. Sie hätte dich nie und nimmer in Gefahr gebracht.«

Meine Wangen färben sich blutrot und es breitet sich eine bedrückende Stille aus. Schließlich räuspert sich Rachel.

»Das bedeutet also«, sage ich, »dass es jemand war, den sie nicht verdächtigte.«

»Es bedeutet mehr als das«, wirft Kyle ein. »Es bedeutet, dass es jemand war, dem sie vertraute.«

Kyle hat natürlich recht. Es bereitet mir Übelkeit, dass sie darauf reingefallen war. Dass der Mörder ihr Vertrauen gewann, sie dazu brachte, sich mit ihm da draußen zu treffen, und sie dorthin gefahren war, weil sie unbedingt mehr *erfahren* wollte.

»Gibt es keine Scans oder Fotos von den Drohbriefen, die sie erhalten hat?«, frage ich.

Rachel schüttelt den Kopf. »Nein. Aber sie hätte sie doch bestimmt behalten, oder?«

»Mit Sicherheit«, erwidere ich.

»Aber die Polizei hat ihr Zimmer durchsucht«, wendet Kyle ein.

»Nicht sehr gründlich – ich fand den Stick unter den Bodenbrettern.«

»Dann sollten wir alles noch mal durchgehen«, schlägt Kyle vor.

»Ich schaffe es nicht«, sage ich und atme tief durch.

»Warum nicht?«, will Kyle wissen.

»Trev«, antwortet Rachel an meiner Stelle.

»Oh ja«, nickt Kyle und hat den Anstand, schuldbewusst auszusehen. »Er ist wirklich stinksauer auf dich. Ich werde mit ihm reden und ihm alles erklären. Ich werde ihm sagen, dass ich gelogen habe, dass es nicht deine Schuld war, dass ihr beim Point gewesen seid. Keine Angst, Trev ist dir völlig ergeben – er wird dir verzeihen.«

Ich übergehe seinen letzten Satz ganz bewusst, weil ich nicht darüber nachdenken mag. Stattdessen blicke ich zu Kyle hoch: »Wenn du Trev die Wahrheit sagst, wird er dir in den Arsch treten.«

»Ich kann auf mich aufpassen«, murmelt Kyle.

»Es ist keine gute Idee«, versichere ich ihm hastig, mehr Trev als ihm zuliebe.

»Aber …«

»Vergiss es, Kyle«, sage ich. »Rachel, hast du sonst noch etwas gefunden?«

»Nicht viel. Ich mache von all dem Kopien für euch beide. Ihr kennt sie gut, wisst, wie sie tickte. Vielleicht seht ihr etwas, was ich übersehen habe.«

»Wir können uns in ein paar Tagen wieder treffen«, schlägt Kyle vor. »Und unsere Notizen vergleichen.«

»Hört sich gut an«, meint Rachel und blickt mich an, um mein Einverständnis zu bekommen.

Ich nicke. »Ja, hört sich gut an.«

Kapitel 38

VIEREINHALB MONATE FRÜHER (SIEBZEHN JAHRE ALT)

»Wir werden zu spät kommen«, quengelt Mina.

Ich mache den Reißverschluss an meinen Stiefeln zu und ziehe die Jeans darüber. »Wir haben noch zwanzig Minuten. Also entspann dich.«

Sie lässt sich auf mein Bett fallen und verteilt die Kissen überall. Sie trägt heute ein heißes pinkfarbenes Kleid, das so kurz ist, dass ihre Mom ausflippen würde, wenn sie es sähe. Deshalb hat sich Mina bei mir umgezogen. Kleine Perlen, in denen sich das Licht spiegelt, verzieren ihre dreiviertellangen Ärmel.

Sie stützt sich auf die Ellbogen auf. Die Haare fallen ihr bis über die Schultern, eine Fülle brauner Locken, die sich reizvoll von dem pinkfarbenen Kleid abheben. »Willst du wirklich diese Jeans tragen? Du solltest die schwarze Röhrenhose anziehen und in deine Stiefel stecken.«

»Ich bekomme kaum Luft darin.«

»Aber du sieht darin super aus.«

Ich mustere sie, bin misstrauisch wegen ihres plötzlich erwachten Interesses an meiner Kleidung. »Gibt es da etwas heute Abend, das du mir verschweigst?«, will ich wissen, denn

Mina liebt Überraschungen. »Warum soll ich mich auftakeln? Du planst doch nicht etwa eine Willkommensparty, oder? Mina, ich hasse so etwas.«

»Das ist auch der Grund, weshalb ich mich gebremst habe«, sagt Mina. »Wir sind nur mit Kyle und Trev zu Burgern verabredet. Das hab ich dir doch schon gesagt.«

Ich werfe ihr einen Blick zu. »Okay, aber ich finde, du verhältst dich seltsam.«

»Und ich finde, du solltest dich umziehen.«

»Werde ich nicht.«

»Dann trag wenigstens etwas Lipgloss auf.«

»Welcher Hafer hat dich denn gestochen?«, frage ich und schlüpfe in meinen Pullover. »Es sind doch nur Trev und dein Freund.« Es fällt mir von Mal zu Mal leichter, Kyle als ihren Freund zu bezeichnen. Ich habe es vor dem Spiegel geübt.

»Du bist so hübsch.« Mina erhebt sich vom Bett und kramt in meiner Schmuckschatulle. »Aber du verbringst dein halbes Leben damit, dich *langweilig* anzuziehen, weil du glaubst, dann weniger Aufmerksamkeit zu erregen.«

»Vielleicht will ich gar keine Aufmerksamkeit erregen.«

»Das sage ich doch.« Mina steht vor dem Spiegel und hält sich ein paar Silberkreolen an die Ohren, dreht den Kopf nach allen Seiten, bevor sie sie zurücklegt. »Du willst dich verstecken und das ist unfair dir selbst gegenüber.«

»Mina, nicht ich bin diejenige, die sich verstecken will«, sage ich, während sie eine Kette probiert und dann wieder zur Seite legt.

»Ich geh jetzt runter«, sagt sie ausdruckslos. »Wir sollten uns bald auf den Weg machen.«

Trev und Kyle erwarten uns bereits, als wir bei Angry Burger ankommen. Das Lokal ist überfüllt mit Collegestudenten, die übers Wochenende zu Hause sind. In einer Ecke spielt eine große Gruppe Billard, die meisten mit einer Flasche Corona mit Zitronenspalten in der freien Hand. Die Musik in der Jukebox ist seit einer Ewigkeit dieselbe: heiße Countrymusik mit viel Banjo.

Mina nimmt neben Kyle Platz, während Trev sich aus der Nische aus Eichenholz erhebt.

Seit einer Woche bin ich aus Oregon zurück und sehe ihn heute zum ersten Mal wieder. Ich bin überrascht, wie glücklich ich bin. Trev ist unkompliziert, genau das, was ich heute Abend brauche, nachdem ich tagelang Minas Doppelzüngigkeit und wachsame Blicke ertragen habe.

Er umarmt mich und es wirkt beruhigend wie immer.

»Ich freu mich, dich zu sehen, Soph«, begrüßt er mich, und ich spüre seinen Herzschlag, als er mich an sich drückt.

»Wie geht's auf der Chico?«, frage ich ihn, als wir uns setzen. Ich bin wild entschlossen, mich auf Trev zu konzentrieren und nicht auf Kyle, der den Arm besitzergreifend auf Minas Stuhllehne gelegt hat.

»Viel zu tun«, erwidert Trev.

»Trev baut gerade ein Boot«, wirft Mina ein.

»Noch eins?«, frage ich.

Er hatte nach dem Unfall ein demoliertes kleines Segelboot repariert, und manchmal war ich zum Kai gegangen, um ihm Gesellschaft zu leisten. Das war die einzige Zeit kurz nach dem Unfall, dass ich mit ihm zusammen sein konnte, ohne mich von seinen Schuldgefühlen erdrückt zu fühlen.

Ausnahmsweise einmal hatte er seine Aufmerksamkeit auf etwas anderes als mich gelenkt.

Für die Reparatur der kaputten Spieren des Rumpfs benötigte er Monate. Als er schließlich fertig war, nahm er uns, Mina und mich, zur Jungfernfahrt mit. Ich hatte ihn beobachtet, wie er mit den Fingern über sein Boot strich, als ob er einen heiligen Gegenstand berührte, und ich verstand ihn auf eine Weise, wie es vorher nie der Fall gewesen war. Ich hatte erkannt, dass er und ich miteinander verbunden waren, fast so wie Mina und ich.

»Du solltest sehen, wie viele Mädchen sich am Wochenende am Kai drängen«, erklärt Mina kichernd. »Sie lungern herum, liegen in der Sonne und beobachten ihn – es ist lächerlich. Wenn er sein Hemd ausziehen würde, würden sie sicher alle anfangen zu kreischen. Einfach widerlich.« Sie bespritzt Trev mit Wasser und streckt ihm die Zunge heraus.

Trev verdreht die Augen und Kyle lacht. »Weiter so, Junge.«

»Nerv nicht«, brummt Trev.

»Du solltest dort hingehen, Soph. Sie verscheuchen.« Mina stößt mich unter dem Tisch mit dem Fuß an und im Nu lösen sich die Leichtigkeit und die beruhigende Vertrautheit der Neckereien von Mina und Trev in nichts auf.

Ich kann es nicht verhindern, dass ich leichenblass werde, kann es nicht verhindern, dass Trev meine Reaktion bemerkt. Ich frage mich, ob er bemerkt, wie sie mich anblickt, wie sich ihre ganze Aufmerksamkeit auf mich richtet, die Bitterkeit in ihrem Lächeln, verzweifelt und verdammt ängstlich. Kann er überhaupt begreifen, was sie mir antut – uns allen antut?

Und da sie Mina ist, *hört sie nicht auf*.

»Kyle und ich brauchen ein Paar, mit dem wir ausgehen können. Es ist perfekt. Wäre das nicht lustig, Baby?«

»Aber ja doch«, versichert Kyle.

Ich spüre, dass Trev mich ansieht, aber ich kann den Blick nicht von ihr wenden, als ich sage: »Ich komme gleich wieder.«

Ihr Gesicht bleibt unbewegt. Sie hält den Blick auf mich gerichtet, bis ich fast bereit bin, mich über den Tisch hinweg auf sie zu stürzen.

»Gute Idee. Wir sollten uns frisch machen.« Sie hängt sich die Tasche über die Schulter und schenkt Kyle ein Lächeln. Es ist ihr spezielles Lächeln. Kyle weiß nicht, dass sie Scheiß erzählt, aber ich – und genauso Trev, der die Stirn runzelt, als er versucht, herauszufinden, weshalb ich so verärgert bin und sie so siegesgewiss.

Sie tänzelt durch das Restaurant zur Damentoilette, als habe sie nicht die geringsten Sorgen. Als habe sie nicht gerade versucht, mich mit ihrem Bruder zu verkuppeln oder mich und ihn auf die übelste Weise reinzulegen.

Mina liebt das Spiel mit dem Feuer.

Aber ich bin diejenige, die sich dabei verbrennt.

Kapitel 39

Jetzt (Juni)

Auf der Rückfahrt zu mir nach Hause wechseln Kyle und ich kein Wort.

Als ich in meiner Auffahrt parke und nach dem Türgriff fasse, macht er keine Anstalten auszusteigen. Er starrt auf das Armaturenbrett, die Hände im Schoß. Einen langen unbehaglichen Moment lang wünsche ich mir, ihn hier zurückzulassen. Aber dann fängt er an zu reden.

»Ich habe ihr gesagt, dass ich sie liebe«, beginnt er. »Eine Woche, bevor sie … Ich habe ihr gesagt, dass ich sie liebe, und sie fing an zu weinen. Ich habe gedacht, sie … Ich war ein Idiot. Bin ein Idiot. Ich habe angenommen, ich kenne sie. Aber das stimmt nicht.« Er blickt mich an. Seine Welpenaugen blicken so elend, dass es mir unter die Haut geht, auch wenn ich immer noch wütend auf ihn bin. »Sophie, wie funktioniert das denn? Dass man jemanden über alles liebt und ihn nicht mal richtig kennt?«

Ich weiß nicht, was ich ihm darauf antworten soll. Ich habe sie geliebt, habe sie so geliebt, wie sie war. Die eine Seite, die sie der Welt gezeigt hat, und die andere, die ängstliche, die gleichzeitig vor mir weglief und die Hände nach mir ausstreckte. Ich kannte und liebte jeden Teil von ihr, jede Dimension, jede Version.

Ich denke daran zurück, als wir noch jünger waren. Bereits in der Junior High beobachtete Kyle sie von ferne, hingerissen von ihr so wie ich. Er wartete ab, erreichte schließlich das Ziel, nur um niedergeschmettert zu werden.

Ich verstehe, weshalb er mich hasst. Aus demselben Grund, aus dem ich ihn jene Monate zuvor gehasst hatte. Er nahm sie mir weg. Und dann wurde sie uns beiden genommen. Keiner von uns gewann bei einem Spiel, von dem er nicht einmal wusste, dass er es spielte.

Aufgrund dieser Gemeinsamkeit kann ich meinen Ärger überwinden und freundlich sein. Sie hätte es gewollt.

»Mina hat dir vertraut und es dir gesagt. Das bedeutet etwas, bedeutet alles.«

Er starrt mich an, als sehe er mich zum ersten Mal. Immer noch ist sein Blick voller Kummer, aber ich entdecke auch noch etwas anderes darin. Sein Blick hat etwas Suchendes, was in mir den Wunsch erweckt, wegzurennen. »Du weißt, dass jeder eine Art Traum hat? Für sein Leben, meine ich?«

Ich nicke.

»Mina war meiner.«

Unwillkürlich berühre ich seine Schulter.

»Meiner auch.«

Nachdem Kyle weg ist, gehe ich in mein Zimmer hoch, um die Dateien herunterzuladen, die Rachel mir gegeben hat.

Minas Zeitleiste ist im Vergleich zu der auf der Unterseite meiner Matratze eine wunderbar klare Aufstellung, die Jahre zurückreicht, mit einer detaillierten Verdächtigenliste und genauen Anmerkungen zu jeder einzelnen Person.

Ich glaube nicht, dass ich damals je mit Jackie Dennings gesprochen habe. Mein erstes Halbjahr war durch den Unfall überschattet, aber selbst wenn es das nicht gewesen wäre, hätten sich unsere Wege wohl kaum gekreuzt. Sie war in der elften Klasse, Klassensprecherin und sehr beliebt. Ich hatte sie wahrgenommen als hübsches blondes Mädchen, von dem ich gehört hatte, das ich aber nicht kannte. Und dann sehe ich eines Tages dieses blonde Mädchen auf einem Vermisstenplakat, das überall zu finden war. Die Familie Dennings hatte sogar auf dem Highway Suchtafeln anbringen lassen, aber keiner der eingehenden Tipps führte zu einem Ergebnis.

Minas Notizen zufolge war Jackie eine gute Schülerin und Sportlerin, eine liebevolle Schwester und Tochter. Sie hatte sogar die Zusage für ein Fußballstipendium für Stanford erhalten. Der einzige Makel an ihrem Image als braves Mädchen war ihr Freund.

Als Jackie verschwand, war Matt Clarke der Hauptverdächtige gewesen. Er war drogenabhängig, war ein paarmal wegen Trunkenheit in der Öffentlichkeit und Streitereien in Bars vorgeladen worden und hatte nur ein wackeliges Alibi von einem anderen bekannten Drogensüchtigen. All das sprach nicht gerade zu seinen Gunsten, aber die Untersuchung seines Pick-ups und seines Hauses hatte nichts Verdächtiges zutage gefördert.

Mein Cursor steht auf dem Link, der zu der Audiodatei von Minas Interview mit Matt führt. Ich muss ihn anklicken, muss mir das Ganze anhören.

Aber ich kann mich nicht überwinden zu klicken. Wenn ich mir hier allein in meinem Zimmer ihre Stimme anhören würde, wäre dies, als würde heißes Metall die Haut berühren, sich durch die Schichten brennen, bis nichts mehr übrig bliebe.

Ich bin nicht stark genug.

Zehn Monate. Zwei Tage.

Am Tag darauf sind meine Eltern bereits um acht Uhr aus dem Haus, unterwegs zu Sitzungen und Terminen. Ich rolle die Matte auf dem Boden aus und absolviere meine üblichen Asanas, kann mich aber nicht konzentrieren – oder besser gesagt, ich kann nicht abschalten. Jetzt, wo ich Anhaltspunkte habe, ist das Bedürfnis, jeden, der Jackie gekannt hat, aufzuspüren und zu befragen, übermächtig.

Aber ich kann das nicht tun. Jackie hatte eine kleine Schwester und Eltern und Freunde, die sie lieben, sie vermissen. Sie haben bestimmt etwas dagegen, wenn ich herumschnüffele.

Ich bin nicht Mina. Ich habe kein Talent dafür, Menschen ein Gefühl des Wohlbehagens zu geben oder sie zum Reden zu bringen. Auch vor dem Unfall war ich nicht gut darin.

Ich beende gerade meine Yoga-Übungen, nehme die Lotus-Position ein, atme lang und langsam, als es läutet.

Ich werfe einen Blick durchs Fenster, bevor ich hinuntergehe. Trevs F-150 steht vor dem Haus, und ich verspüre das Bedürfnis, mich umzuziehen. Ich bin in Shorts und einem Trägerhemd. Es ist verrückt, denn er hat mich auch schon knapper bekleidet gesehen, ja, sogar ohne alles.

Es klingelt erneut.

Ich hole tief Luft und gehe die Treppe hinunter.

»Ich muss mit dir sprechen«, sagt er, als ich die Tür öffne. Er drängt sich an mir vorbei, wartet nicht ab, hereingebeten zu werden.

Unvermittelt dreht er sich um, nagelt mich an der Tür fest und starrt mich an. »Kyle hat gestern Abend bei mir vorbeigeschaut«, erklärt er.

Mist. Ich hätte Kyle das Versprechen abnehmen sollen, nicht mit Trev zu reden.

»Er hat mir erzählt, dass die Drogen nicht dir gehört haben. Dass es gelogen war, dass Mina ihm gesagt hätte, ihr zwei wärt beim Point gewesen, um Drogen zu besorgen. Dass du die ganze Zeit über die Wahrheit gesagt hast. Dass Mina Nachforschungen über Jackie Dennings' Verschwinden angestellt hat, was auch der Grund war, weshalb ihr beim Point gewesen seid.«

Ich kreuze die Arme über der Brust und versuche, mit meinen nackten Füßen Halt auf dem spanischen Fliesenboden zu gewinnen. Er ist kühl und robust. Ich recke das Kinn vor und halte seinem Blick stand.

»Hat Kyle das gesagt?«

Zorn überzieht sein Gesicht. »Nein, Sophie, du wirst das nicht tun. Ich habe gerade acht Stunden damit verbracht, zusammen mit Kyle das Zimmer meiner Schwester auseinanderzunehmen, um Drohbriefe zu finden, die sie seiner Behauptung nach erhalten hat. Treib keine Spielchen mit mir, nicht in Bezug auf Mina. Sag mir einfach die Wahrheit!«

»Ich habe es versucht«, fauche ich. »Als ich in Seaside war, habe ich dir geschrieben und alles erklärt. Aber du hast den Brief ungeöffnet zurückgeschickt. Warst offensichtlich nicht an der Wahrheit interessiert.« Ich kann den Groll in meiner Stimme nicht unterdrücken, will es auch nicht.

Er blickt vor sich hin, einen Augenblick lang entwaffnet. »Am Tatort fand man Pillen. Die Pillendose trug deine Fingerabdrücke. Detective James war sich sicher, dass es sich um einen Drogendeal handelte. Was sollte ich denken? Du hattest uns jahrelang belogen. *Jahrelang*, Sophie. Du warst gerade sechs Monate weg gewesen, um clean zu werden. Denkst du, das hätte ich vergessen?«

»Es macht mir nichts aus, dass du mir nicht geglaubt hast«, sage ich. »Inzwischen nicht mehr. Nicht, nachdem ich diese Erfahrung auch mit allen anderen gemacht habe. Es macht mir allerdings etwas aus, dass du nicht an *sie* geglaubt hast. Sie hätte mich nie und nimmer irgendwohin geschleppt, um Drogen zu besorgen. Und das hättest du wissen müssen – du hättest sie kennen müssen!«

Meine Stimme wird bei jedem Wort schriller, bis ich ihn anbrülle und bei jedem Satz mit der Hand in der Luft herumfuchtele.

»Untersteh dich …« Er macht einen Schritt auf mich zu, überlegt es sich dann aber anders und zieht sich zurück, bis er bei der Haustür angelangt ist.

Ich bleibe stehen, wo ich bin. Es ist Monate her, seit er den Brief zurückgeschickt hat, aber mein Zorn, den ich völlig verdrängt hatte, fühlt sich ganz frisch an.

»Du hast mich im Stich gelassen«, sage ich. »Und du hast sie im Stich gelassen, weil du geglaubt hast, sie würde es zulassen, dass ich einen Rückfall erleide – ja, sie würde mir sogar helfen, mich mit Drogen einzudecken. Mal im Ernst: Sie war diejenige, die mich das erste Mal verraten hat. Was zum Teufel hast du dir nur gedacht?«, brülle ich. Meine Stimme wird immer lauter und meine Wut ist grenzenlos.

Dieses Mal weicht er nicht zurück. Er steht aufrecht da. Als er mich anblickt, rinnt mir Schweiß über den Rücken. »Ich habe gedacht, dass ich überhaupt nicht mehr weiß, wer du bist«, sagt er. »Du hast uns jahrelang belogen. Du hast behauptet, alles sei okay, und wir sind darauf reingefallen. Ich bin darauf reingefallen. Und ich fing an zu grübeln, welche Lügen du uns wohl noch aufgetischt hattest. Als du nach Portland gingst, war Mina zwei Monate lang ... *am Boden zerstört.* Ich hatte sie noch nie so erlebt. Nicht seit Dad ...« Er legt die Hand auf den Mund, lehnt sich hart gegen die Tür, um sich selbst Mut zuzusprechen.

»Ich versuchte, mir einzureden, sie mache sich Sorgen, vermisse dich. Ihr beide wart ja immer ein eingeschworenes Team. Wie Schwestern. Aber genau das ist der Punkt, nicht wahr? Du und Mina. Ihr wart keine Schwestern. Und ihr wart auch nicht nur Freundinnen, oder?« Er studiert mein Gesicht, sucht einen Hinweis auf die Wahrheit.

Er weiß es.

OhGottohGottohGott, zu spät, zu spät, zu spät.

»Warst du in Mina verliebt?«, will er wissen, und ich höre die Furcht in seiner Stimme. »War sie in dich verliebt?«

Ich weiß nicht, was ich auf die letzte Frage antworten soll. Wünsche mir, ich wüsste es.

»Kyle hat es dir erzählt.«

»Mein Gott«, stöhnt Trev, und ich erkenne, dass Kyle *kein Wort* verloren hat. Stattdessen habe ich diese lange ignorierte Furcht, das tief in Trevs Kopf vergrabene *Was-wenn* bestätigt.

Er wird blass unter seiner Sommerbräune. Er lehnt sich so gegen die Haustür, als brauche er diesen Halt. Ich wünsche mir, all dies würde sich im Wohnzimmer abspielen, damit er sich setzen könnte – *ich* mich setzen könnte. Mir zittern die Beine, und meine Handflächen sind glitschig vor Schweiß.

»Mein Gott«, wiederholt er und schüttelt den Kopf. Er blickt in die Ferne, als wenn ich nicht vorhanden wäre. »Die ganze Zeit …« Er schaut mich an. »Warum hast du nie mit mir darüber gesprochen?«

»Es ging dich nichts an.«

»Es ging mich nichts …« Sein ungläubiges Lachen klingt unecht. »Du weißt, dass ich dich liebe. Meinst du nicht, du hättest mir sagen sollen, dass du keine Jungs magst? Die ganze Zeit habe ich mir eingeredet, dass du nur …« Er verstummt. »Macht nichts. Es spielt keine Rolle mehr.« Er schüttelt den Kopf, macht auf dem Absatz kehrt und steuert die Tür an.

»Hey.« Ich fasse nach seinem Arm.

Aber ich merke sofort, dass es ein Fehler war, ihn zu berühren. Es gibt keine Entschuldigung. Keinen neuerlichen Schock über Minas Tod. Keine Nacht des Betrunkenseins, kein dünnes Hemd.

Es gibt nur noch ihn und mich. Uns beide. Er ist der Einzige, der sie genauso vermisst wie ich, der die Hälfte meiner Erinnerungen an sie teilt, der mich ganz anders geliebt hat, als sie es tat: unbeirrt und offen.

Er weicht nicht zurück. Er kann es nicht, also muss ich es tun. Uns beiden zuliebe.

»Du hast es dir nicht eingebildet«, sage ich entschlossen. »Du und ich. Zwischen uns besteht eine besondere Chemie, oder wie immer man es bezeichnen möchte. Es gab Zeiten, Momente mit dir … Trev, du hast es dir nicht eingebildet, glaub mir.«

»Aber du stehst auf Mädchen.«

»Ich bin nicht lesbisch, bin bisexuell. Das ist ein Unterschied.«

»Und Mina?«

Mein Schweigen spricht für sich. Und dann ergreift er das Wort.

»Die ganze Zeit war es Mina, nicht wahr?«

Ich gebe ihm das Einzige, was ich ihm geben kann: die kalte, unerbittliche Wahrheit. Die Wahrheit, die jede seiner Erinnerungen an ihn und mich, an sie und mich, an sie und ihn, uns drei, neu schreiben wird: »Es wird immer Mina sein.«

Kapitel 40

VIEREINHALB MONATE FRÜHER (SIEBZEHN JAHRE ALT)

Das Bad ist leer. Mina steht vor dem Spiegel und kramt in ihrem Schminktäschchen.

Ich bin wütend und aufgebracht, ja, ich koche vor Wut.

Sie würdigt mich keines Blickes, sondern trägt ihr Lipgloss auf, als ob wir hier zum Make-up-Auffrischen wären.

»Was tust du da?«, frage ich.

»Ich trage Lipgloss auf«, erwidert sie. »Findest du es zu dunkel für mich?«

»Mina!«

Sie zuckt zusammen. Die Tube fällt ihr aus der Hand, auf den braunen Fliesenboden. Sie schaut mich mit großen Augen im Spiegel an, dann wendet sie den Blick ab.

»Was tust du da?«, wiederhole ich meine Frage.

»Nichts«, murmelt sie.

»Nichts? Du versuchst, mich mit Trev zu verkuppeln.«

»Was ist daran falsch?«, fragt sie hastig und abwehrend, als habe ich ihren Bruder beleidigt. »Trev ist ein guter Kerl, ehrlich und süß. Er wäre ein toller Freund.«

»Aber er ist *Trev*«, wende ich ein, was alles erklären sollte.

»Er liebt dich und das weißt du.«

Natürlich weiß ich es. Deswegen ist ja das, was sie tut, so verdreht, denn sie ist ja nicht dumm, sondern ausgesprochen clever. Wenn ich mit Trev zusammen bin, bin ich in gewisser Weise tabu, was sie davon abhalten wird, irgendwelche Grenzen zu überschreiten. Es ist das Einzige, was ihr Einhalt gebieten wird. Was uns abhält.

Am liebsten würde ich sie anschreien. Ich möchte mich bei Trev entschuldigen, denn es hätte sehr wohl etwas zwischen uns sein können, wenn Mina mich nicht gegen jede andere Person immun gemacht hätte. Am liebsten würde ich hier rausrennen und die Tür so hart zuschlagen, dass die Fliesen Sprünge bekämen.

Am liebsten würde ich sie zwischen die Becken drücken und die Zunge über ihr Schlüsselbein gleiten lassen.

»Warum tust du das?« Ich gehe auf sie zu, und sie weicht zurück, aber ich gehe weiter auf sie zu, bis ihre Schultern gegen den Spiegel stoßen. Ich nutze Minas Kleinwuchs zu meinen Gunsten, meine körperliche Überlegenheit. Ich stehe vor ihr und weiche nicht von der Stelle. Noch nie zuvor habe ich mich so aggressiv verhalten. Der Auftakt ging immer von den Jungs aus, aber jetzt ist es anders. Ich bin anders. Ich kann alles tun. Ich kann alles sein.

Ich kann die Rückseite meines Fingers über die weiche Haut ihres Halses gleiten lassen und den Laut, den sie ausstößt, tief in mir nachklingen lassen.

Und ich tue es.

»Sophie.« Das ist eine Warnung. »Ich will einfach, dass alles wieder normal zwischen uns läuft, alles muss sich wieder normalisieren.«

»Das ist nicht möglich«, erwidere ich.

Sie fährt sich mit der Zunge über die Lippen. »Wir können das nicht tun.«

»Doch, können wir «, beharre ich.

»Aber Trev …« Sie verstummt. »Meine Mom. Alles. Es kann nicht funktionieren. Du und ich – das ist nicht richtig. Aber du und Trev, das ist richtig, normal. Jeder erwartet es. Ich versuche nur zu helfen.«

»Du versuchst zu verbergen«, kontere ich.

»Ich kann es verbergen, wenn ich es will.«

»Aber du musst es nicht.«

Sie entwindet sich meinem Griff. »Natürlich muss ich«, platzt sie heraus. »Was glaubst du denn? Dass alles in Ordnung kommt, wenn ich meiner Mom erkläre, dass ich lesbisch bin? Sie würde eine ganze Armee von Priestern zusammentrommeln, damit sie für mich beten. Was denkst du, wie Trev sich fühlen wird, wenn er herausfindet, dass das Mädchen, das er über alles liebt, seine kleine Schwester poppt? Und alle in der Schule? Erinnerst du dich an Holly Jacobs? Willst du, dass man LESBE auf dein Auto sprüht? Denn genau das erwartet uns, Soph. Entweder bist du bereit, es geheim zu halten, oder du entscheidest dich für Trev.«

Tränen füllen meine Augen, rollen über meine Wangen. Ich habe nichts anzuführen, um sie zu überzeugen. Wir leben nicht in einer Großstadt. Mina stammt nicht aus einer Familie, in der solche Dinge akzeptiert werden. Sie hat völlig recht, ihre Mutter *würde* einen Priester rufen. Und Trev würde – was auch immer geschieht – leiden müssen.

Keines meiner Worte wird ihre Meinung ändern. Jahre der

Liebe zu ihr haben mich das gelehrt. Ich hasse es, wie gefangen sie ist, wie gefangen ich durch sie bin.

»Trev liebt dich«, sagt sie in die bedrückende Stille hinein, die zwischen uns hängt. »Er würde dir guttun.«

»Ich liebe Trev«, erkläre ich ihr. »Ich liebe ihn so sehr, dass ich ihm das nicht antun kann. Ich kann ihn nicht dazu benutzen, mich hinter ihm zu verstecken, weil es sicher ist, oder weil du willst, dass ich es tue.«

»Sei klug, Sophie«, sagt sie, und die Warnung in ihrer Stimme ist stärker als die Bitte. Eine Vorsicht, die ganz neu ist. »Entscheide dich für ihn.«

Ich kehre ihr den Rücken – es ist gar nicht so schwer, fast als kontrollierte mich jemand anders –, doch als ich bei der Tür bin, drehe ich mich um. Sie steht vor dem Spiegel, beobachtet mich, und ich erwidere ihren Blick.

»Ich habe mich für dich entschieden«, sage ich. »Auch wenn es noch so hart ist. Egal was die Menschen sagen. Ich werde mich immer wieder für dich entscheiden. Und es liegt an dir, dich für mich zu entscheiden.«

Als ich die Tür hinter mir ins Schloss fallen lasse, höre ich, wie sie zu weinen anfängt.

Kapitel 41

Jetzt (Juni)

Trev hat sich gegen die Haustür gelehnt und schweigt, eine Ewigkeit lang.

Es gibt nichts, was wir sagen könnten.

Es gibt nichts mehr zu sagen.

Es bleibt nur noch die Wahrheit, die endlich enthüllt ist. Ich sehe, wie sie ihn herunterzieht. Ich hasse es, dies getan zu haben, ihn so sehr verletzt zu haben, aber gleichzeitig fühle ich Erleichterung.

Er ist alles, was ich noch habe – mein bester Freund. Er begleitet mich seit ewigen Zeiten, unauffällig und immer zuverlässig, ich wäre verloren ohne ihn. Wie oft habe ich von seiner Beständigkeit profitiert, und ich ärgere mich, dass ich auch jetzt nicht darauf verzichten kann.

Plötzlich erwacht er wieder zum Leben, als hätte ihn die Wahrheit, die ich ihm an den Kopf geschleudert habe, erstarren lassen. Er richtet sich auf und fängt an zu reden, schnell, stakkatoartig: »Wenn es nie um Drogen ging, muss ich es meiner Mom sagen. Die Polizei ...«

»Nein, auf keinen Fall ...«

»Aber wenn du eine Spur hast ...«

»Ich habe *nichts*«, sage ich. »Ich besitze Minas Notizen über einen drei Jahre alten ungeklärten Fall. Ich habe keinerlei Beweis dafür, dass sie bedroht wurde. Ich kann wohl kaum zu Detective James gehen und ihm erklären: ›Hey, in der Ermittlung, die ich Ihrer Meinung nach behindere, gibt es eine Lücke.‹«

»Aber wenn Kyle gesteht, dass er gelogen hat, müssen sie dir glauben.«

»Nein, das werden sie nicht, denn am Tatort wurden Drogen gefunden. Meine Fingerabdrücke waren auf der Flasche. Laut Detective James bin ich eine Lügnerin, die immer noch ihren Dealer deckt. Auch Minas Notizen zu Jackies Fall werden nichts daran ändern. Aber wenn man herausfinden würde, wer Mina Drohbriefe geschickt hat, würde dies weiterhelfen, denn der Mörder von Jackie hat auch Mina getötet – und ich werde ihn finden.«

»Bist du verrückt?«, ruft Trev entsetzt aus. »Mina musste sterben, weil sie kurz davor war, dem Mörder auf die Spur zu kommen. Und jetzt willst du eigenmächtig Nachforschungen anstellen? Hast du Todessehnsucht oder so?«

Unwillkürlich trete ich noch weiter von ihm zurück. Er ist zu sehr in Gedanken versunken, um zu merken, wie sehr ich verletzt bin. Oder vielleicht habe ich ihn dazu getrieben, zu dieser Art, einem das Herz im Leib umzudrehen, die einst Minas Spezialität gewesen war.

»Ich tue dies für Mina. Glaubst du wirklich, Jackie sei nach drei Jahren noch am Leben? Dieser Bastard mit der Maske hat sie getötet. Und dann hat er Mina umgebracht, weil sie ihm zu dicht auf den Fersen war. Er muss dafür bezahlen.«

»Ja, das muss er. Aber dafür ist die Polizei zuständig. Wenn du nicht davon ablässt, wirst du verletzt werden«, presst Trev hervor.

Ich hole tief Luft. »Ich bin nicht Mina und ich werde keine Geheimnisse wahren. Ich habe Kyle und meine Freundin Rachel, die mir helfen. Aber damit die Polizei mir zuhört, muss ich beweisen, dass Mina Jackies Verschwinden untersucht hat und deshalb bedroht wurde. Du und Kyle, ihr habt die Warnungen des Mörders nicht gefunden, oder?«

Trev schüttelt den Kopf.

»Ich muss also eine Liste der Personen zusammenstellen, die wussten, dass Mina Nachforschungen über Jackie anstellte, und daraus dann die möglichen Verdächtigen herausfiltern.«

Trev fährt sich mit der Hand durch die Haare. »Das ist verrückt.«

»Was soll ich denn sonst tun? Ich kann nicht herumsitzen und hoffen, dass die Bullen es herausfinden. Ich verstehe, dass du versuchst, nach vorne zu schauen, aber ich kann das nicht. Noch nicht.«

Noch bevor ich die Worte ausgesprochen habe, weiß ich, dass ich genau das Falsche gesagt habe. Er reißt die grauen Augen auf und unter der Sonnenbräune überziehen sich seine Wangen mit Röte.

»Nach vorne schauen?« Er spuckt die Worte aus, als seien sie Gift. »Sie war meine kleine Schwester. Nach Dads Tod habe ich sie gewissermaßen großgezogen. Ich war dafür da, ihre Erwartungen ans Leben zu erfüllen. Sie sollte die Tante meiner Kinder sein und ich der Onkel ihrer. Es war nicht vorgesehen, dass ich sie verlieren würde. Ich hätte *alles* für sie getan.«

»Dann hilf mir«, fauche ich ihn an. »Hör auf, mich anzubrüllen, und hilf mir einfach. Ich ziehe es mit oder ohne dich durch, aber ich würde es lieber mit dir tun, denn du verstehst sie.«

»Ich glaube, ich habe sie überhaupt nicht verstanden«, sagt Trev, und erneut trifft mich die Erkenntnis, dass Trev nicht nur Mina verloren hat. Er hat auch mich verloren – dieses strahlende Bild von mir, das nur in seiner Vorstellung existierte.

Ich möchte ihn berühren, ihn irgendwie trösten, unterlasse es aber. Ich gehe ein paar Schritte auf ihn zu, so nah, dass ich ihn berühren könnte.

»Du hast sie verstanden«, wiederhole ich. »Du hast sie verstanden, soweit das überhaupt möglich war. Trev, sie hat dich sehr geliebt.«

Trev war der Mensch gewesen, den sie am meisten liebte. Er war nach mir ihr zweiter Beichtvater. Ich denke, wenn ich nicht im Mittelpunkt all dessen gestanden hätte, hätte sie ihm die Wahrheit über sich selbst gestanden.

Vielleicht hätte er es ihr leichter gemacht. Wenn sie das Gefühl gehabt hätte, von ihm akzeptiert zu werden, hätte ihr das vielleicht genug Kraft verliehen, sich freizuschwimmen.

Ich weiß nicht. Ich werde es nie wissen. Es ist masochistisch, darüber nachzudenken, ähnlich wie ich die Stunden in Seaside damit verbracht habe, mir eine perfekte Version unseres Lebens auszumalen, in der sie jeden über uns aufklären würde und es keine Rolle spielte. Eine Zukunft aus Ballkleidern und langsamen Tänzen sowie Versprechen, die nie gebrochen würden.

Als er mich anschaut, fühle ich mich mit einem Mal ungeschützt. Zum ersten Mal, seit ich die Treppe heruntergerannt bin, wird mir bewusst, wie wenig ich anhabe. Das Licht in der Diele ist sehr hell und meine Narben leuchten in Weiß und Rosa.

Ich höre ein Klicken, und Trev entfernt sich gerade einen Schritt von der Tür, als mein Dad sie öffnet.

Es entsteht ein langes, unangenehmes Schweigen, als Dad den Blick über mein hochrotes, tränenverschmiertes Gesicht wandern lässt. Dann schaut er Trev an, der genauso elend aussieht wie ich.

»Trev«, spricht Dad ihn an und wirkt riesig.

»Mr Winters«, erwidert Trev.

Ich trete von einem Fuß auf den anderen, balle die Fäuste, um nicht in meinem Gesicht herumzufummeln.

»Sophie, gibt es ein Problem?«, will Dad wissen, wobei er Trev nicht aus den Augen lässt.

»Nein«, erwidere ich. »Trev wollte gerade gehen.«

»Ich glaube, das ist vernünftig«, meint Dad.

Trev nickt. »Ich will nur … tschüss, Sophie. Auf Wiedersehen, Mr Winters.«

Kaum hat sich die Tür hinter Trev geschlossen, da wendet sich Dad mir zu und öffnet den Mund. »Eine Sekunde«, sage ich und stürme, noch bevor er mich aufhalten kann, zur Tür hinaus.

Trev marschiert bereits den Weg hinunter.

»Trev!«, rufe ich ihm hinterher.

Er dreht sich um.

Von meinem Standort unten an der Treppe fühlt sich diese neue Erkenntnis wie ein Ozean zwischen uns an – so weit entfernt sie uns voneinander.

»Die Interviews«, sage ich mit leiser Stimme, »die Mina über Jackie gemacht hat, sind aufgezeichnet.«

Er reißt die Augen auf und macht automatisch einen Schritt auf mich zu.

»Ich kann sie mir nicht allein anhören«, gestehe ich ihm.

Trev nickt. »Heute Abend?«, fragt er.

Erleichterung durchströmt mich.

Er gibt mir immer, worum ich nicht bitten kann.

»Heute Abend«, wiederhole ich.

Kapitel 42

Dreieinhalb Jahre früher (vierzehn Jahre alt)

»Ich kann es selbst tun«, sage ich und umklammere die Flasche mit Vitamin-E-Öl.

»Nichts für ungut, aber deine Hand sieht immer noch wie ein roher Hamburger aus.«

Mina ist nicht geduldig oder sanft. Sie greift nach der Flasche, ungeachtet meiner Proteste. Wie immer ist sie herrisch, und ich füge mich und streife meinen Morgenmantel von einer Schulter, während sie sich hinter mich aufs Bett setzt.

Ich kaue an meiner Lippe und starre auf den Teppich. Ich spüre ihren Blick auf meiner Schulter, wo Metall in die Haut drang und sie zerfetzte. Behutsam, aber zugleich zügig und entschlossen verteilt sie mit den Fingern das Öl auf meinen Narben. »Das riecht wie meine Grandma.« Sie steht auf und stellt sich vor mich hin.

»Lavendel«, erkläre ich. »Mom hat ihn in dem Naturladen in Chico gekauft. Lass mich machen.« Ich versuche, ihr die Flasche zu entreißen, aber sie bringt sie vor mir in Sicherheit. »Sehr schön«, bemerke ich. »So verspottet man die Behinderten.«

»Sag so was ja nicht vor deiner Mom, die flippt aus.« Mina lächelt mich boshaft an.

»Vermutlich würde sie mich einfach weitere sechs Monate zum Seelenklempner schicken.«

»Sie meint es gut. In der Woche, in der du im Koma gelegen hast, ist sie fast durchgedreht, wie in einer Seifenoper.« Ihre Finger streichen über meine Schulter, die neue raue Landschaft, in die sich mein Körper verwandelt hat.

»Sie tut so, als wenn sich alles wieder normalisieren würde.«

»Das ist idiotisch«, meint Mina. »Alles ist anders, was aber nicht bedeutet, dass es schrecklich sein muss.«

»Manchmal fühle ich mich schrecklich«, flüstere ich. »Schau mich nur an.« Ich strecke die Arme aus. Mein Morgenmantel rutscht mir von den Schultern, und die Narbe auf meiner Brust, eine rohe Hautspalte, ist im Licht besonders hässlich. »Ich bin widerlich. Und die Dinge werden sich nicht ändern, das muss sie erkennen.«

»Oh, Soph.« Mina fällt gewissermaßen in sich zusammen und nimmt neben mir auf dem Bett Platz. »Was dir passiert ist, ist grauenhaft«, sagt sie. »Unheimlich krass. Und es ist nicht fair oder richtig, dass Trev und ich gut davongekommen sind und du …« Sie verstummt plötzlich. »Aber *widerlich*?« Sie presst ihre Hand auf mein Herz. Ihr Daumen berührt die Narbenkanten auf meiner Brust.

»Das ist nicht widerlich. Weißt du, was ich denke, wenn ich das sehe?«

Ich schüttele den Kopf.

Ihre Stimme wird leiser. Sie flüstert, ein Geheimnis nur für uns beide. »Ich denke darüber nach, wie stark du bist. Du hast nicht aufgehört zu kämpfen, auch nicht, als dein Herz stillstand. Du bist zurückgekommen.«

Das unausgesprochene »zu mir« steht zwischen uns. Wir hören es beide, aber keine von uns ist mutig genug, es auszusprechen.

»Du wünschst dir doch wohl nicht, dass man dich nicht gerettet hätte, oder?«, will Mina wissen. Sie starrt wie gebannt auf ihre Hand, so als ertrage sie es nicht, mir in die Augen zu sehen, falls ich die falsche Antwort gebe.

Ich kann ihr nicht die Wahrheit sagen. Sie würde sie genauso verstören wie mich.

»Natürlich nicht«, sage ich.

Die Wahrheit?

Ich kenne sie nicht.

Vielleicht.

Manchmal.

Ja.

Kapitel 43

Jetzt (Juni)

Als ich ins Haus zurückkehre, wartet Dad in der Diele.

»Was war denn das gerade?«, will er wissen.

»Nichts«, antworte ich.

»Sophie, du hast geweint.« Er streckt die Hand aus, und ich weiche zurück, als sie meine Wange berührt. »Hat Trev irgendwas gesagt …«

»Wir haben über Mina geredet«, falle ich ihm ins Wort. »Ich wurde traurig. Trev hat nicht … ich war einfach traurig.« Ich reibe mir die Arme und gehe noch einen Schritt zurück. »Was tust du überhaupt zu Hause? Hast du etwas vergessen?«

»Du kriegst doch heute deine Spritzen«, erklärt Dad. »Hat dir deine Mutter nichts gesagt?«

»Oh, doch, ich habe es schlichtweg vergessen.«

»Ich dachte, ich bring dich hin.«

Unwillkürlich zögere ich und merke, dass es ihn kränkt. Es ist nur ein ganz leichtes Zucken in seinem von Falten durchzogenen Gesicht, aber es ist da.

Ich erinnere mich plötzlich an all die Tage, an denen er sich in der Praxis freigenommen hat, um mich zur Physiotherapie hin und zurück zu fahren. Er saß dann geduldig im

Wartezimmer und erledigte Papierkram, während ich meinen Körper abquälte, damit er wieder besser funktionierte. Danach hatte er mich immer in die Arme genommen.

»Aber gern«, erwidere ich. »Das wäre sehr nett von dir.«

Auf der Fahrt zur Arztpraxis unterhalten wir uns über alles Mögliche. Über das Fußballteam, das Dads Zahnarztpraxis sponsert, und dass er erwägt, seinen Job als Kotrainer aufzugeben, weil Mom mit ihm einen Kurs in Swing-Tanzen besuchen möchte.

»Hast du eigentlich nochmals übers College nachgedacht?«, fragt Dad, als wir an der Post vorbeifahren.

Ich werfe ihm einen Seitenblick zu. »Nicht wirklich«, erwidere ich.

Ich kann es nicht. Noch nicht. Ich muss erst noch ein paar Dinge erledigen.

»Ich weiß, wie hart alles für dich gewesen ist, Liebes«, bemerkt er. »Aber die Wahl des Colleges ist eine wichtige Entscheidung und wir müssen darüber nachdenken.«

»Okay«, gebe ich nach, um ihn zum Schweigen zu bringen.

Dr. Shutes Praxis ist in einem Backsteingebäude gegenüber den Eisenbahnschienen untergebracht. Dad zögert kurz, bevor er aussteigt, als warte er darauf, dass ich ihn wieder anfahre, wie ich es tat, als er mich zur Therapie bei David chauffierte. Ich stehe neben dem Auto und warte, dass er aussteigt. Schweigend legen wir den Weg zur Praxis zurück.

Er bleibt im Empfangsraum, als mich die Schwester mitnimmt. Ich muss mir auf die Zunge beißen, um ihn nicht zu bitten, mich zu begleiten. Ich rede mir ein, dass ich ihn nicht brauche, damit er mir die Hand hält, denn in Seaside habe ich ja gelernt, mit den Spritzen umzugehen, mich auf mich selbst zu verlassen. Ich setze mich auf den Untersuchungstisch und warte.

Die Tür wird geöffnet und Dr. Shute streckt den Kopf herein und lächelt mich an. Ihre rote Brille ist an einer Kette befestigt, die sie um den Hals trägt. »Ist schon 'ne Weile her, Sophie.« Nach einer Minute Small Talk und einer Besprechung meines Schmerzpegels geht sie wieder hinaus, sodass ich mich ausziehen kann. Ich schlüpfe aus meinem T-Shirt und lege mich im BH mit dem Gesicht nach unten auf den Untersuchungstisch. Der Tisch fühlt sich durch das knisternde Papier kühl an. Ich greife in meine Jeans und hole mein Handy heraus, als Dr. Shute klopft und wieder hereinkommt. Ich suche mir eine Musik aus, stopfe mir die Stöpsel in die Ohren und lasse mich von den Klängen einlullen. Ich drücke die Stirn in meine Armbeuge und konzentriere mich auf meine Atmung.

»Sag mir, wenn du bereit bist«, fordert Dr. Shute mich auf. Sie kennt den Ablauf, weiß, dass ich es nicht ertrage, die lange Epiduralnadel zu sehen, dass ich bei ihrem Anblick in Panik gerate und selbst nach all dieser Zeit, den vielen Operationen, diese Nadel kaum ertragen kann.

Ich werde nie bereit sein. Ich hasse das Ganze. Fast wäre mir eine weitere Operation lieber.

»Okay, fangen Sie an«, fordere ich sie auf.

Die erste Spritze wird an der linken Seite meines Rückgrats gesetzt, in der Mitte des Rückens, wo der Schmerz am größten ist. Ich atme ein und aus und meine geballten Fäuste zerknüllen das Schutzpapier auf dem Untersuchungstisch. Sie verpasst mir noch drei Spritzen auf der linken Seite, die tief in meinem Kreuz enden. Die langen Nadeln durchstechen mich, das Kortison dringt in meine entzündeten Muskeln, verschafft mir eine kleine Atempause. Dann bekomme ich noch vier Spritzen auf der rechten Seite. Als sie bei meinem Hals angelangt ist, atme ich schwer, die Musik in meinen Ohren klingt verschwommen, und ich will, dass es aufhört, einfach aufhört.

Ich wünsche mir, dass Mina meine Hand hält, mir das Haar aus dem Gesicht streicht und mir erklärt, dass alles gut wird.

Auf dem Heimweg fährt Dad zu Big Ed's Drive-through und bestellt einen Milchshake aus Schokoladenerdnussbutter für mich. Das ist genau das, was ich in diesem Augenblick brauche. Tränen treten mir in die Augen, weil er es tut, ohne dass ich ihn darum bitte. Ich fühle mich wieder wie vierzehn. Nie hätte ich mir vorstellen können, dass ich mir wünschen würde, die Zeit zurückzudrehen, zu der Zeit der Physiotherapie und der Stöcke, als ich auf einer Oxy-Wolke dahinschwebte, doch so ist es. Immerhin war sie zu der Zeit noch am Leben.

Als Dad mir den Shake reicht, schaut er mich durchdringend an, ohne den Becher loszulassen. »Alles okay mit dir, Liebes?«, fragt er, und ich möchte mich am liebsten in die Besorgnis in seiner Stimme einhüllen.

»Ja«, erwidere ich. »Es brennt nur ein bisschen.«

Wir wissen beide, dass ich lüge.

Kapitel 44

Ein Jahr früher (sechzehn Jahre alt)

»Ich hasse dich!«

Ich ducke mich, als ein Schuh aus Minas Zimmer auf mich zugeflogen kommt, dicht gefolgt von Trev.

»Idiot!« Ein weiterer Schuh fliegt durch den Flur, und Trev würdigt mich kaum eines Blickes, als er wutentbrannt an mir vorbeistolziert. Er reißt die Hintertür auf und stürmt hinaus.

Ich höre, wie Mina wütend vor sich hinbrummelt, blicke um die Ecke und klopfe leise an die offene Tür. Sie wirbelt herum, und es wird mir bang ums Herz, als ich sehe, dass sie geweint hat.

»Was ist los?«, frage ich sie.

»Oh.« Sie wischt sich die Tränen ab. »Nichts. Alles okay.«

»Unsinn!«

Sie lässt sich aufs Bett fallen, auf einen Stapel Papier, der über ihre Bettdecke verteilt ist. »Trev ist ein solcher Arsch.«

Ich setze mich neben sie. »Was hat er denn gemacht?«

»Er hat gesagt, ich sei zu *offen*«, schnaubt Mina.

»Okay«, erwidere ich. »Du musst mir die Sache schon genauer erklären.«

Mina rollt sich zur Seite, sodass einige der Papiere, auf denen sie gelegen hat, zum Vorschein kommen. Sie greift nach einem Stapel und reicht ihn mir. »Das ist mein persönliches Statement zum *Beacon*-Praktikum. Ich habe ihn gebeten, es zu lesen. Und weil er ein *Arschloch* ist« – sie schreit es so laut, dass er es hören kann –, »hat er mir empfohlen, es nicht einzureichen.«

»Darf ich es lesen?«, frage ich.

Mina zuckt die Schultern und legt theatralisch die Hand über die Augen. »Meinetwegen«, sagt sie, als ob es unwichtig sei, was natürlich bedeutet, dass es wichtig ist.

Während ich lese, schweigt sie. Man hört nur das Rascheln von Papier, wenn sie sich auf dem Bett umdreht.

Als ich mit Lesen fertig bin, starre ich lange auf den letzten Satz und überlege, was ich sagen soll.

»Ist es so schlecht?«, fragt Mina leise.

»Nein«, erwidere ich. »Nein«, wiederhole ich, weil sie so unsicher wirkt. Am liebsten würde ich mich neben sie legen und ihr erklären, dass sie wunderbar ist. »Es ist schön.« Ich drücke ihre Hand.

»Es sollte zeigen, was mich geformt hat«, sagt Mina, als suche sie nach einer Entschuldigung. »Ich habe das geschrieben, was mir als Erstes in den Sinn kam. Trev hat gesagt, er würde es für mich Korrektur lesen. Ich hätte nicht gedacht, dass er so ausrastet.«

»Willst du, dass ich mit ihm rede?«

Ihre grauen Augen, immer noch gerötet und geschwollen, leuchten. »Würdest du das tun?«

»Klar, bin gleich wieder zurück.«

Ich lasse sie in ihrem Zimmer zurück und gehe hinaus zu dem Schuppen im Hinterhof, den Trev zu einer Werkstatt umgebaut hat. Ich höre das rhythmische Schaben von Sandpapier auf Holz, als ich mich dem Eingang nähere.

Trev ist über seine Hobelbank gebeugt und hobelt ein paar Holzgitter für meinen Garten. Ich beobachte einen Moment lang, wie seine breiten Finger sicher über das Zedernholz gleiten, die rauen Kanten glätten. Dann betrete ich sein Reich, atme den Geruch von Sägemehl und den beißenden Geruch von Motoröl ein.

»Soph, ich will nicht darüber reden«, erklärt er mir, bevor ich etwas sagen kann. Er kehrt mir den Rücken und geht auf die andere Seite des Holzgitters. Das Sandpapier raspelt das Holz und lässt kleine Sägespäne in die Luft wirbeln.

»Er war auch ihr Dad. Sie sollte über ihn schreiben dürfen.«

Trevs Schultern spannen sich unter dem dünnen schwarzen Baumwollstoff seines T-Shirts. »Sie kann schreiben, was sie will. Nur nicht … darüber.«

»Ich wusste es nicht. Sie hat es mir nie gesagt«, bemerke ich stockend. »Ich wusste nicht, dass ihr beide bei ihm wart, als er gestorben ist.«

»Nun, ja, waren wir.« Ich hasse es, wie tonlos seine Stimme klingt, als sei dies die einzige Möglichkeit, es zuzugeben. »Ging alles sehr schnell.«

Mir fällt nichts ein, was ich sagen könnte. Es tut mir weh, mir vorzustellen, wie der zehnjährige Trev mit seinem Dad Ball spielt und beobachten muss, wie dieser zwischen zwei Würfen wegen eines Aneurysmas zusammenbricht.

»Ich wusste nicht, dass sie sich noch an so vieles erinnert«, sagt Trev heiser. Er hat mir immer noch den Rücken zugewandt, was vielleicht der einzige Grund dafür ist, dass er überhaupt noch etwas sagt. »Ich habe ihr gesagt, dass sie wegschauen soll. Als wir noch klein waren, hat sie immer auf mich gehört. Und später hat sie nie mehr darüber gesprochen. Ich habe gedacht, sie verdränge es oder so … habe es gehofft.«

»Aber das hat sie nicht. Also müsst ihr darüber reden.«

»Nein.«

»Doch.« Ich weiß, ich überschreite hier eine Grenze. Aufgestachelt durch Mina, in ihrem Schatten bedenkenlos.

Schließlich dreht er sich um, hält sich an dem Sandpapier fest wie an einem Rettungsanker.

»Trev«, sage ich leise. »Es ist viele Jahre her. Wenn ihr nie zuvor darüber geredet habt, müsst ihr es jetzt nachholen.«

Er schüttelt den Kopf. Aber als ich ihn umarme, fällt er gegen mich, als habe ich ihm die Beine unterhalb der Knie abgetrennt. Ich halte ihn fest, drücke meine Handflächen gegen seine Schultern.

Als ich den Kopf hebe und über seine Schulter schaue, sehe ich Mina auf der Veranda. Sie beobachtet uns.

Ich hebe die Hand, winke ihr beschwörend zu. Zögerlich verlässt sie die Veranda, macht einen Schritt, zwei, wirkt jetzt entschlossener, geht weiter, bis sie vor mir steht. Sie legt Trev die Arme um die Taille und ich ziehe mich zurück.

»Tut mir ja so leid«, flüstert er oder vielleicht sie oder beide gleichzeitig. Ich verlasse die Werkstatt und kehre zum Haus zurück.

Wie ein stummer Wächter sitze ich auf der Veranda. Das leise Gemurmel ihrer Stimmen vermischt sich mit dem Gezirpe der Grillen und sonstiger Nachtgeräusche, und ich wünsche mir, die Dinge wären einfacher.

Kapitel 45

Jetzt (Juni)

Nach meinen Spritzen soll ich ruhen, aber als Dad in die Praxis zurückfährt, fahre ich in die Innenstadt zur Redaktion des *Harper Beacon.* Die Redaktion befindet sich in einem senfgelben Gebäude mit Schrägdach aus den Siebzigerjahren. Es liegt direkt neben dem besten – und einzigen – mexikanischen Restaurant der Stadt. Die Luft ist erfüllt vom Geruch nach Koriander und Carne asada, als ich durch die Drehtür gehe.

Der Typ am Empfang deutet nach rechts, als ich ihn wegen Praktika befrage. Ich gehe einen verwinkelten Flur entlang, an den Wänden gerahmte Titelseiten mit auffallenden Schlagzeilen. Der Flur führt zu einem Großraum, der in ein Dutzend graue Arbeitsplätze aufgeteilt ist. Das Deckenlicht taucht alles in blassblaues Licht.

Ich bahne mir meinen Weg vorbei an den Arbeitsplätzen. Alle paar Sekunden läutet ein Telefon oder ein Drucker ächzt. Um mich herum summen Computer und Stimmen. Ich kann mir vorstellen, wie sie inmitten von alldem steht, mit ihrem typischen Lächeln, mit all den Geräuschen um sich herum.

Dies war Minas erster Schritt zu dem gewesen, was sie sich

immer gewünscht hatte. Sie wollte Teil der Welt außerhalb unserer kleinen staubigen Stadt werden, um *»ihren Teil beizutragen«*, wie sie es ausdrückte.

Stattdessen war sie auf eine Handvoll Storys reduziert worden, die *über* sie statt *von* ihr geschrieben wurden.

»Mr Wells?« Ich klopfe an die Trennwand, die seinen Namen trägt.

»Einen Moment bitte«, sagt er, bevor ich die Arbeitsnische betreten kann. Er ist ganz auf seinen Computerbildschirm konzentriert, während er tippt, was mir die Gelegenheit gibt, ihn zu mustern.

Er ist jünger, als ich dachte. Nur wenige Jahre älter als Trev, vielleicht 23 oder 24. Er hat sein Button-Down-Hemd halb in die Jeans gesteckt und er trägt schwarze Chucks. Er sieht irgendwie zerzaust, aber gut aus, scheint sich häufig durch das braune Haar zu fahren und über Wichtiges nachzudenken.

Mina hatte ihn gemocht, sogar sehr. Als ich in Portland war, drehte sich ein großer Teil unserer Unterhaltungen um ihr Praktikum und Mr Wells und wie viel er ihr über digitale Medien beibrächte und was für ein großartiger Journalist er sei.

Sie hatte allerdings nicht erwähnt, dass er so schnuckelig war.

Vermutlich absichtlich nicht.

»Okay, hi«, sagt er. Er wirbelt mit seinem Stuhl herum und mustert mich von oben bis unten. »Es geht um ein Praktikum, nicht wahr? Jenny ist dafür zuständig, sie ist da drüben …«

»Ich bin nicht wegen eines Praktikums hier«, unterbreche ich ihn. »Ich bin wegen Mina Bishop hier.«

Das fröhliche Funkeln in seinem Blick trübt sich. »Mina«, wiederholt er traurig und seufzt.

»Ich bin Sophie Winters«, stelle ich mich vor. Doch dann schweige ich. Ich warte darauf, dass seine Miene Erkennen verrät, was sofort geschieht. Schließlich ist er Reporter. Auch wenn es der Polizei nicht erlaubt gewesen war, meinen Namen an die Presse weiterzugeben, weil ich ja noch minderjährig war, kannte ihn jeder.

»Sophie, was kann ich für dich tun?«

»Darf ich mich setzen?«

Er nickt und deutet auf den Hocker in der Ecke seines Arbeitsbereichs. Ich setze mich vorsichtig hin, weil mein Kreuz, immer noch gerötet und empfindsam durch die Spritzen, vor Schmerzen glüht. »Ich habe ein paar Notizen von Mina gefunden.« Ich öffne meine Tasche, nehme die Ausdrucke heraus, die ich von den Exzerpten von Minas Zeitleiste gemacht habe, und reiche sie ihm. »Ich habe mich gefragt, ob sie Ihnen gegenüber je erwähnt hat, dass sie Nachforschungen über Jackie Dennings' Verschwinden anstellte.«

Mr Wells kneift fest die Lippen zusammen, als er die drei Seiten, die ich ihm gegeben habe, überfliegt. »Das ist …« Er blickt hoch. »Das war Minas Arbeit?«

Ich nicke.

»Gibt es noch mehr Seiten?«

»Nein«, erwidere ich instinktiv. Da kommt wieder die Sophie zum Vorschein, die so leicht Lügen auftischen kann, jene Seite an mir, die in allzu enger Verbindung zu der Sucht steht, die ich gebändigt habe, die sich jetzt aber wieder regt.

Er schüttelt den Kopf. »Tut mir leid, aber Mina hat Jackie

nie erwähnt. Und das hätte sie doch wohl, wenn sie an diesem Fall interessiert gewesen wäre. Es war eine der ersten Geschichten, die ich für die Zeitung übernommen habe. Oder vielleicht kam sie einfach nicht dazu?«

Ich denke daran, dass Mina die Artikel über Jackies Verschwinden gesammelt hat. Auf keinen Fall wäre es ihr entgangen, dass Wells viele davon geschrieben hatte. »Vielleicht«, sage ich. »Das ist eigentlich alles, was ich wissen wollte.« Ich erhebe mich von dem Hocker und stütze mich auf seinen Schreibtisch, um nicht das Gleichgewicht zu verlieren. »Hatten Sie irgendwelche Theorien?«

»Über Jackie?« Mr Wells lehnt sich auf seinem Stuhl zurück und verschränkt die Hände hinter dem Kopf. »Der ermittelnde Detective war überzeugt davon, dass es der Freund war.«

»Und was denken Sie?«

Mr Wells grinst, seine Begeisterung über eine alte Geschichte ist fast ansteckend. Sie erinnert mich an Mina, ihren Hunger zu *erfahren* … zu *berichten.* »Sam James ist ein guter Detective …«, beginnt er.

»Detective James war mit Jackies Fall beauftragt?«, unterbreche ich ihn.

»Ja, das war er«, erwidert Mr Wells stirnrunzelnd.

»Okay«, sage ich hastig. »Tut mir leid. Was wollten Sie sagen? Über Jackie?«

»Matthew Clarke ist ein dringend Verdächtiger«, meint Mr Wells.

»Aber Sie halten ihn nicht für den Täter.«

»Kann ich nicht genau sagen. Es ist eine vernünftige

Theorie, da sonst niemand ein Motiv zu haben scheint, aber es gibt einfach keine Beweise.«

»Hatte Matt ein Motiv?«

»Du bist ja wahnsinnig daran interessiert«, meint Mr Wells.

Ich zucke die Schultern. »Ich glaube, ich dachte nur … es war wichtig für Mina, wissen Sie. Ich meine, hier für Sie zu arbeiten. Sie hat immer davon geschwärmt, wie viel sie von Ihnen gelernt hat. Ich dachte, wenn ich vielleicht ein paar Nachforschungen über den Fall, an dem Mina dran war, anstellen würde, würde mir das helfen, na ja, wie soll ich sagen, die Sache hinter mir zu lassen. Es ist nicht einfach, seit, na, Sie wissen schon …« Ich verstumme, widerstehe der Versuchung, die Augen aufzureißen, denn das würde doch zu weit gehen.

Mr Wells legt die Ausdrucke von Minas Notizen auf den Tisch und seine Miene wird sanfter. »Ich verstehe«, sagt er. »Weißt du, im Fall Dennings wird sich wohl kaum noch etwas Neues ergeben. Was auch immer mit dem Mädchen passiert sein mag, es ist zweifelhaft, dass es nach all der Zeit je ans Tageslicht kommt. Das liegt in der Natur der Dinge. Es wäre besser, du würdest die Sache einfach vergessen.«

Ich nicke, so als würde ich ihm zustimmen, statt eine Möglichkeit zu suchen, beide Fälle zu knacken. »Ich muss jetzt gehen«, sage ich. »Danke, dass Sie sich Zeit für mich genommen haben. Das war wirklich sehr nett von Ihnen.«

Ich bin fast schon wieder außerhalb seines Arbeitsplatzes, als er mir nachruft. »Sophie, was ist in jener Nacht beim Booker's Point passiert?«

Ich blicke über die Schulter zurück und entdecke erneut

dieses Funkeln in seinem Blick, das mich an Mina erinnert. In jener Nacht hatte sie auch diesen Blick. Sie vibrierte regelrecht, die Erregung pulsierte unter ihrer Haut. Sie war der Wahrheit so nah, dass sie sie fast greifen konnte.

»Inoffiziell?«, frage ich, denn ich bin ja nicht auf den Kopf gefallen.

Er grinst zustimmend. Sicherlich wollen all seine Praktikantinnen über den Typen herfallen. Vermutlich auch einige der Jungs. »Ich würde einen offiziellen Kommentar vorziehen.«

»Das glaube ich Ihnen gerne«, sage ich. »Nochmals herzlichen Dank für Ihre Zeit.«

Ich drehe mich nicht um, um die Bestätigung zu erhalten, aber ich würde wetten, dass er mir hinterherblickt, bis ich außer Sichtweite bin.

Kapitel 46

Zwei Jahre früher (fünfzehn Jahre alt)

Ich grabe kleine Furchen in die Erde. »Gibst du mir bitte die Saatkiste?« Ich deute auf die Setzlinge, die ich wochenlang unter künstlichem Licht gezüchtet habe. Jetzt sind sie so weit, dass ich sie umpflanzen kann. Ich bin sehr stolz darauf, denn es sind die ersten Setzlinge, die ich mithilfe der Lampen gezüchtet habe, die Dad mir zum Geburtstag geschenkt hat.

Mina lässt das Buch sinken, erhebt sich von dem Rohrsessel, den sie von der Veranda hergeschleppt hat, und stellt die Saatkiste hoch. Sie schiebt sich behutsam damit am Rand des Hochbeets entlang und betrachtet argwöhnisch den Mutterboden. »Was sind das noch mal für Setzlinge?«

»Tomaten.«

»Scheint ein Riesenaufwand zu sein«, bemerkt Mina. »Warum hast du denn die Pflanzen nicht einfach im Gartencenter gekauft? Oder einen dieser Hängeblumentöpfe aus Plastik genommen und sie da reingesetzt?«

»Diese hier sind anders. Sie sind lila.«

»Echt?«

»Ja, ich habe die Samen ganz speziell bestellt.«

Mina strahlt. »Du hättest mir auch einfach Blumen schenken können.«

Sorgfältig pflanze ich einen Setzling in die Erde. »Und wo ist der Spaß dabei?«

»Wir können eine lila Pastasauce herstellen«, schlägt sie vor.

»Solange du das Kochen erledigst.«

»Ach, komm schon, erinnerst du dich an die Gemüsesuppe, die du mal zubereiten wolltest? Seit damals ist es mit deiner Kochlust doch ziemlich bergauf gegangen.«

»Ich glaube, ich bleibe bei dem, was ich kann.« Ich grabe ein drittes Loch, hole einen weiteren zarten Setzling aus der Kiste und pflanze ihn ein.

»Freust du dich denn nicht, dass ich dich dazu gedrängt habe, einem Hobby nachzugehen?«, fragt Mina grinsend. »Wenn du eine weltberühmte Botanikerin wirst, kann ich, wenn ich mit dir angebe, behaupten, ich sei verantwortlich dafür.«

»Ich glaube, letztlich wirst du von uns beiden weltberühmt werden«, bemerke ich lachend.

»Nun, das versteht sich von selbst«, erwidert Mina. »Wenn ich den Pulitzer gewinne, werde ich mich bei dir bedanken.«

»Ich fühle mich geehrt.«

Mina setzt sich wieder auf ihren Stuhl und greift nach ihrem Buch und ich widme mich wieder meinen Tomaten. Sie zerrt am Ausschnitt ihres Trägerhemds. »Es ist so furchtbar heiß«, beklagt sie sich.

Ich knie mit dem gesunden Knie auf der Erde und verteile die Setzlinge gleichmäßig, bilde drei ordentliche Reihen mit je vier Pflanzen. »Jetzt kommt der Zwanzigste«, sage ich schließlich. »Alles okay mit dir?«

Mina zuckt die Schultern, den Blick aufs Buch geheftet. Die Sonne brennt mir im Nacken, und ich frage mich, ob ich zu weit gegangen bin.

Einen Augenblick lang denke ich, dass ich nicht mehr aus ihr herausbekommen werde. Doch dann blickt sie mich an. »Ich werde den Tag mit Mom und Trev verbringen. Sie möchte morgens Dads Grab besuchen.«

»Gehst du … gehst du oft dorthin?«, frage ich. Plötzlich bin ich neugierig, und sie scheint endlich bereit zu sein, darüber zu reden. Ich weiß, dass Mr Bishop in Harper's Bluff begraben ist, wo er aufwuchs. Das war auch der Hauptgrund, weshalb die Familie nach seinem Tod wieder hierher gezogen ist. Und das weiß ich allein deswegen, weil Mina, als wir beide zum ersten Mal betrunken waren, lallend an meiner Schulter hing, weinte und sich am nächsten Morgen an nichts erinnerte – oder sich einfach an nichts erinnern wollte.

»Manchmal«, antwortet Mina. »Ich gehe gern hin und rede mit ihm. Dann fühle ich mich ihm näher. Und vielleicht ist es auch für ihn einfacher, dort nach mir zu sehen.«

»Vom Himmel aus nach dir zu sehen?«, wundere ich mich und kann die Skepsis in meiner Stimme nicht verbergen.

Mina runzelt die Stirn, setzt sich aufrecht. »Natürlich vom Himmel aus«, erklärt sie. »Was … glaubst du nicht daran?«

Ich schaue weg, fühle mich unter ihrem forschenden Blick unbehaglich. Wir haben uns noch nie darüber unterhalten, ich habe das Thema immer vermieden. Mina ist nicht so fromm wie ihre Mom, aber sie ist gläubig. Sie geht zur Messe, wenn ihre Mutter sie dazu auffordert, und trägt das kleine goldene Kreuz, das ihr Vater ihr geschenkt hat.

Wäre ich gläubig, hätte ich nach dem Unfall meinen Glauben verloren.

»Eigentlich nicht.« Ich werde sie über diesen Punkt nicht belügen, wo ich schon viel wichtigere Dinge vor ihr verberge; die aufgelösten Pillen und die schmutzigen Strohhalme, das Verlangen nach einem Taubheitsgefühl, das täglich mehr an mir zehrt. Inzwischen fällt ihr auf, wie oft ich in der Klasse einnicke. Ich finde irgendwelche Entschuldigungen dafür, doch sie beobachtet mich intensiver.

Ich schüttele die Erde von den Händen, stehe auf und sehe, wie sie mich anstarrt, als habe ich gerade verkündet, der Himmel sei grün.

»Soph, du *musst* an den Himmel glauben.«

»Warum?«, will ich wissen.

»Du … du *musst* einfach. Was glaubst du denn, was passiert, wenn wir sterben?«

»Ich glaube nicht, dass irgendetwas passiert«, erwidere ich. »Ich glaube, das war's dann. Wenn wir gestorben sind, sind wir gestorben.«

Sie rutscht auf ihrem Stuhl hin und her, und der traurige Zug um ihre Mundwinkel erweckt den Wunsch in mir, ich hätte ihr anders geantwortet. »Das ist eine beschissene Art zu denken. Warum willst du das glauben?«

Einen Augenblick lang schweige ich, reibe mir mit den Fingern das Knie, stelle mir die Umrisse der Narbe vor. Ich kann die Schrauben unter meiner Haut spüren. »Ich weiß nicht, das ist halt meine Vorstellung.«

»Das ist ja grauenhaft«, bemerkt Mina.

»Warum spielt das eine Rolle? Ich bin keine Expertin.«

»Es spielt eine Rolle«, behauptet sie.

»Hast du etwa Angst, ich könnte nicht in den Himmel kommen, falls es einen gibt?«, frage ich.

»Ja!«

Unwillkürlich muss ich breit grinsen.

»Schau mich nicht so an«, sagt Mina wütend. »Als ob du das lustig findest oder so. Mein Dad hat alles versäumt, mein Leben und das von Trev. Die Vorstellung, dass er immer noch bei uns ist und uns beobachtet, ist nicht naiv, sondern ein Ausdruck des Glaubens.«

»Hey.« Ich greife nach ihren Händen. Sie entzieht sie mir nicht, auch wenn meine Finger noch erdverkrustet sind. »Ich wollte nicht ... Ich bin froh, dass es dir ein gutes Gefühl verleiht. Aber ich habe es nicht in mir. Das heißt nicht, dass ich recht habe und du unrecht hast, es ist einfach so.«

»Aber du musst an etwas glauben«, widerspricht Mina.

Ich drücke ihre Hände, und sie hält meine fest umklammert, als ob ich jeden Augenblick verschwinden könnte.

»Ich glaube an dich«, sage ich.

Kapitel 47

Jetzt (Juni)

Trev hat sich um fast zwanzig Minuten verspätet. Ich habe die Hoffnung, dass er noch kommt, fast aufgegeben, als es an der Tür klingelt. Meine Eltern sind bei ihrem wöchentlichen Ausgehabend. Also lasse ich ihn herein. Einen Augenblick lang stehen wir verlegen in der Diele. Jetzt, da er Bescheid weiß, fällt mir nichts ein, was ich sagen könnte.

»Lass uns raufgehen«, fordere ich ihn auf.

Er folgt mir die Treppe hoch. Oben halte ich einen Moment lang inne, denn mein Rücken schmerzt an den Einstichstellen der Spritzen. Als wir bei meinem Zimmer angelangt sind, bleibt er in der Tür stehen, und ich gehe zu meinem Schreibtisch und nehme Platz.

Er schließt die Tür hinter sich und steht wartend neben meinem Bett.

»Hat Kyle dir alles über Minas Notizen erzählt?«, frage ich.

Trev nickt. »Wir haben uns die Zeitleiste und ein paar der Artikel angeschaut, die sie aufbewahrt hatte.«

»Es gibt drei Interviews«, erkläre ich ihm. »Mina hat mit Matt Clarke, Jackies Großvater und ihrer kleinen Schwester Amy gesprochen. Alle Interviews fanden im Dezember statt.

Nach Minas Gespräch mit Amy ließ sie den Fall ruhen, weil sie Drohungen erhielt. Aus irgendeinem Grund, den ich nicht kenne, hat sie dann im Februar den Fall wieder aufgenommen.«

»Sie konnte nie etwas auf sich beruhen lassen«, murmelt er. »Vermutlich war sie der Meinung, das Risiko lohne sich.«

Ich empfinde bei seinem Frust fast Erleichterung, weil ich mich weniger schuldig wegen meines eigenen Frusts fühle.

»Hat sie dir gegenüber Jackie nie erwähnt?«, frage ich. »Auch nicht nebenbei?«

»Nicht mehr, seit ihr in der Neunten wart. Damals ist sie der Sache wirklich nachgegangen. Erinnerst du dich? Es war irgendwie unheimlich.«

»Es war in meinem Reha-Jahr, als ich mit meinem Stock beschäftigt war. Die Leute redeten ewig über das Thema. Mina wollte wissen, was passiert ist. Sie war einfach neugierig«, bemerke ich.

»Sie war zu neugierig«, stößt Trev hervor, und seine Stimme klingt brüchig. »Sie war verdammt leichtsinnig.«

»Du kannst ihr das nicht vorwerfen«, sage ich leise und zitterig. »Ja, es war dumm von ihr, keinen darüber einzuweihen, was los war. Aber das ist nicht ihre Schuld. Es ist *seine* Schuld. Er hat sie getötet, wer zum Henker er auch sein mag. Und er wird dafür zahlen. Willst du dir also die Interviews mit mir anhören oder nicht?«

Trev blickt mich mit wässerigen Augen an. Ich kann regelrecht zuschauen, wie er sich zusammenreißt, ein ganzes Stück zu wachsen scheint und die Schultern strafft. »Spiel Matts als Erstes ab. Wir waren Freunde. Vielleicht fällt mir irgendwas auf.«

Ich klicke auf Matts Interview. Erst kommt ein Rauschen, dann:

»*Okay. Matt, bist du bereit?*«

Als ihre Stimme den Raum erfüllt, werde ich mit Gefühlen überflutet: Schmerz und auch Erleichterung darüber, sie wieder zu hören. Trev sinkt auf die Bettkante, die Finger verknotet und die Augen geschlossen.

Ihre Stimme zu hören, ist nicht dasselbe …

Aber es ist alles, was wir noch haben.

»*Wie hast du Jackie kennengelernt?*«, will Mina wissen.

Ich zwinge mich, mich auf Matts Antwort zu konzentrieren. Seine Stimme ist tief, und er legt zwischen den Sätzen Pausen ein, so als würde er sorgfältig jedes Wort abwägen. »*Unsere Moms waren befreundet*«, sagt er. »*Jackie war immer da, halt das Mädchen von nebenan. In der achten Klasse hab ich mich mal mit ihr verabredet und so hat's angefangen.*«

»*Das ist aber eine lange gemeinsame Zeit*«, sagt Mina, und ich kann die ermutigende Nuance in ihrer Stimme erkennen.

»*Ja*«, stimmt Matt zu. »*Sie war etwas Besonderes.*«

»*Es muss für dich sehr bitter gewesen sein, als sie verschwunden ist.*«

Es tritt eine lange Stille ein, lediglich unterbrochen durch Rascheln und ein klirrendes Geräusch. »*Ja, es war grauenhaft für alle, denn alle liebten Jackie.*«

Ich weiche Trevs Blick aus, als die Aufnahme fortgesetzt wird. Mina befragt Matt über die Schule, über seine und Jackies Freunde, über Jackies Engagement in einer Jugendgruppe und beim Fußball – ganz gewöhnliche, harmlose Fragen, die ihn nicht misstrauisch machen. Langsam, aber sicher bringt sie ihn dazu, dass er sich ihr gegenüber öffnet. Schließlich befragt sie ihn über die Wochen vor Jackies Verschwinden, über Detective James und wie er Matt während des Verhörs behandelt hatte.

»Dieser Typ ist ein Trottel«, höhnt Matt mit einer gewissen Schärfe in der Stimme. *»Er dachte, er hätte alles herausgefunden. Ich wollte, dass er meinen Pick-up durchsucht, aber mein Onkel Rob sagte immer wieder, dass sie dazu eine Vollmacht bräuchten. Detective James hat so viel Zeit damit vergeudet, anzunehmen, ich hätte es getan, dass er sich sonst nirgendwo umgesehen hat, und dann ist der Fall eingeschlafen. Es heißt immer, dass die ersten drei Tage die entscheidenden sind, wenn jemand vermisst wird.«*

»Aber er hat dich auf freiem Fuß gelassen.«

»Er hatte ja auch nichts gegen mich in der Hand«, erklärt Matt.

Während der Aufnahme klingelt ein Telefon. *»Nur noch eine Frage, bevor du rangehst. Du und Jackie – ihr seid doch miteinander intim gewesen, nicht wahr?«*

Wieder tritt eine lange Pause ein, während das Telefon klingelt und klingelt. Ich kann mir gut vorstellen, wie Mina dasitzt und Matt frei heraus fragt, ob er Sex mit seiner Freundin hatte, und dabei ihr ruhiges Lächeln zeigt, als ob sie keine Grenze überschreite.

»Ich denke, das geht dich einen Dreck an«, meint Matt. *»Und ich glaube, wir sind jetzt fertig.«*

»Natürlich«, sagt Mina. Man hört ein knisterndes Geräusch und dann bricht die Aufnahme plötzlich ab.

Ich werfe Trev einen Blick zu, und das Herz wird mir schwer, als ich den feuchten Schimmer in seinen Augen entdecke. »Wir brauchen es uns nicht weiter anzuhören«, schlage ich schnell vor.

Seine Miene verhärtet sich, und er sagt ruhig: »Mach weiter.«

Ich drücke auf »Play«.

Minas Interview mit Jackies Großvater konzentriert sich auf Jackies Kindheit. Sie stellt keine Fragen über den Fall. Doch als Jack Dennings anfängt, über Jackies Teenagerjahre zu sprechen, lenkt Mina das Interview erneut auf ihre Beziehung zu Matt.

Ich höre das Pfeifen des Sechs-Uhr-Zugs in die Innenstadt und stelle mit zusammengebissenen Zähnen das letzte Interview ein – das mit Jackies Schwester Amy. Als es losgeht, wird mir bewusst, dass dieses Interview kürzer als eine Minute ist. Und die Interviews mit Matt und Jack dauerten mehr als eine Viertelstunde.

»Was ist denn das?«, hört man eine Mädchenstimme.

»Ich wollte gerade das Interview aufzeichnen«, sagt Mina. *»Ist das okay?«*

»Nein«, erwidert Amy. *»Ich hab dir doch gesagt, dass ich nicht mit dir reden soll. Also stell den Rekorder ab.«*

»Okay«, sagt Mina. Man hört ein schleifendes Geräusch und dann ist die Aufnahme plötzlich beendet.

Trev runzelt die Stirn. »Und das war's?«

»Ich nehme an, ja.« Ich suche in aller Eile nach Amys Namen, um festzustellen, ob Mina das Interview in irgendeiner anderen Form festgehalten hat, statt es per Rekorder aufzuzeichnen, aber ich finde lediglich das Zeitleistendokument. »Sie hat das Interview hier nicht gespeichert.«

»Was denkst du, worüber sie sich unterhalten haben?«

»Nun, wenn ich mit Amy rede, werde ich sie fragen. Sie ist mit Kyles kleinem Bruder befreundet. Ich werde versuchen, ihren Stundenplan herauszukriegen.«

»Gut, und ich rufe Matt an«, sagt Trev.

»Steht ihr immer noch in Kontakt miteinander?« Trev hatte in der Schule nie viel Zeit mit Mina oder mir verbracht. Ich kannte seine Freunde, aber ich war selten mit ihnen zusammen.

»Seit ich auf dem College bin, habe ich ihn ein paarmal getroffen. Beim Fußballspielen mit dem alten Team.«

»Welche Drogen nahm Matt?«, will ich wissen. »Ein bisschen Gras oder Pillen oder …?«

»Meth«, erwidert Trev.

»Mist.«

»Ja. Aber erst nach Jackies Verschwinden. Zumindest wusste vorher niemand aus unserer Gruppe davon. Ich meine, dass es wirklich so schlimm wurde, dass die Leute anfingen, sich Sorgen zu machen. Sein Dad hatte die Familie verlassen, als wir im ersten Highschooljahr waren, und danach geriet Matt in verschiedene Schlägereien. Und die Geschichte mit Jackie brachte ihn dann völlig aus dem Gleichgewicht.«

»Glaubst du, dass er sie getötet haben könnte?«

Trev erhebt sich von meinem Bett, tritt ans Fenster und schiebt meine blauen Vorhänge zur Seite, um in den Garten hinunterzuschauen. »Damals hätte ich gesagt: unter keinen Umständen.«

»Und heute?«

Trev schweigt eine Weile, starrt nur mit angespannter

Miene aus dem Fenster. »Ich habe keine Ahnung«, sagt er. »Vielleicht waren sie ineinander verliebt. Vielleicht hat sie ihn gehasst. Vielleicht hat er sie getötet. Im Moment habe ich kein großes Vertrauen in meine Urteilsfähigkeit.«

Ich wende den Blick ab.

»Ich sollte jetzt gehen«, meint Trev. »Ich werde Matt anrufen.«

»Sorg dafür, dass wir uns morgen mit ihm treffen können«, schlage ich vor. »Vielleicht hat er Mina etwas im Vertrauen gesagt oder mit jemandem über Minas Interesse an Jackie gesprochen. Oder vielleicht hat er es tatsächlich getan.«

Während ich rede, beuge ich mich über meinen Schreibtisch, stemme mich hoch und stehe auf. Mein Rücken bringt mich noch um. Nach den Spritzen ist es immer ein oder zwei Tage lang schlimmer, bevor es dann besser wird, und ich kann mein angestrengtes Luftholen nicht unterdrücken, als ich mich zu hastig erhebe.

Trev dreht sich bei dem Geräusch um, aber ich schaffe es bis zum Bett und lege mich bäuchlings darauf, bevor er Anstalten machen kann, mir zu helfen.

»Alles okay mit dir?«, erkundigt er sich.

»Ich suche Jack Dennings' Adresse heraus«, sage ich und übergehe seine Frage. »Wir können ihn auch aufsuchen.« Ich fange an, über all das in Verzweiflung zu geraten. Ich weiß nicht einmal, wie ich den Mord, bei dem ich Zeugin war, aufklären soll, geschweige denn einen drei Jahre alten Fall.

Ich schließe die Augen. Bis spät in die Nacht habe ich noch einmal die Artikel über Minas Mord und Jackies Verschwinden gelesen. Jedes Mal wenn ich versuche einzuschlafen, bin ich wieder mit ihr beim Booker's Point, und ich will nicht darüber nachdenken. Also schlafe ich nicht. Nicht wenn ich es vermeiden kann.

Aber ich kann nicht länger dagegen ankämpfen.

Ich fühle eine warme Hand auf meiner Schulter.

Trevs Hand.

Ich neige den Kopf zur Seite, damit ich ihn sehen kann. Er beobachtet mich, sitzt neben mir, und dieses Mal schaue ich nicht weg.

Er scheint eine Erkenntnis gewonnen zu haben, etwas, was er wohl vermutet hatte, aber monate-, wenn nicht gar jahrelang, zu leugnen versuchte, etwas, was er zögernd akzeptiert. Ich kann es an seiner Miene erkennen, fühlen, als er mich berührt.

»Tut dein Rücken weh?«, fragt er.

Ich lege die Hände unters Kinn und nicke. Seine Hand liegt immer noch auf meiner Schulter, und dieser ständige Druck, diese Wärme, erinnert mich noch mehr daran, wie präsent er ist – und wie fern sie ist.

»Kann ich noch etwas für dich tun, bevor ich gehe?«

Ich schüttele den Kopf, habe Angst zu sprechen. Habe Angst, etwas Dummes zu tun, wie zum Beispiel, auf seine Berührung zu reagieren.

Ich kann ihm dies nicht antun – mir nicht und ihr nicht.

Ich werde es nicht tun.

»Glaubst du, sie ist da oben?«, murmele ich. Meine Worte werden halb vom Kissen verschluckt, und er muss sich vorbeugen, um sie zu hören. »Und beobachtet uns vom Himmel aus?«

»Ja, ich glaube es.« Er streicht mir das Haar aus der Stirn und berührt mit den Fingerspitzen meine Schläfe.

»Muss schön sein.«

»Manchmal.« Trev streichelt immer noch mein Haar, eine sanfte Berührung, die mich wie eine warme Decke einhüllt. »Manchmal ist es für mich die Hölle, mir vorzustellen, dass sie alles beobachtet und doch nicht Teil davon sein kann.«

Wir verweilen eine Weile so, eingehüllt in die Erinnerung an sie. Ich bin halb eingenickt, habe die Augen geschlossen, als er sich über mich beugt und die Lippen auf meine Stirn drückt.

Als er hinausgeht, höre ich das Echo seiner Schritte, und ich rede mir ein, meine Tränen würden von meinem Schmerz herrühren.

Kapitel 48

EIN JAHR FRÜHER (SECHZEHN JAHRE ALT)

»Weißt du, der Sinn, sich auf einem Segelboot zu befinden, ist zu segeln«, erklärt Trev.

Mina lacht und ich spüre das Vibrieren durch meine Haut. Sie hat ihren Kopf auf meinen Bauch gebettet. Wir liegen an Deck der *Sweet Sorrow* und Trev hat sich beim Ruder hingeflackt. Mina und Trev sind in ein Buch vertieft. Trev liest gerade einen Krimi, den er sich in die Tasche steckt, wenn er aufstehen muss, um die Segel zu bedienen. Mina beschäftigt sich seit einer Woche mit einem Hardcover über Watergate und macht sich eifrig Notizen in ihr Tagebuch. Sie hat das Buch auf den Knien liegen und markiert bestimmte Stellen.

Ich genieße es, hier zu liegen und ihrem Zurufen zu lauschen, ihren vertrauten gutmütigen Neckereien, die beruhigender sind als alles andere auf der Welt. Seit einer Stunde steht das Boot still. Trev ist zu vertieft, um das bisschen Wind zu nutzen, das wir haben.

»Willst du denn nicht mal an diesen Dingern ziehen, damit wir endlich wieder in Fahrt kommen?«, fragt Mina.

»Man nennt sie Segel, Mina. Und es ist gerade so spannend.« Trev hält sein Buch hoch.

Sie kneift die Augen zusammen, um den Titel lesen zu können. »Ich habe es letzte Woche ausgelesen. Willst du wissen, wer der Mörder ist?«

»Verdirb ihm nicht den Spaß«, protestiere ich.

»Siehst du, Soph ist auf meiner Seite. Zwei gegen eine.«

Mina verdreht die Augen und blättert um.

Eingelullt von der warmen Sonne und dem Schaukeln des Boots, schlafe ich schließlich ein – nicht zuletzt auch infolge der Pillen, die ich heute Morgen eingeworfen habe.

Als ich wieder aufwache, entdecke ich, dass die Sonne gerade untergeht. Mina hat sich inzwischen neben Trev gesetzt. Einen Augenblick lang beobachte ich sie, wie sie ihre dunklen Köpfe zusammenstecken und die Beine vom Bootsrand baumeln lassen. Noch halb schlafend und benommen schnappe ich das Ende von Trevs Satz auf. »… Sorgen um sie?«

»Es sind diese verdammten Pillen, die sie ihr verpassen.«

Ich erstarre. Sie reden über mich.

»Sie braucht sie, denn sie hat Schmerzen.«

»Ich weiß, aber in letzter Zeit … Ach, lassen wir's, ich bin eine dumme Gans.«

»Hey, nein.« Trev legt den Arm um sie und zieht sie an sich. Sie lässt den Kopf auf seine Schulter sinken. »Das ist doch klar, du machst dir Sorgen um sie, wir alle tun es.«

»*Du* sorgst dich um sie«, betont sie. Und ihre Stimme verrät Groll und Resignation.

Es herrscht langes Schweigen. Trev lässt sie wieder los und sie starren sich an. »Spielt das eine Rolle? Ist das ein Problem?«, fragt er.

Mein Herz schlägt zum Zerspringen. Ich sollte husten,

nach einem von ihnen rufen, egal was, um die Aufmerksamkeit darauf zu lenken, dass ich wach bin. Auf jeden Fall wäre es das Richtige.

Aber ich bleibe, wo ich bin, und belausche auf die übelste Art die beiden Menschen, die ich am meisten liebe. Ich warte auf ihre Antwort. Ein Teil von mir hofft instinktiv, dass dies der Moment ist – dass sie es ihm endlich sagt und er endlich die Wahrheit kennt.

»Natürlich ist es kein Problem«, erwidert Mina und sagt dies so lässig, als habe es die Jahre des Leugnens und der Lügen nicht gegeben, auch nicht die Jungs, die unsere Körper berührten, aber nie eine Chance hatten, unser Herz zu erobern.

»Bist du sicher?«, fragt Trev. »Ich weiß, sie ist deine beste Freundin. Wenn es dir unangenehm ist ...«

»Nein, wieso denn«, sagt Mina leichthin. »Du hast noch nie etwas verbergen können. Deswegen hast du auch kein Glück beim Pokern, denn jeder durchschaut dich. Sogar ...«

»Sophie«, sagt Trev plötzlich. Ein Blick über die Schulter zeigt ihm, dass ich wach bin.

Mein Blick ist aufs Wasser gerichtet, weg von den beiden, aber meine Wangen fangen an zu glühen. Ich bin mir immer noch nicht sicher, was ich getan habe, um in ihnen beiden dieses Verlangen, diese Liebe zu wecken. Ich bin nicht ehrlich und stabil wie Trev oder strahlend und leidenschaftlich wie Mina. Ich bin einfach ich, mit Erde unter den Fingernägeln und einer Schwäche für Liebe und Drogen. Doch irgendwie ist es mir gelungen, uns alle miteinander zu verknäueln, und ich weiß nicht, wie wir uns daraus lösen können.

»Wir sollten zurückfahren.« Trev steht auf und macht sich an der Takelage zu schaffen, doch Mina bleibt sitzen.

Ich spüre, wie sie mich beobachtet.

Aber als ich zu ihr hinschaue, blickt sie starr in Richtung Ufer und weicht meinem Blick aus.

Wir sind beide Feiglinge.

Kapitel 49

Jetzt (Juni)

Am nächsten Morgen erwartet mich meine Mutter in der Küche.

»Wohin gehst du?«, fragt sie mich über ihre Tasse hinweg.

»Ich geh mit ein paar Freunden frühstücken.« Gestern Abend habe ich Kyle und Rachel eine SMS geschickt. Sie treffen sich heute mit Trev und mir im Gold Street Diner. Dann wollen wir zu Matt, um mit ihm zu reden.

»Gehört auch Trev zu diesen Freunden?«, will Mom wissen. Sie hat die Augenbrauen so hoch gezogen, dass sie fast nicht mehr zu sehen sind. »Dein Vater hat mir erzählt, er sei gestern hier gewesen.«

Ich greife nach der Kaffeekanne und gieße Kaffee in einen Thermobecher. Auch wenn die Fahrt dorthin nur zehn Minuten dauert, brauche ich etwas zum Wachwerden, denn ich habe schlecht geschlafen. »Ja.«

»Weiß es Mrs Bishop?«

Ich gebe zu viel Zucker in den Becher und befestige dann den Deckel. »Mrs Bishop ist zurzeit in Santa Barbara. Außerdem ist Trev zwanzig. Ich glaube nicht, dass er ihre Erlaubnis braucht, um sich mit jemandem zu treffen.«

»Sophie.« Mom blickt mich besorgt an. »Du und diese Familie…« Sie verstummt.

Mom kann nicht verzeihen. Nach dem Unfall hatte sie versucht, einen Keil zwischen die beiden und mich zu treiben, was auch damals nicht funktioniert hat.

»Was ist mit mir und ›dieser Familie‹?«, frage ich. »Ich bin mit Trev aufgewachsen und das bedeutet mir viel.«

»Ich weiß, wie der Junge zu dir steht«, bemerkt sie. »Nimmst du noch die Pille?«

Zorn flammt in mir auf. Das geht sie überhaupt nichts an. Ich hasse es, dass sie automatisch annimmt, dass sich alles nur um Sex dreht, so als könne es sich in meinem Fall ja wohl kaum um etwas anderes handeln.

»Ich schlafe nicht mit ihm«, sage ich unverblümt. Und ich warte, bis sich in ihrem Gesicht Erleichterung zeigt. Ich warte, denn ich will sie kränken, wie sie mich gekränkt hat. »Zumindest nicht mehr«, füge ich hinzu.

Mom zuckt zusammen. Ich rede mir selbst ein, dass ich mir nichts daraus mache, dass ich ja genau das wollte, doch ich bereue es auf der Stelle.

»Bis später.« Ich gehe an ihr vorbei zur Küche hinaus, noch bevor sie etwas sagen kann.

Ich schließe die Tür hinter mir, hänge mir die Tasche über die Schulter und balanciere den Kaffee in der Hand. Als ich den Weg hinuntergehe, steigt Trev aus seinem Pick-up aus.

»Wir treffen uns mit Matt in einer Stunde in seiner Wohnung«, erklärt er. Schweigend wirft er einen Blick auf sein Auto. »Hast du Lust, dich ans Steuer zu setzen?«

Ich weiß, es macht ihn nervös zu fahren, wenn ich dabei bin, also erwidere ich: »Klar.« Ich fange die Schlüssel auf, die er mir zuwirft, und klettere auf den Fahrersitz. Trev lässt sich auf dem Beifahrersitz nieder und schnallt sich an, während ich den Motor anlasse.

»Gestern Abend habe ich vergessen, dir zu erzählen, dass ich mit Mr Wells gesprochen habe, dem Reporter, bei dem Mina ihr Praktikum gemacht hat.«

Trev hat die ganze Zeit zum Fenster hinausgeblickt und die gepflegten Hecken und ansehnlichen älteren Häuser in meinem Stadtviertel betrachtet. Aber bei der Erwähnung von Mr Wells' Namen wendet er mir so unvermittelt den Kopf zu, dass ich befürchte, er könne sich den Hals verrenken. »Tom Wells?«, fragt er nach.

»Ja.« Ich biege von meiner Straße ab und fahre in Richtung Eisenbahnschienen.

»Red nicht mit ihm«, sagt Trev, und es klingt wie ein Befehl.

»Warum? Was ist mit ihm?«

»Er hat Mom genervt, nachdem Mina … nachdem es passiert ist. Er ist in der Messe aufgetaucht, hat versucht, sie zum Reden zu bringen, wollte einen Artikel über Mina schreiben. Ich habe ihm erklärt, er soll uns in Ruhe lassen. Aber dann fing er an, uns mit Anrufen zu belästigen. Er hat gesagt, die Bullen hätten Minas Schreibtisch durchsucht, aber da seien trotzdem noch ein paar Sachen von ihr. Er gab keine Ruhe, bis ich zu ihm ging und sie holte.«

»Ich war nur in der Redaktion, um ihn zu fragen, ob Mina mit ihm über Jackie gesprochen hat«, erkläre ich. »Was sie angeblich nicht getan hat. Aber er hat versucht, mich dazu zu bringen, über Mina aufs Band zu sprechen.«

Trev ballt rhythmisch die Hände zu Fäusten und löst sie wieder, was ich aus den Augenwinkeln beobachten kann, während der Pick-up über die Schienen rumpelt und ich in eine Nebenstraße einbiege, gesäumt mit düsteren Industriegebäuden. Die Straße hier ist holprig. Die Asphaltdecke müsste dringend ausgebessert werden, was der Landkreis wohl nicht als seine Aufgabe ansieht. Der Pick-up schaukelt hin und her, wenn ich über Schlaglöcher fahre.

»Mein Gespräch mit Wells ging nicht ins Detail«, versichere ich ihm.

»Das glaub ich dir gern«, erwidert er. Erleichterung erfasst mich, dass er mir in gewisser Weise immer noch vertraut.

»Was hat er dir gegeben?«, frage ich, als ich auf den Parkplatz einbiege. Das Bistro ist ein quadratisches kleines Gebäude, das aus zwei großen Räumen besteht und bei dem die Toiletten draußen untergebracht sind. Der gelbe Anstrich tut dem Auge weh. Über der Veranda baumeln Windspiele aus altem Silberbesteck.

»Es war so ein Stapel von Notizbüchern, die nur zur Hälfte beschrieben waren. Ein paar Stifte und ein paar Bilder. Ich habe das Ganze nur flüchtig durchgesehen«, gibt Trev zu. »Ich habe nicht … Es war kurz danach und Mom war noch …« Er verstummt und meidet meinen Blick. »Es war hart«, sagt er schließlich. »Danach. Du warst weg und ich war wütend auf dich und Mom war … Ich hatte niemanden. Ich konnte es einfach nicht. Ich hielt Minas Tür geschlossen, verstaute alles in der Garage und versuchte, es zu vergessen.«

Am liebsten würde ich nach seiner Hand fassen oder seine Schulter drücken, wie er es bei mir tun würde. Aber das würde vermutlich alles noch schlimmer machen.

Alles, was wir tun können, ist, uns zu beherrschen. Das ist die einzige Möglichkeit, weiterzumachen.

»Kyle und Rachel erwarten uns«, bemerke ich.

Trev nickt. Wir steigen aus und betreten das Bistro. Im Inneren ist es sehr laut. An der Theke sitzen die Stammgäste auf ihren Hockern, trinken schwarzen Kaffee und lesen die Lokalzeitung. Der Speiseraum ist vollgestopft mit Tischen und nicht dazu passenden Stühlen, mit nur wenig Zwischenraum für die Kellnerin. Rachel und Kyle sitzen in der Ecke neben dem Aussichtsfenster.

»Du bist wohl Trev«, sagt Rachel lächelnd. »Ich bin Rachel.«

»Was ist denn mit deinem Auge passiert?«, frage ich Kyle, als Rachel und Trev sich die Hände schütteln. Er blickt von seinem Kaffee hoch, sein rechtes Auge ist geschwollen und violett.

»Ich habe ihm eine verpasst«, erklärt Trev.

»Wie bitte?«

Rachel lacht. »Im Ernst?«, wendet sie sich an Kyle.

»Ist keine große Sache«, brummt Kyle.

Trev zuckt die Schultern und nimmt Platz. »Er hat es verdient.«

»Okay, aber keine weiteren Schläge mehr«, sage ich und schüttele den Kopf. Eine Schlägerei löst gar nichts. »Lasst uns miteinander klarkommen, schließlich wollen wir ja alle dasselbe.«

Nachdem wir unser Essen bestellt haben, kommen wir zur Sache.

»Ich habe Tanner über Amy ausgefragt«, beginnt Kyle. »Er hat mir erzählt, dass sie morgen von fünf bis sechs Fußballtraining hat. Ich denke, ihr könnt dann mit ihr sprechen.«

»Ich hoffe nur, sie spricht mit uns«, wende ich ein. »Wenn sie nicht wollte, dass Mina ihr Interview aufzeichnete, dann verstehe ich nicht, warum sie sich überhaupt darauf eingelassen hat.«

»Vielleicht mag ihre Familie einfach keine Reporter«, bemerkt Trev stirnrunzelnd.

»Soll ich dich zu Matt begleiten?«, fragt Kyle. »Wegen Adam kennt er mich ziemlich gut.«

»Trev geht mit mir«, erkläre ich. »Aber danke. Ich glaube, wir haben eine andere Aufgabe für dich.« Ich stoße Trev mit dem Ellbogen an. »Wäre es okay, wenn Kyle und Rachel zu dir nach Hause gehen und die Sachen vom *Beacon* durchsehen? Vielleicht finden sie etwas in Minas Notizbüchern.«

»Das ist eine gute Idee«, stimmt Trev mir zu. »Wenn ihr in der Garage herumstöbern wollt, sehr gerne. Das ist die einzige Stelle, die ich noch nicht gründlich durchsucht habe. Da ist noch viel zu tun.«

»Ich habe Zeit«, sagt Rachel. »Und du, Kyle?«

Kyle, der gerade einen Schluck Kaffee genommen hat, nickt.

Unser Essen wird aufgetragen und unsere Unterhaltung unterbrochen. Wir widmen uns jetzt ausschließlich den leckeren Bratkartoffeln. Als Trev aufsteht, um an der Theke zu bezahlen, frage ich Kyle: »Was hältst du von Matt?«

»Du meinst als Verdächtigem?«

»Als Verdächtigem, Mensch oder egal was. Er und Trev waren befreundet. Ich versuche, eine andere Sicht auf ihn zu gewinnen. Wegen Adam warst du ja sicherlich ab und zu mit Matt zusammen.«

Kyle lehnt sich auf seinem blauen Rohrstuhl zurück. »Matt ist ein Speed-Junkie«, sagt er. »Und er hatte zweimal einen Rückfall, ist jetzt aber clean, seit etwa sechs Monaten. Adam scheint zu glauben, dass es dieses Mal anders ist, aber das will er jedes Mal glauben. Dieses Mal musste ihr Onkel einschreiten und ihm sagen, wo's langgeht. Jemand aus der Familie muss Matt zu den Treffen begleiten, damit er nicht kneift.«

»Du magst Matt nicht«, stellt Rachel fest.

Kyle wird rot. »Als wir klein waren, hat er Adam wie Scheiße behandelt. Aber da die Familie ach so wichtig ist, verzeiht Adam Matt immer wieder, egal wie schlecht er sich benimmt. Matt ist der Ältere – nach dem Weggang ihres Vaters hätte er Verantwortung übernehmen sollen, aber er hat einfach nur noch mehr Probleme verursacht.«

»Ein Scheißtyp muss sich nicht zwangsläufig in einen eiskalten Mörder verwandeln«, bemerkt Rachel.

Trev kehrt an den Tisch zurück. »Lasst uns gehen«, fordert er uns auf und schiebt ein paar Scheine als Trinkgeld unter meine Kaffeetasse. Er greift nach seinem Schlüsselbund auf dem Tisch, löst einen aus dem Ring und gibt ihn Kyle. »Im Kühlschrank ist etwas zu trinken und zu essen. Bedient euch. Aber bitte achtet darauf, dass ihr abschließt, wenn ihr weggeht, und den Schlüssel unter den Stein auf der Veranda legt.«

»Und ruft uns an, wenn ihr etwas findet«, füge ich hinzu.

»Da.« Rachel löst ihr Bettelarmband und legt es um mein Handgelenk. »Soll dir Glück bringen.« Sie steht auf und hängt sich ihre Kuriertasche über die Schulter.

An der Tür verabschieden wir uns. Rachel und Kyle begeben sich auf die andere Straßenseite. Trev wirft mir wieder die Schlüssel zu. Als wir im Pick-up sitzen, greift er nach vorn, um das Radio einzuschalten.

»Ich glaube nicht, dass wir Matt verraten sollten, dass wir Minas Interviews gefunden haben«, erkläre ich ihm, als wir am Fußballplatz vorbeikommen, wo Mädchen in blauen Trikots den Ball übers Feld jagen.

»Was willst du dann sagen?«

»Einfach, dass wir in ihrem Zimmer eine Liste mit seinem Namen drauf gefunden hätten. Ich will seine Reaktion sehen.«

»Okay, aber überlass das Reden vor allem mir, ja?«

Ich nicke, als ich zu der Adresse fahre, die Trev mir gegeben hat, ein niedriges braunes Mehrparteienhaus mit einem beschädigten Ziegeldach und einem ZU-VERMIETEN-Schild auf dem Rasen. Wir steigen aus und begeben uns zu 2B.

Trev klopft, und es dauert ein paar Minuten, bevor die Tür geöffnet wird. Matt sieht aus wie eine ältere, verlebte Version von Adam. Seine Haut sieht nicht so gesund aus wie die von Adam, seine Wangen sind eingefallen und weisen verblassende rote Flecken auf. Aber er wirkt nicht mager und sein Blick ist klar.

Er könnte clean sein.

»Trev, Alter.« Er und Trev vollführen diese einarmige Umarmung, die typisch für Jungs ist, und er lächelt mich an. »Wer ist das?«

»Das ist Sophie.«

»Hi.« Ich strecke ihm die Hand hin und er ergreift sie.

»Kenne ich dich?«, fragt er.

»Ich bin mit deinem Bruder und Kyle Miller befreundet.«

»Oh ja.« Matts Lächeln wird noch herzlicher. »Kommt rein.«

Matts Wohnung ist hübsch und sauber. Zwei gescheckte Pitbull-Terrier springen mich an und versuchen, mein Gesicht abzulecken, als wir durch die Tür treten. Er ruft sie zurück und öffnet ihnen die Hintertür. Ich suche so diskret wie möglich nach einem Zeichen, dass Matt rückfällig geworden ist. Das Haus riecht nach Rauch. Eine Porzellanschale weist Brandspuren auf und quillt über von Zigarettenkippen. Aber als ich mir die Schale näher ansehe, sehe ich keine Spuren von Joints, lediglich gelbe Filter. Es gibt keine Bierflaschen oder Deckel, keine mysteriösen Plastiktütchen oder Pfeifen – nicht einmal eine Flasche Visine oder NyQuil.

Natürlich könnte all das irgendwo versteckt sein. Wenn man an nichts anderes denken kann als daran, high zu werden, wird man sehr einfallsreich, es geheim zu halten.

»Wie geht es deiner Mutter?«, will Matt von Trev wissen.

Trev zuckt die Schultern. »Ich glaube, es ist ganz gut für sie, dass sie bei meiner Tante ist.«

»Das ist cool. Und wie steht's mit dir?«

Trev zuckt erneut die Schultern. Matt versetzt Trev einen Klaps auf die Schulter. »Tut mir so leid, Alter.« Dann blickt er mich an. »Hey, wollt ihr etwas trinken? Ich habe Limo und Wasser.«

»Nein, danke«, sage ich.

»Worum geht's also?«, fragt Matt, nachdem wir es uns auf der Vinylcouch bequem gemacht haben. Er nimmt uns gegenüber in einem Sessel Platz.

»Nun, es ist etwas seltsam«, beginnt Trev. »Ich gehe Minas Sachen durch, möchte sie geordnet haben, wenn meine Mom heimkommt. In ihrem Schreibtisch habe ich diese Namensliste gefunden. Deiner steht auch drauf. Ich habe überlegt, was es mit der Liste auf sich hatte. Ich wusste nicht, dass ihr befreundet wart.«

»Waren wir nicht«, erwidert Matt. »Nicht wirklich. Hat sie dir nichts von der Story erzählt, die sie über Jackie schrieb?«

»Nein«, erwidert Trev knapp.

»Es war für den *Beacon.* Sie meinte, es werde noch mal einen langen Artikel über den Fall geben, und bat mich um ein Interview. Ich war einverstanden und habe mit ihr geredet. Als ich jedoch nie etwas darüber in der Zeitung las, dachte ich einfach, sie sei nicht damit fertig geworden, bevor …« Matt verstummt voller Unbehagen.

»Was wollte sie denn wissen?«, erkundigt sich Trev.

»Nichts Besonderes, nur, wie Jackie und ich zusammengekommen sind, welche Pläne wir hatten.«

»Hat sie dich auch über den Fall befragt?«, frage ich.

»Nee«, erwidert Matt. »Mina hat gewusst, dass ich nichts damit zu tun hatte. Detective James ist ein Arsch, der sich in einem Machtrausch befindet.«

Ich verziehe keine Miene, denke daran, dass Mina Matt als Verdächtigen Nummer eins auf die Liste gesetzt hatte.

»Worüber habt ihr euch sonst noch unterhalten?«, frage ich.

»Hm, sie wollte wissen, wie lang wir zusammen gewesen waren. Wir haben uns auch über Fußball unterhalten, darüber, dass Jackie sich als Schulsprecherin beworben hatte. Sie hatte wohl für all die Tafeln, die wir aufgestellt hatten, eine Kiste mit Glitzerklebstoff gekauft.«

Trev grinst. »Das hatte ich ganz vergessen. Sie flippte aus, als das Pink ausgegangen war.«

Matt lacht, verloren in der Erinnerung. Dann wird er plötzlich wieder ernst und fährt sich mit der Hand durch das schwarze Haar. »Manchmal habe ich das Gefühl, als wäre sie erst gestern hier gewesen«, sagt er. »Sie brachte mich immer zum Lachen, selbst wenn sonst alles katastrophal lief.« Geistesabwesend fischt er etwas aus der Hosentasche und lässt es durch die Finger gleiten. Ich sehe, dass es sich um eine Münze für sechs Monate Abstinenz handelt.

»Sechs Monate ist super«, bemerke ich und deute auf die Münze.

Seine Finger umklammern sie. »Bist du auch im Programm?«

»Habe jetzt mehr als zehn Monate hinter mir.«

»Kompliment«, sagt er. »Die Treffen sind eine große Hilfe, aber manchmal ist es immer noch hart.«

»Ja, das ist es. Aber weißt du, immer nur …«

»Immer nur einen Tag nach dem anderen.« Er beendet den Slogan und blickt mich mit einem betrübten Lächeln an. »Das ist alles, was wir haben, stimmt's?«

»So ähnlich.« Ich erwidere sein Lächeln, nehme es als Vorwand, ihm in die Augen zu blicken. War er es in jener Nacht gewesen? Es fällt mir so schwer, mich genau an die Stimme des Mörders zu erinnern, an die Form seiner Augen durch die Maske. Drei kurze Worte, unterbrochen durch Schüsse und … ich bin mir nicht sicher.

Aber in einer Sache bin ich mir sicher: Junkies lügen.

Matt streicht mit dem Finger über den Rand der Münze, als ob er sich Kraft hole.

»Hast du zufällig jemandem gegenüber erwähnt, dass Mina eine Story über Jackie schrieb?«, fragt Trev.

»Ich glaube, meiner Mom gegenüber«, erwidert Matt. »Sie fand es nett vom *Beacon*, noch mal ein Feature zu bringen. Mom liebte Jackie.« Seine grünen Augen leuchten und er umklammert die Münze und schluckt. »Es ist einfach hart«, sagt er, »wenn ich an sie denke – nicht zu wissen, was geschehen ist.«

»Glaubst du, dass sie abgehauen ist?«, frage ich ihn.

Matt schüttelt den Kopf, seine Augen sind immer noch feucht. »Nein, Jackie liebte ihre Familie – sie hätte sie nie verlassen, schon gar nicht Amy. Jackie hat sich aufs College gefreut. Wir haben sogar darüber gesprochen, uns eine Wohnung in der Nähe von Stanford zu mieten, wo ich das Community College besuchen wollte. Sie wäre nie und nimmer abgehauen – hatte keinen Grund dafür. Sie ist jemandem in die Hände gefallen.« Er atmet tief durch, hält immer noch die Münze umklammert. »Ich kann nur beten, dass sie sich irgendwo aufhält, dass es ihr gelingt, ihrem eventuellen Entführer zu entkommen, und sie wieder nach Hause kommt.«

»Glaubst du, dass sie noch lebt?« Kaum habe ich das ausgesprochen, weiß ich, dass es ein Fehler war. Er sieht aus, als würde er gleich in Tränen ausbrechen. Diese Richtung einzuschlagen, bringt nichts.

»Ich hoffe es«, meint Matt. »Mehr als alles andere auf der Welt.«

Es tritt eine unbehagliche Stille ein. Ich weiß nicht, was ich sagen soll. Er könnte lügen, könnte dick auftragen, um uns in die Irre zu führen. Aber er könnte auch die Wahrheit sagen – er könnte wirklich glauben, dass sie nach all den Jahren noch lebt, weil er die Alternative nicht ertragen kann.

»Wir sollten jetzt gehen«, sage ich. »Ich möchte deine Zeit nicht noch länger in Anspruch nehmen.«

»Matt, kommst du zurecht?«, fragt ihn Trev. »Ich könnte noch bleiben.«

»Nein, nein, alles okay.« Er macht eine abwehrende Handbewegung. »Es ist nur … es sind einfach die traurigen Erinnerungen.«

»Danke, dass du mit uns gesprochen hast.«

Matt nickt und begleitet uns zur Tür. »Man sieht sich.« Er lächelt, aber seine Augen lächeln nicht. Nachdem sich die Tür hinter uns geschlossen hat, höre ich, wie er sie verriegelt.

»Und was meinst du?«, fragt Trev, als wir auf den Pick-up zusteuern.

»Er ist groß genug, um der Mörder sein zu können«, sage ich und klettere in den Wagen. Ich befestige den Gurt und lasse den Motor an. »Ich weiß, dass er Schusswaffen besitzt, denn Adam geht mit ihm ständig auf die Jagd.«

»Hier hat fast jeder Junge eine Schusswaffe«, erklärt Trev, als ich auf die Straße zurücksetze. »Ich habe auch eine.«

»Du hast die alte Pistole deines Dads. Hast du je damit geschossen?«

»Klar. Es wäre ja dumm, eine Waffe zu besitzen und nicht damit umgehen zu können. Ich habe auch Mina das Schießen beigebracht.«

»Wann war das denn?« Ich kann mich nicht erinnern, dass Mina es je erwähnt hat.

»Als du in Portland warst. Sie hat mich darum gebeten. Sie …«

Trev runzelt die Stirn. »Sie hat mich um Weihnachten herum darum gebeten.«

»Nachdem sie die Drohbriefe erhalten hatte.«

»Warum hat sie dann an jenem Abend keine Waffe dabeigehabt?«, überlegt Trev laut. Seine Stimme klingt so ärgerlich, dass ich zusammenzucke. »Sie hat genau gewusst, wo sich die Waffe befand, wie sie sie benutzen musste. Sie hätte sich schützen können.«

»Sie hat die Waffe deshalb nicht dabeigehabt, weil sie denjenigen, den sie treffen wollte, nicht verdächtigt hat«, erkläre ich. Ich erinnere mich genau an Bruchstücke jener Nacht. Sie zitterte. Sie war viel ängstlicher als ich, weil sie endlich die Antwort gefunden hatte, die sie suchte. Sie wusste genau, was los war, wusste, wozu er fähig war, was er bereits getan hatte.

Wir halten an der Ampel am Ende der Straße. Aus den Augenwinkeln bemerke ich, wie ein Muskel an Trevs Kiefer zuckt. Es nagt an ihm, dass Mina das Schießen lernen wollte, weil sie wusste, dass sie in Gefahr schwebte, aber ihre Geheimnisse zu lange für sich behalten hat.

»Matt hält nicht viel von Detective James«, sage ich, weil ich es hasse, wie sehr sich Trev die Schuld gibt. Ich muss ihn davon abbringen.

»Du auch nicht«, betont Trev.

Ich verdrehe die Augen. »Das liegt daran, dass Detective James sich an etwas festbeißt und nicht davon abrücken will. Welche Fortschritte hat er in all den Monaten gemacht, in denen er hinter nicht vorhandenen Drogenhinweisen her war? Hätte er seine Arbeit von Anfang an gut gemacht, hätte Mina nicht hinter dem Kerl herjagen müssen, der Jackie entführt hat. Es hat es nicht geschafft, den Mörder zu fangen, in beiden Fällen nicht, obwohl es ein und derselbe war. Das ist auch seine Schuld.«

»Hör zu, ich bin ebenfalls stocksauer auf ihn, aber letztlich müssen wir doch mit dem ganzen Zeug zu ihm. Wir müssen mit ihm klarkommen.«

»Er ist ein Arsch.«

»Okay, nehmen wir mal an, Matt sei verantwortlich«, sagt Trev. »Welches Motiv hätte er, Jackie loszuwerden?«

Am Stoppschild betätige ich den Blinker und blicke nach beiden Seiten. »Haben sie gestritten?«

»Manchmal. Ich glaube, sie war angeätzt, weil er so viel Hasch rauchte. Sie bemühte sich um ein Stipendium, damit ihre Eltern nicht für das College zahlen mussten. Sie trieb viel Sport und lernte viel, um gute Noten zu bekommen. Sie wollte, dass er mithielt.«

Ich krause die Stirn. »Er tötet sie also, weil sie ihn wegen seiner Haschraucherei nervt?«

»Vielleicht war es ein Unfall«, meint Trev. »Sie verschwand

draußen am Clear Creek am Waldrand. Vielleicht waren sie wandern oder sie haben sich gestritten und sie ist gefallen?«

»Dann hätte er doch einfach die Ranger rufen und ihnen erklären können, dass es ein Unfall war. In den Siskiyous ereignen sich ständig Unfälle. Nein, jemand hat Jackie aufgelauert, sie getötet und ihre Leiche vermutlich verschwinden lassen. Deshalb wurde sie nie gefunden.«

»Das ist alles so ein Durcheinander«, murmelt Trev.

»Ich weiß«, erwidere ich. Lange Zeit sitzen wir schweigend da. »Bist du immer noch davon überzeugt, dass wir mit Jack Dennings reden sollten?«

»Ich kann dich doch nicht allein gehen lassen«, meint er, was nicht unbedingt die Antwort auf meine Frage ist, aber ich schlucke es.

»Dann hol mein Handy raus, da ist die Adresse gespeichert.«

Die Fahrt zu Jack Dennings in Irving Falls verbringen wir schweigend. Trev spielt an den Radiosendern herum, bis er schließlich einen Country-Sender findet. Merle Haggards raue Stimme füllt das Führerhaus des Pick-ups, während ich mich auf die Straße konzentriere.

Ich weiß nicht, worüber ich mit ihm reden soll, also halte ich den Mund. Ich kurbele das Fenster herunter, hoffe auf etwas Abkühlung, aber mir schlägt heiße Luft entgegen, die mir das Haar ins Gesicht weht. Die Klimaanlage im Pick-up ist kaputt, seit ich mich erinnern kann, und obwohl es noch nicht Mittag ist, ist es bereits brüllend heiß. Schweiß überzieht meinen Rücken und ich streiche mit einer Hand mein Haar über die Schulter.

Er beobachtet mich aus dem Augenwinkel, aber ich tue so, als bemerke ich es nicht. Das ist einfacher so.

Als wir weiterfahren, wird es kühler. Wir verlassen das Tal, biegen auf eine Bergstraße ein und sind links und rechts von dicht mit Kiefern bewachsenen Hängen umgeben. Die Häuser liegen im Wald verborgen, so zurückgezogen, wie es nur geht. Ungefähr dreißig Kilometer weiter befindet sich der Wasserfall, nach dem der Ort benannt wurde. Jack Dennings lebt allerdings etwas außerhalb, ein echter Hinterwäldler.

»Hier ist es«, sage ich und verlangsame die Fahrt, als wir bei dem lebensgroßen eisernen Truthahn anlangen, der über dem Briefkasten aus Holz angebracht ist. Wir holpern vorbei an dichten Weißkiefern und Stacheldrahtzäunen, die die unbefestigte Straße säumen, die sich ein paar Kilometer dahinschlängelt, bis wir bei dem Haus angekommen sind, das zwischen hohe Bäume eingebettet ist. Es ist ein einfaches kleines einstöckiges Farmhaus, das in dem hügeligen Gelände kaum auffällt. Trev und ich steigen aus dem Pick-up und gehen auf die Tür zu, um zu klopfen. Aus dem Haus hört man wildes Hundegebell, aber niemand öffnet. Nach einer Minute tritt Trev einen Schritt von der Tür zurück und legt die Hand über die Augen, um sich gegen die Sonne zu schützen. Er deutet auf den alten zweifarbigen Ford, der unter einer Eiche geparkt ist. »Vielleicht ist er hinter dem Haus?«

Ich folge ihm, als er um das Haus herumgeht. Wir stoßen auf einen hübschen Gemüsegarten, dessen Rand mit Sonnenblumen bewachsen ist. Dahinter befindet sich eine riesige, mit Maschendraht eingefasste Umfriedung, in der üppige Grünpflanzen gedeihen.

Dann höre ich es.

Ein Klicken.

Ein vertrautes Geräusch.

Angst erfasst mich. Ich halte Trev zurück, vielleicht kann ich ihn retten, wie ich sie hätte retten sollen.

Instinktiv wende ich mich dem Geräusch zu und zum zweiten Mal in meinem Leben schaue ich in den Lauf einer Waffe.

Kapitel 50

Vier Monate früher (siebzehn Jahre alt)

Detective James ist hochgewachsen, um die zwei Meter, hat glattes schwarzes Haar und trägt ein kariertes Hemd, das schon bessere Tage gesehen hat. Er sitzt auf der roten Couch meiner Mom; die Kaffeetasse verschwindet in seinen riesigen Händen.

Meine Mom legt mir die Hand auf die Schulter. »Sophie, das ist Detective James. Er möchte dir ein paar Fragen stellen.«

Ich bin bereit, ihm zu antworten. Er bedeutet Sicherheit, verkörpert die Polizei. Wenn ich einfach die Wahrheit sage, wird alles gut. Er wird ihren Mörder finden.

Ich muss es ein paarmal für mich wiederholen, bevor ich mich weiter in den Raum hineinwage.

»Hi«, begrüße ich ihn. »Soll ich mich setzen?«

»Hallo, Sophie.« Er steht auf, schüttelt mir die Hand und nickt knapp. Seine Miene wirkt grimmig, als habe er alles gesehen und noch einiges mehr.

Ich nehme in Dads Sessel gegenüber der Couch Platz. Das gesunde Bein winkele ich an, das kranke strecke ich aus, weil ich das Knie nur schlecht beugen kann. Meine Mom steht in der Tür, die Arme vor der Brust verschränkt, den Blick auf den Detective gerichtet. Ich höre Dad in der Küche rumoren. Er will wohl in der Nähe bleiben, um lauschen zu können.

Detective James zieht einen Notizblock hervor. »Sophie, kannst du mir sagen, wer dich und Mina angegriffen hat?«

»Nein. Er hat eine Maske getragen.«

»Du hast ihn noch nie zuvor gesehen?«

Ich furche die Stirn. Hat er mich denn nicht gehört? »Ich weiß es nicht. Er trug eine Skimaske.«

»Aber es war ein Mann?«

»Ja. Er war hochgewachsen, über 1,90 Meter. Das ist wirklich alles, was ich Ihnen über ihn sagen kann. Ach ja, er trug einen langen Mantel; ich weiß nicht, ob der Mann dick oder dünn war.«

»Hat er etwas gesagt?«

»Anfangs nicht. Er …« Ich versuche nachzudenken und spüre, wie ich dabei meine Stirn runzele und die Stiche brennen, die an meinem Haaransatz enden. »Er hat etwas gesagt, nachdem er mich niedergeschlagen hat. Kurz bevor ich das Bewusstsein verlor, habe ich gehört, wie er etwas zu Mina gesagt hat.«

»Und was war das?«, will Detective James wissen.

Ich muss darüber nachdenken, in dem Tumult aus Angst, Schmerz und Panik, der mich in diesem Augenblick überrollt, meine Gedanken ordnen. »Er hat gesagt: ›Ich habe dich gewarnt.‹«

Der Detective kritzelt etwas auf seinen Block. »Hat jemand Mina bedroht? Hatte sie mit jemandem Streit? Oder hatte sie mit jemandem Probleme?«

»Ich weiß nicht … ich glaube nicht. Ich …«

»Warum erzählst du mir nicht, warum ihr beim Booker's Point wart?«, unterbricht er mich. »Deine Mom sagt, du hättest ihr erklärt, ihr würdet zu einer Freundin gehen – Amber Vernon –, aber Booker's Point liegt fast fünfzig Kilometer von ihrem Haus entfernt.«

»Wir wollten auch zu Amber«, sage ich. »Aber Mina musste einen Umweg über den Point machen, weil sie wegen einer Story eine Verabredung mit jemandem hatte.«

»Einer Story?«

»Sie macht ein Praktikum beim *Beacon.*« Ich schlucke und presse die Lippen zusammen. »Machte«, korrigiere ich mich. »Sie *machte* ein Praktikum.«

»Und sie hat dir nicht gesagt, mit wem sie sich treffen wollte?« Die Skepsis in seiner Stimme reizt meine Mutter und in ihrer Miene zeigt sich die Anwältin.

»Nein, hat sie nicht. Sie meinte, das bringe Unglück. Doch sie war aufgeregt, es war wichtig für sie.«

»Okay«, meint Detective James. Fast eine Minute lang schweigt er, kritzelt etwas auf seinen Block. Dann blickt er hoch, und mein Mund wird trocken, als ich seinen Gesichtsausdruck sehe – er sieht aus wie jemand, der sich jeden Moment auf seine Beute stürzen wird. »Booker's Point ist bekannt als Drogenplatz«, bemerkt er. »Man könnte sich vorstellen, dass jemand mit deiner Geschichte in schlechte Gewohnheiten zurückfällt.«

»Wir waren nicht wegen Drogen dort«, protestiere ich. »Sie können mich ja auf der Stelle testen. Ich pinkele in einen Becher und dann können Sie sich überzeugen. Es ist mir egal, was die anderen sagen. Kyle lügt. Mina hat sich mit jemandem wegen einer Story verabredet. Fragen Sie ihren Praktikumsleiter bei der Zeitung, woran sie gearbeitet hat. Fragen Sie die Mitarbeiter in der Redaktion. Checken Sie ihren Computer. Da finden Sie den Mörder.«

»Und die Drogen in deiner Jacke?«, will Detective James wissen. »Gehörten die auch zu Minas Geschichte? Oder sind die einfach aus dem Nichts aufgetaucht?«

Ich öffne den Mund, Tränen treten mir in die Augen. Doch bevor ich etwas sagen kann, schreitet Mom in die Mitte des Zimmers. »Detective, ich denke, für heute ist es genug«, sagt sie fest entschlossen. »Meine Tochter hat viel durchgemacht und es abgelehnt, Schmerzmittel zu nehmen. Sie muss sich ausruhen.«

Er öffnet den Mund, um zu protestieren, aber meine Mutter bugsiert ihn bereits hinaus mit ihrem keinen Widerspruch duldenden Blick und dem autoritären Klacken ihrer Absätze.

Ich bin allein im Wohnzimmer. Meine Eltern unterhalten sich leise in der Küche. Bevor sie es merken, verziehe ich mich nach oben in mein Zimmer.

Ich rolle mich auf meinem Bett zusammen. Kurz danach betritt meine Mutter mein Zimmer. Als sie neben mir auf dem Bett Platz nimmt, sinkt die Matratze ein.

»Du hast dich gut geschlagen«, sagt sie anerkennend. »Du hast dich nicht selbst belastet. Aber das war nur das erste Verhör. Wenn die Ermittlungen weitergehen, werden weitere folgen.«

Ich blicke starr vor mich hin, bin unfähig, ihrem Blick zu begegnen. »Ich hatte keinen Rückfall«, sage ich. »Ich weiß, du glaubst mir nicht, aber es ist so.«

»Es spielt keine Rolle, was ich meine«, erwidert sie. »Wichtig ist, was die Polizei denkt. Sophie, du könntest viel Ärger bekommen, du solltest dir dessen bewusst sein.«

Ich drehe mich auf den Rücken und schaue sie endlich an. »Wichtig ist, dass sie Minas Mörder finden. Und das gelingt ihnen nicht, wenn sie annehmen, es sei ein Drogending gewesen, denn das war es ja nicht. Es ist mir egal, wenn sie mir Drogenbesitz unterschieben wollen – mir liegt nur daran, dass die Person gefunden wird, die Mina getötet hat.«

Mom zuckt zusammen. »Nun, *mir* ist es aber nicht egal, was mit dir geschieht«, sagt sie knapp. »Ich tue alles, was in meiner Macht steht, um dir Probleme zu ersparen. Du bist siebzehn, könntest als Erwachsene behandelt werden. Biete keine weiteren Drogentests an, verstehst du mich?«

»Ich bin clean«, stoße ich hervor.

»Versprich's mir.« Ihre Angst legt sich schwer auf den Raum. Ihre knallroten Lippen zittern und sie verkrampft die Finger. Mommy wird mich immer beschützen, auch wenn ich sie zerstöre.

»Ich verspreche es«, sage ich.

Das ist die einzige Möglichkeit, denn ich kenne meine Mutter. Sie wird mir nie glauben, aber sie wird alles Menschenmögliche tun, damit mein Leben nicht ruiniert wird.

Es ist das erste Versprechen, das nichts mit Mina zu tun hat.

Ich habe es mir und Mom zuliebe gegeben, die bis aufs Messer für mich kämpfen würde.

Aber es fühlt sich an wie Verrat.

Kapitel 51

JETZT (JUNI)

Es geschieht schon wieder.

Ich frage mich jeden Tag, wie es hätte anders laufen können: Wenn ich schneller, mutiger gewesen wäre, wenn er nicht als Erstes auf mein krankes Bein geschlagen hätte, dann hätte ich ihm vielleicht Einhalt gebieten können.

Und jetzt ist erneut eine Waffe auf mich gerichtet und dieses Mal möchte ich mutig sein. Mehr als alles andere will ich mutig sein.

Aber ich kann nicht verhindern, dass mein krankes Bein unter mir einknickt.

Dabei knirschen meine Knie vor Schmerz. Mein Mund ist voller Blut, weil ich von innen in meine Wange gebissen habe. Ich blicke gebannt auf den Lauf der Waffe. Ich bin nicht einmal in der Lage, die verschwommene Gestalt, die sie hält, zu erkennen. Ich weiß nur, dass es schon wieder geschieht und ich nichts tun kann, um es zu verhindern. Ich halte Trev nicht mehr zurück, und die Panik treibt mich weiter, direkt auf die Waffe zu. Ich kann nicht auch noch für seinen Tod verantwortlich sein.

Irgendjemand brüllt. Etwas berührt mich an der Schulter,

zwingt mich zurück in die Wirklichkeit. Trev hat mich überholt.

»Was zum Teufel soll das?«

Es ist Trev, der brüllt. Wütend und laut, auf eine schockierende Art, denn gewöhnlich ist er durch nichts aus der Ruhe zu bringen. Ich sehe die Dinge wieder klarer und mein Herzschlag verlangsamt sich.

Er macht noch einen Schritt, dann ist er direkt vor mir. Ich möchte sein Bein umfassen, ihn wegdrängen. »Nehmen Sie das aus ihrem Gesicht!«, brüllt er.

»Wer seid ihr beide denn?«

Ich versuche, mich auf die Stimme zu konzentrieren, auf den weißhaarigen Mann, der die Waffe in der Hand hält.

»Ich habe gesagt, *runter* mit der Waffe!« Trev überragt den Mann, nutzt seine Körpergröße, seine breiten Schultern und die Kraft, die er nur einsetzt, wenn es unbedingt nötig ist. Seine Stimme verrät keinerlei Angst, klingt klar, als er einen unmissverständlichen Befehl erteilt.

Es ist verrückt.

Es ist irre. Und ich liebe ihn dafür.

Der Mann, gebückt, klapperdürr, mit Lederhaut und einem Mund, der an eine Rasierklinge erinnert, senkt die Waffe ein paar Zentimeter. »Was zum Teufel macht ihr beide hier?«

»Ich bin Mina Bishops Bruder. Wir wollten uns mit Ihnen über ein Interview unterhalten, das sie letzten Winter mit Ihnen geführt hat.«

Das Misstrauen verschwindet aus dem Gesicht des Mannes und er senkt die Waffe noch ein Stück. »Tut mir leid«, krächzt er und fährt sich mit der Hand über die Stirn. »Hier draußen muss man immer auf der Hut sein.« Er deutet mit dem Kopf auf die Umfriedung mit den Pflanzen. »Immer wieder tauchen hier Kinder auf und versuchen, meine Heilpflanzen zu stehlen.«

»Wir sind nicht hier, um Sie zu beklauen«, erklärt Trev, als er sich neben mir niederkniet. »Soph«, sagt er behutsam. An seiner Miene erkenne ich, wie übel ich aussehen muss. Er streckt die Hand aus und wartet, dass ich sie ergreife.

Als ich aufstehe, zittern mir die Beine. Ich reibe mir mit dem Ärmel über die Wangen.

»Ich wollte dich nicht derart erschrecken, Kleine«, wendet sich Jack Dennings an mich.

»Haben Sie aber.«

Er lächelt, als habe ich etwas Lustiges gesagt. »Tut mir leid, das mit deiner Schwester«, bemerkt er und nickt Trev zu. Trev nickt ebenfalls, seine Schultern immer noch angespannt. »Was wolltet ihr denn über Minas Gespräch mit mir wissen?«

»Wir wollen lediglich wissen, worüber Sie gesprochen haben«, sagt Trev.

»Über Jackies Kindheit. Ich hab deiner Schwester die Pokale gezeigt, die sie gewonnen hat.« Jack lächelt, aber um seine Mundwinkel spielt ein bitterer Zug. »Sie war ein Naturtalent. Bekam ein Fußballstipendium. War die Erste in der Familie, die aufs College gegangen wär.« Er klopft mit dem Gewehr gegen sein Bein und sein Blick wird milder. »Sie war meine erste Enkelin … ein so liebes Mädchen.«

»Haben Sie jemandem erzählt, dass Mina die Personen interviewte, die Jackie nahestanden?«

»Nope. Ich komm in letzter Zeit nicht mehr sehr oft in die Stadt. Aber ich denke, Matt Clarke wusste davon, denn Mina sagte, sie hätte meine Telefonnummer von ihm.«

»Stehen Sie Matt nahe?«

Jack Dennings spuckt auf den Boden. »Ganz bestimmt nicht! Der Junge war nicht gut genug für meine Enkelin. Entwickelte sich zu seinem Nachteil, als sein Vater die Familie verließ. Er gab den Sport auf, fing an, sich auf Schlägereien einzulassen, nahm zu viele Drogen. Ich wollte das nicht für sie, hab's ihr auch gesagt, aber sie war sehr eigensinnig, meine Jackie.«

»Glauben Sie, er ist für Jackies Verschwinden verantwortlich?«, fragt Trev.

Jack kneift die Augen zusammen. »Du hörst dich an wie deine Schwester«, erwidert er.

»Hat sie geglaubt, Matt sei es?«

»Weiß ich nicht, hab sie nicht gefragt.«

»Glauben *Sie*, dass er es getan hat?«, will ich wissen.

»Ich will's mal so ausdrücken: Man muss sich sicher sein, und das bin ich nicht. Also soll Matt weitermachen, sein Leben leben«, sagt Jack.

»Und was passiert, wenn Sie sicher sind?«, frage ich unwillkürlich.

Jack Dennings lächelt breit, wobei sichtbar wird, dass ihm ein paar Backenzähne fehlen. »Wenn dieser Tag kommt, wird dieser Kerl, noch bevor seine Mom ihn vermisst, Bärenfutter sein.«

Ich zittere, bin zu aufgewühlt, um mich zu beherrschen, weil ich erkenne, wie ernst er es meint.

Weil etwas in meinem Inneren ihn versteht.

»Okay, danke«, sagt Trev. »Wir gehen jetzt wieder.«

»Ihr kommt aber nicht zurück, hört ihr?«, befiehlt Jack. »Kommt ja nicht auf dumme Ideen.«

»Ihre Pflanzen sind sicher, Sir«, bemerkt Trev ironisch.

Ohne mich zu fragen, klettert er auf die Fahrerseite, und ich reiche ihm die Schlüssel. Erst als wir losfahren, den Highway hinunterfahren, hole ich tief Luft. Trev schaltet das Radio aus, beobachtet mich von der Seite. Eine Hand umfasst das Lenkrad, die andere liegt am offenen Fenster.

Ein Kilometer. Zwei.

Ich lasse mich von der Stille einlullen.

Während der vierzig Minuten währenden Fahrt zu mir nach Hause wechseln wir kein Wort. Als wir angelangt sind und ich aussteige, folgt er mir. Er geht hinter mir die Zufahrt hinunter, durch das hintere Tor, entlang den Hochbeeten, die er für mich gebaut hat, und hinauf ins Baumhaus, das er unzählige Male repariert hat.

Ich hocke mich in die Ecke und er setzt sich mir gegenüber. Das Schweigen ist so verheerend wie ein Hagelsturm. Ich denke an das letzte Mal, als ich mit ihm hier oben war, daran, dass ich es nicht bedauere, auch wenn ich es vermutlich sollte.

An einem der Fenster hängen immer noch grob zusammengenähte Ginganvorhänge. Sie flattern sanft in der Nachmittagsbrise, ihre Spitzenborten vergilbt und ausgefranst.

»Erinnerst du dich noch, wie wir uns kennengelernt haben?«, frage ich ihn.

Er blickt verblüfft hoch, fährt mit den Daumen über seine

angewinkelten Knie, streckt ein Bein langsam aus. Der Saum seiner Jeans streift meine Wade.

»Ja«, erwidert er. »Mina hatte mir wochenlang von dir vorgeschwärmt. Ich erinnere mich, wie froh ich war, dass sie eine Freundin gefunden hatte, dass sie redete und lachte, statt zu weinen. Anfangs warst du so ruhig, hast dich immer zurückgehalten, quasi das Gegenteil von Mina.« Er lacht. »Aber du hast sie immer beobachtet. Ich wusste, ich konnte mich auf dich verlassen, du würdest ihr helfen. Wenn ich zurückblicke, muss ich zugeben, dass ich ein Idiot war, weil ich nicht gemerkt habe, dass ihr …« Er gibt einen Laut von sich, den man weder als Lachen noch als Seufzen deuten kann. »Es ist bizarr, sich vorzustellen, dass sie und ich in Bezug auf Mädchen denselben Geschmack hatten. Hat sie es mir deshalb nie gesagt?« Trevs Finger verknoten sich. »Wegen dir?«

Wir beide kennen die Antwort, aber ich kann mich nicht dazu überwinden, sie zu geben. »Ich wollte dir von mir erzählen«, sage ich stattdessen. »Aber ich konnte es nicht, ohne dir von ihr zu berichten. Trev, ich gehe in ihr auf. Ich habe es nie gelernt, jemand anderen zu lieben, weil sie da war und wir *wir* waren. Wir waren immer nur wir zwei, und das konnte ich nicht beenden, ohne mich zu zerstören, sie zu zerstören.«

»Sie wollte es geheim halten«, bemerkt er. »Und du hast nachgegeben, so wie du es immer getan hast.«

»Sie hatte Angst«, erkläre ich, als ob ich sie verteidigen müsste.

Aber ich weiß, ich muss es nicht, nicht ihm gegenüber. Auch er sagt die Wahrheit. Mina hatte das Sagen und ich folgte ihr. Sie versteckte sich und ich war ihre Zuflucht. Sie behielt Geheimnisse für sich und ich bewahrte sie. Mina log und ich ebenfalls. Manchmal waren wir gnadenlos zueinander. Ausnahmsweise einmal sehe ich sie nicht durch die rosarote Brille, sondern so, wie sie war, in all ihrer unerträglichen, herzzerreißenden Wahrheit.

»Und was war mit dir?«, fragt Trev unmittelbar. »Hattest *du* Angst?«

»Sie zu lieben, war nie beängstigend. Es war nie falsch, war für mich das Richtige. Aber ich wurde anders erzogen als du und Mina, und sie glaubte, ich hätte eine Wahl, weil ich nicht nur Mädchen mochte. Weil ich …« Ich kann den Satz nicht beenden.

Aber er erledigt es für mich. »Weil du mich hattest.«

Ich nicke, mehr bringe ich nicht zustande.

Und er hat recht – ich hatte ihn. Trev hat die ganze Zeit auf mich gewartet. Trotz irgendwelcher Freunde, Trennungen, Streits und einer Sucht, die ich fast zwei Jahre lang verbergen konnte, bis sie mich fertig gemacht hat, war er da und hat auf mich gewartet. Ich weiß genau, was diese Art von Liebe für Opfer verlangt.

Weil ich ebenfalls gewartet habe.

Nur nicht auf ihn.

Ich lege die Arme um seine Schultern, drücke meine Stirn gegen seine Schläfe.

Seine Hände umfassen meinen Nacken, wir schmiegen unsere Stirnen aneinander, unsere Nasen berühren sich. Ich weiß, dass er mich nicht küssen wird, weiß, dass er nie mehr die Initiative ergreifen wird. Es liegt jetzt ganz an mir, an mir allein.

Ich weiß, dass ich ihn nicht küssen kann, weiß, dass ich hier und jetzt die Grenze ziehen muss, weil ich ihn nie so lieben kann, wie ich sie geliebt habe, und er eine solche Liebe verdient. Er verdient etwas Besseres als mich und das, was ich ihm bieten kann.

Ich kämpfe also gegen meine Tränen an und schlucke die Worte, die ich nicht sagen kann, obwohl ich es gern täte.

Wenn es nicht sie gewesen wäre, wärst du es gewesen.

Kapitel 52

ZEHN MONATE FRÜHER (SECHZEHN JAHRE ALT)

Ich kann nicht aufhören zu weinen, als ich durch die Hintertür des Hauses der Bishops schlüpfe. »Mina, Mina, bist du da?«

Als ich keine Antwort erhalte, stürme ich ohne anzuklopfen in ihr Schlafzimmer. Sie sitzt mit gekreuzten Beinen auf ihrem Himmelbett.

Sie fragt mich nicht, was los ist.

Sie hat auf mich gewartet.

Wir schauen uns schweigend an, und plötzlich begreife ich, weshalb sie so schuldbewusst aussieht. Warum sie sich zwingen muss, meinem Blick standzuhalten.

Sie *weiß* es.

Sie hat meinen Eltern den Tipp gegeben, wo die Drogen zu finden sind sowie die Rezeptblöcke, die ich aus Dads Praxis geklaut hatte.

Ihr Verrat macht mich wütend. Am liebsten würde ich sie schlagen, an den Haaren reißen, bis ich Büschel davon in der Hand halte. Ich möchte sie so bestrafen, wie sie mich die ganze Zeit bestraft hat. Besteht ihre Lösung darin, dass ich weggeschickt werde und somit keine Versuchung mehr darstelle?

»Sophie, ich musste es ihnen sagen.«

»Nein.«

»Ich musste es tun.« Als ich vor ihr zurückweiche, erhebt sie sich vom Bett. »Du hörst mir nicht zu. Du willst nicht mit mir reden. Du brauchst Hilfe.«

»Ich kann nicht glauben, dass du das getan hast!« Ich bin schon fast an der Tür, der Schrecken sitzt mir noch in allen Gliedern.

»Ich musste es tun.« Sie jagt mir hinterher, zerrt mich zurück ins Zimmer, schlägt die Tür hinter mir zu und schließt uns ein.

Mein Gleichgewicht, sowieso labil, ist jetzt vollends ruiniert, und ich stolpere, stoße gegen sie.

»Du hast mir gesagt, du würdest mit den Pillen aufhören«, zischt sie jetzt ohne jede Spur von Entschuldigung oder Schuldgefühlen. Ihre Finger krallen sich in meinen Arm, und ich quetsche ihr Handgelenk wie in einem Schraubstock, denn das können wir beide sehr gut – uns wehtun.

»Ich habe gelogen«, sage ich ihr direkt ins Gesicht.

Sie wird leichenblass, lässt mich so unvermittelt los, dass ich schwanke. »Wie konntest du das nur tun?«, will sie wissen. »Deinen Dad beklauen? Das sieht dir gar nicht ähnlich. Du hättest dich mit den vielen Pillen umbringen können!«

»Vielleicht habe ich das gewollt.«

Mina stößt einen undeutlichen, animalischen Schrei aus. Dann schubst sie mich.

Sie legt ihr ganzes Gewicht in diese Bewegung, schubst mich, als wäre ich gesund. Keine behutsamen Berührungen, kein stützendes Unterhaken. Jetzt ist die Zeit gekommen, mich zu Fall zu bringen, mich endgültig niederzumachen.

Ich stolpere, aber ich ziehe sie mit zu Boden, greife nach ihr und dränge sie auf den Teppich. Ich habe die Hände in ihrem Haar verkrallt und zerre daran. Ihre Nägel graben sich in meine Schulter.

»Wie kannst du so etwas sagen«, keucht sie. »Nimm es zurück.«

»Nein.« Ich versuche, sie wegzudrücken; sie liegt halb über mir. Ich kann kaum atmen. Ihre Hände pressen meine Schultern hinunter, nageln mich am Boden fest. Mein Rücken tut weh, mein Bein ist ungünstig angewinkelt. Ihre Augen glühen, als sie mich anschaut, den Blick nicht von mir lässt. Ich bin wie gebannt, denn noch nie zuvor habe ich sie so erlebt, als ob dies das Gefährlichste wäre, was sie je getan hat. Sie beugt sich so nah über mich, dass ich ihren Atem auf meiner Haut spüre. Ihre Haare fallen über meine Schultern, kitzeln mich am Hals.

»Nimm es zurück«, befiehlt sie mir.

Ich befeuchte die Lippen und schüttele den Kopf. Meine letzte Mutprobe.

Sie küsst mich, und ich bin erstaunt, dass sie nachgibt und nicht ich.

»Nimm's zurück«, flüstert sie in meinen Mund, und mein Atem geht stoßweise, mein Körper bewegt sich ruckweise, bäumt sich ihrem entgegen, als ihre Hände unter mein Shirt schlüpfen und die zarte Haut um meinen Bauchnabel berühren.

Ich berühre ihre Wangen, küsse sie fordernd, mit Zunge

und Zähnen. Dies war noch nie sanft oder zärtlich; wir waren immer mehr als das, gereizt durch die Zeit und unser Verlangen. Unser geheimer Krieg war endlich gewonnen.

Ich fange an, *bitte* zu sagen, aber in Wirklichkeit will ich ihren Namen aussprechen, meine Lippen auf ihre gepresst, an ihr Schlüsselbein geschmiegt. Und so murmele ich wie ein Mantra, wie ein Dankeschön oder einen Segen ihren Namen.

Ihre Hand schiebt sich weiter unter mein Shirt. Sie gleitet mit den Fingerknöcheln unter meinen BH und ich dränge mich gegen sie.

Wir geben uns ganz unseren Gefühlen hin, küssen uns minutenlang, während wir uns nach und nach unserer Kleider entledigen. Schließlich gleiten ihre Finger in meinen Schlüpfer, und ich stöhne an ihrem Hals, zucke unter ihrer Hand zusammen und werde von einer heißen Woge überflutet, als sie ihre Finger zärtlich kreisen lässt. Mein Atem wird immer kürzer, bis ich das Gefühl habe, überhaupt keine Luft mehr zu bekommen, so sehr bin ich von dem Spiel ihrer Finger aufgewühlt.

Als sie an der Reihe ist, unter mir zittert, spüre ich ihre weiche, glatte Haut, ihre warmen Hände, ihre Brüste gegen meine gepresst. Mein Mund wandert langsam nach unten, immer weiter, zu der seidigen Stelle, die nach Salz schmeckt. Sie flüstert meinen Namen. Ich bin wie hypnotisiert.

Ich möchte mich an jede Einzelheit erinnern, denn es ist das erste Mal.

Später erinnere ich mich an alles, weil es das einzige Mal war.

Kapitel 53

JETZT (JUNI)

Als Trev weg ist, fühle ich mich wie gerädert. Ich gehe in meinen Garten hinaus, bringe aber nicht mehr zustande, als mich ins Gras zwischen zwei der Beete zu legen. Ich beobachte, wie die Sonne hinter den Trinities untergeht.

Fast bin ich eingedöst, als jemand gegen das hintere Tor hämmert. Ich öffne die Augen und stütze mich auf die Ellbogen, als Rachel ruft: »Sophie, bist du da?«

»Hey, ich komme.« Ich stehe ganz langsam auf, denn mein Rücken tut mir weh, weil ich so lange auf der Erde gelegen habe.

Als ich endlich das Tor aufschließe und öffne, steht Rachel davor und hält eine Plastiktüte an sich gepresst. Auf ihrer Stirn und ihren Armen entdecke ich Spuren von Staub und einen Kratzer an ihrem Bein. Sie stürmt vorwärts und schwenkt die Tüte. »Ich habe sie gefunden!«, verkündet sie. »Es hat ewig gedauert. Kyle musste um zwei Uhr weg zur Arbeit, aber ich bin am Ball geblieben. Mina hatte sie in einer Schachtel mit Barbies versteckt, die unter einem Berg von Gerümpel verborgen war. Ich wurde fast unter einer Lawine von Weihnachtsglitterkram begraben.«

»Sie hat sie in einer Schachtel mit Barbies versteckt?«

»Genauer gesagt in Barbies Auto, in dem kleinen Kofferraum. Mina war ganz schön schlau, ich hätte es um ein Haar übersehen.«

Meine Hände zittern, als ich die helle Plastiktüte entgegennehme. Darin befinden sich zwei Seiten zusammengefaltetes weißes Druckerpapier.

»Hast du sie gelesen?«, frage ich. »Sie berührt? Was ist mit Fingerabdrücken?«

Rachel kramt in ihrer Tasche und fördert ein Paar rosa Plastikhandschuhe zutage, mit Gänseblümchen an den Manschetten. »Ich habe die hier. Ich glaube nicht, dass darauf irgendwelche Fingerabdrücke außer denen von Mina zu finden sind, aber es kann nicht schaden, vorsichtig zu sein.«

Erst nach mehreren Versuchen schaffe ich es, die Handschuhe über meine zitternden Hände zu streifen. »Hast du's Trev gezeigt?«

»Er war noch nicht zurück, als ich sie gefunden hatte, also habe ich sie direkt zu dir gebracht.«

»Wirklich? Er hat mich vor ungefähr einer Stunde hier abgeliefert.«

Rachel zuckt die Schultern. »Er war nicht dort. Vielleicht ist er gekommen, direkt nachdem ich mich auf den Weg gemacht hatte.«

»Vermutlich«, erwidere ich. Ich greife in die Tüte und hole das erste Blatt heraus, das vierfach zusammengefaltet ist. Vorsichtig falte ich es auseinander, bis die schwarze Tinte, seine Warnung, sichtbar wird:

WENN DU WEITER HERUMSCHNÜFFELST, WIRST DU AUCH VERSCHWINDEN.

Mit dem behandschuhten Finger zeichne ich jedes Wort nach und drücke den Daumen kräftig auf das Papierende – so stark, dass es zerknittert.

Ich will es am liebsten zerreißen.

Ich will *ihn* zerreißen.

Ich holte tief Luft, atme ein und aus, ein und aus, bevor ich nach dem zweiten Zettel greife. Ich falte ihn auseinander und lege ihn neben den ersten:

LETZTE WARNUNG. WENN DU NICHT MÖCHTEST, DASS IRGENDJEMANDEM ETWAS GESCHIEHT, LÄSST DU ES AUF SICH BERUHEN.

Ich furche die Stirn, als ich vier getippte Adressen unter der Drohung des Mörders entdecke: Trevs Wohnung in Chico, das Haus der Bishops in Sacramento, Kyles Haus in der Girvan Street – und meine Adresse. Sie ist die einzige, die x-mal rot eingekreist ist.

Das Papier zerknittert in meiner Hand; ich scheine die Faust nicht öffnen zu können. Meine Finger schwitzen in den rosa Plastikhandschuhen und mein Herz schlägt wie wild. Ich drehe mich um und blicke über die Schulter. Dad ist in der Küche und wäscht das Geschirr ab; durch das kleine Fenster über der Spüle kann ich seinen Kopf sehen. Unwillkürlich stelle ich mir einen Moment lang vor, wie er oder Mom der Polizei ein drittes Mal die Tür öffnen müssen.

Zum letzten Mal.

Das wünsche ich ihnen nicht. Ich habe ihnen genauso viel zugemutet wie sie mir, vermutlich mehr.

Aber es darf keine Rolle spielen. Ich kann nicht zulassen, dass es eine Rolle spielt. Wichtig ist, dass ich Minas Mörder finde.

»Hey, willst du das nicht loslassen?«, fragt Rachel. Sie wirft einen Blick auf den zusammengeknäuelten Zettel in meiner Hand, bis ich die Finger löse. »Das ist Beweismaterial. Aber da ist noch etwas.« Rachel deutet auf die Tüte. Ich fasse hinein und hole eine Visitenkarte heraus.

Margaret Chase
WOMEN'S HEALTH
(531) 223-3421

»Oh, das ist jetzt nicht wahr, oder?«, bemerke ich. »Hast du angerufen?«

»Ich habe auf dich gewartet«, erwidert Rachel. »Aber weißt du, man muss kein Hirnchirurg sein, um hier zu einer logischen Schlussfolgerung zu gelangen. Du *weißt*, weshalb Mädchen sich an Women's Health wenden.«

Ich tippe die Nummer in mein Handy. Mir wirbelt der Kopf, als es klingelt und klingelt. Schließlich schaltet sich die Mailbox ein. *»Sie sind mit dem Anrufbeantworter von Margaret Chase, Adoptionsberaterin für Women's Health, verbunden. Ich bin gerade im Urlaub und werde am 8. Juli wieder im Büro* *sein. Wenn Sie Ihren Namen und Ihre Telefonnummer hinterlassen, werde ich Sie nach meiner Rückkehr zurückrufen. Danke und einen schönen Tag.«*

Ich hänge ein, starre auf das Handy – mein Verdacht hat sich bestätigt.

»Ich hatte recht, nicht wahr?«, fragt Rachel. »Jackie war schwanger.«

»Margaret Chase ist eine Adoptionsberaterin«, erkläre ich. »Bei ihrem Interview mit Matt hat Mina ihn über sein Sexualleben mit Jackie ausgefragt. Er war total beleidigt.«

»Okay ...«, meint Rachel und setzt sich auf den Rand eines der Beete. Mit einer Handbewegung lädt sie mich ein, mich neben sie zu setzen. Ich wähle das Beet ihr gegenüber, hocke mich aber auf den Boden und lehne den Rücken gegen das Holzgestell, als Halt.

»Lass uns darüber nachdenken«, sagt Rachel. »Also angenommen, Jackie war schwanger ...«

»Und sie will das Baby zur Adoption freigeben«, fahre ich fort, den Blick auf Margaret Chases Visitenkarte geheftet. »Sie hat ein Collegestipendium in der Tasche. Mit einem Baby wäre es mit dem Fußball vorbei. Also redet sie mit Matt – und was dann?«

»Es gibt mehrere Möglichkeiten«, meint Rachel. »Matt hat vielleicht für eine Abtreibung plädiert. Sie lehnt ab, und er tötet sie, auch wenn das irgendwie extrem zu sein scheint, besonders wenn sie vorhatte, das Baby wegzugeben. Aber er ist ein Siebzehnjähriger mit einem wachsenden Drogenproblem. Er möchte vermutlich kein Baby um sich haben. Und er trifft vermutlich nicht gerade die vernünftigsten Entscheidungen.«

»Und wenn er das Baby doch wollte?« Ich starre auf die beiden Zettel vor mir. Denke daran, dass die wichtigsten Menschen in Minas Leben schwarz auf weiß dort stehen, eine Drohung, die sie mitten ins Herz traf. Das einzige Mittel, das sie wirklich dazu gebracht hätte, Abstand von alldem zu nehmen. »Die Familie ist wichtig. Und Matts Dad ließ ihn und Adam im Stich. Vielleicht schreckte er vor der Vorstellung zurück, das Baby Fremden zu überlassen. Vielleicht hatte er gar nicht geplant, Jackie umzubringen. Es könnte ein Unfall gewesen sein. Vielleicht hatten sie über das Baby gestritten und die Dinge gerieten außer Kontrolle. Er schubste sie und sie prallte mit dem Kopf gegen etwas.«

»Ist er ein aggressiver Typ? Wie war er heute, als du mit ihm gesprochen hast?«, will Rachel wissen.

»Er wirkte … müde«, sage ich. »Traurig. Er sagte, er glaubt, Jackie sei noch am Leben.«

Rachel runzelt die Stirn.

»Wenn ich das alles nur vor dem Gespräch mit ihm gewusst hätte.« Ich werfe einen Blick aufs Handy. Es ist fast halb sieben.

Ich denke daran, wie Matt heute Morgen in seiner Wohnung seine Sechs-Monate-Münze wie einen Rettungsring umklammert hielt. David hatte mir einen Terminplan von den Treffen der Anonymen Narkotiker gegeben und ich hatte sie widerstrebend in meinen Terminkalender im Handy eingetippt. Ich rufe ihn auf. Das Mittwochstreffen findet in der Methodistenkirche statt – das wird bald enden. Ich würde jede Wette eingehen, dass er sich zurzeit dort aufhält. Selbst wenn er wieder rückfällig geworden ist, geht er dorthin, um den Schein zu wahren.

»Hey«, sage ich zu Rachel. »Lust auf eine kleine Fahrt?«

Als Rachel und ich auf den Parkplatz neben der Kirche einbiegen, ist das Treffen gerade zu Ende. Menschen kommen die Treppe hinunter, reden miteinander, und einige greifen nach ihren Zigaretten.

»Bleib in meiner Nähe«, bitte ich sie. Ich werde Rückendeckung benötigen, falls es unangenehm wird.

»Bleib in Sichtweite«, kontert Rachel.

»Einverstanden. Bin gleich wieder zurück.«

»Denk daran: *Feingefühl!*«, ruft sie mir hinterher.

Als ich näher komme, unterhält sich gerade ein hochgewachsener Mann, der mir den Rücken kehrt, mit Matt. Bei den Stufen angelangt, erkenne ich seinen Onkel, den Coach. Ich erinnere mich, dass Adam gesagt hatte, die Familie müsse dafür sorgen, dass Matt zu den Treffen gehe. Ich kann mir das nicht vorstellen, die Familie derart einzubeziehen.

»Sophie.« Der Coach lächelt mich an. »Dein Dad ist ja so froh, dass du wieder zu Hause bist. Wie fühlst du dich?«

»Hi, Coach, Matt.« Ich blicke zur Kirche hoch. »Mir geht's gut. Komme mir aber gerade ziemlich blöd vor – ich hab wohl die Zeit für das Treffen falsch eingetragen. Ich dachte, es sei um sieben Uhr.«

»Nein, es fängt um sechs an«, erklärt Matt.

Das Handy von Coach Rob klingelt. »Ich muss rangehen«, sagt er und drückt Matts Schulter. »Gute Arbeit heute«, erklärt er mit einem gewissen Unterton. »Sophie, schön, dass ich dich gesehen habe. Sag deinem Dad, ich werde wegen des Spiels am nächsten Donnerstag noch mal auf ihn zukommen.«

»Mach ich«, erwidere ich, als er den Parkplatz ansteuert, um seinen Anruf entgegenzunehmen.

Matt lächelt mich an. »Tut mir leid, dass du das Treffen verpasst hast, aber morgen findet wieder eines statt, in der Elk's Lodge.«

Wäre ich Mina, würde ich sein Lächeln erwidern und mit meinem Haar spielen. Ich würde harmlose Fragen stellen, ihm ein gutes Gefühl vermitteln, ihn in mein Netz locken.

Aber ich beherrsche diese Taktik nicht, will dies einfach nur hinter mich bringen.

»Ich bin eigentlich nicht wegen eines Treffens hier, sondern um dich zu fragen, ob du Jackie geschwängert hast.«

Matts Lächeln verschwindet, genauso jegliche Farbe in seinem Gesicht. »Was zum Teufel meinst du?«

»Schau, ich könnte so nett zu dir sein wie heute Morgen und um den heißen Brei herumreden, aber du bist ein Meth-Junkie, und du lügst. Also ... hast du ... Jackie. Hast du sie geschwängert?«

Ich starre ihn unverblümt an, versuche die Wahrheit in seinem Gesicht zu lesen, denn ich weiß, dass seine Worte sie nicht verraten werden. Aber er strahlt nur Wut aus. Er blickt über die Schulter; sein Onkel befindet sich außer Hörweite.

»Du solltest hier auf der Stelle verschwinden.« Er macht einen Schritt auf mich zu, doch dann höre ich eine Hupe vom Parkplatz her – Rachel signalisiert mir, dass sie mir Rückendeckung gibt.

»Hatte Detective James recht?«, will ich wissen, ohne ihn aus den Augen zu lassen. Doch er meidet meinen Blick. Unter seinem schlabberigen Polo zucken seine Schultern. »Hast du es getan? Hast du sie entführt? Sie getötet? War das Baby der Grund?«

»Du bist so was von daneben«, sagt er. »Verschwinde.«

»Oder was?«, frage ich ihn. »Willst du mir wieder mit einer Stange auf den Kopf schlagen? Willst du versuchen, mich dieses Mal kaltzumachen?«

Er weicht hastig vor mir zurück, jegliche Aggressivität ist plötzlich verflogen. »Du bist eine durchgeknallte Zicke«, sagt er. »Und du solltest mich jetzt in Ruhe lassen.«

Er geht die Stufen zu Coach Rob hinunter, und ich starre auf seinen Rücken, auf die Form seiner Schultern und versuche verzweifelt, etwas von jenem Abend wiederzuerkennen – ein Detail, *irgendetwas* an der Art, wie er geht oder wie er spricht. Rachel kommt zu mir hochgerannt und schnappt nach Luft.

»Alles okay mit dir? Was ist denn passiert?«, will sie wissen.

Ich starre immer noch Matt hinterher, bis er um die Ecke verschwunden ist. »Ich war nicht feinfühlig«, sage ich.

Kapitel 54

EIN JAHR FRÜHER (SECHZEHN JAHRE ALT)

»Warum kommst du denn so spät?«, fragt Mina, als ich aus meinem Wagen steige. Sie hat sich auf der Ladefläche von Trevs Pick-up auf einer karierten Decke niedergelassen, die sie sorgfältig über die abblätternde Farbe gebreitet hat. Ihre Beine baumeln vom Rand der Heckklappe, ihre Füße stecken in Gänseblümchen-Flipflops. Vor uns erstreckt sich kilometerweit der See. Wir sehen nichts als blaues Wasser, in dem sich der Himmel und die Berge spiegeln. Die Sonne verliert an Kraft und wir haben mindestens noch eine halbe Stunde bis zum Feuerwerk.

Ich greife nach der Plastiktüte, die ich auf meinem Rücksitz verstaut habe. »Vierter-Juli-Verkehr«, brumme ich. »Ist Trev auch da?«

»Nein, ich habe mir den Pick-up von ihm geliehen«, erklärt Mina. »Was ist denn in der Tüte?« Sie streckt die Hand danach aus, aber ich weiche zurück. Sie verzieht ihre erdbeerrot bemalten Lippen zu einem Schmollmund. »Du bist gemein.«

Ich lächele, bringe die Tüte vor ihr in Sicherheit und hieve mich hoch, um neben ihr zu sitzen.

Mina legt sich auf der Ladefläche auf den Rücken und ich folge ihrem Beispiel. Wir lassen eine Flasche Boone's Farm hin- und hergehen; die fruchtige Süße klebt in meiner Kehle. Mina umreißt mit den Fingern Wolken, ihre Ringe glitzern in der untergehenden Sonne. Sie beschreibt mir die Gestalten, die sie sich ausmalt, eine fantastischer als die andere.

»Soph, hast du schon mal überlegt, was passieren wird, wenn wir fortgehen?«, fragt sie.

Ich drehe den Kopf nach rechts, damit ich sie anschauen kann. Auf der Decke sind unsere Haare, blond und dunkel, miteinander verwoben, und sie meidet bewusst meinen Blick.

»Du meinst, aufs College und so?«

Mina nickt und starrt weiter zum Himmel hoch, der immer dunkler wird. Die Grillen fangen an zu zirpen. Ihr Gesang vermischt sich mit dem Quaken der Frösche und dem entfernten Gelächter von einem Hausboot auf dem See.

»Es wird ein komisches Gefühl sein, oder?«, bemerkt Mina. »Wenn wir uns nicht sehen.« Als ich nicht antworte, dreht sie sich um, rollt vom Rücken zur Seite, sodass unsere Gesichter nur noch wenige Zentimeter voneinander entfernt sind. »Ist es nicht so?«

»Ich mag nicht darüber nachdenken«, erwidere ich.

Mina kaut an ihrer Lippe; ich bin ihr so nah, dass ich den Erdbeer-Lipgloss riechen kann. »Manchmal kann ich an nichts anderes denken«, sagt sie so leise, dass ich sie kaum verstehen kann. Sie seufzt und streicht mir eine Haarsträhne hinters Ohr. Ihre Hand ruht einen kurzen Augenblick auf meiner Haut, berührt die kleine Krümmung unter meinem Kiefer, wo mein Puls schlägt.

Plötzlich ertönt ein *Pop-pop-pop* und der Zauber ist gebrochen. Funken erhellen den Nachthimmel in einem atemberaubenden Feuerwerk aus Rot, Weiß und Blau. Die Spiegelung des Feuerwerks auf dem Wasser dehnt sich aus, bis es so aussieht, als seien wir in Licht gehüllt.

»Es geht los!« Mina setzt sich auf und springt aus dem Pick-up, klatscht in die Hände wie ein Kind. Ich lächele, als sie die Show verfolgt, bin völlig gebannt von ihr.

Nachdem das Feuerwerk beendet ist, ist die Nacht erfüllt von Asche und Rauch. Mina steht immer noch da, den Blick zum Himmel gerichtet, und wartet, als ob es noch ein extra Feuerwerk gäbe nur für sie.

Während ihre Aufmerksamkeit noch immer auf den Himmel gerichtet ist, greife ich hinter mich und befördere die Plastiktüte hervor, die ich verstaut habe. Als sie sich umdreht, sitze ich am Rand der Heckklappe, eine kleine Wunderkerze in der Hand, mein Geschenk für sie.

Sie strahlt mich an und ich strahle zurück.

Statt sie entgegenzunehmen, umfasst sie meine Hände mit ihren. Die Wunderkerze sprüht Funken zwischen uns, die in die Luft schießen und zischen. Schatten umspielen ihr Gesicht, das Licht erhellt es von Zeit zu Zeit. Noch nie habe ich mich sicherer gefühlt und sie hat noch nie schöner ausgesehen.

Noch lange nach dem Verglimmen der Funken hält Mina meine Hände zwischen ihren ascheverschmierten Handflächen.

»Ich weiß nicht, was ich ohne dich tun würde«, flüstert sie.

Ich verhake meinen Daumen mit ihrem, und unsere Ringe erzeugen ein klirrendes Geräusch, das unausgesprochene Versprechen für immer … eines Tages.

Kapitel 55

Jetzt (Juni)

Als ich wieder zu Hause bin, blättere ich Minas Notizen durch und suche einen Hinweis auf Jackies mögliche Schwangerschaft. Aber entweder hatte sie nicht die Zeit, es aufzuschreiben, oder sie hatte es noch nicht herausgefunden, denn in der Zeitleiste oder in ihren Notizen ist nichts zu finden, was auch nur auf einen Verdacht in diese Richtung hindeuten würde.

Nachdem ich alle Dateien durchsucht habe, schließe ich meinen Laptop. Fast bin ich davon überzeugt, dass eine ungeplante Schwangerschaft der Grund für Jackies Verschwinden ist. Wenn es doch schon Juli wäre, dann wäre Margaret Chase wieder aus dem Urlaub zurück. Ich habe allerdings keine große Hoffnung, dass sie meinen Verdacht bestätigen würde – es gibt Regeln zur Weitergabe dieser Art von Informationen –, aber wenn ich sie in der Klinik aufsuche und mit ihr rede, könnte ich vielleicht aus ihrer Reaktion Schlüsse ziehen. Nur um sicher zu sein.

»Sophie?« Meine Mom klopft an die Tür, bevor sie sie öffnet.

Ich zucke überrascht zusammen und das Notizbuch auf meinem Schoß fällt zu Boden. »Ja?«

»Wollte nur schnell nach dir schauen. Ich habe etwas zu essen gemacht. Hast du Hunger?«

»Danke, aber ich habe bereits gegessen.«

»Mit Trev?«, will sie wissen.

»Nein, ich war mit Rachel bei Angry Burger.«

»Dein Vater hat gesagt, Trev sei heute hier gewesen.«

»Er hat mich hier abgesetzt, nachdem wir unterwegs gewesen sind«, erkläre ich, und sie presst die Lippen zusammen.

»Verstehe. Nun, dann gute Nacht.«

»Nacht.«

Als sie die Tür hinter sich geschlossen hat, öffne ich das Notizbuch auf meinem Schoß erneut. Die Plastiktüte mit den Drohbriefen ist zwischen die Seiten geklemmt.

Ich bin auf der Spur von etwas … etwas, das alles aufhellen wird. Es surrt unter meiner Haut, erweckt in mir den Wunsch, auf und ab zu gehen, mich in Bewegung zu halten, vorwärts, aufwärts, egal wie.

Hat sie auch so empfunden? Diese quälende Suche nach Antworten, die sie süchtig und leichtsinnig gemacht hat?

Fast kann ich es verstehen. Es ist einfach eine andere Art des High-Seins.

Ich presse die Hand auf die Notizen, die sicher in der Plastiktüte verwahrt sind. Was würde Detective James tun, wenn ich sie ihm jetzt brächte? Würde er annehmen, dass ich sie selbst geschrieben habe? Würde er mir ins Gesicht lachen? Morgen muss ich unbedingt Trev fragen, was wir tun sollen. Nachdem wir mit Amy Dennings gesprochen haben. Vielleicht reicht das, die Drohungen und Minas Notizen über den Fall. Detective James würde Trev zuhören müssen. Er würde neuen Indizien nachgehen müssen, auch wenn sie im Widerspruch zu seiner Drogentheorie stünden. Da er Jackies Fall bearbeitet hatte, könnte er vielleicht Verbindungen herstellen, die keiner von uns gesehen hat.

Ich schließe das Notizbuch, verstaue es in meiner Schreibtischschublade. Dann lösche ich das Licht.

Ich schlafe, träume aber davon, hinter Mina herzujagen, höre ihr Lachen und schaffe es nie ganz, sie einzuholen.

Am Tag darauf fahre ich um Viertel vor sechs zum Fußballplatz, setze mich auf meine Motorhaube und warte auf Trev. Fünf Minuten später kreuzt er auf und wir gehen über den breiten grünen Rasen. Die Sommersonne brennt auf unsere Schultern herunter. Die Mädchen sind immer noch auf dem Platz. Vom Spielfeldrand aus sehen einige Eltern beim Training zu, während der Coach hin und her geht, seine Spielerinnen aufmerksam beobachtet, ihr Spiel korrigiert oder sie aufmuntert.

»Weißt du, wie sie aussieht?«, fragt Trev. »Ich glaube, sie hat dunkle Haare.«

Ich halte die Hand vor die Augen, um sie gegen die Sonne zu schützen, und blicke über das Meer von Köpfen, um nach einer Brünetten Ausschau zu halten. Wir halten uns etwas abseits, bis das Training zu Ende ist und die Mädchen sich verstreuen. Ein Mädchen mit Kurzhaarschnitt kommt an uns vorbei, um ihre Sporttasche zu holen. Ich lächele sie an und frage: »Hey, ich suche Amy, ist sie hier?«

»Ja, sie ist da drüben mit Casey.« Das Mädchen deutet auf zwei Mädchen, die beieinanderstehen. Das dunkelhaarige

Mädchen lacht und die andere, eine kleine Rothaarige, bespritzt sie mit Wasser aus ihrer Flasche. Amy kreischt und weicht zurück.

»Danke.«

»Hey, du bist Coach Bills Tochter, nicht wahr?«, fragt das Mädchen. »Du hast auch Fußball gespielt.«

»Ja, das stimmt«, gebe ich zu.

»Dein Dad ist cool, um einiges lockerer als Coach Rob.«

Unwillkürlich lächele ich. »Ich werde ihm berichten, was du gesagt hast. Nochmals danke.«

Als Trev und ich den Rasen überqueren, hat sich die Rothaarige verzogen und Amy allein zurückgelassen. Sie verstaut gerade ihre Sportsachen in ihrer Tasche.

»Amy?«, rufe ich.

Sie dreht sich um, ihr langer brauner Pferdeschwanz wippt über ihrer Schulter. Ich erkenne die Ähnlichkeit mit Jackie: die Stupsnase, der freundliche Ausdruck in ihren blauen Augen. »Ja?«

»Ich bin Sophie«, stelle ich mich vor. »Das ist Trev. Können wir kurz mit dir sprechen?«

»Worum geht's?« Sie wirft Trev einen Blick von der Seite zu, der etwas zu lange währt. »Kenne ich dich?«, fragt sie ihn.

»Ich war mit deiner Schwester befreundet«, erklärt Trev. »Ich glaube, wir haben uns ein paarmal gesehen, als du noch klein warst.«

»Oh.« Sie kreuzt die Arme und mustert uns von Kopf bis Fuß. »Geht es um Jackie? Ich rede nämlich nicht über sie. Besonders nicht mit Fremden.«

»Du hast mit meiner Schwester über sie gesprochen«, sagt Trev. »Mina Bishop?«

Sie macht große Augen. »Du bist Minas Bruder?«

Er nickt.

»Hör zu, es tut mir leid, was mit Mina passiert ist«, sagt sie.

»Danke«, erwidert Trev fast mechanisch. Plötzlich überlege ich, wie oft er das gehört haben mag. Hastige Beileidsbekundungen und betretenes Schweigen sind wohl sein täglich Brot. Ich frage mich, ob er genauso begierig ist wie ich, unsere Stadt zu verlassen, auch wenn ich weiß, dass er seine Mutter nie im Stich lassen wird. Nicht jetzt.

»Aber worum es sich auch handeln mag …« Sie blickt über die Schulter. »Dort drüben steht meine Mom, ich muss jetzt wirklich gehen.«

»Mina hat ein Interview mit dir gemacht, nicht wahr?«, frage ich. »Über das Verschwinden deiner Schwester? Sie schrieb eine Geschichte darüber.«

»Nein«, widerspricht Amy, aber sie ist eine schlechte Lügnerin. Noch bevor die Lüge über ihre Lippen gekommen ist, werden ihre Wangen puterrot.

»Amy, ich habe Minas Notizen«, sage ich. »Vielleicht hat sie nicht das gesamte Interview aufgezeichnet, aber ich habe die erste Minute davon. Ich weiß, dass ihr beide miteinander gesprochen habt.«

Amy reckt das Kinn vor und ihr Gesicht nimmt einen störrischen Ausdruck an. »Haben wir nicht. Mir wurde klar, dass es ein Fehler war, also ging ich, nachdem ich sie gebeten hatte, den Rekorder abzustellen.« Sie blickt erneut über die Schulter zu den Autos, die auf den Parkplatz einbiegen. Ihre

Mannschaftskameradinnen packen ihre Sportsachen ein und gehen zu ihren Eltern. »Ich muss jetzt gehen«, sagt sie.

»Tut uns leid, dass wir dich belästigt haben«, sagt Trev und lächelt sie freundlich an, dieses beruhigende, zuverlässige Lächeln – und wie fast alle Mädchen reagiert sie darauf.

»Ist schon okay«, sagt sie. »Aber ich muss gehen.«

»Ich weiß«, erwidert Trev. »Ich will dich nur noch eines fragen, dann lasse ich dich in Ruhe. Hast du irgendjemandem erzählt, dass Mina Interviews über Jackie führte?«

»Nein«, erwidert Amy. »Ich habe es niemandem gesagt. Warum spielt das eine Rolle? Es war ja nur eine blöde Zeitungsgeschichte.«

»Ich versuche gerade, ein paar Dinge herauszufinden«, sagt Trev.

»Nun, ich kann dir nicht dabei helfen.« Amy wirft sich die Tasche über die Schulter. »Bye.« Mit großen ausholenden Schritten entfernt sie sich.

Sie verbirgt etwas.

»Gib mir eine Minute«, sage ich zu Trev. Dann laufe ich ihr hinterher. »Amy«, rufe ich. »Einen Augenblick.«

»Das ist ja die reinste Belästigung«, grollt sie und wirbelt herum. »Was willst du denn?«

»War Jackie schwanger?«

Ich stehe direkt vor ihr, aber ich könnte einen Kilometer entfernt sein und trotzdem die Wahrheit erkennen. Sie saugt jäh die Luft ein, atmet tief durch.

»Ich weiß nicht, worüber du redest«, sagt sie, sobald es ihr gelingt, ihren Atem wieder unter Kontrolle zu bekommen.

»Unsinn«, erwidere ich. »Sie war schwanger, nicht wahr? Und du hast es gewusst.«

Amy blickt über die Schulter, als befürchte sie, dass die Mädchen, die nur wenige Meter von uns entfernt sind, uns hören könnten. Dann greift sie nach meinem Arm und drückt ihn so fest, dass es wehtut. »Halt den Mund.«

»Hast du es die ganze Zeit gewusst?«, frage ich und schüttele sie ab. »Hast du es gegenüber der Polizei verschwiegen? Warum hast du das getan?«

Amy wird erneut rot. Die Röte erfasst ihren Hals, zieht sich bis zu den Ohren. »Halt endlich den Mund! Willst du, dass es alle hören?«

Aber ich bin mitleidslos, muss es sein.

»Wie hast du herausgefunden, dass sie schwanger ist? Hat Jackie es dir gesagt?«

»Ich werde jetzt gleich losschreien«, droht Amy. »Meine Mom ist da drüben und wartet auf mich.« Sie deutet auf die Gruppe Erwachsener, die sich mit dem Coach und ein paar der Mädchen auf dem Parkplatz unterhält.

»Nein, das wirst du nicht«, sage ich. »Wenn deine Mom hierherkommt, hört sie, was ich sage, und ich bin mir ziemlich sicher, dass du das nicht willst. Weil ich mir ziemlich sicher bin, dass sie keine Ahnung davon hat, oder? Beantworte meine Frage: Wie hast du erfahren, dass deine Schwester schwanger ist?«

»Mein Gott, und ich dachte, Mina sei nervig«, spuckt Amy aus. Sie tritt näher an mich heran und senkt die Stimme. »Was ist los mit euch? Könnt ihr uns nicht einfach in Ruhe lassen? Glaubst du, das bereitet mir Vergnügen? Ich war elf, als Jackie verschwunden ist. Ich hatte nur eine vage Ahnung, was ein Schwangerschaftstest ist oder wie er aussieht. Als ich ihn fand, hielt ich ihn nicht für wichtig. Als mir klar wurde, was er bedeutete, war Jackie schon seit zwei Jahren verschwunden. Meine Eltern brauchen sich keine Gedanken über ein Enkelkind zu machen, okay? Sie haben bereits genug an offenen Fragen zu kauen.«

»Hast du Mina erzählt, Jackie sei schwanger?«

»Wieso ist das überhaupt …« Amy verstummt. Ein harter Zug um ihren Mund wird sichtbar. Als sie die Schultern strafft, erkenne ich ihre Entschlossenheit.

»Weißt du, Mina war sehr nett, okay? Lange Zeit war ich nicht bereit, mit ihr zu reden, ich war richtig kratzbürstig zu ihr, doch sie war nach wie vor nett zu mir. Sie hat mich mürbe gemacht.« Amy gräbt die Spitze ihres Stollenschuhs ins Gras und weicht meinem Blick aus. »Sie hat versprochen, es niemandem zu sagen. Da dies vertraulich sei.«

»Mina hat dein Geheimnis für sich behalten. Das konnte sie sehr gut.«

»Und wirst du es für dich behalten?« Sie hat das Zittern in ihrer Stimme jetzt mehr oder weniger unter Kontrolle.

»Nein«, erwidere ich, weil ich sie nicht anlügen will.

Sie starrt mich an. »Warum nicht?«, will sie wissen.

»Weil derjenige, der Jackie entführt hat, auch Mina getötet hat«, erkläre ich. »Amy, sie hat nicht nur eine Zeitungsgeschichte geschrieben. Sie versuchte auch, herauszubekommen, wer Jackie entführt hat – wollte den Fall lösen –, und starb dafür. Direkt vor meinen Augen. Also kann ich nicht still sein, okay? Weil dies … keine kleine Sache ist, sondern das *Motiv*.«

Amys Mund öffnet sich vor Staunen. Sie weicht einen Schritt zurück und drückt die Stollen noch mehr in den Boden. »Du meinst … du glaubst … Matt. Du glaubst, Matt hat sie entführt. Und hat sie wegen des Babys getötet?«

»Ich bin mir noch nicht sicher«, antworte ich. »Aber es ist eine Möglichkeit.«

»Und du wirst … was? Ihn schnappen? Wie zum Teufel willst du das anstellen? Wenn das, was du sagst, stimmt, hat die Polizei nicht genug gefunden, um ihn wegen meiner Schwester zu verhaften. Er hat bereits jemanden vor deinen Augen erschossen, und der Polizei ist es auch dann nicht gelungen, ihn festzunehmen. Was willst du tun, was sie nicht konnten?«

»Zumindest habe ich den richtigen Weg eingeschlagen«, sage ich. »Detective James hat auf jeden Fall Minas Mordfall vermasselt. Er war auch mit der Ermittlung von Jackies Fall beauftragt. Wer weiß, was er alles übersehen hat. Niemand sucht an den richtigen Stellen. Ich kann es zumindest versuchen.«

»Wenn es Matt ist …« Sie hält inne, als ob sie es nicht einmal aussprechen könne. Als ob die Hoffnung, Antworten zu finden, zu groß sei. »Wenn es Matt ist«, wiederholt sie, dieses Mal lauter, »glaubst du dann, er würde es uns sagen? Glaubst du, sie könnten ihn dazu bringen, uns zu verraten, wohin er sie gebracht hat? Damit wir sie begraben können?« Ihre Stimme versagt bei der letzten Frage, und ich erkenne, dass sie keineswegs die Hoffnung hat, die Matt zu besitzen vorgab. Dass es noch etwas Schlimmeres gibt, als ein Grab besuchen zu müssen.

»Ich werde es versuchen«, sage ich, weil ich an jenem Tag David in der Therapie nicht angelogen habe. Ich möchte meine Versprechen halten können.

Vom Parkplatz ertönt durchdringendes Hupen. Amy zuckt zusammen und blickt über die Schulter. Die Gruppe der Eltern hat sich aufgelöst und eine blondhaarige Frau lehnt sich aus dem Fenster eines Geländewagens und winkt Amy zu. »Das ist meine Mom«, erklärt sie. »Ich muss jetzt gehen.« Sie greift nach ihrer Sporttasche und wirft sie sich über die Schulter. »Du bist nicht einfach eine durchgeknallte Drogensüchtige, oder?«, fragt sie. »Denn sogar die Schulanfänger wissen einiges über dich.«

Ich atme tief durch, schäme mich ein bisschen, was ich durch Lachen zu übertünchen versuche. »Ich bin eine Drogensüchtige«, stimme ich zu. »Auf dem Weg, clean zu werden. Aber ich bin nicht durchgeknallt, schon gar nicht in dieser Beziehung, ganz bestimmt nicht.«

»Okay«, sagt sie. »Es ist nur … pass auf dich auf.«

»Danke«, erwidere ich, »dass du mir die Wahrheit gesagt hast.«

»Ich hoffe, ich bereue es nicht«, meint sie. Noch bevor ich etwas erwidern kann, eilt sie über den Platz. Ich sehe ihr einen Moment lang nach. Dann steht plötzlich Trev neben mir.

»Worüber habt ihr gesprochen?«, will er wissen.

»Jackie war schwanger«, erkläre ich. »Amy hat es gerade bestätigt.«

»Ehrlich? Jackie?« Trev blickt schockiert drein. »Das bedeutet, dass Matt …«

»Ja«, bestätige ich. Trev runzelt die Stirn. Er folgt mir nicht, als ich auf den Parkplatz zusteuere. Ich bleibe stehen und drehe mich nach ihm um. »Was ist los?«

»Wie hast du das herausgefunden?«

Ich greife in meine Tasche, hole die Plastiktüte mit den Drohbriefen heraus und reiche sie ihm. »Lass sie bitte in der Tüte. Rachel hat sie in deiner Garage gefunden. Außerdem befand sich eine Visitenkarte für eine Adoptionsberaterin bei Women's Health darin.«

Während wir zu unseren Autos zurückgehen, schweigt Trev. Er hält die Drohbriefe umklammert. Ich überlege, ob er sauer ist, weil ich ihn nicht sofort angerufen habe, nachdem Rachel sie mir gezeigt hat. Doch bevor ich ihn fragen kann, sind wir beim Parkplatz angelangt.

Trev hat seinen Pick-up vor meinem geparkt, also steuern wir zuerst auf seinen Wagen zu. Unter dem Scheibenwischer ist ein Zettel befestigt, was bei den anderen Autos nicht der Fall ist. »Was ist das?« Ich greife nach dem Zettel und halte dann inne.

Es ist weder ein Werbezettel noch ein Coupon.

Es ist ein Bogen Druckerpapier, mit einem Foto darauf und ein paar Worten.

»Trev.« Ich starre das Foto an, die Worte.

LASS ES SEIN ODER AUCH SIE IST FÄLLIG

Das Foto, körnig und von schlechter Qualität, wurde aus der Ferne aufgenommen und mit einem Tintenstrahldrucker ausgedruckt. Trev und ich stehen vor dem Pick-up, genau wie jetzt. Ich schütze meine Augen gegen die Sonne und Trev beugt sich über das Türschloss. Ich trage wieder das schwarze T-Shirt, das ich schon gestern anhatte, und am Rand des Fotos erkenne ich eine Ecke von Matts Haus.

»Scheiße«, sagt Trev. Er blickt sich nach allen Seiten um, als ob er erwarte, dass derjenige, der diesen Zettel hinterlassen hat, sich hier herumtreiben und uns beobachten würde. Der Parkplatz ist bis auf die Mädchen, die den Pick-up des Coachs mit Ausrüstung beladen, menschenleer.

»Er verfolgt uns«, sage ich, und meine Fingernägel graben sich in meine Handflächen, als ich die Fäuste balle. Die Vorstellung liegt mir schwer im Magen. »Das … das ist gut. Das ist ein Beweis.« Trev greift nach dem Zettel, ich halte ihn zurück. »Nicht berühren. Wir brauchen eine Serviette oder so was.«

Ich krame im Pick-up herum, bis ich einen Lappen finde. Dann fasse ich das Papier an einer Ecke, die Finger geschützt durch den Lappen. »So, ich hab's jetzt.« Ich blicke breit grinsend zu ihm auf. »Jetzt müssen wir nur noch …«

Trev schüttelt den Kopf.

»Was?«, frage ich.

»Sophie, es wird Zeit, die Polizei einzuschalten«, erklärt er mir. »Und zwar jetzt.«

Ich atme tief aus. »Okay«, stimme ich zu. »Du hast recht.«

»Warum hast du mir nicht gesagt, dass du die anderen Zettel gestern Abend gefunden hast?«, will er wissen.

»Weil ich wusste, dass du sofort zu den Bullen rennen würdest, und ich wollte vorher noch mit Amy reden«, erkläre ich.

»Er hätte dir was antun können«, sagt Trev. »Er beobachtet uns! Warum bist du so ruhig?«

»Ich wollte mich halt davon überzeugen, dass ich wegen Jackies Schwangerschaft richtiglag. Und außerdem warst du ja die ganze Zeit bei mir. Ich wusste, du würdest nicht zulassen, dass mir etwas geschieht.«

Sein Lachen klingt bitter und mir dreht sich der Magen um. »Du glaubst das wirklich, oder?«

»Ja«, erwidere ich. Es ist eine der zwei allgemeingültigen Wahrheiten in meinem Leben. Seit jener Nacht im Krankenhaus, als er mich um Verzeihung bat, bin ich mir dessen sicher.

»Ich sollte der Letzte sein, von dem du das denkst.«

»Ich kenne dich. Du machst denselben Fehler nicht zweimal.«

»Verdammt, Sophie«, zischt er, als hätte ich etwas Grauenhaftes gesagt. Er starrt mich an. »Wir gehen jetzt zu den Bullen.«

»Nein«, protestiere ich.

»Sophie, ich schwöre bei Gott ...«

»Ich habe ja nicht gesagt, dass wir nicht zur Polizei gehen sollten. Ich will nur nicht mitgehen. Detective James würde keinem von uns beiden zuhören, wenn ich dabei bin.«

Ich hatte dies sorgfältig durchdacht. Aber mir war schnell klar geworden, dass Trev dies allein machen müsste.

»Du gehörst zur Familie. Wenn du persönlich dort vorsprichst, muss er dir zuhören. Berichte ihm, dass du die Drohbriefe und den Stick in Minas Zimmer gefunden und mit der Ermittlung begonnen hast. Und gestern hast du dann noch diesen Zettel unter deinem Scheibenwischer vorgefunden. Er wird dir glauben ... aber nicht, wenn ich dabei bin.

Wenn ich mit dir käme, würde das alles vermasseln. Er traut mir nicht. Du musst allein zu ihm gehen.«

Trev knirscht mit den Zähnen. »Okay«, sagt er. »Dann gehe ich. Und du bleibst zu Hause und wartest auf meinen Anruf.«

»Kann ich leider nicht, da ich Rachel versprochen habe, sie zu einer Party zu begleiten.«

»Zu einer Party? Wirklich?«

»Kyle hat Rachel eingeladen, aber sie will nicht ohne mich gehen. Wenn du dich beeilst, kannst du mich draußen am See treffen. Und dann können wir alles besprechen. Wie es bei der Polizei abgelaufen ist. Du kannst sogar Kyle zu einem Beer Pong am Campingtisch herausfordern, wenn du magst.«

Er lächelt etwas widerstrebend. »In Ordnung«, stimmt er schließlich zu. Er holt den Schlüssel aus der Hosentasche und begibt sich zur Fahrerseite des Pick-ups. »Aber kein Beer Pong!«

»Danke.«

Sein Blick ist grimmig, als er sagt: »Danke mir, wenn alles vorbei ist.«

Er folgt mir nach Hause, immer ein paar Meter hinter meinem Auto.

Kapitel 56

VIER MONATE FRÜHER (SIEBZEHN JAHRE ALT)

»Müssen wir das unbedingt jetzt tun?«, frage ich und fummele in meinem Auto an der iPod-Schaltung herum. »Wir werden zu spät kommen.«

»Ich weiß, ich weiß«, sagt Mina, als sie die Ausfahrt zur Old 99 nimmt. »Ich beeile mich. Dreißig Minuten, dann fahren wir weiter zu Ambers Party.«

Die ganze Woche über herrschte stürmisches Wetter, aber jetzt ist der Himmel klar, und man kann die Sterne deutlich erkennen, fern von den Lichtern der Stadt. Ich erwäge, mein Fenster herunterzukurbeln und den Kopf hinauszustecken, aber es ist zu kalt.

»Du willst mir wohl immer noch nicht erzählen, worum es geht?« Ich finde die Playlist, auf der *Sophie* steht, und gehe die Songs durch.

»Noch nicht«, trällert Mina.

»Du und dein seltsamer Aberglaube«, bemerke ich, rolle die Augen und grinse.

Mina streckt die Zunge heraus. »Ist überhaupt nicht seltsam. Aber das wird eine riesige Sache, und ich werde sie nicht vermasseln, wo ich schon so nah dran bin.«

»Du bist verrückt.«

»Hey, ich bin nicht diejenige, die einen Seelenklempner im Handy eingespeichert hat.«

Schweigen breitet sich im Wagen aus. Ihr Mund zuckt.

»Zu früh?«, fragt sie.

»Nein.«

Sie wirft mir einen Blick zu.

»Okay, vielleicht ein bisschen«, gebe ich zu.

»Ich bin ein Biest, tut mir leid.«

»Nein, ist schon okay. Es ist die Wahrheit. Wie gemein kann das sein?«

»Ziemlich.«

Vor zwei Wochen bin ich aus Portland zurückgekehrt. Nach fast sechs Monaten mit Macy, in denen ich es geschafft hatte, clean zu bleiben, war ich schließlich so weit, nach Hause zurückkehren zu können.

Aber es ist schwierig, festen Boden unter den Füßen zu gewinnen. Vor sechs Monaten hätte ich für eine Handvoll Pillen noch alle Brücken hinter mir abgebrochen, aber jetzt habe ich das Ausmaß des Schadens, den ich angerichtet habe – bei mir selbst, Mina gegenüber, Trev und meinen Eltern gegenüber –, erkannt.

Mina und ich sind nicht mehr dieselben. Bei all unseren Gesprächen herrscht eine unterschwellige Spannung. Von der Seite her beobachte ich, wie sie mich beobachtet. Aber jedes Mal, wenn ich ihr offen ins Gesicht sehe, tut sie so, als habe sie mich nicht angeschaut.

Wenn sie doch nur etwas sagen würde. Alles wäre mir recht, was dazu dienen könnte, dieses tödliche Abtasten zu beenden.

Minas Handy klingelt. Sie wirft einen Blick darauf, seufzt und wirft es in ihre Tasche. In den letzten zwanzig Minuten ist es das dritte Mal.

Ich ziehe eine Augenbraue hoch.

»Ich will nicht darüber reden«, sagt sie.

»Okay.«

Eine Zeit lang schweigen wir. Wir hören uns die Songs von der Playlist an, und Mina trommelt mit den Fingern auf das Lenkrad, während die Scheinwerfer die Dunkelheit durchbrechen.

»Soph, erinnerst du dich an den Streit, den wir letzte Woche beim Essen mit Trev und Kyle hatten?« Ihr Tonfall ist gleichbleibend. Sie hält den Blick auf die Straße gerichtet, aber ihre Wangen sind hochrot.

»Ja«, antworte ich und habe das Gefühl, über Eierschalen und glühende Kohlen zu gehen. Wird sie wirklich darauf eingehen?

Mina spielt mit einer dunklen Haarsträhne, meidet immer noch meinen Blick, obwohl ich sie so starr ansehe, dass sie es spüren muss.

»Erinnerst du dich, was du gesagt hast? Über Wahlmöglichkeiten?«

»Ich erinnere mich«, erwidere ich vorsichtig, habe Angst, noch mehr zu sagen.

»Wir sollten darüber reden.«

»Jetzt?«

Sie schüttelt den Kopf. »Noch nicht, aber bald. Okay?«

»Okay.«

»Versprochen?« Sie biegt von der Straße ab, und ich bin

überrascht, Verletzlichkeit in ihren Gesichtszügen zu entdecken.

»Versprochen.«

Sie muss gemerkt haben, wie ernst ich es meine.

Es ist das erste (und letzte) Versprechen, das ich ihr gegenüber breche.

Kapitel 57

Jetzt (Juni)

»Passt die Handschrift zu der auf den Zetteln, die ich in der Garage gefunden habe?«, will Rachel wissen, als wir in meinem Auto zu der Party am See fahren, Kyle auf dem Rücksitz.

»Ja«, erwidere ich. »Schau auf mein Handy. Ich habe es fotografiert. Und sieh nach, ob Trev mir schon eine SMS geschickt hat.«

»Nada«, sagt Rachel, als sie mein Handy checkt und das Foto auf dem Zettel studiert. »Er hat ein Foto von euch gemacht?«

»Das ist unheimlich«, meint Kyle und nimmt ihr das Handy aus der Hand, um sich selbst davon zu überzeugen. »Er stalkt dich. Bist du sicher, dass du niemanden gesehen hast?«

»Alle Eltern haben ihre Kids vom Fußballtraining abgeholt. Ich habe nicht aufgepasst, was auf dem Parkplatz los war. Er hätte mühelos neben Trevs Pick-up fahren und den Zettel anbringen können, während wir uns mit Amy unterhielten.«

»Vielleicht hat er Fingerabdrücke hinterlassen«, überlegt Kyle.

»Die Polizei wird alle Zettel untersuchen, aber ich bezweifele, dass sie etwas finden. Sie haben ja nicht einmal Fingerabdrücke am Tatort gefunden.«

»Wir gehen also davon aus, dass es Matt ist, oder?«, bemerkt Rachel. »Sofern Jackie nicht mit mehreren Männern geschlafen hat, ist er der Vater des Babys. Und das Baby ist wohl der Grund für ihr Verschwinden.«

»Das ergibt Sinn«, sage ich. »Und nach dem Treffen habe ich ihn total verärgert, als ich die Möglichkeit der Schwangerschaft erwähnt habe.«

»Er sah aus, als wollte er dich schlagen«, sagt Rachel.

»Nun, er hat es nicht getan«, erwidere ich.

»Mein Gott«, seufzt Kyle.

»Was?«, will Rachel wissen.

Kyle schüttelt den Kopf. »Ich kenne ihn schon eine Ewigkeit«, sagt er. »Genauso lange, wie ich Adam kenne. Als wir in der Neunten waren, hat er uns unser erstes Bier spendiert. Es ist … beschissen, auch nur so denken zu müssen über Menschen, die wir kennen.«

Rachel und ich tauschen einen Blick. »Es ist ja nicht sicher«, meint Rachel.

»Ja«, stimmt Kyle zu, klingt aber keineswegs überzeugt.

»Okay, wir sollten jetzt über etwas Erfreulicheres reden«, beharrt Rachel.

»Nun, das ist vermutlich mein letzter Abend in Freiheit«, sage ich. »Sobald die Bullen meine Eltern über die Drohungen unterrichten, werden sie ausrasten und mich zu Hause einsperren.«

»Kein wirklich erfreuliches Thema«, meint Rachel. »Aber

du bist ja auch keine Miss Sunshine, also eine Eins plus für das Bemühen.«

»Ich würde ja vorschlagen, du tust etwas ganz Wildes, aber ist das nicht gegen die Regeln des Entzugs?«, erkundigt sich Kyle.

»Wir könnten nackt baden gehen«, schlägt Rachel vor. Während ich mir nicht ganz sicher bin, ob sie es ernst meint, wird Kyle bei der Vorstellung richtig munter.

Ich lächele, weil er seinen Blick nicht von Rachel wenden kann. »Aber ja, machen wir«, bekräftige ich. »Kyle, du brauchst nicht mitzumachen. Ich habe kein Interesse an deinen Kleinteilen.«

»Als ob ich eure sehen wollte«, kontert Kyle. Rachel kichert.

Ich blicke auf das Handy in meinem Schoß, als wir auf den Parkplatz in Brandy Creek einbiegen. Immer noch keine SMS von Trev. Warum braucht er denn so lange? Es sind jetzt drei Stunden her.

Als ich die vielen Menschen am Ufer sehe, überkommt mich leichte Nervosität. Das Holz des Lagerfeuers prasselt bereits, Kühlboxen sind bereitgestellt, und die Musik dröhnt. Ich stelle den Motor ab und steige aus. Offenbar ist mir mein Widerstreben anzusehen, denn Rachel stupst mich mit dem Ellbogen an. »Wir brauchen nicht hinuntergehen«, sagt sie.

Ich schüttele den Kopf. »Nein, lass uns gehen«, spreche ich mir selbst Mut zu.

Ich muss herausfinden, wie ich einigermaßen unbeschadet aus alldem herauskomme. Sonst werde ich rückfällig. Ich werde so schnell und so hart fallen, dass ich nicht mehr die Kraft haben werde, mir selbst herauszuhelfen.

Zehn Monate. Fünf Tage.

Ich verstaue mein Handy in meiner Tasche und gehe mit Rachel und Kyle zum Ufer hinunter.

Als wir uns unseren Weg vorbei an bekannten Gesichtern bahnen, herrscht angespannte Stille. Kyle umarmt irgendwelche Leute, lächelt den Mädchen zu und stellt Rachel vor. Ich folge mit gesenktem Blick. Eine Scheu, die ich seit einer Ewigkeit nicht mehr verspürt habe, nimmt mir den Atem.

»Ich besorge etwas Wasser«, erkläre ich Rachel und steuere eine der Kühlboxen an, die etwas weiter unten am Ufer aufgestellt sind. Dort ist es weniger voll.

Sie nickt verständnisvoll, aber ich spüre, wie sie mir mit Blicken folgt, sich überzeugt, dass mit mir alles okay ist, als ich mich auf den Weg mache. Ich schaue über die Schulter und beobachte sie einen Moment lang, sehe, wie sie Kyle im Feuerschein anlächelt. Er hat bereits sein Hemd ausgezogen, es in die Tasche gesteckt.

»Pass doch auf«, sagt eine scharfe Stimme.

Ich pralle gegen jemanden und taumele rückwärts. Meine Füße finden im Sand schlecht Halt.

Amber rührt keinen Finger, um mir zu helfen. Sie steht einfach da, die Arme über der Brust gekreuzt, als ich unsicher wankend darum kämpfe, das Gleichgewicht nicht zu verlieren. Als ich wieder festen Halt gefunden habe, strahlt sie Missbilligung aus.

»Hi, Amber.«

»Sophie«, sagt sie. Ich bin beeindruckt, denn mit ihrer Stimme könnte sie Eis zum Schmelzen bringen. »Ich kann nicht glauben, dass du dich hier zeigst.«

Plötzlich spüre ich große Müdigkeit. Ich will es nicht tun. Nicht hier. Gar nicht. »Lass uns einfach versuchen, uns aus dem Weg zu gehen.« Ich will an ihr vorbeigehen.

»Weißt du, ich habe nie verstanden, was sie an dir gefunden hat. Du hast dich selbst ruiniert und hast sie mit in den Abgrund gezogen.«

Ich halte inne. Wir ziehen jetzt die Blicke auf uns, und meine Haut kribbelt, als ich all die Blicke auf mir fühle. »Lass uns nicht darüber reden. Ich will nicht streiten.«

»Sag du mir nicht, was ich tun soll«, faucht Amber. »Du solltest nicht hier sein, sondern im Gefängnis.«

»Hey!« Rachel taucht auf, versprüht nach allen Seiten Sand. Ihre Schultern sind angespannt. »Lass sie in Ruhe.«

Amber verzieht beim Anblick von Rachels flippigem Ballonrock und der Kette, die sie aus Scrabble-Steinen gebastelt hat, abschätzig den Mund. »Freak«, murmelt sie.

Rachels Miene hellt sich auf; ihre Augen mustern Amber von Kopf bis Fuß, bemerken ihre perfekt zerzauste Strandfrisur und ihr glitzerndes Augen-Make-up. »Ich nehme das als Kompliment«, sagt sie.

Kyle taucht hinter Rachel auf und verhält sich, als sei er unser persönlicher Bodyguard. Er kreuzt die Arme und kneift die braunen Augen zusammen. »Sophie und Rachel sind mit mir hier. Red nicht über Dinge, von denen du einen Dreck verstehst, Amber. Lass uns in Ruhe.«

Amber reißt die Augen auf, als Kyle mich verteidigt, dann fällt sie in sich zusammen. »Was soll's. Wenn du mit der Person, die für Minas Tod verantwortlich ist, auf ihrem Grab herumtrampeln willst, dann nichts wie los, Kyle.« Nach einem weiteren angewiderten Blick auf mich wirft sie das Haar über die Schulter und trollt sich.

Ich atme tief durch. »Danke.«

Kyle fährt sich mit der Hand durchs Haar, den Blick auf den Sand gesenkt. »Sie hat sich idiotisch benommen.«

»Ach, lass sie einfach links liegen«, rät ihm Rachel. »Kommt, wir holen uns was zu trinken.«

»Ich sollte mein Handy checken, hab's im Auto liegen lassen.« Das ist eine Lüge, aber ich will allein sein.

»Ich komme mit«, bietet Rachel an, aber ich winke ab.

»Ist schon gut. Trev hat mir wahrscheinlich eine SMS geschickt, ich will nur schnell nachsehen. Bin gleich wieder da.« Ich benötige ein paar Minuten für mich. Hier sind zu viele bekannte Gesichter.

Bevor einer von ihnen protestieren kann, entferne ich mich, so schnell es mein krankes Bein zulässt.

Ich habe den halben Weg hinter mir, konzentriere mich darauf, mir einen Weg durch den Sand zu bahnen und mein Handy aus der Tasche hervorzukramen, als ich höre, wie jemand meinen Namen ruft.

»Sophie! Hey!« Adam kommt angerannt. Sein verwaschenes T-Shirt weist nasse Stellen auf und das Haar fällt ihm über die Augen. »Kyle hat mich dir hinterhergeschickt. Er will nicht, dass du irgendwo allein hingehst.« Er wirft einen Blick auf mein Handy. »Ich dachte, du wolltest dein Handy holen.« Ich werde rot, aber Adam lächelt. »Hey, es ist okay. Amber war einfach gemein. Ich wäre auch gern weggegangen. Darf ich dich wenigstens begleiten, sodass Kyle nicht sauer auf mich ist?«

»Ich geh nur zu meinem Auto, ist nicht gerade aufregend.«

»Ich komme mit. Hey, willst du?« Er bietet mir eine Flasche Coke an, die ich gerne nehme. Ich öffne den Verschluss und nehme einen Schluck, während Adam mich mit einer Geste auffordert, weiterzugehen. Er folgt mir, die Hände in seinen Shorts vergraben. Ich beschäftige mich nicht mit meinem Handy, obwohl ich gerne checken würde, ob ich eine SMS erhalten habe. »Was macht dein Garten?«, fragt er, als wir bei der Straße angelangt sind.

»Gut. Danke nochmals, dass du mir mit der Erde geholfen hast. Und wie sieht's bei dir aus? Wie läuft dein Sommer?« Das einzige Licht auf dem Parkplatz ist kurz davor, seinen Geist aufzugeben. Hier oben ist es viel ruhiger, der Lärm vom Ufer wird schwächer, je weiter wir uns entfernen. Ich schließe meinen Wagen auf und werfe meine Tasche auf den Beifahrersitz. Dann öffne ich mein Handy, damit ich das Display studieren kann. Ein Anruf kam von einer unbekannten Nummer. Mein Herz pocht wie wild.

Ist es das?

»Ich bin gleich wieder zurück«, erkläre ich Adam. Ich gehe ein paar Schritte den Weg hinunter, bevor ich meine Mailbox abhöre. Ich nehme noch einen Schluck Coke, erwarte Trevs Stimme, aber er ist es nicht.

»Hi, Sophie, hier spricht Tom Wells vom *Harper Beacon*. Ich habe noch mal über unsere Unterhaltung letzte Woche nachgedacht. Ich hoffe, du kommst noch einmal zu mir, denn ich möchte mir wirklich sehr gern deine Version der Geschichte anhören und sie aufzeichnen. Bitte, ruf mich zurück.«

Ich runzele die Stirn und lösche die SMS.

Redest du noch mit dem Detective?, simse ich Trev, bevor ich mein Handy auf vibrieren einstelle und in die Tasche stecke, damit ich das Vibrieren spüre. Ich kann die Besorgnis nicht ganz aus meinen Gedanken vertreiben und rede mir ein, dass es ein gutes Zeichen ist, dass er keine Zeit hat, mir eine SMS zu schicken.

»Macht es dir etwas aus, wenn wir noch einen Moment hierbleiben?«, frage ich Adam, als ich zu ihm zurückgehe. Er hat sich gegen den Kofferraum gelehnt, die Coke in der Hand. »Dort ist es so ...«

»Verstehe«, erwidert Adam.

Ich hieve mich vorsichtig auf den Kofferraum und lasse die Beine baumeln. Adam setzt sich neben mich.

»Wer hat angerufen?«, fragt Adam.

»Oh, ich warte nur auf eine SMS von Trev. Er wollte später nachkommen.«

Adam hebt die Augenbraue. »Seid ihr endlich zusammen?« Als er meinen Blick sieht, fängt er an zu lachen. »Was? Alle sind sich einig, dass ihr füreinander bestimmt seid. Warum, denkst du wohl, habe ich dich nie gefragt, ob du mit mir ausgehst?« Er wackelt mit den Augenbrauen und bringt mich dadurch zum Lachen.

»*Du* hast mit mir ausgehen wollen?«, grinse ich und nehme einen Schluck Coke. »Wann war das? Vor oder nach Amber?«

»Vorher.« Adam zuckt die Schultern und grinst. »In der zweiten Klasse war ich schwer verknallt in dich. Trev ist zu beneiden.«

Ich lächele ungeniert. »Nun, ich gehe nicht mit Trev«, erkläre ich. »Trev ist …« Ich überlege, wie ich es formulieren könnte. Dieses Gefühl, das über die Freundschaft hinausgeht, aber doch nicht Liebe ist. »Trev ist eben Trev«, sage ich schließlich. »Und Dates sind nichts für mich. Zumindest nicht zurzeit.«

»Verstehe. Du hast viel um die Ohren«, bemerkt Adam. »Es ist wichtig, sich auf die Gesundheit zu konzentrieren. Du gehst auch zu den Treffen, stimmt's? Onkel Rob hat erzählt, dass du gestern bei der Kirche gewesen bist?«

»Mein Therapeut meint, es könnte gut für mich sein.«

»Es ist interessant«, murmelt Adam. »Manchmal gehe ich mit Matt, damit er nicht kneift. Ich weiß nicht, wenn ich all die Geschichten höre … Es hört sich an, als würden die Leute die ganze Zeit Mist bauen, aber ich denke, es hilft, es zuzugeben. Um Vergebung zu bitten. Meistens bekommt man sie ja. Die Menschen sind darin wirklich gut, wenn man sie darum bittet.«

»Aber es gibt Dinge, die man nicht vergeben kann«, wende ich ein. »Manchmal tut oder sieht man Dinge, die richtig übel sind …« Ich nehme einen großen Schluck Coke und denke über Matt nach, darüber, dass er vermutlich Mina, Jackie und ihr Baby getötet hat. Ich denke an Trev und wie alles, was er sich gewünscht hatte, durch unsere Geheimnisse abgewürgt worden war. Ich denke auch an Rachel, die mich zusammengebrochen und blutend auf der Straße aufgegabelt, doch keine Sekunde lang Angst gezeigt hatte. Dann schüttele ich die Gedanken ab und ringe mir ein Lächeln ab. »Auf jeden Fall tun die Treffen Matt gut, oder? Als ich ihn sah, wirkte er richtig gesund.«

»Ganz eindeutig«, erwidert Adam. »Und dabei hat er viele üble Dinge getan, viele Fehler gemacht. Meine Mom hat sechs Monate lang nicht mit ihm gesprochen. Aber Onkel Rob hat ihn clean bekommen, hat ihn dazu gebracht, im Programm zu arbeiten und ihr zu beweisen, dass er es ernst meint.«

»Es ist gut, dass er auf euch aufpasst«, sage ich. Unwillkürlich berühre ich das Handy in meiner Gesäßtasche. Trev hätte mir längst eine SMS schicken sollen. Wo steckt er nur?

»Ja«, stimmt Adam zu. »Er trat auf den Plan, als Dad uns verließ. Half Mom mit Geld und allem Möglichen. Er hat so viel für mich getan – wenn er nicht wäre, würden nicht halb so viele Anwerber kommen, um mich spielen zu sehen.«

»Das muss ein irres Gefühl sein«, bemerke ich. »All die vielen Leute, die kommen, um dich zu sehen. Ich würde ausflippen.«

»Ja.« Adam grinst nervös. »Aber im positiven Sinne.«

»Du hast wirklich hart gearbeitet«, sage ich. »Du verdienst es.« Wenn Trev sich doch endlich melden würde. Ich nehme noch einen großen Schluck. Mein Mund ist trocken. Mir ist plötzlich viel zu heiß. Ich schwinge mein gesundes Bein hin und her und runzele die Stirn, als es gegen die Stoßstange schlägt.

»Bist du schon aufgeregt wegen des letzten Schuljahrs?«, fragt Adam.

»Ein bisschen.« Ich blinzele und reibe mir die Augen. Ich habe einen Frosch im Hals. Als ich noch einen Schluck aus der Flasche nehmen will, verfehle ich sie, sprühe Coke nach allen Seiten. Mein Arm fühlt sich seltsam und schwer an.

»Sachte«, sagt Adam, nimmt mir die Flasche aus meiner schlaffen Hand und springt vom Kofferraum herunter.

Ich blinzele erneut, versuche, einen klaren Gedanken zu fassen.

»Tut mir leid, Sophie«, sagt er leise. »Ich mag dich, habe dich immer gemocht. Du bist ein nettes Mädchen.«

Die Worte brauchen etwas Zeit, um in mein Gehirn zu dringen. Ich kann mich nicht konzentrieren, meine Lider werden schwer. Ich habe das Gefühl, als hätte ich gerade sechs Tequilas hinuntergekippt. »Du … was? Ich …«

Ich versuche, mich aufzustützen, aber meine Arme und Beine sind wie Pudding. Ich kann sie kaum mehr spüren.

Unter Drogen gesetzt. Diese Worte dringen plötzlich in mein Bewusstsein, eine zu späte Erkenntnis, die mich durch meine Benommenheit erreicht.

»Oh Gott«, murmele ich mit tauben Lippen. »Nein.« Ich versuche, mich wieder aufzurichten und vom Kofferraum zu gleiten, aber er hält mich fest. Sein Gesicht ist nur wenige Zentimeter von meinem entfernt. Ich sehe eine Stelle auf seiner Wange, die er beim Rasieren vergessen hat.

»Nein!« Ich wehre ihn ab. Er bildet eine feste Mauer aus Muskeln, als er mich gegen den Wagen drängt. Ich brauche dringend ein Abwehrmittel. Der Bärenabwehrspray befindet sich in meiner Tasche. Ich muss ihn irgendwie herausfischen … wenn ich drankomme.

»Sophie, wehr dich nicht«, sagt er und ist sehr sanft, als er meine Handgelenke festhält. Das macht mir noch mehr Angst, als wenn er mich ins Gesicht geschlagen hätte. Ich trete mit dem gesunden Bein nach ihm, aber mein krankes ist so instabil, dass es mein Gewicht nicht auffängt und ich noch weiter gegen ihn sacke.

»Es tut mir leid, wirklich. Ich wollte das nicht, habe versucht, dich zu warnen, aber du hast einfach nicht aufgehört«, erklärt Adam. Ich schubse ihn, versuche, mich seitwärts zu drehen, als er etwas aus hartem Plastik um meine Handgelenke windet und daran zerrt, um sie zusammenzubinden. »Du hast dem Reporter Fragen gestellt, hast Matt aufgesucht, Jack und Amy. Sophie, du bist zu neugierig. Genau wie Mina.«

Ich öffne den Mund, der sich durch die Drogen weich und trocken anfühlt, um zu schreien, aber er ist zu schnell für mich. Er legt mir die Hand auf den Mund und schubst mich, als ich mich wehre – wann nur hat er die Tür geöffnet? –, und ich falle benommen auf den Rücksitz meines Wagens. Er nimmt die Hand von meinem Mund, um die Autoschlüssel aus meiner Hosentasche zu holen.

»Du warst es«, stammele ich. Ich muss es aussprechen, muss es hören.

Er beugt sich über mich und sagt: »Ja, ich war es.« Eine ruhige Bestätigung, eine fast erleichterte Enthüllung. Das sind die letzten Worte, die ich höre, bevor er die Wagentür zuknallt und ich das Bewusstsein verliere.

Kapitel 58

VIER MONATE FRÜHER (SIEBZEHN JAHRE ALT)

»Das ist ja echt gruselig. Was tun wir denn hier?«

Mina lässt die Schlüssel in meinem Auto stecken, damit die Scheinwerfer an bleiben. Ich steige aus und verschließe die Tür, während Mina sich auf die Motorhaube setzt. Ihre Haare werden von den Scheinwerfern beleuchtet. Sie sieht überirdisch aus, strahlend, und ich bin einen Augenblick lang völlig gebannt von ihrem Anblick, vergesse fast, dass ich eine Frage gestellt habe.

»Ich habe dir doch gesagt, es ist für den *Beacon.*«

»Mina, die einzigen Menschen, die hier aufkreuzen, sind Junkies und Paare, die auf dem Rücksitz poppen wollen.«

Ich gehe am Klippenrand entlang und sehe in einen endlosen Abgrund der Dunkelheit. Mein Bein ist ganz steif von der Fahrt. Ich strecke es aus und verliere dabei fast das Gleichgewicht.

»Es dauert nicht lange. Soph, komm vom Rand weg.«

»Ich bin mindestens einen Meter davon entfernt.« Okay, vielleicht eher einen halben, aber immer noch weit genug. »Was ist so wichtig an dieser Story? Amber wird sauer sein, dass wir zu spät kommen.«

»Ich erzähl's dir später. Nachdem ich ... Nachdem ich sie geschrieben habe. Bitte, komm weg vom Rand. Ich habe dich jetzt gerade von deiner Tante zurück und werde nicht zulassen, dass du von einer Klippe runterstürzt. Komm her.«

Sie schnalzt mit den Fingern, und ich strecke die Zunge heraus, entferne mich aber von der Klippe, sodass ich näher beim Wagen bin. »Du solltest mich zumindest unterhalten, bis dein geheimer Informant aufkreuzt.«

»Als Investigativreporterin habe ich null Interesse für so was Banales wie Unterhaltung.« Mina legt theatralisch die Hand auf die Brust und reckt das Kinn in die Höhe.

Ich kicke Erde in ihre Richtung und sie kreischt, krabbelt die Motorhaube weiter hinauf und lehnt sich gegen die Windschutzscheibe. »Okay, ich erzähle es dir«, sagt sie feierlich. »Aber du musst versprechen, kein Wort zu verraten.« Sie blickt nach links und nach rechts. Dann beugt sie sich vor und zischt: »Die Übernahme durch Aliens steht bevor.«

»Oh nein! Die kleinen grünen Männchen kommen!« Ich mime die Entsetzte, und sie strahlt mich an, weil ich mitspiele.

Noch vor ihr höre ich das Knirschen von Schritten. Es ist ein kurzer letzter Moment, in dem die Welt noch in Ordnung ist.

Mina sitzt auf dem Auto, den Rücken ihm zugekehrt. Ich blicke ihm entgegen, und es ist zu dunkel, um zu bemerken, dass etwas nicht stimmt.

Dann tritt er in das Scheinwerferlicht, und ich stelle in schneller Reihenfolge zwei Dinge fest: Die Person – ein Mann –, die auf uns zukommt, trägt eine Skimaske.

Und der Mann richtet eine Waffe auf Mina.

»Mina.« Ich würge ihren Namen hervor, bekomme keine Luft. Sie wurde vollständig aus meinen Lungen gepumpt. Ich greife nach ihrem Arm und zerre sie von der Motorhaube.

Wir müssen weg, aber ich kann nicht rennen – bin nicht schnell genug. Er wird mich erwischen. Sie muss mich zurücklassen, muss loslaufen, ohne sich umzusehen, aber ich weiß nicht, wie ich ihr das sagen soll. Ich habe vergessen, wie man spricht, verliere fast das Gleichgewicht, als ihre Schultern mit meinen zusammenstoßen. Wir fassen uns an den Händen. Sie reißt verwundert den Mund auf, blickt starr auf den Mann, der auf uns zukommt.

Dies geschieht, es geschieht tatsächlich.

Oh Gott, oh Gott, oh Gott.

Er bleibt nicht weit entfernt von uns stehen, schweigt. Aber er zeigt auf mich und bedeutet mir mit einer Bewegung der Waffe: *Geh weg von ihr.*

Mina gräbt die Nägel in meine Haut. Mein Bein zittert. Ich lehne mich an sie und sie stützt mich.

»Oh mein Gott, oh mein Gott, oh mein Gott«, flüstert Mina zwischen kurzen stakkatoähnlichen Atemzügen.

»Wir haben Geld dabei«, biete ich an. »Die Schlüssel sind im Wagen. Nehmen Sie ihn, bitte.«

Er richtet erneut die Waffe auf mich, schnell und wütend.

Als ich mich nicht bewege, prescht er vorwärts. In diesem Augenblick wirkt er riesig groß. Mich erfasst Panik so schnell, so brutal, wie ich es noch nie erlebt habe, sodass ich, wenn ich es könnte, unter ihrem Gewicht zusammenschrumpfen würde. Mina wimmert und wir treten stolpernd zurück, klammern uns immer noch aneinander, aber er ist zu schnell. Die Waffe nimmt mich so gefangen, dass ich erst sehe, was er in der anderen Hand hält, als es schon zu spät ist.

Die Eisenstange trifft mein krankes Bein, den verdrehten Knochen. Ich schreie, ein erbärmlicher verzerrter Laut, und ich falle bäuchlings auf die Erde. Meine Finger graben sich in den Boden. Ich muss unbedingt wieder hochkommen … muss …

»Sophie!« Mina bewegt sich auf mich zu und schreit, als die Stange auf mich zukommt und auf meiner Stirn landet. Ich kann nur noch verschwommen sehen, meine Haut platzt. Ein rasender Schmerz durchdringt meinen Schädel, Feuchtigkeit tröpfelt mein Gesicht hinab. Als Letztes sehe und höre ich, wie er die Waffe hebt und wattig klingende Worte hinter der Maske murmelt. Dann höre ich zwei Schüsse, die nacheinander abgefeuert werden, und ein warmes Plätschern: ihr Blut. Es ist ihr Blut auf meinem Arm.

Dann kommt das Nichts. Keine Knarre, kein Blut, keine Mina.

Nur Dunkelheit.

Kapitel 59

Jetzt (Juni)

Meine Lider sind schwer. Nur mit größter Mühe kann ich die Augen öffnen. Ich blinzele, versuche, mich auf den grauen Klecks vor mir zu konzentrieren.

Polsterung.

Wir fahren.

Adam sitzt am Steuer. Rast die kurvenreiche Straße entlang, die um den See herumführt.

Adam hat Mina getötet.

Und wird jetzt mich töten.

Ich muss wach bleiben. Ich blinzele heftig, versuche angestrengt, mich aufzusetzen. Alles dreht sich, ich bin immer noch völlig benommen, aber wenn ich mich aufrecht setze, vergeht vielleicht der Brechreiz.

Zehn Monate. Fünf Tage.

Ich werde es schaffen, ich bin eine Drogensüchtige. Man erwartet von mir, dass ich dies beherrsche. Ich muss einfach dagegen ankämpfen. Es ist gar nichts.

Es muss zu schaffen sein. Ich muss nachdenken – muss lebendig da rauskommen. Wenn ich es nicht schaffe, wird niemand erfahren, dass er es war, und man wird ihn nie schnappen.

»Reiß dich zusammen«, sagt Adam wütend.

Ich atme ruhig durch, wage einen Blick auf den Vordersitz. Schweiß perlt von seiner Stirn, während er pausenlos auf seinem Handy »senden« drückt. Niemand antwortet. Beim dritten Mal spricht er auf eine Mailbox. »Du musst unbedingt kommen, okay? Keine Fragen. Komm zum Pioneer Rock. Gleich. Bitte.«

Mit wem spricht er? Wer wird kommen? Matt. Sie stecken unter einer Decke.

Ich bewege die Beine, sodass meine Füße die Fußmatte berühren. Ich fühle mich jetzt weniger benommen, weil ich weiß, dass ich unter Drogen gesetzt wurde – was auch immer er mir verabreicht hat, fängt bereits an, die Wirkung zu verlieren. Ich habe nicht genug getrunken.

Adam ist auf die Straße konzentriert, und ich rutsche auf meinem Sitz hin und her, bis ich aufrecht dasitze, nahe bei der Tür. Ich kann nicht sagen, wie weit entfernt wir vom Strand sind; der See ist kilometerlang, eingebettet in Hunderte von Hektar dichten Waldes.

Sie könnten mich irgendwo versenken, niemand würde mich finden.

Ich habe kein Zeitgefühl, aber sicherlich vermisst Rachel mich inzwischen.

Er fährt zu scharf um eine Kurve, und der Wagen kommt ins Ruckeln, die Reifen rutschen auf der Straße, sodass ich gegen die Wagentür geschleudert werde. Wir fahren an einem Schild vorbei, auf dem *Pioneer Rock Aussichtspunkt 3 km* steht.

Scheiße. Wir befinden uns bereits auf der anderen Seite des Sees.

Ich kann nicht herausspringen. Die Tür ist zwar unverschlossen, aber er fährt zu schnell. Ich würde auf der Stelle sterben, wenn ich auf die Straße fallen würde – aber mein Handy ist immer noch in meiner Tasche. Ich kann es spüren, und ich bewege meinen Hintern so, dass es aus der Tasche fällt, hinter meinen Rücken.

»Was tust du denn da?«, fährt Adam mich an. Ich erstarre, als sich unsere Blicke im Rückspiegel treffen. Ich spüre, wie Übelkeit in mir aufsteigt, aber ich bekämpfe sie. Mein Blick wandert zur Tür, dann wieder zum Spiegel.

»Du brauchst nicht mal dran zu denken«, sagt Adam. Er hebt die Hand, die nicht auf dem Lenkrad liegt, die Hand, die die Waffe hält. »Bleib ruhig sitzen«, befiehlt er.

Ich lasse mich gegen den Rücksitz fallen, schubse mein Handy mit der Hüfte zur Seite.

Er lässt die Hand, in der er die Waffe hält, auf den Schoß sinken, die andere Hand liegt auf dem Lenkrad. Seine Aufmerksamkeit gilt der Straße nur halbherzig, aber immerhin besser als nichts.

Ich bewege meine gefesselten Hände zur Seite, streiche über das Display des Handys. Es leuchtet auf, und ich seufze erleichtert auf und schalte es ein, den Blick immer noch auf Adam gerichtet. Da er so schnell in die Kurven fährt, wird meine Schulter immer wieder gegen das Fenster geschleudert.

Ich streiche noch mal über das Display und wähle die letzte Person, der ich eine SMS geschickt habe: Trev.

Adams Handy klingelt. Meine Finger gleiten über das Display. Er flucht und greift dann nach seinem Handy. »Warum hast du denn nicht zurückgerufen?«, brüllt er. Dann zuckt er zusammen. »Nein, nein, tut mir leid. Ich habe …« Er verstummt und lauscht, ist voll und ganz auf die Unterhaltung konzentriert.

Ich packe die Gelegenheit beim Schopf, denn es ist die einzige, die ich bekomme. Mit gefesselten Händen tippe ich ungeschickt: *addam pionerock 911.* Ich drücke auf »senden« und lege die Hände wieder in den Schoß.

»Du musst unbedingt kommen«, bettelt Adam. »Komm zum Felsen, ich brauche deine Hilfe.«

Ich lehne mich nach rechts, sehe die Waffe auf seinem Schoß. »Okay, okay. Ich bin noch unterwegs.« Er schweigt, lässt den Blick zu mir auf den Rücksitz wandern. »Ich erkläre dir dann alles.«

Er schaltet das Handy ab und wirft es auf den Beifahrersitz. Seine freie Hand tastet wieder nach der Waffe. Der Motor heult auf und der Wagen rast die Bergstraße entlang. Es ist nicht mehr weit bis zum Pioneer Rock. Vom Rückfenster aus kann ich das Licht sehen, das von der Ranger-Station über den See fällt.

»Du weißt, dass das völlig verrückt ist«, erkläre ich ihm. »Du hast meinen Wagen genommen. Die Leute auf der Party werden merken, dass wir beide verschwunden sind. Kyle hat dich mir hinterher geschickt, er wird es merken.«

»Glaubst du wirklich, dass er das getan hat?«, sagt Adam. »Aber Sophie, du bist doch sonst nicht auf den Kopf gefallen. Jetzt wirst du mir sagen, wer dir geholfen hat. Ich weiß, dass Trev mit von der Partie ist. Wie heißt der Rotschopf? Hast du sie und Kyle in diese Geschichte verwickelt? Und der Reporter? Was hast du ihm gesagt?«

Ich muss tief durchatmen, um nicht in Panik zu geraten. Muss mich daran erinnern, dass Trev vermutlich noch bei den Bullen ist. Dass Rachel und Kyle in der Menschenmenge sicher sind.

Lediglich ich bin tot.

»Adam, was willst du denn tun? Alle umbringen?«, frage ich mit zitteriger Stimme. »Du hast das nicht durchdacht. Hast es aber beim letzten Mal durchdacht, ich weiß, dass es so ist. Beim letzten Mal warst du vorbereitet. Du hast die Eisenstange und die Pillen mitgebracht, damit du mich nicht umbringen musstest. Das war sehr clever. Und es hat funktioniert, stimmt's? Aber dieses Mal bist du nicht vorbereitet, warum also denkst du nicht einen Moment lang nach?«

»Halt die Klappe.« Adam wischt sich mit zitteriger Hand den Schweiß von der Stirn. Aber sobald er erneut die Waffe berührt, hört das Zittern auf, als ob ihn das Gefühl der Waffe beruhigen würde. »Du wirst mir alles sagen, was du weißt. Über Jackie. Über Mina. Und darüber, wer eingeweiht ist. Ich werde dich zum Reden bringen.«

Es hat keinen Sinn, vernünftig mit ihm zu reden. Er wird mich auf jeden Fall umbringen.

Wir fahren um eine Kurve und gelangen wieder zu einer Tafel: *Pioneer Rock Aussichtspunkt 1 km.*

Ich kann keine Zeit mehr vergeuden – ich brauche einen Plan. Jetzt.

Wenn ich ihn nicht beruhigen kann, kann ich ihn ja auch wütend machen, sodass er die Kontrolle übers Steuer verliert. Ich brauche eine Gelegenheit.

»Ich erzähl dir gar nix«, sage ich, viel selbstbewusster, als ich mich fühle. »Du bist ein verdammter Mörder – und genauso dein Bruder. Deine gesamte Familie – irgendetwas stimmt mit euch nicht.«

Von der Seite her sehe ich, wie sich Adams Schönlingsgesicht verzerrt. Der heimtückische Glanz in seinem Blick bildet einen starken Kontrast dazu. Seine Hand umklammert die Waffe. »Fick dich!«, brummt er zwischen zusammengepressten Zähnen. »Du weißt einen Dreck über meine Familie. Wir kümmern uns umeinander, verlassen uns aufeinander, würden für den anderen töten. Genau das tut eine Familie.«

Wut erfüllt mich, verdrängt alle anderen Gefühle. Er hat mir den wichtigsten Menschen in meinem Leben genommen und sitzt da, mit einer Waffe auf dem Schoß, bereit, mich zu töten, und wagt es, mich über die *Familie* zu belehren. Am liebsten würde ich mich auf ihn werfen, ihn bezwingen, ihn das fühlen lassen, was sie fühlte. Ich will, dass er blutet, während ich zusehe und lache und mich weigere, den Krankenwagen zu rufen – bis es zu spät ist.

Ich will ihn tot sehen. Selbst wenn ich es persönlich erledigen muss.

Die Vorstellung gibt mir Kraft, und ich hieve mich auf dem Rücksitz auf die Knie und schnelle vorwärts, wenn auch aufgrund der Drogen und des Adrenalins ein bisschen unbeholfen. Es gelingt mir, meine gefesselten Handgelenke um seinen Hals zu legen, das Ende meiner Fessel schneidet in seine Luftröhre, und ich ziehe mit aller Kraft.

Sein japsender Laut, der sofort durch die Fessel abgewürgt wird, ist Musik in meinen Ohren.

Er reißt das Lenkrad herum, eine automatische Bewegung,

die uns fast eine Höllenfahrt den Berg hinunter einbringt. Würgend wehrt er sich, bemüht sich, seine freie Hand zwischen meine Handgelenke zu schieben, als wir über die enge zweispurige Straße schlingern. Jeden Augenblick werden wir von der Fahrbahn abkommen und auf der einen Seite in den roten Fels hineinrasen oder auf der anderen Seite in den See stürzen – und es ist mir egal. *Es ist mir egal.* Ich hoffe sogar, dass wir einen Unfall haben, Hauptsache, er ist ebenfalls tot.

»Soph«, lallt er und klammert sich mit der freien Hand an mich. Seine Nägel graben sich in meine Haut.

Ich verwandle meine Arme in einen Schraubstock, spanne die Muskeln an, als ich so fest wie möglich ziehe. Er hat eine Fingerspitze zwischen die Fessel und seinen Hals gezwängt, und meine Arme zittern von der Anstrengung, ihm Widerstand zu leisten. Er ist um vieles stärker als ich, aber ich kann durchhalten …

Der Schuss zerreißt die Luft, und die Windschutzscheibe birst in tausend Splitter. Ich zucke vor den Glassplittern zusammen, weiche zurück, und plötzlich sind Adams Hände nicht mehr am Lenkrad. Die eine umklammert die Waffe und die andere hält meine Handgelenke fest, und der Wagen dreht sich, zu schnell, zu nah an der Leitplanke. Ich kann noch einmal hektisch einatmen, bevor Metall knirscht und Funken sprühen. Wir durchbrechen die Leitplanke und rasen den Abhang hinunter. Bäume und Felsbrocken verschwimmen, als unsere Geschwindigkeit zunimmt, und ich weiß, es ist vorbei. Das Ende.

Aller guten Dinge sind drei.

Kapitel 60

Vier Monate früher (siebzehn Jahre alt)

Minas Todesröcheln weckt mich.

»Mina, oh mein Gott, *Mina.*« Ich krabbele zu ihr rüber, fühle mich, als bewegte ich mich unter Wasser.

Sie liegt auf dem Rücken, so nah, dass ich sie gleich berühren kann, eingehüllt in das Licht der Scheinwerfer, und das Blut, *ihr* Blut, hat bereits den Boden um sie herum rot gefärbt. Ihre Hände liegen auf ihrer Brust und sie hat die Augen halb geschlossen.

Überall ist Blut. Ich kann nicht einmal sagen, wo die Kugeln eingedrungen sind. »Okay, okay«, sage ich. Worte, die keine Bedeutung haben, lediglich die Luft füllen, um das Geräusch ihres Atems zu übertönen, der zu schnell und zu stockend geht, am Ende ganz schwach. Ihre Lungen scheinen sich bereits zu füllen.

Ich reiße meine Jacke herunter, drücke sie gegen ihre Brust, wo sich die dunkle Flüssigkeit ausbreitet. Ich muss unbedingt das Blut stillen.

»Tut mir leid«, haucht sie.

»Nein, nein, es ist okay. Alles wird gut werden.« Ich blicke über die Schulter, fast davon überzeugt, dass er noch irgendwo herumlungert und darauf wartet, uns den Rest zu geben.

Aber er ist verschwunden.

Sie hustet. Als Blut aus ihrem Mund tröpfelt, wische ich es mit der Hand ab. »Sophie, es tut mir so leid«, flüstert sie.

»Es braucht dir nicht leidzutun, es ist okay.« Ich drücke jetzt mit beiden Händen gegen ihre Brust. »Es ist okay, alles wird gut.«

Aber das Blut strömt über meine Finger, durch den Stoff meiner Jeansjacke.

Woher kommt nur all das Blut? Wie viel kann sie verlieren, bevor sie …

Sie schluckt, eine krampfhafte Bewegung. Als sie ausatmet, ist ihr Mund blutverschmiert. »Tut weh«, beklagt sie sich.

Als ich ihr mit der Hand das Haar aus der Stirn streichen möchte, hinterlasse ich eine Blutspur. Ich denke an unsere Zeit in der dritten Klasse zurück. Sie wurde ohnmächtig, als ich mir den Arm so übel aufgeschnitten hatte, dass die Wunde genäht werden musste; sie konnte kein Blut sehen. Ich würde es jetzt gerne vor ihr verbergen, aber es geht nicht. Ich erkenne es an ihrem Blick, dass sie weiß, was passieren wird, das, was ich nicht akzeptieren kann.

»Es ist okay«, sage ich erneut. Ich schwöre es, obwohl ich kein Recht dazu habe.

»Sophie …« Sie hebt die Hand, sucht mühsam nach meiner. Ich verschlinge unsere Finger miteinander, halte sie fest.

Ich werde sie nicht gehen lassen.

»Soph …«

Noch einmal hebt sich ihre Brust unter ihrem unregelmäßigen Atem und dann atmet sie sanft aus. Ihr Körper liegt reglos da, die Augen verlieren ihren Glanz, werden immer trüber, als sie mich anschaut. Ihr Kopf fällt zur Seite, ihre Finger in meinen lösen sich langsam.

»Nein, nein, nein!« Ich schüttele sie, drücke gegen ihre Brust. »Wach auf, Mina. Los, wach auf!« Ich lege ihr den Kopf in den Nacken und atme in ihren Mund. Immer wieder, bis ich von Schweiß und Blut durchnässt bin. »Nein, Mina. *Wach auf!*«

Ich halte sie fest in den Armen und schreie in die Dunkelheit, flehe um Hilfe.

Wachaufwachaufwachaufbittebitte.

Doch es kommt keine Hilfe.

Nur sie und ich sind hier.

Minas Haut wird immer kälter.

Aber ich lasse sie immer noch nicht los.

Kapitel 61

JETZT (JUNI)

Als Erstes steigt mir der Rauch in die Nase. Dann verschmortes Metall und Benzin. Tanggeruch erfüllt die Luft. In meinem Kopf höre ich ein rhythmisches Klingeln, das immer lauter wird. Ich blinzele, aber etwas sprüht mir in die Augen, etwas Nasses, das ich mir aus dem Gesicht wische.

Mit zusammengekniffenen Augen blicke ich auf meine gefesselten Hände, versuche, mich zu konzentrieren, doch die Feuchtigkeit rinnt mein Kinn herunter, platscht rot auf meinen Arm.

Blut.

Es tut weh. Ich erkenne es zwischen einem unsicheren Atemzug und dem nächsten. Alles tut weh.

Oh, Gott.

Meine Beine. Funktionieren sie?

Ich schiebe mich mit meinem gesunden Bein vorwärts. Es tut weh, unheimlich weh, und ich hätte nie gedacht, dass dieser Schmerz so guttut, aber Schmerz ist gut. Er bedeutet, dass ich nicht gelähmt bin, noch am Leben bin.

Und Adam? Ich versuche, mich hochzuhieven, um sehen zu können, aber das Klingeln in meinen Ohren wird lauter, als ich mich durch den Zwischenraum zwischen den Sitzen vorbeuge. Ich hebe den Kopf, um ihn besser sehen zu können. Er ist über dem Lenkrad zusammengesackt. Auf einer Seite ist sein dunkles Haar blutgetränkt und seine Brust hebt und senkt sich regelmäßig.

Ich muss hier raus, bevor er zu sich kommt.

Im Nu habe ich einen Entschluss gefasst. Ich verhake das Ende meiner Fessel um die gezackte Kante der zerbrochenen Scheibe und säge damit hin und her, bis sich die Fessel löst. Nachdem meine Hände wieder frei sind, greife ich nach dem Türgriff, versuche, die Tür zu öffnen, aber sie ist blockiert.

Der Klingelton in meinen Ohren wird lauter, als ob jemand die Lautstärke aufgedreht hätte. Dazwischen höre ich ein Stöhnen.

Adam rührt sich auf dem Fahrersitz. Ich versuche mich jetzt am Türgriff der anderen Tür, mein Herz klopft, als noch mehr Blut über meine Wangen rinnt. Auch diese Tür ist zu verklemmt, um sie öffnen zu können. Also hieve ich mich hoch und klettere durch die zerbrochene Scheibe. Es ist eng, und Glas bohrt sich mir in den Bauch, als ich mich vorwärtsschiebe, aber ich schlängele mich durch, den Kopf zuerst, mache fast einen Salto aus dem Wagen. Ich lande mit einem dumpfen Schlag auf dem Waldboden, meine Schultern verspannen sich, als Schmerz meinen Rücken überzieht.

Der Wagen war direkt die Böschung hinuntergefahren, die Motorhaube ist total verbeult. Rauch steigt vom Motor auf, sodass ich würgen muss. Ich hüstele, etwas Scharfes bohrt sich mir durch die Rippen.

Ich raffe mich hoch, meine Beine zittern. Dann blicke ich

mich um. Wir sind in flacherem Gelände angekommen, aber überall ragen Bäume in die Höhe. Dichter Wald erstreckt sich vor mir nach allen Seiten. Ich will die Waffe und mein Handy in Sicherheit bringen, kann aber keins von beiden im Wagen entdecken, und ich habe keine Zeit, danach zu suchen, denn ich muss mich auf den Weg machen. Blätter und Zweige knacken unter meinen Füßen. Am Himmel steht der Vollmond und erhellt den Wald.

Ich muss mich in Bewegung setzen. Ich humpele vorwärts, ziehe das kranke Bein durch den Morast, stoße gegen Felsen und Äste. Ich ziehe eine lange Blutspur hinter mir her. Selbst im Mondlicht kann man schlecht sehen. Ich stolpere, falle auf die Knie, meine Handflächen berühren die Erde, als ich mich wieder hochrappele.

Die Uferböschung hochzuklettern, ist keine Option, nicht mit meinem kranken Bein, auch nicht mit dem gesunden, das fast genauso zittert.

Ich muss mich verstecken.

So schnell wie möglich humpele ich weiter in den Wald hinein, wo die Bäume immer dichter werden. Der Rauchgeruch vom Unfall wird allmählich von den Gerüchen nach Erde und Wasser aufgesogen, ein stärkerer Kupfergeruch erfüllt die Luft. Mein Bauch ist nass, mein T-Shirt blutdurchtränkt. Es klatscht bei jeder Bewegung gegen meinen Körper. Ich brauche nicht hinunterzusehen, um zu erkennen, wie sich das dunkle Blut ausbreitet. Die Schnitte an meinem Bauch sind oberflächlich, aber lang; sie schmerzen bei jedem Atemzug. Außerdem tun mir die Rippen weh. Aber ich bewege mich immer weiter, muss so schnell wie möglich vorankommen.

Eine Ewigkeit lang ist da nichts außer mir und meinem schweren Atem. Jeder Schritt dröhnt mir laut in den Ohren und tut weh, weh, weh. Ich überlege, ob es mein letzter sein wird. Ob ich fallen werde.

Ich halte hinter einer Gruppe von Felsblöcken inne, bevor mein Bein nachgibt, und keuche bei der Anstrengung, die es erfordert, mich auf dem Boden niederzulassen. Mir fallen die Augen zu, aber ich reiße sie wieder auf.

Ich muss bei Bewusstsein bleiben, mich konzentrieren.

Ich muss am Leben bleiben.

Ich rolle mich zusammen, die Knie unter das Kinn gezogen, versuche, mich so klein wie möglich zu machen, dränge mich gegen den Felsen. Es tut weh, sodass ich mir auf die Lippe beiße, aber ich bezwinge den Schmerz, meine Rippen pochen bei jedem Atemzug.

Als ich die Schritte vernehme, schnell und entschlossen, zieht sich mein Herz zusammen, meine Muskeln spannen sich an, und alles in mir schreit *lauf, lauf, lauf.* Es ist ein Todesurteil, das weiß ich, aber ich bin auf Kampf oder Flucht programmiert, auch wenn ich weder das eine noch das andere tun kann.

Ich beruhige meinen Atem und konzentriere mich auf die Schritte – kommen sie auf mich zu oder entfernen sie sich?

Das Knirschen hört plötzlich auf. Ich rolle mich noch mehr zusammen, jeder Muskel angespannt, als eine tiefe Stimme in der Ferne, erfüllt mit Panik, die Stille des Waldes durchbricht. »Adam, Adam? Wo zum Teufel steckst du?« Ich höre wieder Schritte, jetzt aber näher.

Sie steuern auf mich zu.

Jetzt hört man ein knackendes Geräusch, jemand prescht durchs Unterholz.

Zwei Arten von Schritten, aus verschiedenen Richtungen: Sichere und gleichmäßige Schritte und stolpernde, durch Verletzung behinderte.

Matt und Adam. Ich ducke mich noch mehr, Angst steigt in mir auf.

»Adam!« Sie haben einander gefunden. Sie sind immer noch bestimmt zehn Meter von mir entfernt, aber ich kann sie hören.

»Hast du sie gesehen?«, stößt Adam mühsam hervor. Er muss ernsthaft verletzt sein.

Gut so. Ich hoffe, er blutet aus.

»Wen gesehen? Was zum Teufel ist passiert? Dieses Auto … Dein Kopf! Ich muss dich ins Krankenhaus bringen.« Matts Stimme, dringlich, fast ärgerlich, klingt fremd.

»*Nein!* Wir müssen sie finden. Sie weiß alles. Wir müssen sie aufhalten, bevor … bevor …«

»Worüber redest du? Lass uns gehen!«

»Nein, hör zu. Sie weiß es.«

»Was weiß sie? Wer? Los, komm schon.«

Erneut sind Schritte zu hören und die Stimmen kommen näher. Zu spät für mich, etwas zu unternehmen. Ich dränge mich gegen den Felsen, wünsche mir, er würde mich verschlingen.

»Ich habe es niemandem erzählt«, brabbelt Adam. »All die Jahre habe ich es niemandem erzählt. Aber ich habe gesehen, wie sie an dem Tag in deinen Pick-up eingestiegen ist. Ich weiß, was du Jackie angetan hast. Aber ich habe es niemandem gesagt, nicht einmal Mom oder Matt. Ich dachte, alles würde gut. Aber dann fing Mina an, Fragen zu stellen. Ich musste sie aufhalten – *musste* es tun.«

»Wovon redest du eigentlich?«, brummt Matt ungläubig.

Warte.

Nein.

Die Schritte kommen jetzt näher, als mein schwerfälliges Hirn über Adams Geständnis stolpert, die Spuren zurückverfolgt.

Ich habe es niemandem gesagt, nicht einmal Mom oder Matt.

Auf der anderen Seite des Felsens, das ist nicht Matt.

Wenn es nicht Matt ist …

Wenn es nicht Matts Baby war …

Wir würden füreinander töten. Genau das tut eine Familie.

Genau das tat Adam. Diese Erkenntnis dreht mir den Magen um, und ich kann nicht vermeiden, dass ich laut nach Luft schnappe.

»Was war das?«

Bevor Adam antworten kann, bewegen sich Stiefel über den Waldgrund. Die gleichmäßigen sicheren Schritte können nicht Adams sein.

Seine Stiefel. Sie kommen auf mich zu.

Er geht zu schnell. Ich versuche aufzustehen, aber mein krankes Bein knickt ein. Ich betaste den Felsen, brauche etwas zum Halten, um mich hochzuhieven. Ich muss weglaufen, muss es versuchen.

Aber es ist zu spät.

Er umrundet die Gruppe von Felsblöcken, neben denen

ich kauere. Als er den Kopf wendet und mich sieht, funkelt so etwas wie Erleichterung in seinem Blick.

»Sophie«, sagt er, als sei es ein ganz normaler Tag. Als ob ich mich im Wald verirrt hätte und man ihn losgeschickt hätte, um mich zu suchen. »Du bist verletzt.« Er streckt die Hand aus und wirkt sehr *besorgt*, als er mein Gesicht berührt.

Als ich versuche, wegzukommen, stoße ich mit dem Kopf gegen den Felsblock. Mein gesundes Bein schlägt aus, zuckt, als sich jeder Muskel verspannt, und schreit *lauflauflauf*. Der Schmerz ist so unerträglich, dass mir der Atem wegbleibt.

Er lächelt mich an. Dieses *Du-kannst-es-besser*-Lächeln, mit dem er uns bedachte, wenn wir den Ball neben das Tor setzten. »Es ist okay, Sophie«, sagt Coach Rob. »Ich glaube, es wird Zeit, dass wir miteinander reden.«

Kapitel 62

Vier Monate früher (siebzehn Jahre alt)

Nachdem Mina das Atmen eingestellt hat, kann ich sie nicht loslassen. Aber ich weiß, ich muss es. Ich muss aufstehen und Hilfe holen.

Ich muss sie loslassen.

Ich flüstere mit mir selbst, wiege sie hin und her, ihren Rücken gegen meine Brust gepresst, ihren Kopf in meine Halsbeuge gebettet, die Arme um sie geschlungen. »Komm schon. Komm schon.« Aber ich schaffe es kaum, meine Finger von ihren zu lösen, sie an den Schultern zu fassen und auf den Boden zu legen. Ich schiebe meine Jacke unter ihren Kopf. In einer Anwandlung von Verzweiflung, die mich nach Luft ringen lässt, wünsche ich mir, ich hätte etwas, womit ich sie zudecken könnte. Es ist kalt draußen.

Ich streiche ihr eine Haarsträhne aus der Stirn und stecke sie hinters Ohr. Ihre Augen sind noch offen, aber glasig. Sie starren zum endlosen Himmel hoch, sehen ihn aber nicht.

Meine Hand zittert, als ich ihr die Augen schließe. Es fühlt sich so falsch an, als ob ich den letzten Teil von ihr wegnehmen würde.

Ich hieve mich hoch und schleppe mich zum Auto. Die

Tür steht offen, aber die Schlüssel und unsere Handys sind verschwunden.

Hilfe. Ich muss Hilfe holen. Ich wiederhole es immer und immer wieder. Ich muss die Stimme, die immer und immer wieder *Mina, Mina, Mina* schreit, übertönen.

Ich mache einen unsicheren Schritt, dann noch einen und noch einen.

Ich lasse sie allein.

Es ist das Schlimmste, was ich je tun musste.

Kapitel 63

Jetzt (Juni)

Seine Hand wandert von meiner Wange zu meiner Kehle, wo er leichten Druck ausübt.

Eine Warnung.

»Bleib, wo du bist«, sagte er leise. »Adam«, ruft er dann und hebt die Stimme. Adam biegt um die Ecke und steht hinter ihm. Adams Gesicht ist blutverschmiert, und er hält seinen Arm so, als wäre er gebrochen.

Ich mache einen Satz nach vorn, denn der inbrünstige Wunsch, Adam tot zu sehen, brennt immer noch in mir und wird nie vergehen. Vermutlich wird es das Letzte sein, was ich fühle.

Coach Rob packt mich an der Kehle und drückt zu. Seine Finger verkrallen sich in meinen Nacken, als er mich gegen den Felsen zurückstößt. Er bedrängt mich auf eine Art, die eine völlig neue Art der Angst in mir weckt.

»Ich habe dir gesagt, du sollst bleiben, wo du bist«, sagt er mit seiner Coach-Stimme. Als ob er enttäuscht von mir wäre, weil ich am Tor vorbeigeschossen habe.

Ich wimmere unwillkürlich, obwohl ich viel lieber schreien würde, aber ich habe nicht die Kraft dazu.

»Warum hast du sie in jener Nacht nicht auch getötet?«, fragt Coach Rob Adam. Er verschwendet keinen Blick an ihn, starrt mich an, mustert mein Gesicht, als versuche er, es sich einzuprägen. Das und der harte Druck seines Körpers gegen meinen lassen mich erstarren und schweigen. »Es wäre leichter gewesen.«

Adam schluckt und blickt hinab auf seine Füße. »Aber sie hat doch nichts getan. Ich wollte sie nicht … Mina war das Problem.«

»Dadurch, dass du eine Zeugin zurückgelassen hast, hast du eine ganze Reihe neuer Probleme geschaffen«, sagt der Coach. »Nicht sehr clever, Adam.«

»Tut mir leid«, murmelt Adam. »Ich wollte nur … ich wollte dir helfen und dachte, ich hätte alles bedacht.«

Der Coach seufzt. »Ist schon okay«, sagt er. »Wir werden uns was einfallen lassen, du brauchst dir keine Sorgen zu machen.« Seine Hand schließt sich fester um meine Kehle, ich kann kaum noch atmen. Ich fange an zu husten, sodass meine Rippen auf schmerzliche Weise gegeneinander reiben, was mich benommen macht. »Ich werde mich darum kümmern«, meint er. »Hast du deine Waffe?«

Ich muss auf die Zunge beißen, um die Panik, die in mir aufsteigt, im Zaum zu halten. Mir dreht sich der Kopf; ich bekomme nicht genug Luft.

»Ich glaube, im Auto.«

»Hol sie und komm wieder zurück.«

»Aber …«

»Adam.« Der Coach wendet sich ihm zu und betrachtet ihn gereizt. »Mein Job besteht darin, mich um dich zu küm-

mern. Dein Job ist es, auf mich zu hören. Was sagen wir immer?«

»Die Familie zuerst.«

»Richtig. Also werde ich mich darum kümmern. Geh und hol die Waffe.«

Als Adam sich entfernt, höre ich das Rascheln im Gestrüpp. Der Coach wartet, bis er verschwunden ist, bevor er mir wieder seine Aufmerksamkeit zuwendet. Seine Hände um meinen Hals lockern sich, wandern tiefer.

»Nein«, rufe ich unwillkürlich aus, denn ich habe eine Heidenangst vor dem, was er als Nächstes tun könnte. Doch er lässt seine Hand auf meiner Schulter ruhen, nagelt mich damit an den Felsblock fest.

»Sie werden es herausfinden«, keuche ich und ringe nach Luft. »Sie werden Sie schnappen. Sie können mich umbringen, aber sie werden es herausbekommen. Es ist vorbei.«

»Es ist erst dann vorbei, wenn ich es sage.« Seine Finger bohren sich in meine Schulter, fünf Schmerzpunkte foltern mich. »Ich lasse nicht zu, dass du das Leben meines Neffen zerstörst.«

Aber genau das werde ich.

Dieser Gedanke vermittelt mir trotz meiner Panik ein wunderbares Gefühl der Ruhe. Vermutlich ist es eher der Schock oder das Trauma als die Erleuchtung, aber es ist mir egal. Es fühlt sich so gut an nach all der Angst.

Mein Auto ist voller Blut, Adams Blut. Auch wenn Coach Rob mich töten wird, ist dies das Ende für beide. Trev und die Polizei werden es herausfinden. Und Trev wird dafür sorgen, dass sie dafür zahlen.

Mit Mühe hebe ich den Kopf. Meine Sicht ist getrübt, mein Adrenalinspiegel ist hoch, und ich werde bald zusammenbrechen, aber ich will ihm in die Augen sehen, wenn ich es sage. »Ich werde Adams Leben zerstören, und Ihres. Dafür muss ich nicht am Leben bleiben. Zu viele Menschen wissen, was ich getan habe. Bereits jetzt sucht die Polizei nach mir – und nach Adam. Sie werden mein Auto finden, und sie werden auch meine Leiche finden, wo immer ihr sie verscharrt. Sie kennen ja meine Mom, glauben Sie, jemand wie sie lässt sich durch irgendetwas aufhalten? Mein Dad war der Meinung, Sie seien ein Freund, aber er wird Sie durchschauen. Meine Tante ist eine Kautionsagentin, und ihr Job besteht darin, Leute aufzuspüren. Trev besitzt alle Beweise, er wird nicht ruhen, bis ihr zur Strecke gebracht worden seid. Sie hatten recht: Die Familie kommt zuerst. Und meine Familie wird Ihre zu Fall bringen.«

»Ich werde nicht darüber diskutieren«, erwidert der Coach, als habe ich etwas angesprochen, was ihn ein wenig nerve.

»Sie sind ein Mörder. Sie haben Jackie und ihr Baby getötet. Vermutlich vergewaltigt ...«

Sein Verhalten, das bisher so beherrscht war, so ruhig und normal, auch wenn er mich am Felsen festgenagelt hat, ändert sich blitzartig. Er drückt mich jetzt brutal gegen den Felsen, erbarmungslos, sodass ich einen Schrei ausstoße. Meine Wirbelsäule fühlt sich an, als werde sie durch sein Gewicht zerquetscht. »Sag das nie wieder«, zischt er. »Sollte ich zulassen, dass Matt sie mit runterzieht? Ich sah ja, welchen Weg er einschlug. Ich *liebte* das Mädchen. Und sie liebte mich.«

Ich reiße die Augen auf, als ich dieses Geständnis höre.

»Sie … haben Sie … waren Sie, Sie und Jackie … *zusammen*?« Und der Ekel in meiner Stimme ist unüberhörbar. Er ist im Alter meines *Dads*. Es wäre fast noch schlimmer, wenn sie ihn geliebt und ihm vertraut hätte.

Er schweigt.

»Sie haben sie nicht einmal dazu zwingen müssen, bei Ihnen einzusteigen, oder?« Mir versagt die Stimme. Das Reden tut weh. Meine Kehle ist gereizt durch den Druck seiner Hände. »Ich wette, es war einfach. Sie haben ihr erklärt, dass Sie mit ihr über das Baby reden wollen, und sie ist in Ihren Pick-up gestiegen.«

Er starrt mich an, lockert den Griff an meinen Schultern, ist wie gebannt von meinen Worten, von der Aufdeckung des Geheimnisses, das er jahrelang für sich behalten hat. Ich erkenne diesen Blick, kenne ihn nur allzu gut. Wenn man ein Geheimnis wahren will, ist das erste Mal, wenn es laut ausgesprochen wird, faszinierend.

Über seine Schulter sehe ich durch den Schatten der Bäume einen Lichtstrahl. Er bewegt sich ständig hin und her, als ob jemand etwas suche.

Mich sucht.

Trev.

Der Coach bemerkt es nicht, ist in der Vergangenheit versunken. »Ich habe ihr gesagt, sie soll es weggeben, aber sie wollte nicht. Sie begriff nicht, was das für mich bedeutet hätte. Sie …« Er gibt einen rauen Ton von sich, verärgert über ein Mädchen, das einfach leben wollte.

Seine Hände drücken fester auf meine Schultern, halten meine Arme fest und heben mich hoch. Ich taste verzweifelt mit den Händen herum, versuche, nach etwas zu greifen, irgendetwas. Meine Finger berühren ein paar Kieselsteine, verstreuen sie. Dann schnappe ich nach einem größeren, raueren Stück Schiefer, schaffe es aber nicht, es so zu fassen, dass ich es hochheben kann.

Ich befeuchte meine blutigen Lippen. Der Lichtstrahl kommt näher und jetzt sind da noch weitere Lichter – ich zähle vier. Sie steuern direkt auf uns zu. Wenn Coach Rob sie entdeckt, die Schritte hört, wird er mich töten, bevor sie ihn daran hindern können. Ich muss dafür sorgen, dass er weiterredet, abgelenkt wird.

Er blickt mir in die Augen. Seine Augen sind große, kühle dunkle Teiche. Als ich entdecke, dass sich die Anspannung in seinem Gesicht gelöst hat, er erleichtert aussieht, dreht sich mir der Magen.

Er hat einen Entschluss gefasst.

»Sie war im Begriff, sich geschlagen zu geben«, stoße ich hervor. »Haben Sie das gewusst? Dass sie mit einer Adoptionsberaterin geredet hat? Sie hatte vor zu tun, was Sie wollten.« Es ist ein Wagnis, aber ich habe keine andere Wahl.

Sein Griff lockert sich für einen kurzen Augenblick, gerade so lange, dass ich mit den Fingern das lose Stück Schiefer greifen kann. Ich schwinge es hoch und lasse es mit voller Wucht auf seinen Kopf heruntersausen.

Er brummt und lässt mich los. Ich ducke mich unter seinem ausgestreckten Arm, als er vorprescht und versucht, nach mir zu greifen.

Ich schaffe nur wenige Schritte, dann versagt mein Bein, und ich falle zu Boden. Ich schreie so laut ich kann, auch wenn es so wehtut, dass ich das Gefühl habe, meine Augen würden aus den Höhlen treten. Ich krieche weiter, hoffe, dass sie mich erreichen, bevor er es tut. Ich höre jetzt Rufe, so nah, ganz nah. Bitte, lass sie mich finden ...

Coach Rob versetzt mir von hinten einen Schlag, drückt mich auf den Boden, bevor er mich umdreht. Ich schreie auf, meine Schultern bekommen das meiste ab. Mein Kopf schlägt auf dem Boden auf, als er mich erneut mit seinem Körper festnagelt. Mit einer Hand fasst er nach meinen Händen und reißt sie mir über den Kopf. Ich möchte mich von ihm abwenden, von dem Schmerz. Doch plötzlich legt er die andere Hand auf meinen Mund, sodass ich keine Luft bekomme.

Es gelingt mir trotzdem, den Mund zu öffnen und ihn kräftig in die Handfläche zu beißen. Dabei schüttele ich den Kopf hin und her wie ein Hund. Das Fleisch zwischen meinen Zähnen gibt nach und er schreit. Dann entreißt er mir seine Hand, aus der Blut hervorsprudelt.

»Verdammte *Hexe!*« Mit beiden Händen umfasst er meine Kehle und drückt zu.

Er kniet auf meinem Magen und presst mir das bisschen Luft, das mir noch geblieben ist, aus den Lungen; den Rest erledigt sein Druck auf meine Kehle. Ich ringe nach Luft, wo keine ist, und versuche, mich seinem Griff zu entwinden. Aber er ist zu schwer, und ich zerre immer noch sinnlos an seinen Armen, als alles um mich herum verschwimmt.

Meine Lungen brennen, als ich anfange abzudriften, meine Hände fallen herunter, und die Welt um mich herum versinkt.

Die Polizei ist eingetroffen. Es ist vorbei. Ich kann jetzt

abtreten. Und vielleicht … vielleicht hatte sie doch recht, was die Sache mit dem Himmel anbetrifft.

Peng!

Coach Rob zuckt zusammen. Als er zur Seite fällt und von mir heruntergleitet, atme ich tief durch und würge. Plötzlich ist die Dunkelheit des Waldes vertrieben – alles ist hell beleuchtet, als ob jemand einen Scheinwerfer eingeschaltet hätte. Ich blinzele benommen zum Himmel hoch. Über meinem Kopf höre ich einen zischenden Laut. Plötzlich spüre ich einen Windzug im Gesicht und sehe, wie sich die Kiefern unter dem Hubschrauber biegen, der über uns kreist.

»Sophie!« Jemand greift nach mir und zieht mich über den Waldboden. Ich wehre mich gegen die Hände an meinen Handgelenken. »Sophie! Es ist alles in Ordnung!«

»Wo ist Adam?«, krächze ich. »Er hat eine Waffe.«

»Es ist alles in Ordnung«, wiederholt der Mann. Es fällt mir schwer, die verschwommene Gestalt vor mir zu erkennen, ich zittere erbärmlich. »Wir haben ihn geschnappt, es ist alles in Ordnung«, wiederholt er. Dann dreht er den Kopf und brüllt: »Kann ich endlich einen Sanitäter bekommen?«

»Wo ist Coach Rob?«, murmele ich. Meine Kehle tut so weh, als ob jemand sie mit dem Rasiermesser misshandelt hätte. Alles tut weh. Ich stupse den Polizisten an, der mich stützt, und versuche, mich aufzusetzen. Ein Ast gräbt sich in meinen Rücken. »Ist er tot?«

»Sophie, du solltest nicht reden. Wilson!« Er entdeckt jemanden in der Ferne und ruft ihn zu sich. Als die verschwommene Gestalt bei uns ist, bellt er: »Wo verdammt sind die Sanitäter?«

Mir fallen die Augen zu. Es tut so gut, sie zu schließen.

»Nein, nein, Sophie, bleib wach.« Finger graben sich schmerzhaft in meinen Kiefer und mein Kopf wird hochgehoben. Ich bemühe mich, die Augen zu öffnen, blinzele und richte den Blick auf das Gesicht vor mir.

Es ist Detective James. Er sieht verängstigt aus. Es ist bizarr – Bullen sollten nicht ängstlich dreinschauen.

»Ich habe«, bemerke ich, »ich habe Ihnen doch gesagt … habe Ihnen gesagt, dass ich clean bin.«

»Ja, das hast du«, sagt er. »Bitte, bleib wach, okay? Red mit mir.«

»Lassen Sie nicht zu, dass sie mir etwas geben«, erkläre ich ihm und schließe erneut die Augen.

»Sophie, bleib wach!«

Aber ich kann nicht. Es ist zu schwer. »Keine Medikamente«, sage ich. Es ist wichtig. Ich will sie nicht. Nicht wie letztes Mal. »Lassen Sie nicht zu …«

Zwischen zwei Atemzügen versinke ich in Dunkelheit. Nichts tut mehr weh, alles ist gut, und ich kann sie fühlen, irgendwo, irgendwie … und es tut nicht weh. Fühlt sich einfach richtig an.

In einem Krankenhaus aufzuwachen, ist mir nicht fremd. Das Piepen der Maschinen, das Rascheln der Laken, der Geruch nach Antiseptika und Tod.

»Mina«, murmele ich, noch halb träumend. Jemand hält behutsam und ehrerbietig meine Hand. Ich weiß, es ist nicht sie, aber einen Moment lang halte ich die Augen geschlossen und stelle mir vor, sie sei es.

»Hey, hörst du mich?«

Ich drehe den Kopf zur Seite. Trev sitzt neben meinem Bett. »Hey.« Ich schlucke und bedauere es sofort. Meine Kehle glüht, sodass ich nach Luft ringe. Trev hilft mir, mich aufzusetzen, und reibt mir den Rücken.

»Du hast wohl meine SMS erhalten?«, bemerke ich, als ich wieder Atem holen kann. Meine Stimme ist kaum hörbar.

»Das habe ich«, erwidert er. »Mein Gott, Soph, du hast mich zu Tode erschreckt.«

»Tut mir leid«, sage ich und lehne den Kopf an seine Schulter. Sein T-Shirt fühlt sich erstaunlich weich an meiner verletzten Haut an.

»Ich bin wirklich froh, dass du sie bekommen hast.«

Er erstickt ein Lachen und drückt meine Hand. »Ja, ich auch.«

»Alles in Ordnung mit dir?«, will ich wissen.

Er sieht mich an, lässt den Blick dann zu meiner Hand wandern, die er immer noch festhält.

»Nein«, erwidert er. »Ist es nicht.«

Am liebsten würde ich die Bettdecke zurückschlagen, damit er in mein Bett krabbelt, aber ich tu's nicht. Er wird sich zusammenreißen, denn das ist seine Art. Er tut es immer. Aber wir gönnen uns eine Minute des Schweigens, in der ich seine Hand halte und hoffe, dass es gut so ist, dass es irgendwie hilft, denn wir beide müssen ihr zuliebe noch etwas länger stark sein.

»Wo sind meine Eltern?«, frage ich schließlich, als sich sein Griff um meine Hand lockert. Ich lehne mich in den Kissen zurück.

»Sie reden gerade mit den Ärzten. Ich habe mich hier reingeschlichen.«

»Wie lange ist es her?«

»Anderthalb Tage. Du solltest jetzt aber wieder schlafen. Alles andere kann bis morgen warten.«

Ich kann weder ruhen noch warten, auch wenn ich jeden Muskel spüre und mein Kopf höllisch wehtut.

Trevs Daumen streicht sanft über meine Finger.

»Man wird sie doch nicht auf Kaution freilassen, oder?«, platze ich heraus. Es ist verrückt, aber als ich das letzte Mal im Krankenhaus aufgewacht bin, hat man mir kein Wort geglaubt. Unwillkürlich habe ich Angst, dass dies wieder passieren könnte. »Detective James hat auf Coach Rob geschossen – hat er es überlebt?«

»Er hat ihn an der Schulter getroffen. Er wird angeklagt werden. Adam hat bereits gestanden«, erklärt Trev unbewegt. »Bereits beim ersten Verhör brach er zusammen. Du hast recht gehabt: Er hat Mina getötet und hat dir die Drogen untergeschoben, damit alle denken, es sei deine Schuld. Coach Rob behauptet, er habe von alldem keine Ahnung gehabt, habe nicht gewusst, was Adam getan hat. Er hat sich einen Anwalt genommen. Verliert kein Wort über Jackie. Aber das spielt keine Rolle, denn es gibt genügend Anklagepunkte gegen ihn … in beiden Fällen. Sie werden lange Zeit im Gefängnis schmoren.« Die Befriedigung in seiner Stimme ist so deutlich, dass ich sie fast spüren kann.

»Adam hat sie gesehen«, sage ich. »Als er vierzehn war. Er hat gesehen, wie Jackie an jenem Tag in den Pick-up von Coach Rob gestiegen ist. Und er hat es nie jemandem gesagt.

Oh Gott – Kyle.« Ich blicke Trev an. »Adam ist … war … sein bester Freund. Wie geht's ihm?«

Trev schüttelt den Kopf. »Kyle steht unter Schock. Die gesamte Stadt befindet sich im Schockzustand. Ich glaube, jedes Mädchen, das je Fußball gespielt hat, wird von seinen Eltern wegen Coach Rob ausgequetscht werden. Er kann froh sein, dass er in Untersuchungshaft sitzt; er würde keinen Tag in der Stadt überleben.«

Mich schaudert. Ich überlege, ob es noch mehr Mädchen gibt, die der Coach »geliebt« hat und die das Glück hatten, nicht schwanger zu werden.

»Meine Mom fragt mich immer wieder, wie dies geschehen konnte«, sagt Trev. »Sie kann sich nicht vorstellen, dass niemand gewusst hat, was zwischen ihm und Jackie gelaufen ist. Ich weiß nicht, was ich ihr sagen soll.« Er blickt mich mit so viel Schmerz im Blick an, dass ich wegschauen muss. »Nach Minas Tod hat er uns einen beschissenen Obstkorb geschickt, Sophie. Ich erinnere mich, dass ich mich in Moms Namen dafür bedankt habe.«

Ich schlucke, hoffe, dass ich mich dann weniger elend fühle. Aber die einzige Wirkung ist, dass meine Kehle noch mehr wehtut.

»Scheißkerl«, sage ich. Ich sehe dieselbe Wut, die ich empfinde, in Trevs Blick. Aber das Wort kann nicht erfassen, wie wir ihnen gegenüber empfinden. Ich weiß nicht, ob ich näher analysieren möchte, wie klar alles in dem Augenblick war, als das Ende der Plastikschnur in Adams Hals schnitt und ihn abwürgte.

Das Gefängnis ist gut für sie, sie können dort beide verrotten.

Ich muss es mir selbst gegenüber wiederholen, als ob es mich davon überzeugen wird, dass es fair ist.

Ist es nicht.

Wird es nie sein.

Aber wir müssen mit unserem Verlust leben, unser Leben trotzdem weiterführen.

Trevs Druck um meine Hände verstärkt sich, und ich erwidere den Druck und versuche, beruhigend zu wirken. Aber für uns beide gibt es keine Beruhigung, die uns Erleichterung verschaffen würde. Es gibt keine Geheimnisse mehr. Mina ist tot, und da sind nur noch er und ich und das, was wir getan haben, und das, was vor uns liegt.

Das ist der grauenhafteste Gedanke überhaupt.

»Und Matt?«, frage ich. Ich fühle mich schrecklich, wenn ich daran denke, wie ich ihn vor der Kirche angegangen bin. Wäre ich an seiner Stelle und würde herausfinden, dass ich aus einer Familie von Mördern stamme, die mir die Liebe meines Lebens genommen hat, würde ich durchdrehen.

»Ich habe versucht, ihn anzurufen, aber ich bekam keine Verbindung. Vermutlich hat die Polizei das Telefon wegen der Reporter ausgesteckt. Wir haben es auch ausgeschaltet, als Mina …« Er verstummt, da an die Tür geklopft wird und meine Mom das Zimmer betritt.

»Liebling«, begrüßt sie mich, als sie feststellt, dass ich wach bin. Trev lässt meine Hand los und steht auf. »Nein, Trev, nicht, ist schon in Ordnung, bleib doch, wenn du magst.«

»Danke, aber ich muss Rachel und Kyle Bescheid sagen, dass Sophie ansprechbar ist«, sagt er. »Muss mich auch bei meiner Mom melden. Ich komme später wieder.«

Meine Mom setzt sich auf die Bettkante und betrachtet mich mit geröteten Augen. »Ich bin ja so froh, dass du aufgewacht bist. Dein Dad ist kurz nach Hause gefahren«, sagt sie. »Er sagte, du würdest bestimmt deine Yogahose wollen. Wie fühlst du dich denn?«

»Müde, verletzt.«

»Ich habe nicht zugelassen, dass man dir Opiate gibt«, erklärt sie. »Tut mir so leid, Liebes, wenn ich nur …«

»Nein«, falle ich ihr ins Wort. »Danke. Ich will nichts davon hören.«

Sie hält meine Hand mit beiden Händen fest. »Wenn ich dir nur die Schmerzen abnehmen könnte.«

»Es ist okay«, erwidere ich. »Mir geht's gut. Mir wird's gut gehen. Es ist jetzt vorbei.«

Ich muss dies laut hören, damit es in mein Bewusstsein dringt, was noch nicht der Fall ist.

Nach einer Weile scheucht die Schwester Mom hinaus, macht das Licht aus und befiehlt mir zu ruhen. Ich habe drei gebrochene Rippen, eine Kehlkopfverletzung und genügend Fäden am Bauch und im Gesicht, um mich wie Frankensteins Monster zu fühlen. Zum Glück sind die meisten Verletzungen oberflächlich. Aber selbst diese schmerzen höllisch, wenn man sich mit Aspirin begnügen muss.

Ich kann noch nicht schlafen. Die Schmerzen sind zu stark und ich habe Angst vor meinen Träumen. Ich befürchte, dass ich in dem Augenblick, in dem ich die Augen schließe, wieder in Adams Wagen sitze, Coach Robs Würgegriff fühle und wieder am Booker's Point bin.

Immer wieder berühre ich mit den Fingern die rohe Haut

an meinen Handgelenken, wo sich die Plastikschnur eingeschnitten hatte.

Ich muss ständig an Mina denken, wünsche mir, ich wäre wie sie, denn dann könnte ich daran glauben, dass sie gerade jetzt auf mich herunterschaut, glücklich darüber, dass wir den Tätern auf die Spur gekommen sind und damit ihr und Jackie Gerechtigkeit widerfahren ist.

Aber ich kann es nicht glauben. Kann nur das unbestimmte Gefühl von Erleichterung empfinden, getrübt durch den Schock und die Benommenheit, die mich erfasst hat.

Jetzt liegt es allein an mir, die Monster in Schach zu halten: Ich habe keine Aufgabe, keinen Kreuzzug vor mir, nichts. Die Erinnerung an Mina wird mich eine Zeit lang aufrecht halten. Es macht mir Angst, wie leicht es sein könnte, in das Loch zurückzufallen, aus dem ich so mühsam herausgeklettert bin.

Zehn Monate. Eine Woche.

Ich habe Sehnsucht nach Tante Macy, greife nach dem Handy, das meine Eltern mir überlassen haben, und gebe mit zittrigen Fingern ihre Nummer ein.

»Ich bin gerade unterwegs zu dir«, sagt sie, als ich sie erreicht habe. »In ein paar Stunden bin ich da.«

Mit einem großen Seufzer erkläre ich ihr: »Es ist vorbei.«

»Ja, Gott sei Dank. Erinnere mich daran, dass ich dir nachher den Hintern versohle, weil du dich in solche Gefahr begeben hast«, sagt Macy. Die Erleichterung in ihrer Stimme nimmt der Drohung jegliche Schärfe. »Dieses Fast-Sterben wird bei dir allmählich zur Gewohnheit. Das gefällt mir gar nicht.«

»Ich vermute, ich schlage einfach nach dir«, sage ich.

Macy lacht schallend. »Verdammt, ich hoffe nicht.«

Ich schweige längere Zeit, lausche dem Brummen von Macys Radio, dem gelegentlichen Hupen eines Vierachsers, der sie überholt. Sie befindet sich auf dem Highway, ist unterwegs zu mir. Das Fahrgeräusch beruhigt mich mehr als alles andere auf der Welt.

»Ich habe Angst«, sage ich schließlich.

»Ich weiß, Liebes«, erwidert sie und versucht, den Verkehrslärm zu übertönen. »Aber du bist tapfer, bist stark.«

»Ich will ...« Ich schweige kurz, dann: »Am liebsten würde ich jetzt einfach dichtmachen«, gestehe ich. Ich empfinde das starke Bedürfnis, mich zu betäuben, alle Sorgen über die Zukunft zu begraben und alle harten Entscheidungen, die ich treffen muss, zu vermeiden.

»Man hat dir nichts gegeben, oder?«

»Nein«, erwidere ich. »Mom hat es nicht zugelassen, ich will auch nichts.«

»Das ist klug.«

Wir schweigen wieder, und schließlich schlafe ich ein, das Handy ans Ohr geklemmt.

Gegen zwei Uhr morgens erwache ich vom Klicken der Tür. Ich richte mich auf, erwarte die Schwester, aber es ist Kyle.

»Was tust du denn hier?«, frage ich ihn.

»Habe die Schwester bezirzt, damit sie mich reinlässt.« Kyle nimmt am Fußende des Betts Platz und schüttet eine Handvoll Süßigkeiten aufs Bett. »Ich habe den Automaten geknackt.«

Er sieht so übel aus, wie ich mich fühle. Seine Augen sind geschwollen und gerötet, und er vermeidet bewusst meinen Blick, als er mir eine Tüte Lakritze zuschiebt.

Ich setze mich auf, reiße die Tüte auf und stecke mir ein Lakritz in den Mund. »Ich weiß nicht, was ich sagen soll«, erkläre ich ihm.

Kyle gibt einen Kehllaut von sich, der sich wie das Wimmern eines Kindes anhört. »Ist alles okay mit dir?«, will er wissen. »Ich hätte dich nicht allein gehen lassen dürfen. Du warst kaum eine Minute weg, aber wir konnten dich nicht finden.«

»Es wird alles wieder gut. Es ist nicht deine Schuld. Ich dachte, Adam sei in Ordnung, bin blind in die Falle getappt.«

»Soph, das ist so beschissen«, sagt er mit rauer Stimme. Er fährt sich mit der Hand durchs Haar, sodass es nach allen Seiten absteht. »Er war einer meiner besten Freunde. Seit wir sechs waren, haben wir im selben Fußballteam gespielt. Und er ... er hat sie mir *genommen.*«

Kyle schluckt schwer, spielt mit einer Tüte M&Ms, ordnet sie nach Farben, den Blick darauf gerichtet, um mich nicht anschauen zu müssen.

»Ich hasse ihn«, sage ich. Es fühlt sich gut an, es erneut laut auszusprechen. Die Tatsache, dass ich jetzt Bescheid weiß, geht mir unter die Haut.

»Ich würde ihn am liebsten umbringen«, murmelt Kyle und zaubert aus den M&Ms einen hübschen grünen Haufen, bevor er sich den blauen zuwendet.

»Ich habe es versucht«, gestehe ich ruhig.

Kyle hält inne, dreht unmerklich den Kopf. Seine braunen

Augen sind gerötet. »Gut so«, erwidert er, und seine Worte hallen zwischen dem Piepen der Maschinen wider. Aus irgendeinem Grund kann ich jetzt leichter atmen.

»Ich bin so froh, dass du nicht gestorben bist«, sagt Kyle.

»Ja, ich auch«, erwidere ich, und es ist die Wahrheit. Es fühlt sich gut an, dass es die Wahrheit ist.

Ich drehe mich im Bett, stöhne, weil die Bewegung den Schmerz in meinen Rippen neu entfacht.

Kyle starrt auf meinen Tropf, als würde ihm dieser sagen, was zu tun sei. »Soll ich die Schwester holen?«

Ich schüttele den Kopf. »Sie können nichts tun. Ich will ja keine Narkotika. Aber ich will auch nicht schlafen. Alles wird gut.«

Selbst für meine Ohren höre ich mich zuversichtlich an. Ich kenne die Wahrheit: Es stehen mir Monate in Davids Praxis bevor. Ich muss daran arbeiten, es bewältigen. Es werden Albträume und Momente des Ausrastens auf mich zukommen, Tage, an denen ich wegen nichts und wieder nichts explodieren werde, Tage, an denen ich so gern etwas nehmen würde, dass ich den Stoff fast schmecken kann, und Tage, an denen ich nur schreien und weinen möchte. David wird bei mir vermutlich als Kurzwahl eingespeichert werden, und es wird aufreibend und schmerzlich sein, aber ich denke, am Ende des Tunnels wird ein Licht auftauchen, weil dies gewöhnlich der Fall ist.

»Es tut mir leid, dass ich so ekelhaft zu dir war«, sagt Kyle.

Ich nehme mir einen roten M&M aus dem Häuflein und stecke ihn mir in den Mund. »Ich war ebenfalls ekelhaft zu dir«, räume ich ein.

Er blickt zum ersten Mal hoch, seit er den Raum betreten hat. Sein Gesichtsausdruck ist ernst und abwägend, sodass mein Mund trocken wird.

»Was?«, frage ich und hoffe, er senkt den Blick.

Aber er tut es nicht. »Ich weiß, ich habe versprochen, nicht darüber zu reden«, beginnt er. »Über das, was sie mir erzählt hat, über sich, über euch beide. Aber dieses eine Mal werde ich mein Versprechen brechen.« Er starrt mich weiter an, aber in seinem Blick liegt eine Sanftmut, die ich nie zuvor an ihm beobachtet habe.

»Sie war in dich verliebt«, sagt er. »Und ich glaube nicht, dass sie es dir gesagt hat, oder?«

Mein Herz macht einen Sprung, wird bei den Worten, auf die ich immer gehofft hatte, wieder lebendig. Ich schüttele den Kopf. Tränen rollen mir über die Wangen.

»Sie hat dich geliebt, wollte mit dir zusammen sein. Deshalb hat sie mit mir über sich gesprochen. Sie sagte, sie habe ihre Wahl getroffen, habe dich gewählt. Ich denke, du warst es von Anfang an.«

Ich wende den Blick von ihm, betrachte durch die Jalousien die Lichter der Stadt. Er schweigt, ein beruhigender Zeuge, der mich weinen lässt.

Der mir dabei hilft, sie endlich gehen zu lassen.

Kapitel 64

ANDERTHALB JAHRE FRÜHER (SECHZEHN JAHRE ALT)

»Pass auf!« Mina tritt in die Pfütze und schlammiges Wasser spritzt gegen meinen Rücken, durchnässt mich.

»Oh nein!«, kreische ich und drehe mich blitzartig um. »Ich kann nicht glauben, dass du das gerade getan hast.«

Sie sieht mich über die Schulter an und strahlt. Regen tropft von ihrer Stirn. Sie hat ihren Schirm auf dem Gehsteig stehen lassen und steht mitten in einer riesigen Pfütze. Als sie den Kopf zum Himmel hebt und den Mund öffnet, um den Regen aufzufangen, schlägt mein Magen einen Purzelbaum. »Los, spiel mit mir.«

»Manchmal bist du eine solche Blage«, erkläre ich ihr. Doch als sie einen Schmollmund zieht, grinse ich und wate nach ihr durch die Pfütze und kicke Wasser nach ihr. An den tiefsten Stellen der Pfütze reicht mir das Wasser bis zu den Knöcheln. Meine Füße platschen in dem Morast, als wir uns gegenseitig bespritzen und uns totlachen. Wir bewerfen uns mit Schlamm, als seien wir wieder sieben. Ich reibe ihr den Matsch ins Haar und sie bewegt sich wie eine Robbe um mich herum, schnell und glatt.

Ausnahmsweise fällt sie als Erste in den Morast, direkt auf

den Hintern. Statt aufzustehen, streckt sie die Hand aus und zieht mich behutsam zu sich hinunter. Es gibt nur noch uns beide, den Morast und den Regen, und es scheint alles so zu sein, wie es sein sollte.

Mina seufzt glücklich, den Arm in meinen gehakt. Sie lehnt den Kopf an meine Schulter.

»Du bist verrückt. Wir werden uns eine Lungenentzündung holen.«

Sie drückt meinen Arm und schmiegt sich enger an mich. »Gib es zu. Du würdest nirgendwo lieber sein als hier bei mir.«

Ich schließe die Augen, lasse den Regen auf meine Haut tropfen, spüre, wie ihr Körper sich gegen meinen presst und ihre Wärme in meine Haut einsickert. »Wie recht du hast«, sage ich.

Kapitel 65

Jetzt (Juli)

»Wie fühlst du dich heute?«, will David wissen.

Ich kaue an meiner Lippe. »Gut.«

»Wir haben eine Abmachung, erinnerst du dich?«, bemerkt David. »Hinter uns liegen sechs Sitzungen. Es wird Zeit, Sophie.«

»Können wir nicht lieber über den Wald reden?«

»Die Tatsache, dass du lieber darüber reden möchtest, wie du erneut angegriffen wurdest, statt über Mina, ist genau der Grund, weshalb wir anfangen müssen, über sie zu sprechen«, sagt David. »Es ist in Ordnung, klein anzufangen.«

»Ich bin …« Ich verstumme, weil ich nicht weiß, wie ich den Satz beenden soll. »Ich bin bis jetzt noch nicht fähig gewesen, ihr Grab zu besuchen«, sage ich stattdessen, denn genau dieser Gedanke weckt mich nachts auf, zwischen meinen Albträumen, in denen ich mich erneut im Wald verstecke. »Ich dachte, ich könnte es schaffen. Auf den Friedhof zu gehen, meine ich. Ich dachte, nachdem wir wüssten, wer sie getötet hat – *wenn* wir es wüssten –, würde es leichter sein. Wie eine Belohnung. Ich weiß, das ist bescheuert, aber genau das habe ich gedacht.«

David lehnt sich nachdenklich auf seinem Stuhl zurück.

»Ich finde nicht, dass das bescheuert ist«, sagt er. »Warum, glaubst du, fällt es dir so schwer, Minas Grab zu besuchen?«

»Ich … ich vermisse …« Ich bemühe mich um Stärke, um Haltung, um Beherrschung, aber hier bin ich nicht in Gefahr, und ich muss die Worte aussprechen. Sie müssen zum Leben erweckt werden, da sie nie zur richtigen Zeit am richtigen Ort gesagt wurden.

»Wir haben uns geliebt. Mina und ich. Wir haben uns geliebt.«

Ich lehne mich auf der Couch zurück und schlinge die Arme um mich. Ich begegne seinem Blick. Die Zustimmung, die Bestätigung, die ich darin entdecke, erleichtert den Druck in meiner Brust.

»Ich glaube, deshalb fällt es mir so schwer«, sage ich.

August

Als mein Dad aus dem Haus tritt, findet er mich auf der Veranda, in einen Liegestuhl gekuschelt. Die Sonne steht über meinen Blumenbeeten. Ich wende ihm den Kopf zu und nehme meine Sonnenbrille ab.

Nachdem ich angegriffen worden war, hat Dad sich ein paar Wochen frei genommen. Und sogar jetzt noch höre ich Nacht für Nacht das rhythmische Aufschlagen des Basketballs auf dem Zement, wenn er in der Auffahrt Körbe wirft, während alle schlafen. Manchmal sitze ich am Küchenfenster und beobachte ihn.

Er nimmt jetzt auf dem Stuhl neben mir Platz und räuspert sich. »Liebes, ich muss dir etwas erzählen.«

»Was ist passiert?« Ich setze mich aufrecht hin, denn seine Lippen bilden eine freudlose schmale Linie.

»Ich habe gerade einen Anruf erhalten. Die Polizei hat die Leiche von Jackie auf Rob Hills Grundstück gefunden.« Er fährt sich mit der Hand übers Gesicht, seine Bartstoppeln sind jetzt fast durchgehend silbergrau. Er schläft nicht viel, ebenso wenig ich. Und wir sehen beide auch so aus.

»Oh«, rufe ich aus. Ich weiß nicht, wie ich sonst reagieren soll. Es ist seltsam, aber es fühlt sich irgendwie gut an, dass Jackies Leiche gefunden wurde, denn unwillkürlich muss ich an Amy denken, an ihre Ungewissheit und daran, dass sie bisher kein Grab hatte, das sie besuchen konnte.

»So, das war's dann also?«, frage ich. »Man wird ihn jetzt für alle Zeiten wegsperren.«

»Das Gericht wird diese Art von Beweis nicht unbeachtet lassen können.«

Ich ziehe die Füße hoch auf den Stuhl, schlinge die Arme um meine Knie und ignoriere die Stiche in meinem kranken Bein. Manchmal muss ich mich einrollen, wenn ich an Coach Rob denke. Wenn ich daran denke, wie ich mich hinter dem Felsen versteckt hatte und darauf wartete, dass er mich fand und mich vielleicht tötete.

»Liebes …«, beginnt Dad, verstummt dann aber und beobachtet mich.

Ich warte.

»Gibt es da … etwas, worüber du reden möchtest?«, fragt er schließlich.

Ich denke einen Moment lang nach, ob ich es ihm erzählen soll. Alles über mich und Mina. Mich und Trev. Das Wirrwarr, in dem ich mich befand, aus dem ich keinen anderen Ausweg sah als Drogen, lange Zeit. Ein Teil von mir will es, aber ein größerer Teil will, dass ich es für mich behalte, es noch länger in mir verschließe.

»Nicht jetzt«, erwidere ich.

Er nickt, nimmt es als Absage. Als er Anstalten macht, aufzustehen, greife ich nach seiner Hand und stoße hervor: »Dad, eines Tages erzähle ich dir alles, alles, ich verspreche es.«

Er drückt meine Hand, lächelt mich an und die Traurigkeit in seinem Blick lässt ein wenig nach.

Ein paar Wochen später stehe ich allein vor dem Friedhofstor, als der Trauerzug an mir vorbeikommt. Vom Tor aus beobachte ich, wie Jackie begraben wird, bin aber unfähig, den Friedhof zu betreten. In der Ferne sehe ich die Trauernden am Grab. Ein Mädchen löst sich aus der Menge.

Amy sagt kein Wort, begibt sich bis zum Fuß des Hügels und blickt in meine Richtung. Sie befindet sich so nah, dass ich sie genau sehen kann. Sie drückt ihre Hand auf ihr Herz und nickt. Ein stillschweigendes Danke.

Ich nicke ebenfalls.

September

»Bitte sag, dass deine Mom aufgehört hat, deswegen auszuflippen.« Rachel taucht ihre Pommes in den Ketchup. Ein paar Tropfen spritzen auf den Test, den sie bewertet.

»Darüber glücklich ist keiner von ihnen«, sage ich. Ich habe meine Serviette in kleine Stücke gerissen, und sie flattern über den Tisch, als Rachel die Seite des Tests umblättert.

»Ich hab die *Ich-wurde-von-Psychos-angegriffen*-Karte gezückt, damit sie endlich zustimmt.«

»Wohlverdient«, murmelt Rachel. »Zweimal in einem Jahr.«

Ich grinse, lehne mich über den Tisch und versuche zu erspähen, was sie gerade schreibt. »Wie habe ich abgeschnitten?«

Sie kritzelt meine Punktzahl oben auf das Papier und malt ein großes rotes Herz darum. »95. Glückwunsch – wäre das der echte Test gewesen, wärst du jetzt berechtigt, die Hochschule zu besuchen.«

»Hoffen wir, dass ich genauso gut abschneide, wenn es ernst wird«, sage ich.

»Du bist so weit.«

Ich zucke die Schultern. »Ich will ... ich will nicht mehr zurück in die Schule, weißt du. Ich will nach vorne schauen. Ich mag Portland, wohne gerne bei Macy. Ich freue mich, dass sie mich wieder bei sich haben will.«

»Nun, ich werde dich vermissen. Aber ich verstehe es. Zudem habe ich jetzt einen Vorwand, nach Portland zu fahren, denn ich liebe Rosen über alles.«

»Wir besuchen den Botanischen Garten«, verspreche ich. »Und ich komme dann zu Prozessbeginn zurück.«

Ich freue mich nicht darauf, als Zeugin aufzutreten, aber ich weiß, ich muss es. Sie müssen für das zahlen, was sie Mina angetan haben. Und Jackie.

Ich reibe mein Knie. Als Matt mich ein paar Wochen nach den Ereignissen besuchte, hatte ich versucht, mich bei ihm zu entschuldigen. Er konnte mir kaum in die Augen sehen und schließlich fingen wir beide an zu heulen. Ich brachte ihn dazu, zu warten, rief Trev an und bat ihn, Matt heimzufahren. Matt umklammerte die ganze Fahrt über seine Münze und meine Hand wie einen Rettungsring.

Vor mir liegt dieser lange Weg, der nie endet, denn man überwindet es nicht, wenn man einen lieben Menschen verloren hat. Nicht völlig. Nicht wenn er ein Teil von einem selbst war. Nicht wenn die Liebe zu diesem Menschen dich so sehr kaputt gemacht hat, wie sie dich verändert hat.

Ich habe Angst vor diesem langen Weg, genauso wird es wohl Matt gehen. Monatelang wurde mein Verlangen nach Drogen verdrängt von meinem Bedürfnis, Minas Mörder zu finden. Nun muss ich mir selbst zuliebe stark sein.

»Veränderungen sind gut, nicht wahr?«, frage ich Rachel.

»Genau«, stimmt sie zu.

Oktober

Mom und ich reden nach wie vor nicht viel miteinander – haben es nie getan, so fällt es nicht auf. Manchmal sitzen wir zusammen am Küchentisch. Sie studiert Akten, und ich suche in Blumenkatalogen nach Pflanzen, die sich für das Klima in Portland eignen. Aber es läuft immer sehr still ab; das Umblättern von Seiten, das Kritzeln ihres Füllers sind die einzigen Geräusche.

Eines Abends faltet sie die Hände über ihrer Aktentasche und wartet ab, bis ich sie anschaue. Ich weiß, dass sie endlich bereit ist zu reden, was mich mit großer Angst erfüllt.

»Ich hätte aufhören und dir zuhören sollen, als du mir erklärt hast, du seist clean.« Es klingt so, als habe sie es vor dem Spiegel eingeübt, als habe sie es niedergeschrieben und einiges gestrichen, sich gewissenhaft bemüht, die richtigen Worte zu finden, als wäre es eine Rede und nicht ein Geständnis.

Ich schweige lange, weiß nicht, was ich sagen soll. Ihre Worte können das, was sie getan hat, nicht ändern; können diese Monate, die ich in Seaside eingesperrt war und mit meiner Trauer zurechtkommen musste, nicht auslöschen. Aber es lässt sich nicht ändern, auch wenn es noch so falsch war. Sie tat es lediglich deshalb, weil sie versuchte, mich zu retten.

Sie wird immer versuchen, mich zu retten.

Das veranlasst mich mehr als alles andere, mich zu entschuldigen.

»Hör zu, ich habe gelogen und alles geheim gehalten und ich … ich habe mich nicht sehr gut verhalten und es tut mir leid …«

»Liebes.« Moms Gesicht, das immer so beherrscht ist, fällt ein, Sorgenfalten erscheinen aus dem Nichts. »Du hast so viel durchgemacht.«

»Das kann keine Entschuldigung sein«, sage ich. »Es gibt keine Entschuldigungen. Jeder einzelne Therapeut, zu dem du mich geschickt hast, wird dir das sagen. Ich bin drogensüchtig. Das wird immer in mir sein. Genauso wie ich immer verkrüppelt sein werde. Und du konntest weder das eine noch das andere akzeptieren. Ich hingegen schon. Ich habe lange gebraucht, es anzunehmen, kann es aber jetzt. Du musst es ebenfalls.«

»Ich akzeptiere dich so, wie du bist, Sophie«, sagt sie. »Ich verspreche es dir. Ich liebe dich, wie du bist. Ich liebe dich bedingungslos.«

Ich möchte ihr glauben.

Mom greift nach meiner Hand, hält sie so, dass die Ringe – Minas und meiner – im Lampenschein leuchten. Sie berührt sie nicht, scheint zu begreifen, dass sie es nicht sollte, und ich bin ihr für diese kleine Geste dankbar. Für die Stärke ihrer Finger, die weich und beruhigend meine Hand umfassen.

»Als du in Oregon warst, kam Mina häufig vorbei. Sie war dann im Baumhaus, oder sie verzog sich in dein Zimmer, um Hausaufgaben zu machen. Manchmal unterhielten wir uns. Sie hatte Angst, du würdest ihr nicht verzeihen, dass sie uns von den Drogen berichtet hat. Ich erklärte ihr, sie solle sich keine Sorgen machen. Dass du die Art Mädchen seist, die nichts daran hindern konnte, jemanden zu lieben, vor allem sie.«

Ich blicke zu ihr hoch, überrascht über den warmen Glanz in ihren Augen, der fast ermutigend wirkt. Mom lächelt und legt ihre Wange an meine. »Sophie, es ist eine gute Sache«, sagt sie leise. »Jemanden so sehr lieben zu können. Das macht dich stark.«

Ich drücke ihre Hand fest und entscheide mich dafür, ihr zu glauben.

»Bist du sicher, dass du das willst?«

Ich starre auf das schwarze Notizbuch in meinen Händen. Als Trev mir ihr Tagebuch gebracht hat, das die Polizei bei einer zweiten Hausdurchsuchung entdeckt hatte, wollte ich es nicht einmal berühren. Ich konnte kaum den Gedanken ertragen, es im Haus zu haben. Eine Woche später sind wir zum See gefahren. Wir machten ein Lagerfeuer am Strand, warteten auf den Einbruch der Nacht und verzögerten das Unvermeidliche.

»Willst du es lesen?«, frage ich ihn.

Er schüttelt den Kopf.

Meine Finger streichen über den weichen glatten Deckel, entlang den Nähten des Einbands. Es ist ein Gefühl, als berührte ich einen Teil von ihr, das Innerste, das Herz und den Atem und das Blut von ihr in lila Tinte auf cremefarbenem Papier.

Ich könnte es lesen. Endlich all ihre Facetten und Geheimnisse kennenlernen.

Ein Teil von mir will es. Will erfahren, sicher sein.

Aber mehr als alles andere möchte ich meine Erinnerung an sie ungetrübt bewahren, nicht poliert durch den Tod, noch in Stücke gerissen durch Worte, die nur für sie allein gedacht waren. Ich möchte, dass sie so bei mir bleibt, wie sie immer war: stark und sicher in allem, außer dem einen, das am wichtigsten war, wundervoll grausam und wundervoll süß, zu klug und neugierig, was ihr zum Verhängnis wurde, und mir in Liebe zugetan. Sie wollte nicht glauben, dass dies eine Sünde sei.

Ich werfe das Tagebuch ins Feuer. Die Seiten wellen sich, werden schwarz, ihre Worte gehen in Rauch auf.

Wir beide stehen schweigend und nah am Feuer, bis es erlischt. Unsere Schultern berühren sich, als der Wind das letzte ihrer Geheimnisse davonträgt.

Trev bricht schließlich das Schweigen. »Rachel hat mir erzählt, dass du die Hochschulreife geschafft hast. Das heißt, du gehst nach Portland zurück.«

»Ja, gleich nach meinem Geburtstag.«

»Weißt du schon, was du machen wirst?«

»Nein«, erwidere ich, und es ist ein gutes Gefühl, nichts zu wissen, ohne Angst davor zu haben. Nicht daran denken zu müssen, was als Nächstes kommt, abgesehen von einem offenen Weg und einem kleinen Haus mit einem Yoga-Studio und einem Gemüsegarten dahinter. »College, nehme ich an. Aber ich glaube, ich nehme mir ein Jahr Auszeit, jobbe und überlege mir alles in Ruhe.«

Er lächelt schief. Seine Augen glänzen.

»Was willst du sagen?«, frage ich.

»Sie hätte dich so gemocht«, sagt er.

Ich glaube nicht, dass es je leicht sein wird, darüber nachzudenken, über all die Chancen, die Mina und ich verpasst haben, den Anfang, die Mitte und das Ende, das uns nicht gegönnt war. Vielleicht wäre auch alles im Sande verlaufen, weil ihre Angst Oberhand gewonnen hätte. Vielleicht wäre auch alles mit der Highschool vorbei gewesen, mit Streitereien und Tränen und Worten, die nicht hätten zurückgenommen werden können. Vielleicht hätte unsere Beziehung auch das College überstanden, wäre aber in ruhigem, unangenehmem Schweigen versandet. Aber vielleicht auch wären wir für immer zusammengeblieben.

»Du könntest bleiben«, sagt er mit gesenktem Blick. »Ich könnte dir das Gewächshaus bauen, das du dir schon immer gewünscht hast.«

Mein Lächeln ist unsicher. »Du weißt, dass ich dich liebe, oder?«, frage ich ihn. »Denn das tue ich, Trev, wirklich.«

»Ich weiß es«, erwidert er. »Nur … eben nicht auf die Weise, wie ich es mir wünsche.«

»Tut mir leid.«

Und es ist wirklich so. In einem anderen Leben, wenn ich ein anderes Mädchen gewesen wäre, wenn mein Herz normal geschlagen und nicht das Ungewöhnliche gewählt hätte, hätte ich ihn vielleicht so geliebt, wie er es sich wünschte. Aber mein Herz ist nicht schlicht oder unkompliziert. Es ist eine wirre Mischung von Wünschen und Bedürfnissen, Jungen und Mädchen: weich, rau und alles dazwischen, ein ewig sich verschiebender Felshang, von dem man stürzen kann. Wenn mein Herz schlägt, dann ist es noch immer ihr Name, der mich erfüllt – nicht seiner.

Als ich ihn küsse, ein sanftes Berühren der Lippen, fühlt es sich an wie Abschied.

Kapitel 66

ZEHN JAHRE FRÜHER (SIEBEN JAHRE ALT)

Am ersten Tag in der zweiten Klasse treffe ich mich mit Amber und Kyle zum Mittagessen, als ich am anderen Ende des Hofs das neue Mädchen entdecke, das in seinem lila Kleid allein an einem Campingtisch sitzt. Mrs Durbin hatte sie in der Klasse neben mich gesetzt, aber sie hatte den ganzen Tag kein Wort gesagt. Sie hielt den Kopf immer gesenkt, auch wenn sie aufgerufen wurde.

Sie wirkt sehr traurig. Also nehme ich den Rest meines Mittagessens und steuere ihren Tisch an.

»Mir geht's gut«, sagt sie, als ich vor ihrem Tisch stehe, noch bevor ich etwas sagen kann. Ihr Gesicht ist feucht. Sie reibt sich mit der Faust über die Wangen und starrt mich an.

»Ich bin Sophie«, sage ich. »Ist neben dir noch frei?«

»Ja.«

Ich setze mich neben sie auf die Bank und stelle mein Essen auf den Tisch. »Du bist Mina, oder?«

Sie nickt.

»Du bist neu.«

»Wir sind umgezogen«, erklärt Mina, »weil mein Daddy in den Himmel ging.«

»Oh.« Ich beiße mir auf die Lippe. Ich weiß nicht, was ich sagen soll. »Tut mir leid.«

»Magst du Pferde?«, will Mina wissen und deutet auf meine Lunch-Box, die mit Stickern verziert ist.

»Ja. Mein Großvater nimmt mich immer mit zum Reiten auf seinem Land.«

Mina scheint beeindruckt zu sein. »Mein Bruder Trev meint, sie beißen einen manchmal, wenn man ihnen keinen Zucker gibt.«

Ich kichere. »Sie haben große Zähne. Aber ich gebe ihnen Karotten. Man muss ihnen die flache Hand hinhalten.« Ich strecke meine Hand aus, die Handfläche nach oben, um es ihr zu zeigen. »Dann beißen sie nicht.«

Mina macht es mir nach und unsere Fingerspitzen berühren sich. Sie blickt hoch und lächelt mich an.

»Hast du Brüder?«, fragt sie mich. »Oder Schwestern?«

»Nein, ich bin Einzelkind.«

Sie kraust die Nase. »Das würde mir nicht gefallen. Trev ist der beste Bruder der Welt.«

»Sophie!« Amber winkt mir zu. Gleich ist die Pause zu Ende.

Ich stehe auf, und etwas an Mina, an der Art, wie sie geweint hat und verloren wirkt, veranlasst mich, ihr erneut die Hand hinzustrecken. »Kommst du mit?«

Sie lächelt, greift nach meiner Hand und umfasst sie.

Ab jetzt meistern wir unser Leben gemeinsam, ohne zu wissen, dass es enden wird, noch bevor es richtig angefangen hat.

An meinem achtzehnten Geburtstag fahre ich in der Dämmerung zum Friedhof. Ich finde ihr Grab nicht auf Anhieb, ich überquere nasses Gras, schlängele mich an Grabsteinen und Engelsstatuen vorbei, bis ich zu einer schattigen lauschigen Stelle gelange.

Es ist ein einfacher grauer Marmorstein mit eingemeißelten Buchstaben:

Mina Elizabeth Bishop
Geliebte Tochter und Schwester

Ich wünsche mir, es könnte sich wie im Film abspielen. Dass ich jemand wäre, der die Buchstaben ihres Namens mit den Fingern nachzeichnen und von Frieden erfüllt sein würde. Ich wünsche mir, ich könnte zu diesem Marmorblock sprechen, als wäre er sie, könnte getröstet sein, dass ihr Körper in tiefer Erde begraben ist, und könnte glauben, dass sie mich von oben beobachtet.

Aber dieses Mädchen bin ich nicht. War es nie. Weder vor noch nach ihr noch heute. Ich kann mit diesem Wissen leben – ein einfaches Geschenk an mich selbst, die Person anzunehmen, die sich aus den Stücken, die übrig geblieben sind, entwickelt.

Ich knie neben ihrem Grab nieder und hole die Kette solarbetriebener Weihnachtslichter aus meiner Tasche. Ich drapiere sie über ihren Grabstein und verteile die Enden auf beiden Seiten des Grabs.

Ich bleibe bis zum Einbruch der Dunkelheit und beobachte, wie die Lichter funkeln. Meine Hand liegt auf der Erde über ihr. Als ich mich erhebe, berühren meine Finger das Gras.

Ich gehe zu meinem Auto und blicke mich kein einziges Mal um.

Minas Nachtlichter werden bestehen bleiben. Trev wird sie Jahr für Jahr ersetzen, wenn sie schwach werden. Und ich weiß, dass sie mir eines Tages, wenn ich bereit bin heimzugehen, den Weg leuchten werden.

Danksagung

Ohne die Unterstützung so vieler Menschen, die fest an dieses Projekt geglaubt haben, hätte ich dieses Buch nicht schreiben können. Das Schreiben kann ein einsames Unterfangen sein, bis die Gemeinde, die man braucht, um einen neuen Roman zu veröffentlichen, einen in ihrer Mitte aufnimmt. Und ich hatte das Glück, von der besten Gemeinde weit und breit willkommen geheißen zu werden.

Mein Dank gilt meiner Agentin Sarah Davies. Ich danke dir für alles. Du hast mein ganzes Leben verändert, und ich weiß nicht, ob ich dir je genug für das danken kann, was du mich gelehrt hast.

Meiner Lektorin Lisa Yoskowitz danke ich für ihr Verständnis der Figuren und der Liebesgeschichte, die ich erzählen wollte. Du hast mich und mein Werk in ungeahnte Höhen getrieben.

Vielen Dank dem wunderbaren Team bei Disney Hyperion, das so viel Sorgfalt und kreativen Schwung für alle Aspekte des Buchs entwickelt hat. Mein spezieller Dank gilt Kate Hurley, meiner Korrektorin, deren scharfem Auge nichts entging, und Whitney Manger, die mir ein wundervolles Cover entworfen hat.

Ich danke auch meinen Eltern und dem Rest meiner erstaunlichen Familie, vor allem aber meiner Mutter Laurie. Danke, Mom, dafür, dass du alles, was ich je geschrieben habe, gelesen hast, sogar mein Werk »Two Fast Doctors«, das ich in der zweiten Klasse verfasst habe.

Große Dankbarkeit schulde ich auch meinen engagierten, brutal ehrlichen Kritikerinnen Elizabeth May und Allison Estry, die mein Manuskript im besten Sinne des Wortes zum Bluten brachten. Vielen Dank auch Kate Bassett fürs Korrekturlesen und Anfeuern.

Danke der Fourteenery-Gruppe fürs Händchenhalten, die Heiterkeit und dafür, dass immer alles Melvin angelastet wurde.

Und Franny Gaede, die der wahre Walter für meine Hildy ist.

Ein Hoch auf die Mädchen vom Crazy Chat. Ihr Damen wisst, wer ihr seid. Ich danke euch aus der Tiefe meines gebrochenen Teenagerherzens.

Auch jene verdienen Dank, die dazu beitrugen, mich zu formen: Georgia Cook, Carol Calvert, Ted Carlson, Antonio Beecroft, Jon Dembski, Michael Uhlenkott, Peggy S., Lynn P. und die ganze Crew der SSHS ungefähr 2001–2004.

Danken möchte ich auch meiner Gramz, Marguerite O'Connell, die mir, als ich noch klein war, beibrachte, dass ich meine Geschichten immer mit etwas beginnen müsse, das Aufmerksamkeit erregt. Ich hoffe, ich bin ihrem Rat gerecht geworden.

Monika Feth

Der Erdbeerpflücker

320 Seiten ISBN 978-3-570-30258-3

Als ihre Freundin ermordet wird, schwört Jette öffentlich Rache – und macht den Mörder damit auf sich aufmerksam. Er nähert sich Jette als Freund und sie verliebt sich in ihn, ohne zu ahnen, mit wem sie es in Wahrheit zu tun hat …

6104

cbt

www.cbt-jugendbuch.de

Anna Jarzab

Das kalte Herz der Schuld

448 Seiten, ISBN 978-3-570-30767-0

Es waren vier Schüsse mitten ins Herz, die Carly töteten. Ein Jahr ist seit dem Mord vergangen und der vermeintliche Täter sitzt im Gefängnis. Doch es gibt zwei Menschen, die an dieser allzu leichte Wahrheit zweifeln: Neily, Carlys damaliger Exfreund, und Audrey, ihre beste Freundin und – Tochter des Mörders! Die beiden beginnen, Fragen zu stellen, und entblättern nach und nach die düsteren Geheimnisse, die Carlys Tod umgeben – eine Spirale von Schuld, Schweigen und Selbstzerstörung tut sich auf. Alle Spuren erzählen von den ungeahnten Abgründen, in die ihre Freundin sich stürzte ... und führen zu ihrer Clique an der Eliteschule von Brighton. Was wusste Carly? Und wer wollte sie zum Schweigen bringen?

30004

www.cbt-jugendbuch.de

Gilian Philip

Das fünfte Mädchen

ca. 320 Seiten, ISBN 978-3-570-30832-5

Ruby und Jinn halten zusammen wie Pech und Schwefel. Jinn, die charismatische ältere Schwester, beschützt die schüchterne Ruby wo sie nur kann. Das ändert sich, als plötzlich Nathan auftaucht, Jinns alte Flamme aus Schulzeiten, der nach Meinung der Dorfbewohner »nichts Gutes« im Schilde führt. Langsam aber sicher verfällt Jinn Nathan, und Ruby muss hilflos mitansehen, wie Nathan ihre Schwester in sein zwielichtiges Milieu zieht. Dann wird über Morde an jungen Frauen berichtet – das Gerücht vom Serienkiller geht um. Ruby und Jinn ignorieren diese Nachrichten, schließlich geht es sie nichts an. Doch dann wird Jinn vermisst ...

www.cbt-jugendbuch.de

30072

April Genevieve Tucholke

Fürchte nicht das tiefe blaue Meer

384 Seiten, ISBN 978-3-570-30884-4

In Violet Whites verschlafenem Küstenort ist nicht viel los – bis River West in Violets Gästehaus einzieht. Plötzlich wird ein Phantom gesichtet, Kinder verschwinden und ein Mann bringt sich um. Hat River damit zu tun? Er weicht jeder Frage über seine Vergangenheit aus. Violets Großmutter hat sie vor dem Teufel gewarnt – aber dass er ein Junge sein könnte, der viel Kaffee trinkt, gerne in der Sonne schläft und Violet auf dem Friedhof so küsst, dass man zurückküssen möchte – das hat sie nicht gesagt. Während der Horror eskaliert, verliebt sich Violet so heftig, dass sie River nicht mehr widerstehen kann – und genau das ist seine Absicht ...

30095

www.cbt-jugendbuch.de